叙事之箭

经典里的创意写作课

周宝东 著

天津出版传媒集团

天津人民出版社

图书在版编目（CIP）数据

叙事之箭：经典里的创意写作课 / 周宝东著.
天津：天津人民出版社，2024. 7. -- ISBN 978-7-201
-20630-1

Ⅰ . I04

中国国家版本馆 CIP 数据核字第 2024B0J212 号

叙事之箭：经典里的创意写作课
XUSHI ZHI JIAN : JINGDIAN LI DE CHUANGYI XIEZUO KE

出　　版	天津人民出版社
出 版 人	刘锦泉
地　　址	天津市和平区西康路35号康岳大厦
邮政编码	300051
邮购电话	（022)23332469
电子信箱	reader@tjrmcbs.com
责任编辑	苏　晨
装帧设计	李周衡　汤　磊
印　　刷	天津海顺印业包装有限公司
经　　销	新华书店
开　　本	880毫米×1230毫米　1/32
印　　张	14.25
插　　页	1
字　　数	270千字
版次印次	2024年7月第1版　2024年7月第1次印刷
定　　价	68.00元

拆解故事的快乐

爱听故事是本性,能讲故事是能力。

"大叔,给我们讲个故事吧!"

"想听哪一个?"

"'好豆腐没吃成'那个。"

"大雪过后,一个追捕神奇兔子的猎人去饭馆吃饭。他把枪放在了餐桌旁。这时进来一个白胡子瘸腿老头。他看见猎枪后,赶紧转身一瘸一拐离开,嘴里还磨叨着'好豆腐没吃成,好豆腐没吃成'。这个举动引起了猎人的注意。"

说到这里,讲故事人停顿的时间明显增长,周围的人一个个抻长了脖子,静静地听着。

这是我小时候常听一位低龄大叔讲起的一个故事,而且百听不厌。这位"大叔"年龄比我小,辈分比我高,就像《红楼梦》中贾芸所说:"摇车里的爷爷,拄拐的孙子。"我即便早已知道了后面的情节——如同有人说"从前有座山,山里有个庙"时,可以立即接上"庙里有个老和尚"一样——依然要缠着他继续讲下去。

"猎人背上枪,走出饭馆,顺着雪上的脚印,跟踪那个老头,一开始啊,还是人的脚印,过了一段路,人的脚印不见了,变成了兔子的。猎人很高兴,也很小心,一直追到了一座坟茔旁。旁边有个洞,里面传出声音:'好豆腐没吃成,好豆腐没吃成。'猎人悄悄摘下枪,将枪管慢慢伸进洞里。'砰'一声枪响,将那只老兔子打死了。这兔子够大,大到猎人用它的皮毛做了一件袍子。神奇的是,穿上这件袍子,雪不沾身。此事被一个路过的将军知道了,便派人在猎人的必经之地准备拦截。猎人无意中得知了这个消息,绕道逃走了。后来猎人找个地方隐姓埋名,这件袍子也没有再出现。"

三十多年过去了,这个故事还不时以猝不及防的方式从脑海中跳出来。别看那位小"大叔"平日邋里邋遢的,但在讲故事时,却成为一众小孩子绝对的焦点。由此,我认识到一点:会讲故事的人是受欢迎的人。

回望故事,如果以叙事学的视角来打量的话,这个故事采取了全知视角,主要有三个人物,各有特征。特征又分为三类,分别是体貌特征、技艺特征和性格特征。猎人是主线人物,枪法好,人还机灵。兔子精长着白胡子,贪吃。将军则比较贪财,做事不周密。三个人的出场安排各不相同,有一个顺序,兔子精的出场则设置了一个悬念,在起承转合方面衔接得比较顺畅。而为什么兔子精爱吃豆腐,这个悬念提升了故事整体的档次。除了人之外,枪和皮袍作为"物",都发挥了应有的叙事功能。这个总体来说,是一个比较丝滑的故事。

三十多年后,当我把这个故事拆解给小"大叔"时,他认认真真地做了一回我的听众。虽然他没有上过大学,并且对这个故事的记忆不是那么的深刻。听完后,他乐了,"我讲的时候可没考虑那么多,不过,好像还真是那么回事,有意思"!

原来拆解故事也能这么快乐!

当然,这只是一个普通的故事,就像一把四条腿顶着块板做成的普通凳子,难度太低,拆解起来不用费太大的劲儿。要拆解就要拆解宝座、龙椅级别的作品,中国古典四大名著首当其冲。正所谓"书读百遍,其义自见",把经典作品认认真真读几遍,很多隐藏的东西就会慢慢浮现。在文法上,《红楼梦》《水浒传》似乎更胜一筹。当然,读也有技巧,不是随随便便读,而是带着问题读。按照苏轼所说的"八面受敌读书法",每次只关注一个点,试设问题如下:

是否有"故事意识"?借用流行的话来讲,就是:不出意外的话,意外就要发生了。或者换句话说:没有事故,就没有故事。

人物如何出场?容貌如何体现?既涉及整体结构,又有微观的技巧。

以谁的视角讲述故事?

人物在体貌、技艺和性格方面,有哪些特征?

作品中的"物"是否承担叙事功能?

作品中的对话是否具有辨识度?是否是作品的有机组成部分?

作品中设置了哪些类型的悬念?

人物是依靠内在还是外在的因素走出困境?

……

拆解故事让人如此着迷。

宝玉访黛玉,未必次次如意。鲁达非鲁莽,而是粗中有细……当把叙事的秘密一个一个弄清后,窥尽堂奥,有一种看破天机般的欢喜。通过拆解宝座,熟悉了它的复杂工艺,此后自己便可依葫芦画瓢,也可以制作出类似的宝座。即便不去制作,最起码也能提升审美。再面对其他精美的宝座时,可以把它的制作工艺娓娓道来。

凡事贵在一个"恒"字。日积月累,集腋成裘,就有了写一本关于叙事之书的想法。

说起有关叙事之书，真是一言难尽。在这本书的写作过程中，我阅读了西方关于写作的理论与实践的相关著作并从中汲取了营养，受到了启发。但是因为其中所举例子均为国外作品，很多在国内并没有相关译本，这就容易形成一种"隔"，不利于阅读者领会其精妙所在。反观中国的叙事理论，似乎有些零散，但是如果认真梳理，还是会发现惊喜。虽然语境不同，但是讲故事的技巧相似。只是中国人有自己的表述方式。李渔、金圣叹、脂砚斋等都是研究叙事的专家，《水浒传》《红楼梦》等作品是非常好的范本。《闲情偶寄》金圣叹甚至说："旧时《水浒传》，子弟读了，便晓得许多闲事。此本虽是点阅得粗略，子弟读了，便晓得许多文法；不惟晓得《水浒传》中有许多文法，他便将《国策》《史记》等书，中间但有若干文法，也都看得出来。"他一方面夸作品，一方面夸自己的评点。李渔不仅创作戏剧，也创作小说，更可贵的是，他还有自己的戏班，可以将作品搬演上舞台。他《闲情偶寄》里有关结构方面的文字，就对创作有很大的启发。本书既借鉴西方的相关理论，又有对中国叙事学的研究，同时为了阅读的方便，所举例子多来自中国古典四大名著，其他所引中国现当代及外国作家的作品也都很容易找到，这一点让我特别欣慰。

　　经典故事固然值得反复阅读，但笔墨当随时代，人们更渴望听到新鲜故事。创作需要技巧。虽然人们常说"文无定法""文无第一，武无第二"，但对于故事技巧的探寻是一直存在的。希望通过自己的一些不够成熟的拆解探索，起到抛砖引玉的作用，能够激发更多人加入到这个行列中来，通过拆解故事，进而达到组装新故事的目的。

目 录

绪论 / 阅读

要想成为一名优秀的创作者,首先应该是一名优秀的阅读者。当代作家茹志鹃、杨绛与《红楼梦》的故事就是很好的例子。

第一节　茹志鹃与《红楼梦》

茹志鹃(1925—1998)是中国当代著名女作家,著有一部长篇小说和数十篇短篇小说,其代表作《百合花》更是以"清新、俊逸"的风格享誉文坛。如果仔细考察她的创作历程,就会发现《红楼梦》所给予她的深厚滋养。从文学启蒙,到成为作家,都能看到《红楼梦》的影子。

《红楼梦》是她的启蒙课本

关于《红楼梦》的雅事有很多,但将《红楼梦》作为自己启蒙课本的事还不多见。茹志鹃却有着这样的特殊经历。

茹志鹃小时候,家境贫寒,交不起学费,只是在上海的私立普志小学读过一年书,"1936年,11岁的茹志鹃随祖母和四哥住在上海普志小学楼上,她便就近在该小学上二年级"。1937年,她和比她大两岁的四哥随祖母回到杭州紫阳山旁,租住在一个大杂院里。不幸的是,在1938年,她早年的依靠——祖母——死于胃病,剩下她和四哥,靠着在上海当练习生的三哥的接济生活。

在他们租住的大杂院东面,有一位福建人林先生,虽然家境也很贫寒,但是还勉力供自己的独生女儿上学。茹志鹃怀着十分羡慕的心情,有一次,向那个女孩请教上课的事情,却遭到了女孩的蔑

视。茹志鹃因此感到愤慨，暗暗下决心自己读书。而那课本，正是
《红楼梦》。她在《紫阳山下读"红楼"》里写道：

> 课本？课本没问题，就拿我在看的《红楼梦》。这是我向隔
> 壁院里，一个做看护的邻居借来的。

但是自学谈何容易。虽然她之前曾在上海的私立普志小学读
过一年书，有一些读书经验，但仍然不可避免地要遇到很多问题：

> 里面有很多我半懂不懂的诗词，就读这。于是就开始背里
> 面的诗词。不懂也背，字念不出，就问那位福建人，不过大都是
> 读偏旁将就过去。

不过，经典就是经典，《红楼梦》的魅力是巨大的。茹志鹃很聪
慧，很快就入了迷。

> 我简直想把它吞下，作为自己所有。于是我就这样做了。
> 我背诵里面的诗词，我把它作为习字的字帖，一读再读。

仗着这一点执着和聪颖，她很快就在《红楼梦》里发现了一个新
的世界，并得到了美的享受。

　　其实当时读红楼的时候，自己根本不懂得什么人物、什么性格，只是觉得里面的那许多人，她们的一颦一笑，一言一动，在自己的脑里心里都能想象出来，非常清楚、具体。她们都很美，但我似乎都能把她们一个个区别开来，连她们说话的姿势、神态，宛如就在眼前。我从这里得到了美的享受。

　　于是她开始反复阅读和记诵。据她回忆，在少年时期，"《红楼梦》我看了九遍，里边大部分的诗词我都能够背出来"。这段经历对茹志鹃而言是如此难忘，所以将此情节写进长篇自传体小说《她从那条路上来》也就不足为奇了。不过在小说中，她进行了艺术化的处理：

　　　　也宝是从刘先生那里接到了一部《红楼梦》，一有空就看得如醉如痴。

　　也宝后来进了由教会办的孤儿院，在晚祷的时候她常常会回忆起杭州的生活，并将其视为活下去的力量：

　　　　冬天的午夜，冷得侵骨，但自己偎在灶后，手里一卷"红楼"，心里装满了"将来"，灶里的柴火，熊熊地燃烧着。

　　想到这些，也宝内心里充满了一种奋斗的欲望，正是这种欲望推动她逃离了孤儿院。但是出来之后，她面临着饥饿的考验。因为没有"铺保"，连不要工钱去做用人都没人敢用。她来到法国公园门口，看到里面有一条干净的路。她猜测着路的前面是什么。这时候，她又想起了《红楼梦》：

> 她可以在路的尽头，在望不到的地方，搬出种种风景，演出种种的故事。当然大部分是《红楼梦》大观园里的事。

虽然茹志鹃在这之前也读过其他的书，但是可以很明显地看出，《红楼梦》对她的影响是巨大的。如果说她的童年是不幸的，那么在这不幸之中最幸运的事，无疑是遇到了《红楼梦》。

她不仅自己爱读，还积极指导女儿读。王安忆是茹志鹃的次女，也是中国当代著名女作家，她在母亲去世后，整理出版了《茹志鹃日记（1947—1965）》。她在这本书中也写了自己对母亲的印象，其中就有母亲指导自己读《红楼梦》的情景。那是王安忆十一岁的时候，提出想看《红楼梦》，茹志鹃给予了她积极的指导。

> 我妈妈就很积极地引导我，从第三回黛玉进贾府读起，这样可以快些进入故事。她又提前翻到第五回，贾宝玉游太虚幻境，读金陵十二钗的册子，解释给我听册上的那些凄婉的诗和画。在这之前，她没有忘记预先翻阅一遍《红楼梦》，将有关性事的描写，全细心地折起来，粘上。

由此可以看出茹志鹃对《红楼梦》结构的理解,将金陵十二钗的册子作为主线,从黛玉进贾府读起,这样对于一个十一岁的孩子来说,就更容易掌握一些,体现出她因材施教的老师风范。同时,她还将书中有关性事的描写遮挡起来,体现出一位母亲的良苦用心。

茹志鹃与林黛玉

如果在《红楼梦》的世界里选一个茹志鹃最钟情的人,那只能是林黛玉。

林黛玉凄惨的身世能引起她极大的共鸣,在某种程度上,她的童年比黛玉更不幸。

茹志鹃祖籍是浙江杭州,出生在上海。她的祖父是杭州的一个茧商,积累了一定的资产,可是到了她的父亲茹炳贤时,家道就破落了。茹志鹃称她的父亲是个"败家子",在他的手里,茹家中等的产业迅速败落。茹炳贤有许多不良嗜好,如抽大烟,开小公馆等,这是那个时代许多有钱人的嗜好,而致使茹家倾家荡产最主要的原因是他出入上海交易所炒股票。

到茹志鹃出生时,他们在杭州的老宅已经卖掉,租住在上海的一个里弄。生计十分艰难,往往要靠其母茹庞氏的亲戚周济。待到茹志鹃两周岁时,其母竟死于白喉病,给本来就贫寒的家庭雪上加霜。茹炳贤并没有担负起当父亲的责任,而是拂袖出走了。幸好祖母还在世,于是茹志鹃就开始了和她相依为命的日子。她们在杭州和上海各有一家阔亲戚，过不下去就会找他们接济。即便如此，她们也常常是吃了上顿没下顿，颠沛流离辗转于沪杭两地，后来还曾寄居在姨妈朱家一段时间。

这些经历给年轻的她带来了许多负面影响，《红楼梦》里林黛玉的身世和遭遇一定引起了她深深的共鸣。所以王安忆在整理的《茹志鹃日记（1947—1965）》中说：

> 她受教育并不多，可她喜欢读书，敏于感受，飘零的身世又使她多愁善感。年轻时的她，甚至是感伤主义的。她喜欢《红楼梦》。
>
> 她一直不快乐，甚至是抑郁的，住在人家家里，别人无意的一句话，都会使她流泪，引起她对身世的感触。她真有点像林黛玉了。

可以想象得出，文学的自居作用在茹志鹃身上特别明显，她读《红楼梦》的时候，肯定有一种非常强烈的代入感，她甚至有可能觉得，自己就是现代版的林黛玉，尤其是黛玉的《葬花词》，更是让她感同身受。

"一年三百六十天，风刀霜剑严相逼"，这首词给她一种非常强大的心理暗示，使她不自觉放大了自己的寄居感和孤独感，很容易与寄居的家庭产生对立情绪：

也宝抬起了头，看看这个，看看那个，像一只小鸡处在一群老鹰之中，惶恐，害怕，不知所以。

和敏感伴随的就是要强，当然这里面也包含一种焦虑。最明显的例子是她1951年1月12日写的日记。那时她因为有了四个多月的身孕，所以无法去朝鲜，不能参加事业上的重要一环，内心很烦乱，但又给自己暗暗鼓劲，"不，我绝不甘心就此掉下去，我要写，写，写，一直写到成功。他们去了，我在家写一个剧本或一篇小说，我要仔细地写，一定要超过我过去的作品，人不怕一鸣不惊人，人最怕停滞不前，只要我自己看出有进步，我想我会在这里得到一点安慰的，当心啊！在这一关面前低头，那会前功尽弃的，用尽吃奶的力气，我也要跳过去"。

这简直可以看作林黛玉心境的当代回声。《红楼梦》里黛玉诗才出众，每每技压群芳，宝钗做女红的时候，黛玉在读书。因为黛玉势单力孤，而作诗是她在贾府里争得一席之地的重要筹码。

因为有这种情结，所以在茹志鹃的作品中，直接提到《红楼梦》的部分，最多的就是林黛玉及她的诗，尤其是《葬花词》。

第一类是在非虚构作品里，主要是日记、书信、散文和创作谈。

首先是在日记里。1954年8月，丈夫王啸平事业上不如意，两个孩子又生病，家庭矛盾加剧，弄得她有点焦头烂额，所以在8月9日的日记中她写道："如我有病的话，有谁来为我呢！真是'侬今葬花人笑痴，他年葬侬知是谁'。"每到困难时刻，总拿林黛玉自况。

1965 年茹志鹃随中国作家代表团访日，4 月 11 日看了圆觉寺，寺的后园葬有一位作家。她写道："这位作家也算是找到一抔净土了。""一抔净土"很明显也直接引自《葬花词》中"一抔净土掩风流"，同时因为涉及寺庙，故而也双关了佛教里的"净土宗"。

其次是书信。

1983 年，茹志鹃受聂华苓之邀，到美国参加爱荷华大学的"国际写作计划"，此后两人联系增多。1985 年，茹志鹃曾与她有过通信，这些书信被称为《爱荷华小简》，里面多次提到林黛玉。

在 1985 年 3 月 11 日《爱荷华小简》（一）里，茹志鹃将自己的身世比喻为一片无人关注又不能自主命运的树叶，"哪怕林黛玉再世，她也只葬落花，而不会去理会那种小小的黄叶"。

在同年 4 月 14 日《爱荷华小简》（二）中她又提到杭州读书时光，"过去在杭州读'红楼'时，我就背诵林黛玉的诗"。

茹志鹃在给年轻的王安忆写信时，也会引用黛玉的诗。

> 我年轻的时候，被感情的事情搞得很烦恼，我妈妈给我写信说，其实不结婚也挺好，林黛玉的《葬花词》中不是有一句"质本洁来还洁去"，这真是很美的境地。

在《关于创作问题的通信（四）》中谈到创作题材大小的时候，举的就是林黛玉的例子。回忆起少年时代饥一顿饱一顿的日子时，茹志鹃还在看《红楼梦》，还在为"天天吃着人参肉桂的林黛玉一掬同情之泪",甚至觉得林黛玉没有燕窝粥吃"似乎比我的没有饭吃还要凄凉"。

再次是在散文中。

在《紫阳山下读红楼》里,茹志鹃明确表示"喜欢黛玉的《葬花词》,因为比较懂,最头疼的是宝玉的《芙蓉诔》,因为实在不懂"。这里她所说的"比较懂",一方面是因为在字面上,《葬花词》通俗易懂,另一方面也是因为《葬花词》恰恰写出了她心中的块垒。

最后,在谈到文学创作相关话题时,她更是将《红楼梦》里的写作技法信手拈来,作为范例,这些文章体现出茹志鹃自己的创作观,即小说中人物的一言一行,都应是各自经历、地位、性格等方面的体现。她在《材料的来源和加工》中说:

> 过江以后,我再次读红楼,就进一步懂得了曹雪芹通过人物做的诗在刻画人物,各人做的诗,都带着各自的经历、处境、心情、性格。

"人物的经历不同,地位、气质不同,诗歌的情感、调子不同。"她以宝钗和黛玉写的柳絮诗为例,"红楼梦各种不同的人物,写各种不同的诗,反过来,各种不同感情的诗,又刻画了各种不同的性格。我们写东西也应如此"。

甚至在写关于女儿的文章中,茹志鹃也没忘举《红楼梦》里的例子。写面对落花时,黛玉葬花,湘云枕花而眠,表现出不同的胸怀和眼光。"这位曹雪芹用了同样的生活现象,刻画了不同的人物,不同的感情,却又都是闺秀行状,风雅至极。"

《红楼梦》带给茹志鹃的不仅仅是感时伤世,而是从中汲取了力量,这种力量既有审美带来的享受,也有真实的鼓舞。她"从黛玉教香菱作诗一节里,得到了自学的鼓舞"。

她对《红楼梦》的叙事技巧有深刻认识,同时,她也把这些技巧应用在自己的作品里。

第二类是在虚构作品里,茹志鹃也会经常提到黛玉。

在长篇小说《她从那条路上来》中,也宝在孤儿院中感到非常难熬,只能用回忆来支撑自己走下去。所以每当也宝失意的时候,她就会想起很多,其中就包括"黛玉正在葬花,随口吟着'花谢花飞'"。

又如也宝感到人们之间不平等的时候,往往会想起在紫阳山躲敌人飞机的场景。在生死关头,大家一律藏在山洞里,这时才能感受到一种平等感。在物质上艰苦,但在精神上却非常富足。"没有五粒蚕豆,不过她有林黛玉,有劫富济贫,有飞檐走壁,她有书。"

《红楼梦》带给她的不仅仅是迷人的故事,更是一种历久弥新的生命共同体,成为生命的一根支柱。而在她的短篇小说中,林黛玉露面的机会要少得多,偶尔出现,往往以一种略带调侃甚至讽刺的意味。

在《着暖色的雪地》中,陆橙接到录取通知书后,非常高兴,境随心转,看待外面世界的眼光也变得主观化。在半路上碰见了隔壁的苏州嫂嫂,平日里他讨厌她的那种嗲声嗲气,"讨厌她为林黛玉流不完的眼泪"。但因为心情好,所以竟然破例先招呼了她。而这位苏州嫂嫂在小说中只是昙花一现,是为了表现陆橙的兴奋而设的人物。即便如此,还是没忘带上林黛玉一笔。

在《一支古老的歌》中,讲述文化局副局长屈雍为了女儿工作的事来到黑龙江,并且贸然去造访已经是局长的老朋友包方。由于包方并不知道屈雍有副局长的职务,便端起了官腔,他已经变得不如以前真诚了,并且以一种从高俯低的态度感叹"逝者如斯夫""韶华竟白头",时空跳跃,滔滔不绝,却并没有表现出对客人的尊敬,以至于屈雍感到非常狼狈。将林黛玉"韶华竟白头"这么诗意的表达和现实中这种尴尬的境地并置,实在是对那些"一阔脸就变"之人的莫大讽刺。

当然,虽说黛玉在她的生命中占有极重要的分量,但《红楼梦》毕竟不是只有一个黛玉,因此,《红楼梦》里其他的诗词也经常出现在茹志鹃的笔下。

如在1985年3月11日《爱荷华小简》(一)里,就提到了"红楼梦十二曲"第八曲"聪明累"中的"哗啦啦,大厦倾";在《紫阳山下读红楼》里也提到宝琴、湘云的咏雪联诗"烹茶水渐沸""煮酒叶难烧"。在《她从那条路上来》上卷的结尾处,也宝和哥哥葬完奶奶后有一段描写:"凤山门外的荒冢地上,一个一个的土馒头,像一片汹涌的浪,一个浪连着一个浪。"这个"土馒头"也可以看作是从《红楼梦》中"纵有千年铁门槛,终须一个土馒头"里面来的,虽然原诗是南宋范成大所作。

茹志鹃的小说艺术与《红楼梦》

　　除了林黛玉对她的影响,《红楼梦》的文学思想和叙事技巧也滋养着茹志鹃的创作。

　　茹志鹃在 1954 年 8 月 9 日写下了这篇日记,"这几天,两个孩子生病,烦得我心神不安,不想睡不想吃,如我有病的话,有谁来为我呢! 真是'侬今葬花人笑痴,他年葬侬知是谁'"。

　　"侬今葬花人笑痴,他年葬侬知是谁"这是黛玉发出的悲凉之音。而茹志鹃就将这种主题融进了自己的创作中,表现出对生活的一种反思。年轻时为孩子付出一切,但当自己老了之后,不知道能倚靠谁。她通过《儿女情》《着暖色的雪地》这两篇小说中母子之间的代际鸿沟来表现一种无依无靠的生命悲凉。这两篇小说的共同点都是写一个丈夫早逝的女人,为了儿子而付出了自己全部的身心,但是在自己重病住院期间,儿子的表现却那么不如人意,最后,两位母亲都走得冷冷清清。茹志鹃通过这两篇作品诠释与呼应了"他年葬侬知是谁"这一主题。

　　在叙述技巧方面,除了她总谈到的人物性格与言行的互相表现之外,茹志鹃至少在细节呼应、情节化用、爱情书写中人物三角关系的设置和类比影射式"戏曲嵌入式结构"的使用四方面受到《红楼梦》影响。

　　在茹志鹃的作品里,细节呼应方面做得最好的,当属《百合花》。《百合花》虽然篇幅不长,却把《红楼梦》的影响发挥到了极致。分别设置了通讯员枪筒里先插树枝后增花、两个馒头、一床新被、衣服被门钩撕了一个口子四组呼应，显得有层次又富有感染力，尤其是最后两组呼应，交叉着将小说推向高潮。细节的呼应如果从大处着眼就是结构的严谨，这也是《百合花》能成为茹志鹃巅峰之作的一个重要原因。

所以茅盾先生在《谈最近的短篇小说》中才认为"《百合花》可以说是结构上最细致严密，同时也是最富于节奏感的""结构谨严、没有闲笔"。

茅盾先生对《红楼梦》研究有很深的造诣，对其艺术成就更是推崇备至。在为纪念曹雪芹逝世二百周年而写的《关于曹雪芹》一文中，他指出，"《红楼梦》结构上的完整与严密……旁敲侧击、前后呼应的技巧，使全书成为巍然一整体，动一肢则伤全身"。把这些评价《红楼梦》的话移过来评价《百合花》，虽然作品在篇幅上相差甚远，却可以将《百合花》看成"窥一斑而知全豹"的那"一斑"。

在对《红楼梦》情节的化用方面，茹志鹃对"晴雯补裘"这一情节更是情有独钟。李建军在《再论〈百合花〉关于〈红楼梦〉对茹志鹃写作的影响》注意到新媳妇为牺牲的通讯员补衣服上的口子与晴雯补雀金裘这个情节在精神上一脉相承，表现出一种母性。

除了《百合花》，在茹志鹃的《三走严庄》中，也设计了类似的情节。"我"第一次到严庄初见主人公收黎子的时候，"她全身坐在亮处，低眉垂眼地在做针线，好像根本没看见她家来了两个陌生的客人"。"我"第二次过严庄的时候，又去看收黎子，这时她正在修理筛子：

　　她稍稍黑瘦了一些，眼睛显得大了，正席地坐在一层薄薄的麦秸上，静静地低着头，在油灯下专心一意地修理一只晒面用的筛子。她将那极细的马尾，在筛子的破洞上慢慢地织出经纬，织得那么细，那么密。仿佛，她仍坐在家里的暖炕上，这里也没有敌人来过，这低矮的草庵，这麦秸的地铺，外面那倒塌的泥墙，也并不存在。

　　这一段与二人第一次见面的描写呼应，同时有助于表现收黎子沉静的性格。如果说《百合花》里的缝补情节表现出一种母性，这里的缝补情节更多的是表现出一种技艺高超，两方面合起来，恰恰表达出"晴雯补裘"的内涵。

　　除此之外，在茹志鹃的其他作品里，一样可以找到这种情节化用的例子，如《草原上的小路》里有杨萌给石均补衣服的情节；《她从那条路上来》也宝去姑妈和姨妈家的场景，可以看出黛玉进贾府和刘姥姥进大观园的影子。

　　在爱情书写中人物三角关系的设置，茹志鹃也受到了《红楼梦》的影响。王安忆说："在我妈妈的作品中，几乎很少描写男女关系，她好像有些忌讳写爱情，爱情是一个容易蹈入庸俗的题目。"但在茹志鹃两个创作阶段，各有一篇写爱情的作品。这两篇小说的人物设置很有意思，都是写三个年轻人的情感纠葛，是宝、黛、钗的故事现代回声。

《实习生》写于 1956 年至 1957 年，当时没有发表，首次出版是被收入茹志鹃的小说集《草原上的小路》，该书于 1982 年由天津百花文艺出版社出版。至于为什么当时写出来没有发表，恐怕是因为作品所表现出来的情调与当时的大环境不合拍，可能会引发批评。

《实习生》写的是即将从电讯学校毕业的白鸥到水产公司实习，在吕志海与水根这两个优秀男人之间进行情感选择的故事。

在这个故事中，茹志鹃将宝、黛、钗"一男二女"的角色设置进行了反串，变成了"一女二男"。从性格上说，白鸥是宝玉，吕志海是黛玉，水根则是宝钗。水根是白鸥小时候的同学，但是多年不见。现在已经成为船长。他"用功、听话，在校是一个可人意的孩子"。水根虽不解白鸥之心，却也很体贴，送窗帘就是一个好例子。种种表现，恰似宝钗。吕志海则是个直性子，虽然有时给人以冷漠尖刻之感，但却是个真性情之人，而且淡泊名利。白鸥对待二人，恰如宝玉虽然对待钗、黛感情时有摇摆，但真正与自己心灵相通的，只能是黛玉。

《草原上的小路》受《红楼梦》的影响更为明显。

首先体现在主人公的命名上，三位主人公的名字恰恰和宝、黛、钗相关。名字分别是石均、萧苔和杨萌。男青年叫石均，谐音为"石君"，亦即"石头君"。萧苔是从东北农村抽调到油田来的知青。"萧"者乃取"潇湘妃子"之"潇"，"苔"则指潇湘馆内的"苍苔"。在《红楼梦》第四十回有介绍：

贾母少歇一回，自然领着刘姥姥都见识见识。先到了潇湘馆。一进门，只见两边翠竹夹路，土地下苍苔布满，中间羊肠一条石子漫的路。

在第二十六回，"苍苔"也曾出现。那是林黛玉访宝玉，被晴雯误挡在门外，想起自己的身世，不由得悲从中来：

越想越伤感起来，也不顾苍苔露冷，花径风寒，独立墙角边花荫之下，悲悲戚戚呜咽起来。

另一女青年名为杨萌。杨为"杨妃"，萌则指"病由此萌"。在《红楼梦》中，曹雪芹明确将宝钗比作杨妃，如第二十七回回目即包含"滴翠亭杨妃戏彩蝶"，到了第三十回，宝钗说自己怕热，宝玉这时没话找话，却不小心失言"怪不得他们拿姐姐比杨妃，原来也体丰怯热"，弄得宝钗很气恼。

除了主人公的命名暗含了《红楼梦》的情愫外，与之对应的人物性格也很相似。

石均出身于官宦之家，也是像宝玉一样有着真性情。父亲石一峰是一位局党委书记，后来被打成右派，最终平反，颇似贾政的官复原职。

萧苔情窦初开，对石均的感情是朦胧的，既纯真羞涩，又有些疑虑，因此思想总是处在纠葛中，很难理出清晰的头绪，直到小说最后,她还没有真正下定决心。这种多疑的性格颇似林黛玉。

杨萌则承担了宝钗的部分叙事功能。她很有事业心,但是家庭生活却很悲惨。因此造就了她复杂的性格。一方面,她的爸爸被戴上右派帽子,虽然后来摘了帽,可是那种影响却要伴随终身。她的妈妈不堪忍受生活的痛苦,自杀身亡,留下一个比自己小四岁的弟弟。这就决定了她必须努力生活、工作,因而她成为一个很有事业心的女人。另一方面,她还特别有心计。她长期默默关注石均,并通过萧苔帮助她。这里一半是因为同病相怜,还有一半是因为她知道石均的爸爸是石一峰,她父亲的老领导,自己父亲的命运很大程度上和石一峰紧密相连。果然,在得到石一峰平反的消息后,她马上写信给他,希望他能救救自己的父亲。

更为奇妙的是,茹志鹃在设计杨萌这个人物时,还引入了林黛玉的一些因素。茹志鹃喜欢看越剧《红楼梦》,尤其喜欢其中一句唱词,"一生与诗书作了闺中伴,与笔墨结下骨肉情"。在创作《草原上的小路》时,她有意用黛玉与笔墨的关系,来比附杨萌与48号油井的关系。

"戏中戏"是一种传统的叙事技巧,而在《红楼梦》中,曹雪芹将其运用得已臻化境。《红楼梦》的"戏",无不与作品情节相关,"起到伏笔、暗示或类比影射的作用",同时"以戏中人物来类比影射小说中人物,以获得强烈的喜剧性和讽刺效果",这种"戏中戏"或类比影射式"戏曲嵌入式结构"成为整部小说的有机组成部分。

茹志鹃在创作中借鉴了《红楼梦》的这种艺术手法,主要体现在她的长篇自传体小说《她从那条路上来》中《珍珠塔》的运用上。虽然在小说里并没有直接上演此戏，却借着这出戏进行了类比式影射。

小说中写到奶奶最喜欢讲戏文，尤其喜欢讲《珍珠塔》里的情节：

> 《珍珠塔》当中方卿见姑一折，尤其讲得详尽。讲到方卿得中头榜状元以后，改冠换装去见姑母一节，奶奶简直按捺不住心里那种报复的狂喜。
>
> 讲的人那种痛快淋漓，使听的人也不得不感到淋漓痛快。
>
> 像《珍珠塔》里的方卿，方卿的老子对他姑妈一家是有过恩的，所以后来方卿才投奔了去。

茹志鹃对《珍珠塔》是熟悉的。"我还看旧的唱本《方卿见姑》《杜十娘怒沉百宝箱》之类"，讲述了官宦之子方卿因家道中落，生活艰难，为了筹措进京赶考的盘缠，到姑妈家去求助，适值姑丈待客，无缘相见。却受到姑妈的冷嘲热讽。方卿一怒之下离开，立誓无官不进陈门。表妹陈翠娥将家传珍珠塔赠予表兄，希望他将此典当作为盘缠。姑丈知道后追上方卿，觉得方卿才貌双全，故除了奉赠盘缠，还将女儿许配与他。方卿金榜题名，为了羞辱姑母，特意假扮道士，二次到姑妈家。姑妈依然冷嘲热讽，方卿通过唱道情来点化她，奈何姑妈已迷心窍。后来得知方卿已经高中，才悔恨不及。《她从那条路上来》"方卿羞姑"即扬州弹词里的"姑侄相会"和

"道曲羞姑"。

《珍珠塔》虽以方卿和陈翠娥的爱情为主线,但主要还是讽刺了那种嫌贫爱富、六亲不认的势利人。茹志鹃的个人经历正好和这种情绪吻合。她的姑母、姨妈都是很有钱的人,但是在接济她和祖母方面却不那么尽心尽力,至少茹志鹃是这样认为的,从而使得茹志鹃小小的心灵里就种下了怨恨的种子。也许,她认为的"炎凉"更多地来源于自己孩提时代的敏感多疑。"她这个幼年失怙的孩子,已经有过一些阅历,前途茫然,可也不是绝对没有出路。在姨母朱家寄居,人家至少是接纳她的,今天,朱家的后代还对我妈妈与他家结怨感到不解,他们很委屈地说:我们并没有得罪过她!"

童年的经历给她的心理投下了阴影,这种观念深植于心,不能忘怀。而通过《珍珠塔》的酒杯,浇自己心中的块垒,可以说是恰到好处。

> 家里煮饭,他(指圣荃的父亲,引者注)吃一碗,家里揭不开锅,他也能挺着。所以圣荃说回家,实际也是唱的《空城计》。

这和《红楼梦》第二十二回林黛玉说宝玉"安心看戏罢,还没唱《山门》,你倒《妆疯》了"同样使用了双关的修辞手法。

正是因为有着这样深厚的基础,《红楼梦》作为一种文化基因才会不断地出现在茹志鹃的书写中。茹志鹃花了大量精力在《红楼梦》上,在《在我迈步之前》中,她谈到自己年轻时为生存而读过一些如簿记、珠算、英语和语文课本，"可是读的热忱，只有读红楼的百分之二、三"。由此也可以看出她对《红楼梦》的极度热爱。同时，《红楼梦》在现实中给她带来力量，并成为她创作的重要源泉之一。她说《红楼梦》"真像一股清泉，滋润过我，支持过我，使我在那样一个世界里，鼓足了勇气"。

可以说，《红楼梦》对茹志鹃的影响是多角度的，已经内化到她的血液里。从茹志鹃的作品中，也确实也可以感受到与《红楼梦》那种千丝万缕的联系，在这个意义上说，不懂得《红楼梦》对茹志鹃的影响，就不能真正走进她的文学世界。

第二节　杨绛与《红楼梦》

提起杨绛(1911—2016)，为人所熟知的是她在创作、翻译和外国文学研究方面的成就。她也确实无愧于作家、翻译家和外国文学研究专家的称呼。然而为人所不熟知的是她对《红楼梦》这部中国名著的偏好，这在她的文字中多有提及。

作为作家的杨绛，对《红楼梦》多有提及和化用。杨绛的家里早就有《石头记》，在《回忆我的父亲》中，杨绛也回忆了她的母亲，在母亲的床头"有父亲特为她买的大字抄本八十回《石头记》，床角还放着一只台灯。她每晚临睡前爱看看《石头记》或《聊斋》等小说"。这可以和《记杨必》互相印证。《记杨必》叙述她八妹杨必和七妹杨漆一起学习，"我高中将毕业，阿必渐渐追上阿七。一次阿必语出惊人，讲什么'史湘云睡觉不老实，两弯雪白的膀子掠在被外，手腕上还戴着两只金镯子'。原来她睡在妈妈大床上，晚上假装睡觉，却在帐子里偷看妈妈床头的抄本《石头记》"。这只是记述，在对《红楼梦》里典故的化用上，杨绛更显出恰如其分的才华。

如《第一次观礼——旧事拾零》，"反正，我自比《红楼梦》里的秋纹，不问人家红条、黄条，'我只领太太的恩典'"。在《怀念陈衡哲》"黄郛夫人的妹妹，据说是一位英年早逝的才女。黄郛夫人热情地和我拉手，是因为看见了与亡妹约莫相似的影子。我好比《红楼梦》

里的'五儿承错爱'了"。秋纹和五儿在《红楼梦》里露脸的机会并不
多,杨绛能记得如此清晰,运用得如此得当,与钱锺书《一个偏见》里
写赵姨娘的脚步声有异曲同工之妙。由此可见,《红楼梦》对钱氏夫
妇的滋养很深。他们也确实有一段关于《红楼梦》的文字因缘。1980
年12月,在《〈干校六记〉小引》中,钱锺书写到历次运动中的三种人,
关于第三种人,他写道:"也有一种人,他们明知道这是一团乱蓬蓬
的葛藤账,但依然充当旗手、鼓手、打手,去大批'葫芦案'。"运用"葫
芦案"的典故来形容这种明知故犯的人,可谓恰到好处。

　　而《红楼梦》对杨绛滋养最深的部分表现在她的小说《洗澡》中。
施蛰存认为,《红楼梦》中绝大部分对话是为塑造人物性格服务的,
《洗澡》中对话的运用,深得曹雪芹精髓,人物的思想、感情、性格都
是通过对话来表现,以至于"一段也不能删掉"。所以《洗澡》才被施
蛰存称为是半部《红楼梦》加上半部《儒林外史》。

　　作为翻译家的杨绛,曾翻译了《小癞子》《吉尔·布拉斯》等名著,
但最为人称道的还是翻译的西班牙作家塞万提斯的《堂吉诃德》。
这部译作为她赢得了相当高的声誉。有意思的是,《堂吉诃德》的前
言和《红楼梦》的第一回在写法上竟有惊人的相似之处,刘梦溪在
《异地则同易时而通》一文中做了令人信服的比较研究。虽然杨绛
并没有直接对《红楼梦》和《堂吉诃德》进行比较,但在《旧书新解》一
文中分析《薛蕾丝蒂娜》这部"读起来却像打破小说传统而别具风格
的小说"时,提到"假如《堂吉诃德》是反骑士小说的骑士小说,《薛
婆》可算是反爱情故事的爱情故事",而《红楼梦》也正是对传统才子

佳人小说旧传统的一次反动。

作为评论家的杨绛，"我妄想用我评价西洋文学的方式来评论《红楼梦》"，除了在评论文章里常借《红楼梦》阐明自己的观点外，还有专文分析这部伟大的作品。杨绛关于《红楼梦》的论述主要集中在几篇论文里，有两篇是专门讨论《红楼梦》的，即1962年发表于《文学评论》上的《艺术是克服困难——读〈红楼梦〉管窥》，还有一篇就是2010年发表于《当代》的《漫谈〈红楼梦〉》。其他涉及《红楼梦》的叙述主要集中在"读小说漫论"系列中，该系列为1980年至1982年发表在《文学评论》上的三篇论文，第一篇《事实—故事—真实——读小说漫论之一》和第三篇《有什么好？——读小说漫论之三》都不同程度地提到了《红楼梦》，第一篇更是将《红楼梦》作为主要的佐证材料之一。

杨绛的评论文章数量本就不多，加之主要研究方向又是英国文学。在这有限的篇章里，有关《红楼梦》的内容就占了相当的比例，这些都表现出杨绛对《红楼梦》的熟稔与重视，所以她敢说"我早年熟读《红楼梦》"这句话就可以理解了。

总体看，杨绛在以下四方面对《红楼梦》进行了研究。

第一，运用西方批评方法探讨《红楼梦》能成为伟大作品的原因，即《红楼梦》对中国古典小说在结构和写法上的突破，主要体现在《艺术是克服困难——读〈红楼梦〉管窥》里。

在这篇论文里，杨绛运用了十六世纪意大利批评家卡斯特尔维特罗的名言"欣赏艺术，就是欣赏困难的克服"。这也是杨绛此篇论文立论的基础。

虽然《艺术是克服困难》最后论述的落脚点是《红楼梦》，同时也对《红楼梦》以前出现的才子佳人小说的叙事模式进行了简单的勾勒。指出才子佳人小说的模式问题，并不是杨绛的发明，但她确实是较早详细论述这个问题的。论文一开头，作者就直截了当指出："中国古代的小说和戏剧，写才子佳人的恋爱往往是速成的。"接着列举了《会真记》《三水小牍》《西厢记》《墙头马上》《牡丹亭》等中国古代爱情故事里的"速成或现成的恋爱"，接着举出《埃塞尔比卡》《琉基佩与克勒托丰》和《罗密欧与朱丽叶》等外国故事里的"一见倾心"，于是得了一个小小的结论，"在男女没有社交的时代，作者要描写恋爱，这就是最便利的方式"。这种模式化的作品，显然已经不能满足读者要求了。"作品的非艺术性则在于，在创造作品的过程中，艺术家没有大量运用敏锐的天才，因为非艺术性的东西本身就能够为普通的智力所识破。"

《红楼梦》显然在这方面有了大的突破。宝、黛初见，虽然"眼熟"，却"并没有立刻倾心相爱，以身相许，作者并不采用这个便利的方式"。杨绛认为，通过《红楼梦》中顽石对空空道人议论才子佳人等书，以及第五十回贾母对这类书的评价来看，认为这也是曹雪芹"本人的意见，可见他写儿女之情，旨在别开生面，不落俗套"。

然后举出了许多例子来证明曹雪芹写宝黛爱情的不落俗套。杨绛认为曹雪芹辟出一个大观园供宝玉、黛玉和一群姊妹丫鬟同在里面起居，这样一个空间的设置突破了时代的限制。同时，《红楼梦》中写宝、黛的爱情并没有像以前一般才子佳人小说那样写男女主人公一见钟情、私订终身、暗地幽会、终涉淫滥，而是逐渐滋生，更为可贵的是还属于一种"暗流"，两个人都在不断地试探，只有在情急之下才将"心病"吐露片麟只爪，结果是互相错失了。

正是这样的一种另辟蹊径的成功，使得《红楼梦》成为经典，杨绛给《红楼梦》这样写爱情以极高的评价："和我国过去的小说戏剧里不同，也是西洋小说里所没有的。"

杨绛认为，宝黛这种感情的发展起伏，在艺术的领域，正应了俗语所说的"好事多磨"，往往"多磨"才能"好"。当"深刻而真挚的思想情感"用现成的方式无法表达的时候，创作过程就遇到阻塞，在艺术创作中，这也许算不上坏事，"正可以逼使作者去搜索、去建造一个适合于自己的方式；而在搜索、建造的同时，他也锤炼了所要表达的内容，使合乎他自建的形式。这样他就把自己最深刻、最真挚的思想情感很完美地表达出来，成为伟大的艺术品"。杨绛认为，曹雪芹正是做到了这一点，才使得《红楼梦》成了"伟大的艺术品"。

"《红楼梦》作者描写恋爱时笔下的重重障碍，逼得他只好去开拓新的境地，同时又把他羁绊在范围以内，不容逃避困难。"与闻一多所谓的"戴着脚镣跳舞"相似，"于是一部《红楼梦》一方面突破了时代的限制，一方面仍然带着浓郁的时代色彩。这就造成作品独特的风格，异样的情味"。要言不烦，杨绛的评价简洁有力，切中肯綮。

第二，关于《红楼梦》前八十回与后四十回的比较。这些观点主要集中在《漫谈〈红楼梦〉》里。平心而论，杨绛的立论还是比较稳妥的，她认为后四十回确实不如前八十回精彩，高鹗之才不及曹雪芹，即便如此,高鹗的续写还是相当精彩。不应该"把曹雪芹的前八十回捧上了天,把高鹗的后四十回贬得一无是处"。因为"曹雪芹也有不能掩饰的败笔,高鹗也有非常出色的妙文"。

早在《事实—故事—真实——读小说漫论之一》一文中,杨绛论述道:"虚构的故事是要表达普遍的真理,真人真事不宜崭露头角,否则会破坏故事的完整,有损故事的真实性。"这时她就以《红楼梦》为例,说:"《红楼梦》里人物的年龄是经不起考订的。"当然这个"《红楼梦》里人物"并不是指所有人物,只是几处作者存疑的地方。如关于黛玉相貌上"一双似喜非喜含情目",以及她某些"行为不合身份"等,但"这几下败笔,无伤大雅,我只是用来反衬高鹗后四十回的精彩处"。

杨绛认为,虽然高鹗的才华不及曹雪芹,但他也功不可没。首先是他的续写使故事变得完整,"因为故事没个结局是残缺的,没意思的"。而作为讲故事的小说,"故事有头有尾,方有意味"。其次,高鹗的续书中也有许多精彩之处,尤其是第九十七回写黛玉焚稿断痴情,"多么入情入理。曹雪芹如果能看到这一回,一定拍案叫绝,正合他的心意"。再比如第九十八回写黛玉临终被冷落,也是"写人情世态,入木三分"。最后,对于"兰桂齐芳"这样的结局,杨绛认为虽然与曹雪芹"落了片白茫茫大地真干净"的本意不符,"高鹗当是嫌如此结局,太空虚,也太凄凉",因此进行了改动,所以杨绛才说,"这般改,也未始不可"。

第三,关于小说的作者与叙事者问题,亦即"故事"与"真实"问题。在《事实—故事—真实——读小说漫论之一》这篇论文中,杨绛从霍姆斯《早餐桌上的独裁者》一书中作者不愿写小说谈起,因为"写小说就把自己的秘密泄露无遗,而且把自己的朋友都暴露了"。因此中外的许多小说家"常设法给自己打掩护",一般方法有二,"或者说,这个故事千真万确,出自什么可靠的文献,表明这部小说不是按作者本人的经历写成。或者说,小说里的人物故事都是子虚乌有,纯属虚构,希望读者勿把小说里的人物往真人——尤其是作者自己身上套去"。这就是杨绛总结的"隐身法",并以《红楼梦》第一回作为例证。但有意思的是,"小说作者在运用'隐身法'的同时,又爱强调他书里写的确是真情实事"。也就是说,曹雪芹一方面"将真事隐去",另一方面又强调"闺阁中历历有人"。《红楼梦》作为虚构的小说,"同样依据事实,同样体现作者的真情,表达作者对人生的观念"。到了最后,"具有讽刺意味的是:故事如写得栩栩如生,唤起了读者的兴趣和共鸣,他们就不理会作者的遮遮掩掩,竭力从虚构的故事里去寻求作者真身,还要掏出他的心来看看"。这种"知人论世"的方法有它的长处,但如果不能很好地把握运用程度,往往容易走向极端,"例如海外学者说我国的'红学'其实是'曹学',确也不错"。

第四,关于荣国府、宁国府的具体位置。"它们不在南京而在北京,这一点,我敢肯定。"后面举了几个例子,如床与炕的区别,从南京的"应天府"要"入京"里的"京",苏州织造衙门后来成为杨绛就读的振华女校的校址,里面有两座"高三丈、阔二丈的天然太湖石",这两座石头"都是帝王家方有而臣民家不可能得到的"。最后又从《红楼梦》中女人的脚和鞋的角度充作"荣府宁府在北京不在南京的旁证"。

杨绛这些关于《红楼梦》的研究文章发表后，引起过一定的反响，这些反响主要是关于《艺术是克服困难——读〈红楼梦〉管窥》的。

杨绛自己说，"第一篇论《红楼梦》发表后，何其芳、周扬皆公然欣赏。茅盾看了也认可。何其芳嘱我再充实些。周扬则于讲话中引用我的标题做讲演的结尾句：'艺术就是克服困难嘛！'文学研究所由张白山传达周扬讲话，我们围坐圆桌，我与张对面，他在纸上写'你的话嘛！'香港亦转载此文"。

刘梦溪认为这篇发表于1962年的论文，"当时像这样运用比较文学的方法研究《红楼梦》的文章，尚属凤毛麟角，因此发表后带给读者的是阵阵清新"。在陈文新、余来明的论文《谁解其中味——评红学三派》中，将杨绛的《艺术是克服困难——读〈红楼梦〉管窥》归入索隐、考证之外的第三派——文本派。此外，在陈维昭的《红学通史》（上）中收录了这篇论文的观点。

伟大的作品在很多方面是息息相通的，借用杨绛引用简·奥斯丁在《诺桑觉寺》中的话来说，"小说家在作品里展现了最高的智慧：他用最恰当的语言，向世人表达他对人类最彻底的了解。把人性各式各样不同的方面，最巧妙地加以描绘"。把这段话移来评价《红楼梦》，是最恰当不过的了。《红楼梦》之所以能称为伟大作品，就是因为它本身所具有的多重阐释性。古代的、现代的、中国的、外国的，许许多多的批评方法都在《红楼梦》里找到了用武之地，正因为如此，《红楼梦》确实是说不尽的，是始终充满活力的。也正是从这个意义上而言，杨绛关于《红楼梦》的评论才更显出其价值。

第一章 / 结构

想象一下。

司马迁收集了大量关于韩信的材料,这些材料中有的信而有征,有的口耳相传。他要将这些材料整理出来,每一个部分之间,要有逻辑关系,最后整体还要呈现出传主的命运曲线,以及造成这种曲线的因果联系,还要令人信服。这确实是个难题。一灯如豆,在火苗的闪烁不定中,司马迁冥思苦想,辗转反侧,如何确定那些标志性事件,如何把最能体现人物性格的故事放在最合适的地方,必须在真正动手前做到心中有数,因为大面积涂改是一件非常麻烦的事。因此,提前规划好结构就显得非常重要。

亚里士多德也注意到"最重要的是事件的结构"。很多人都愿意将作家比成建筑师,把写作比成盖房子。比如李渔,他说在盖房子前,要先有一张图纸,安排好各个空间的功能及选材,然后按照图纸施工。框架立起来,后面就好办多了。

当然,写作毕竟不完全和盖房子一样,充满了更多的不确定性和创造性,这也是其魅力所在。不过对于一般的写作者而言,先把结构确定好,可以达到事半功倍的效果。就像老话说的那样:有了骨头不愁肉。

第一节　叙事弧线

　　叙事弧线是美国作家、创意写作课教师杰克·哈特根据自己多年的阅读与写作实践总结出来的叙事结构。这个结构是对非虚构写作规律性的探索，对于小说写作者而言，有一定的操作性，因而具备借鉴意义。

　　叙事弧线是杰克·哈特将一个完整的叙事分为五个阶段：阐述、上升动作、危机、高潮和下降动作，整个叙事就是主角陷入困境，最终能否解决困境的过程。为了吸引读者或观众从头看到尾，作品在叙事过程要设置多个情节点与悬念。

　　阐述是叙事弧线的第一个部分，在这部分里，"作者会告诉读者主人公是谁，读者需要足够的信息来理解主人公即将面临的困境"。但是也不能告诉读者全部信息，"阐述部分的写作技巧就在于作者只告诉读者他们必须知道的信息"。

　　上升动作紧跟着阐述，是作品里占篇幅最大的部分，直接关系着成败。上升动作要创造出戏剧张力。这种张力要通过一系列富有戏剧性的情节点来实现，并且要保持到高潮时才能释放。同时，成功的叙事会随着故事主人公希望的起伏而展开，让人物在希望与失望的交替中上升。另外，上升动作的另一个要素就是要不断制造扣人心弦的悬念，从而吊足读者的胃口。

　　危机部分是叙事弧线波浪的尖峰，是一系列上升动作带来的深刻变化。危机之后，就要进入高潮。

　　高潮是解决危机的一系列事件。困境的解决有可能来自自身的努力，也可能来自外力。

　　高潮部分释放了故事的戏剧张力，到了下降动作阶段，也就是到了收官阶段，无非是告诉观众一些问题的答案，如果再能用一个"意外结局"收尾，就更完美了。

　　当然故事也可以从危机写起，也就是荷马"从中间开始"的叙事传统。不过对于非虚构故事，按照事件本身的发生顺序写更为常见。

第二节　李渔的叙事弧线

反观中国的文学理论，尤其是小说理论，"评点派"是其代表。"评点派"是一种文本细读，但总体上给人一种松散之态。在这种背景下，细读李渔的《闲情偶寄》并将其中有关创作的文字汇集起来，令人惊奇地发现，他有很多真知灼见，散落在作品中。本部分尝试比照杰克·哈特的叙事弧线，将李渔的叙事理论整理出来，从而形成李渔的叙事弧线，为中国叙事理论研究提供一个新的维度。

李渔作为一名理论家和实践者，对于叙事尤其是戏剧叙事有着自己独到的见解。这种独到的见解，首先体现在对作品结构的高度重视上。

结构的重要性

他把结构提到了至高无上的地位，这种地位甚至超越了音律。"填词首重音律，而予独先结构者，以音律有书可考，其理彰明较著。"

他认为，结构是未动笔之前就该考虑的，"至于结构二字，则在引商刻羽之先，拈韵抽毫之始"。就像造物赋形以及工师建宅。工师建宅，这个比喻非常形象地说明了结构的重要性：

基址初平，间架未立，先筹何处建厅，何方开户，栋需何木，梁用何材，必俟成局了然，始可挥斤运斧。倘造成一架而后再筹一架，则便于前者，不便于后，势必改而就之，未成先毁，犹之筑舍道旁，兼数宅之匠资，不足供一厅一堂之用矣。

这里其实说的就是没有建宅之前，应该先有图纸，相应的，未曾写作之前，也要有相应的筹划。不是着急动笔去写，而是应该先把结构确定。"故作传奇者，不宜卒急拈毫，袖手于前，始能疾书于后。"

那么结构上该如何设计呢？李渔提出了三个著名的观点，即立主脑、密针线和减头绪。立主脑是核心目标，密针线与减头绪是达成目标的手段。

立主脑：一人一事

立主脑，所谓主脑是指在作文时"作者立言之本意"。而在传奇中，总结起来，就是"一人一事"：

> 一本戏中，有无数人名，究竟俱属陪宾，原其初心，止为一人而设。即此一人之身，自始至终，离合悲欢，中具无限情由，无究关目，究竟俱属衍文，原其初心，又止为一事而设。此一人一事，即作传奇之主脑也。

如果没有掌握这个原则，就容易犯松散的问题：

> 后人作传奇,但知为一人而作,不知为一事而作。尽此一人所行之事,逐节铺陈,有如散金碎玉,以作零出则可,谓之全本,则为断线之珠,无梁之屋。

因此,"一人一事"地立主脑就是贯穿作品始终的线索,亦即叙事弧线的主线。

"密针线"则以缝衣喻编戏。做衣服的人,先是将整块布料进行裁剪,通过施展手艺,将细碎的布料通过紧密的针线缝成一件成衣。他认为做传奇中的义理分为三项,即曲、白和穿插联络之关目。其中所谓"穿插联络之关目"就是细密的针线,将零散的情节变成整体的有机部分:

> 每编一折,必须前顾数折,后顾数折。顾前者,欲其照映;顾后者,便于埋伏。照映埋伏,不止照映一人、埋伏一事,凡是此剧中有名之人、关涉之事,与前此后此所说之话,节节俱要想到。宁使想到而不用,勿使有用而忽之。

"减头绪"则是从反面来说,不宜在有限的叙事中头绪过繁。头绪过繁不利于观众接受,最好的做法是"思路不分,文情专一"。这其实是从另一个角度来论证立主脑的重要性,并为其服务。

综观李渔在结构方面的论述,可以概括出他的结构观:作品宜围绕一人一事展开,即使作品中会涉及多人多事,这多人多事都是因为和一人一事相关联且存在因果关系而存在，是一人一事的有机组成部分。这是他关于叙事弧线的整体构想。

阐述部分："家门"与"冲场"

在叙事弧线的阐述部分，"开场数语，包括通篇，冲场一出，酝酿全部，此一定不可移者"。通过"家门""冲场"两个部分，对作品内容有一个简要的概括，一方面可稳定观众的情绪；一方面提供人物、剧情基本情况，以简省的笔墨快速进入故事。

上升动作

李渔强调，"开手宜静不宜喧"，开场的时候，场面不必过于热闹。这是指戏曲，另外，虽然"宜静"，也要充满吸引力，所以他又强调情绪的活跃和情节的曲折。作者要"善驱睡魔"，不能让观众睡着，这是最基本的要求。如果观众看着看着睡着了，那么，即使后面再精彩，"虽有《钧天》之乐，《霓裳羽衣》之舞"，对于观众而言，也如同"泥人作揖、土佛谈经"。所以说，"开卷之初，当以奇句夺目，使之一见而惊，不敢弃去"。

到了上半部分快结束时，也就是所谓"小收煞"时，"宜紧忌宽"，情节要紧张起来，把观众情绪调动起来，使其变得紧张：

> 宜作郑五歇后，令人揣摩下文，不知此事如何结果……戏法无真假，戏文无工拙，只是使人想不到、猜不着，便是好戏法、好戏文。

"想不到,猜不着",是说情节发生突转,观众期待视野落空,通过这些设计,使观众始终保持对作品的专注与热情。

> 水穷山尽之处,偏宜突起波澜,或先惊而后喜,或始疑而终信,或喜极信极而反致惊疑,务使一折之中,七情俱备,始为到底不懈之笔,愈远愈大之才。

"一折之中,七情俱备",对作品情节带给观众情感的冲击,也对创作者提出了较高的要求。

危机

在一出戏剧或一部作品中,此部分和上升动作一脉相连,成为叙事的尖峰。作者把叙事推到了高潮,故事主人公面临着终极考验:

> 如一部之内,要紧脚色共有五人,其先东西南北各自分开,至此必须会合。

这种会合,不是强拉硬扯,而是在原来铺垫的基础上,自然而然,水到渠成。也就是说,作品逻辑严密,情节间有一种内在的因果关系。

高潮和下降动作

高潮是解决危机的部分。在这部分，剧中主要人物至此会合，主要矛盾得以解决或未能解决，都要有一个明确的交代。

在中国传统戏剧中，主要讲究大团圆的结局，高潮和下降动作几乎同时到来，在热热闹闹中结束全剧。"终场忌冷不忌热"，到了终场时，"生旦合为夫妇，外与老旦非充父母即作翁姑，此常格也"。大团圆成为一出戏的高潮，也将故事推到了顶点。一般戏剧至此完结，如果还有能力，就更进一步，留下一些余味，即所谓下降动作，最终达到绕梁三日之效果。

> 收场一出，即勾魂摄魄之具，使人看过数日，而犹觉声音在耳、情形在目者，全亏此出撒娇，作"临去秋波那一转"也。

由此可见，中国的叙事理论有自己的特点，尚需进一步挖掘与整理。但在叙事实践上，中外有太多相通之处。

第三节 "逼上梁山"模式的叙事弧线

　　《水浒传》作为经典小说,其中很多部分的叙事策略都与叙事弧线不谋而合。许多好汉背后都有一个逼上梁山的故事,林冲的故事就很有代表性。如果用叙事弧线来分析一下这个故事,将会很有趣。

　　在林冲上梁山前所有的叙事都可以看作为此所做的铺垫,所谓一波三折。

　　林冲的故事从第七回开始,这个人物由鲁智深的视角引入。林冲出场后,鲁智深的故事就成为背景了。二人刚刚结识,非常投机。这属于故事的阐述阶段,在这里,对林冲的相貌、背景都有一个交代。故事推进很快,二人刚喝三杯酒,立刻就出事了,使女锦儿匆匆跑来,报告说有个坏人拦住了林冲娘子,正要耍无赖。林冲的平静生活由此被打破,开始陷入困境。

　　第一个情节点到来了,那就是林冲要打调戏妻子的人。无巧不成书,那人竟然是高衙内,自己顶头上司高俅的螟蛉之子。打还是不打?八十万禁军枪棒教头很为难。最后还是理性战胜冲动,就像金圣叹评林冲"算得到,熬得住,把得牢,做得彻,都使人怕"。其中"熬得住"是真的,"算得到"比较勉强,因为从现在开始,他都要处于被算计之中了。

　　这些算计，本质上都来自高衙内，他制造了整个困境：高衙内为林妻着了迷，要想方设法将其弄到手，而障碍就是林冲，因此必须除之而后快。于是便有了后面接二连三的陷害。这些陷害就是"情节点"，由低到高，不断升级。

　　第二个情节点可以归结为调虎离山。高衙内让陆谦将林冲引开，又让人谎称林冲晕倒在陆家，骗得林妻上当，幸好锦儿逃出去了，找到了林冲，才使得林妻又免遭一难。结果就是林冲怀揣解腕尖刀在陆家蹲了几天点，最后不了了之。

　　第三个情节点，升级了。前面那些情节点都是由高衙内主导，这次由高俅做局，也就是说前面是私人伎俩，现在则是官方手段。林冲误入白虎节堂，按律当斩。林冲性命堪忧，引人焦虑。

　　这个难题由孔目孙定（外力）解决。他耿直好善，知道其中的曲直，说得滕府尹心活，才救得林冲一命，判了个发配沧州。这情节从侧面写了林冲平时为人受人敬重。

　　第四个情节点就是林冲休妻。此事也是万不得已，他情知自己一去，前途未卜，不想连累妻子，才出此下策。这一段让人愁肠百结，目的在于写出林冲之善解人意、屈己待人。好人受难，把林冲写得越好，读者越为他感到委屈，也愿意看到他伸张正义，扬眉吐气。

　　第五个情节点是大闹野猪林。董超、薛霸受了高太尉的礼，当然高太尉不可能见他们，要通过陆谦。也可能是高衙内指使的，但至少高太尉是知晓此事的。在生死关头，结识不久的鲁智深（外力）就出来帮忙了。鲁智深粗中有细（后面在人物的性格特征处有专文论述），他一直护送林冲至安全地带，并且用禅杖折松树示警，吓得两个公差再不敢有任何妄想，然后才和林冲道别。

第六个情节点特别有意思，但往往容易被人忽略，那就是林冲棒打洪教头。故事情节很简单，林冲到了柴进庄上，受到礼遇。有个洪教头对林冲非常不满，对他百般挑衅。柴进很没面子，最终促成二人比武，洪教头败北。这段故事写得也是跌宕起伏，先是寻柴进不遇，后是林冲一直处于被压抑状态，在这些情绪被渲染和铺垫到极点时，林冲终于出手，教训了那个倨傲的洪教头。读者心中的闷气也一扫而光。这个情节很著名，很多人对它烂熟于心。但是却很少有人会想，在这里为什么要加入这么一段故事？这里至少有四点需要格外注意。

一是引入了柴进这个角色。

二是从侧面表现了林冲的那种隐忍。林冲一直在忍。前面忍高衙内的轻薄，忍陆谦的背叛，忍高太尉的诬陷，他已经把"忍"字诀做到了极致。来到柴进庄上后，也很谦逊。洪教头对他多次无礼，他都默默承受了。

三是叙事节奏的转换，一舒读者心中的闷气。悲中喜。

四是这段故事最重要的一个目的，是要展示林冲的功夫。林冲是五虎上将，本领相当了得，但苦于没有机会向读者展示。前有鲁智深三拳打死镇关西、倒拔垂杨柳，后有武松打虎，出色的英雄都有过人的本事，并且有机会来展示。林冲则不然，虽然身负八十万禁军枪棒教头之名，属于国字号人才，但自从他出场以来，一直处于郁郁寡欢、有力无处施展的状态。这与林冲在梁山中及作品中的地位是不匹配的，作者必须创造一个机会，展现他在功夫上的过人之处，才能让人信服。于是，洪教头就被安排上了。

洪教头一出场，形象上就打了折扣，"歪戴着一顶头巾，挺着脯子"，给人一种傲慢的感觉。柴进把林冲介绍给他时，林冲马上便拜，洪教头并不还礼；接着便去上首就座；然后冷言冷语、夹枪带棒地侮辱林冲。这是对林冲的三连击，好戏马上开场。他又开始挑衅，要和林冲比武。林冲先是拒绝，待柴进表明心迹后，林冲心领神会，于是便和洪教头比试起来。四五个回合后，林冲认输，原来枷还在林冲身上，由此也可以看出柴进之热切盼望看到林冲施展功夫。

洪教头看走了眼，把林冲的忍让看成了怯懦，故而心里瞧不起他，以为他真的是一个"倚草附木"之人。

去掉枷之后的林冲，这才准备使出真功夫。在此之前又加了一段插曲，那就是柴进将二十五两银子作为利物。

真动起手来，林冲做得干净利落，就像鲁迅评价向子期《思旧赋》所说"刚开头却又煞了尾"，两下就把洪教头打倒在地。"众人一齐大笑"，这是林冲在小说中第一次大笑。

接下来就是第七个情节点。本来林冲已经在沧州比较安稳地度日，因为李小二的一番话让他和读者又紧张起来。作品加入李小二有两个目的，一是映衬出林冲善于周全别人。不仅李小二，"那满营内囚徒，亦得林冲救济"。好人受难，才是悲剧。二是为故事制造紧张气氛，串联情节。林冲一听陆谦又跑这来了，当即买了一把解腕尖刀,再次去寻找他。然而一切都很平静,不仅如此,他还被管营抬举,去大军操场管事,"往常不使钱,不能勾这差使",换了个好工作。林冲又被假象所蒙蔽,不知道后面有更大的阴谋在等着他。有关"火"的事物,在这部分多次被提到,"到那厅里,只见那老军在里面向火""火盆、锅子、碗碟,都借与你""就坐下生些焰火起来""神明庇佑,改日来烧钱纸""火盆内火种都被雪水浸灭了"。所有这些和"火"字相关的字眼看似寻常,其实是在表明这里离不开火,放一把火是多么容易,为火烧草料场做铺垫。

幸运的是,林冲因为雪大压屋而逃脱,一方面雪能克火,另一方面,林冲路过山神庙时曾拜过神明,由此形成一种暧昧,林冲能逃脱厄运,到底是运气好,还是神明庇佑,这里就无法说清了。

王望如评论林冲的一段文字很有意思:

> 林冲真天相者哉!钱买董超、薛霸打不死,钱买管营、差拨烧不死;柴进送他些钱可以逃生。自己撒散些钱可以逃生;他人用钱害不得,自己用钱却救得;钱固有灵不灵也。李小二无钱,令妻阁后听说话,也可救得;自己不使钱,雪中庙前听说话,也可救得。不宁恨是,雪压草屋,而先沽酒;火烧草场,而先宿庙。每到山尽水穷,便两入天引手,古今豪杰处患难,从无如此凑巧。

"山尽水穷"正是作者有意设置的困境,柳暗花明才能突显作者的才能。

　　和前两次不同，这次的困境由林冲自己解决。林冲因为种种原因逃过了草料场火灾之厄，并且在山神庙里偷听到了放火者们的对话，由此怒从心头起，悄悄走出门去，将三个人一一结果。虽然这样做并未从根本上解决问题，甚至使问题扩大了，但是对于读者而言，是出了一口恶气。这样做的直接后果就是林冲由此变成了被通缉的杀人犯，人生只剩一条出路，那就是逃亡。林冲再次遇到柴进，被推荐上了梁山。后面有关林冲的故事还是压抑的，想上梁山也不是那么容易。白衣秀士王伦对他百般刁难，以投名状做要求。林冲面对王伦的无礼，一直隐忍不发。后来晁盖等七人要入伙，王伦依然用当初对待林冲的方式对待他们，彻底惹恼了林冲，在吴用的逗弄下，气得他火并王伦。按理说，王伦死后，林冲该坐第一把交椅，但他又有自己的一番说辞，把晁盖推为梁山之主，自己仅坐了第四把交椅。由此也可以看出林冲不仅有容人之量，也有自知之明。在得知妻子自缢、岳父过世后，他彻底安下心来，至此，才算开启了人生新篇章。

　　类似这种情节，在中国古代小说中比比皆是，尤其是在那些以情节取胜的作品中。《水浒传》中着力写的鲁智深、宋江、武松等人无不如此。有时他们可以自救，如武松大闹飞云浦，宋江杀惜；有时又要依靠外力，尤其是宋江，身处险境时，多借其他英雄之力。就如《西游记》中的唐僧，要经过八十一难的考验，凭他自己的能力万难脱险，因此多借助外力（徒弟、神仙、菩萨、佛祖）摆脱困境。

　　不仅在小说中如此，在影视剧中也一样，甚至是纪录片，也越来越讲究叙事弧线。

第四节 《徒手攀岩》的叙事弧线

随着无人机等现代技术的日趋成熟,拍摄高难度场面变得越来越容易,从而为电影尤其是纪录片的视觉呈现提供了空前的技术支持。在这种情况下,观众对于以纪实为主的纪录片的质量就有了更高的期待。然而,科学技术再高超,也只是辅助手段,想要提高纪录片的吸引力,最关键的地方和商业电影并无二致:讲好故事。如何把故事讲好,确实是一个问题。在结构上注重叙事弧线是富有成效的策略,在这方面,第91届奥斯卡金像奖最佳纪录长片《徒手攀岩》是一个非常好的范例。

亚历克斯与徒手攀岩

亚历克斯是《徒手攀岩》的主角。1985年他出生于美国加州,在父亲的影响下,他从小就喜欢攀岩,并且进行了长时间的训练,这都为他日后从事徒手攀岩奠定了坚实基础。徒手攀岩,顾名思义,就是不借助任何辅助工具,不采取任何外在保护,仅凭着登山鞋和防滑用的镁粉,赤手空拳攀爬上那些常人难以征服的山峰。因为没有保护措施,所以此项运动伤亡率极高。可以说,徒手攀岩是极限运动中的极限,而亚历克斯则是勇者中的勇者。

《徒手攀岩》的拍摄从2016年春天到2017年6月,主要是记录亚历克斯徒手攀登美国加州约赛米蒂国家公园酋长岩的历程。该如何表现这段难忘的经历呢？导演采取了最富有表现力的方式。导演是金国威和伊丽莎白·柴·瓦沙瑞莉夫妇，其中金国威作为摄制组负责人在片中出镜。

《徒手攀岩》所表现的内容让人印象深刻，与此相应的是，其所采用的叙事技巧与内容完美融合，从而形成合力，成就了这样一部精彩的作品。即使是面对经典的电影，此片也不遑多让，正所谓各擅胜场。影片内容不易复制，技巧却可以通过分析与学习获得。该片整体结构上最大的亮点，在于遵循了叙事弧线这一法则。

《徒手攀岩》的叙事弧线

《徒手攀岩》的主线是讲述亚历克斯挑战徒手攀登美国加州约赛米蒂国家公园酋长岩的故事。但影片并没有直接介绍亚历克斯或酋长岩，而是通过他以前的挑战画面及记录引出作品的核心故事。

影片一开头，是一位红衣男子正在徒手攀爬一座陡峭的山峰。刀劈斧剁似的峭壁与男子的呼吸声瞬间就牢牢吸引住了观众。与此同时，插入了两段有关他的采访片段。在第一段采访里，首先介绍了他的名字，很巧妙地使得观众知道正在爬山的人是亚历克斯。亚历克斯说出了徒手攀岩可能会产生的严重后果。他表示，生命无常，徒手攀登只是让死亡的感觉更迫近和逼真。在第二段采访里,他认为徒手攀岩当然比有绳攀岩更危险,也更让人专注,所以自己要调整心态,不应盲目地进行极限挑战,而是要学会做足功课,从而避免遗憾发生。采访过后,插入了他新书签售的片段,这里主要是埋下了另一条伏线,即回答听众所问感情生活——这里主要指爱情——对攀岩的影响。亚历克斯说总体看,感情生活对攀岩是不利的。到了后面,他的判断会短暂地得到验证。同时也交代了自己的现状:一直在外面跑,住在车上。紧接着,再次通过插入访谈来介绍他徒手攀岩的纪录。2008年成功登顶犹他州锡安国家公园290米的月华拱壁和加州约赛米蒂国家公园609米的半圆丘。当被问到下一个目标时,自然而然地引出了加州约赛米蒂国家公园975米的酋长岩。

电影用了五分钟时间来阐述亚历克斯的基本情况:他对徒手攀岩的热爱是发自内心的,但并不鲁莽,而是做了精心准备,以确保高成功率。他住在车上,认为爱情于攀岩有碍。他有着辉煌的纪录,并准备迎接下一个更大的挑战,那就是徒手攀登酋长岩。他小时候跟着父亲多次去看酋长岩,并认为酋长岩是世界上最壮观的大墙。他很早就想去尝试徒手攀登,但一直都没进行。这里引入了父亲,并制造了关于酋长岩的悬念。

阐述完亚历克斯想要独攀酋长岩的基本情况后,故事就进入了上升动作,在此阶段共有六个情节点,总体采用了先抑后扬的手法。第一个情节点引入了第一个重要人物:职业登山家汤米·考德威尔。汤米是一位很有成就的资深登山家,也多次攀登过酋长岩,只是从未试过无绳。由他来介绍酋长岩的攀登史是再好不过的选择。不仅如此，他还是在职业方面给予亚历克斯最大帮助的人。他陪亚历克斯一起训练，一起分析数据并制定方案。这是上升动作的第一个情节点。

第二个情节点，是关于亚历克斯的童年和环保理念。他介绍了自己的童年和家庭状况。他是一个喜欢独处的善良小孩。长大后，亚历克斯基于环保理由，已经吃素了几年。他借在高中演讲时的机会，展示了他成立基金会，将每年收入的三分之一捐给非营利性环保组织，为世界上一些没有电的地方带去光明。

第三个情节点引入了他的女友珊妮，第二个重要人物。这算是对前面铺垫的呼应。珊妮介绍了二人相识的经过。珊妮的出现，改善了亚历克斯的生活质量，但也给他带来了危险。在二人的一次攀岩中，因为珊妮的失误，导致亚历克斯挨了一次摔，有两处轻微的压迫性骨折。在此期间，亚历克斯还去做了一个检查，发现他大脑中的杏仁核与常人有异。一般人的杏仁核都处于激活状态，所以对恐惧的感知更为敏感。他的却未被激活，这也从另一方面说明了他勇气的来源：常人所认知的危险状况对他而言不太起作用。紧接着他和珊妮去攀岩时，第二次摔下来。这次比较严重，会影响到既定的独攀。亚历克斯在情感表达和交流方面似乎也有障碍，无法将"我爱你"说出口。

第三个情节点是有关家庭的话题。很显然，母亲与自己对父亲的理解并不相同，相反，亚历克斯认为父亲从正面成就了自己的攀岩选择,而母亲的作用则是从反面施压。这里插入了和汤米一家的聚会,是为了体现家庭团聚的温暖和徒手攀岩的高危形成张力。

第四个情节点来自对酋长岩各个攀登难点的分析。其中有六个地方比较险要,每处都根据特点命名:亚里克斯摔落之处"自由驰骋""中空石片",高难度、需要超强体能的"怪兽宽缝",整条线路中最耗费臂力的一段"耐力角",整个身体都暴露在外的"横渡",还有最惊心动魄、有着精细又复杂序列的"抱石问题"。"抱石问题"成为最大的困扰,也可以说是攀登酋长岩的关键转折点。亚力克斯多次尝试失败,为观众设置了悬念。

第五个情节点引入了彼得·克罗夫特,一个专业登山人士。他的出现,是为了引入团队跟拍的话题。他和亚力克斯就攀岩及跟拍的问题进行了交流,他是拒绝跟拍的,因为那完全不一样。亚力克斯则有摄影团队一直跟拍,这会不会影响到他无绳独攀酋长岩?后果接着就出现了:他第一次无绳独攀酋长岩,以失败告终。原因之一就是因为有人跟拍,感觉不对劲,于是及时抽身。

第六个情节点为亚力克斯购置房屋,珊妮在此方面热情极高,带着亚力克斯设计房屋布置、购买冰箱等用品。此情节点通过对这些日常生活温馨场面的描述,一方面弥合了亚力克斯失败的情绪,一方面在爱情与攀岩之间形成巨大的张力。

但亚力克斯并未因生活的日渐稳定而放弃无绳独攀酋长岩的梦想。到了2017年春天,他又恢复了训练,并且决定再次挑战酋长岩。珊妮、摄影团队对此纷纷表达了自己的看法，并为最坏的结果做好了计划。这些一起构成电影的危机部分。

接着便是电影的最大看点：亚力克斯第二次挑战无绳独攀酋长岩，亦即高潮部分。导演的叙事非常凝练，重点选取过程中的三个难点。其中用力最多的即"抱石问题"，因为那里是亚力克斯最没把握的地方。当他攀爬"抱石问题"时，甚至摄影团队的人都不忍直视，纷纷扭头。这就是现场直播的魅力。就如同观看奥运会、世界杯比赛，看直播和回放是完全不同的体验。导演把这一部分展现得比较完整，也把观众的情绪调动到了最高点。亚力克斯成功挑战"抱石问题"。观众松了口气，后面的"耐力角"和"横渡"也很让人揪心，但程度有所减弱。亚力克斯成功登顶，成为无绳独攀酋长岩的第一人。这一结果宣告高潮部分即将过去，进入下一阶段。

挑战成功的结果出现后，影片带领观众前进的动力引擎即将关闭，从而进入下降动作。珊妮打来电话，亚力克斯破天荒地说出了"我爱你"。这表明亚力克斯不仅取得了攀岩上的成就，在个人感情生活上也获得了突破。当被问及此次攀岩结束后要去干什么时，对于一般人而言，当然是要庆祝，而他却说要去"做指力板练习"。亚力克斯的回答算得上是一个"意外结尾"，但又和他的性格如此契合。最后，他在接受采访时——此处可看作对阐述部分几次采访的呼应——点明了此次攀岩的意义：也许有个年轻人，他知道了有人已经无绳独攀了酋长岩，由此可能激发年轻人进一步的挑战。当然,那个人也可能是自己。诚所谓"言有尽而意无穷",这对年轻人是一种激励,也是对自我提出了更高的期许。

其他技巧及几点启示

除了采取叙事弧线的策略外,《徒手攀登》还在叙事节奏及引入新人物策略方面下了很大功夫。

作为一部极限运动纪录片,如果仅仅就运动本身展开,难免有些单调。为了使人物更丰满,形象更立体,导演设置了攀岩运动与日常生活的不断切换。叙事节奏的转换,保持了一种张弛有度。

叙事节奏固然重要,张弛转换也很得体,但假如仅仅在两种生活中转换,未免有些乏味。为了保持叙事的新鲜感,导演采取了另外一种策略:不断引入新人物,形成多维叙事。影片在一定时候会引入新面孔,其中包括圈内朋友、女朋友、母亲和摄影团队等。这些人物的引入,使得叙事始终保持一种活力。

电影结构上很精巧,如果没有过硬的内容,显然也不能够成功。奇人做奇事,奇事成就奇人,除了内容的新奇之外,本片还给人以多方面的启迪。试列数条如下:

1.将爱好变为职业,并以此安身立命,是一件快乐的事;

2.生命无常,要珍惜每一天,选择自己热爱的生活;

3.行有余力,可以做些慈善;

4.勇敢不是蛮干,不打无准备之仗;

5.面对恐惧时,可以尝试不去压抑它,而是要想办法超越它;

6.人应有点战士精神,才能不断超越自我。

第二章 / 人物的三重特征

人物在创作中占据什么样的位置?

作家王松曾说过,小说创作应注意三个层次。第一个层次是写故事,这是最基本的要求;第二个层次是写人物,故事要靠人物来支撑;第三个层次,也就是最高层次,写人物不应仅停留在人物层面,而是要写人物之间的关系。在这三个层次中,故事是基础,人物是载体,人物关系是关键。

人物作为载体,是作品的枢纽,人物之间的关系,生出了故事。所以塑造好人物是非常重要的。

在塑造人物时要注意哪些方面的问题呢? 个人以为,要抓住三重特征:体貌特征、技艺特征和性格特征。

第一节　体貌特征

　　为什么是黑猫警长而不是白猫警长？为什么一只耳让人印象深刻,过目不忘？不知在观看《黑猫警长》的时候,我们是否会思考这些问题。关于黑色,可能需要从色彩美学角度来解读一下,黑色代表着高贵、庄严、正义、神秘力量和不怒自威,所以让黑猫做警长比白猫、黄猫效果要好。一只耳作为反面形象,残缺的耳朵使它从千百只老鼠中脱颖而出,极具辨识度,达到了让人过目不忘的效果。白雪公主一样有着鲜明的体貌特征。她头发黑得像乌云,嘴唇红得像苹果,皮肤白得像雪,其美丽的特征立刻显现出来。七个小矮人,是矮人,不是一般意义上的成年人。七个小矮人围在白雪公主身旁,因为身材矮小,充满了童趣,充满了欢乐和谐。设想一下,把七个小矮人换成七个个头和白雪公主一样高的男子,那么画风就大大改变,无法成其为《白雪公主》了。

　　所以我们在写作的时候,首先要努力找一找我们所写的对象在体貌上有没有与常人不同之处,如果有,把它放大,可以使人物特征更加鲜明,也许就能给别人留下深刻的印象。比如见到一个陌生人,也许终其一生都无法再与其相遇,但他或她却给人留下深刻印象,这时该如何来描述他或她？

借代

这时往往就会采取借代的手法。即从本体身上提取最明显的特征作为借体，如马尾辫、黄马甲、刀疤脸，等等。在文学作品中，这种情况十分常见。在童话中，小红帽的邻居们就明白这个道理。因为那个人见人爱的小姑娘，总喜欢戴外婆送她的红色天鹅绒帽子，故而人们都叫她"小红帽"。如果把小红帽换成一个名字，莉娜、琳达、海瑟薇，你会发现，不管是哪一个，都不如"小红帽"在脑海中停留时间长。《儿女英雄传》中的十三妹何玉凤，因前七回未透露姓名，一直被称为"红衣的女子"。

在《三国演义》中，描写了很多次战斗。在战斗中，读者熟悉人物是谁，而身处战阵的将士很难分辨人物，尤其是在混战中，故而需要通过人物的穿戴来辨认人物。如孙坚大战华雄，一着急用力，弓折了，于是便逃跑。祖茂跟随他，为了让孙坚顺利逃跑，他建议孙坚将头上的赤帻与自己的盔换着戴。果然华雄就奔着戴赤帻者追去，孙坚由此逃脱，祖茂却被杀害。

周瑜受箭伤，孙权亲自督战去取合肥，两军对阵。曹军大将李典对乐进说"对面金盔者，孙权也。若捉得孙权，足可与八十三万大军报仇"。乐进突出奇兵，差点将孙权劈于马下。后来马超为报父仇，兴兵雪恨，与曹操在潼关大战。西凉兵英勇，大败曹军。曹操就有点惨了：

操在乱军中，只听得西凉军大叫："穿红袍的是曹操！"操就马上急脱下红袍。又听得大叫："长髯者是曹操!"操惊慌,掣所佩刀断其髯。军中有人将曹操割髯之事,告知马超,超遂令人叫拿:"短髯者是曹操!"操闻知,即扯旗角包颈而逃。

因为大家原来都没见过曹操,因此只能通过他的体貌特征来辨认。

由此更进一步,那就是"绰号"。

绰号

绰号其实是对人的某种特征的一种精准概括,《水浒传》一百零八将,每一个人都有一个绰号,这些绰号正对应着人物的三重特征之一。比如美髯公、青面兽、九纹龙、花和尚、赤发鬼等对应的就是体貌特征。美髯公,是指胡子长得漂亮而醒目;赤发鬼,是头发的颜色与众不同,如鹤立鸡群,在众多黑发中,脱颖而出。

比如《聊斋志异》的一个《役鬼》故事:

山西杨医,善针灸之术;又能役鬼。一出门,则捉骡操鞭者,皆鬼物也。尝夜自他归,与友人同行。途中见二人来,修伟异常,友人大骇。杨便问:"何人?"答云:"长脚王、大头李,敬迓主人。"杨曰:"为我前驱。"二人旋踵而行,蹇缓则立候之,若奴隶然。

山西有个姓杨的医生，擅长针灸，还能叫鬼为他做事。一出门，那些牵骡的、赶车的都是些鬼。曾经有天夜里杨医生从外地回家，和朋友一路同行。途中看见迎面走来两个人，又高又大，同常人大不一样。朋友很震惊，也很害怕。杨医生向前便问："你们是什么人？"回答说："长脚王、大头李前来敬迎主人。"杨医生说："给我前边带路。"两人转身向前走去，见杨先生落到后边时，就立刻站住等他，好像奴隶一样。"长脚王"和"大头李"是这两个鬼的绰号，显示着他们在体貌上的特征。"长脚王"和"大头李"只是提一下就过去了，长脚和大头并没有继续发挥作用。

还有一种是对人物的体貌特征进行正面描写，这些体貌特征十分突出，大幅提升了人物的辨识度。更为难得的是，这些体貌特征还能发挥作用。

在中国的史传里，有很多名人天生异貌。如项羽重瞳，孙权碧眼紫髯，非常之人常有非常之貌。而《三国演义》里面的刘、关、张三兄弟，小说中不仅是描写了他们的外貌，还让外貌发挥了推动故事情节发展的特殊作用。

如刘备的体貌就非常的引人注目：

> 生得身长七尺五寸，两耳垂肩，双手过膝，目能自顾其耳，面如冠玉，唇若涂脂。

身长几何，面如冠玉，唇若涂脂，这些都是程式化的熟语，算不上刘备特殊的地方。"两耳垂肩,双手过膝,目能自顾其耳"这三个特征才是刘备专属。吕布在白门楼临死前就骂刘备为"大耳贼",抓住了其中一个特点。《三国演义》中还有一位"双手过膝"的人物是司马炎,不过并未展开他的故事。写刘备体貌的高明之处在于,这些特征不仅仅是特征,还将为他带来好运,推动情节发展。蔡瑁设计陷害刘备,欲将其置于死地。幸得伊籍先生提前告知,刘备才得以逃脱。但是又遇檀溪拦路,好在有惊无险,马跃檀溪,刘备二次逃脱。惊魂甫定,想到自己上无片瓦,下无立锥之地,一路奔波,寄人篱下,还得躲避各种伤害,劫后余生,此时内心怎能不五味杂陈,所以在遇到一个牧童跨于牛背上横吹短笛时,他发自内心地慨叹"吾不如也",于是望着牧童出神。牧童也注意到了他,在仔细打量之后,竟然说出了一句匪夷所思的话"将军莫非破黄巾刘玄德否"。返回到当时的历史语境中,在信息如此不发达的时代,一个偏僻乡村的儿童,竟然能认出刘备。刘备自然吃惊非小,赶忙问原因。小童回答得很利索:

> 牧童曰:"我本不知,因常侍师父,有客到日,多曾说有一刘玄德身长七尺五寸,垂手过膝,目能自顾其耳,乃当世之英雄,今观将军如此模样,想必是也。"

刘备并未交代自己的身份,却因其独特的外貌而被认了出来。原来这段写牧童的目的是引出水镜先生司马徽,而司马徽的出现是为了引出徐庶、伏龙、凤雏。刘备的命运就此改写。

这是刘备的体貌特征，为自己争取了贤人。张飞就不同了，他的特点可以取人性命。张飞的体貌特征是通过刘备展现的：

> 及刘焉发榜招军时，玄德年已二十八岁矣。当日见了榜文，慨然长叹。随后一人厉声言曰："大丈夫不与国家出力，何故长叹？"玄德回视其人，身长八尺，豹头环眼，燕颔虎须，声若巨雷，势如奔马。玄德见他形貌异常，问其姓名。

这里除了介绍张飞的长相外，还指出了他的重要特征，"声若巨雷，势如奔马"。这时也只觉得张飞应该是个大嗓门。而这个嗓门究竟有多大，到了长坂桥边才见分晓：

> 张飞睁圆环眼，隐隐见后军青罗伞盖、旄钺旌旗来到，料得是曹操心疑，亲自来看。飞乃厉声大喝曰："我乃燕人张翼德也！谁敢与我决一死战？"声如巨雷。曹军闻之，尽皆股栗。曹操急令去其伞盖，回顾左右曰："吾向曾闻云长言，翼德于百万军中，取上将之首，如探囊取物。今日相逢，不可轻敌。"言未已，张飞睁目又喝曰："燕人张翼德在此！谁敢来决死战？"曹操见张飞如此气概，颇有退心。飞望见曹操后军阵脚移动，乃挺矛又喝曰："战又不战，退又不退，却是何故！"喊声未绝，曹操身边夏侯杰惊得肝胆碎裂，倒撞于马下。操便回马而走。于是诸军众将一齐望西奔走。

在长坂坡,张飞相当有计谋。他立在长坂桥边,三声大喝,竟然把夏侯杰惊得肝胆碎裂。可以想见其声如巨雷之威,与他前面刚出场时的体貌特征遥相呼应。

关羽又和刘备、张飞不同。他的相貌可以救命。关羽是个大个子,刘备七尺五寸,张飞八尺,而他有九尺。更让人赏心悦目的是,他的胡子竟然有二尺。再加上面如重枣,唇若涂脂,丹凤眼,卧蚕眉,确实称得上是相貌堂堂,威风凛凛,是一个颇具阳刚之气的美男子。

在他挂印封金去找大哥刘备路上,他来到荥阳关。太守王植假意殷勤,先把关羽骗进驿馆,却暗中命人烧死他。当晚值班的是胡班。胡班是胡华之子。关羽在胡华家受到了热情款待,并受老人家之托给胡班带封信。不过胡班并不知情,只是觉得关羽名声如此之大,如果被烧死了,自己还不知道他长什么模样呢,有点遗憾。故而悄悄来到厅前,想偷偷看一眼本尊。关羽左手绰髯,于灯下凭几看书,非常有范。胡班被关羽这股凛然之气给折服了,本来只是心里赞叹,不承想身不由己脱口而出"真天人也"。这样一来,胡班就暴露了。当他报上姓名时,就和前面胡华的故事连接起来。胡班向关羽交代了实情,使得关羽幸免于难。

你和风情之间，差的是一对耳坠

在描写人物体貌特征时，为人物加上一些佩饰、首饰等物，有时也可以大幅提升人物的风情。

在《红楼梦》里最绰约风流的女子之一就是尤三姐。第六十五回时，尤三姐开始发飙，对贾珍、贾琏进行反制。曹雪芹在这里对尤三姐有一段描写，充满了动感，堪称风情描写的巅峰片段：

> 这尤三姐松松挽着头发，大红袄子半掩半开，露着葱绿抹胸，一痕雪脯。底下绿裤红鞋，一对金莲或翘或并，没半刻斯文。两个坠子却似打秋千一般，灯光之下，越显得柳眉笼翠雾，檀口点丹砂。本是一双秋水眼，再吃了酒，又添了饧涩淫浪，不独将他二姊压倒，据珍琏评去，所见过的上下贵贱若干女子，皆未有此绰约风流者。

描述人的时候，不是像一个木偶一样去描述，而是让人物动起来，她的脚总在动，但还不如"两个坠子却似打秋千一般"写得传神。就好像一对耳坠在眼前晃一样。作为读者，要能体会出这种比喻之美。

文康在《儿女英雄传》中给侠女何玉凤也戴上了一副"硬红坠子"。白先勇毫不掩饰对《红楼梦》的喜爱，在作品中，不知有意还是无意，反正在《永远的尹雪艳》中，给人物也安排了一对耳坠：

　　那天尹雪艳着实装饰了一番，穿着一袭月白短袖的织锦旗袍，襟上一排香妃色的大盘扣；脚上也是月白缎子的软底绣花鞋，鞋尖却点着两瓣肉色的海棠叶儿。为了讨喜气，尹雪艳破例地在右鬓簪上一朵酒杯大血红的郁金香，而耳朵上却吊着一对寸把长的银坠子。

　　尹雪艳这对寸把长的银坠子，与尤三姐的又不同。尤三姐那个富有动态，这个却更具象征意义。因为尹雪艳"永远不老"，这对坠子更像是一对凶器，威胁着每一个深陷其中的人。

　　可见，把一件饰物用好了，也能带来意想不到的效果。

第二节　技艺特征

技艺特征是指作品人物所具备的技能,这种技能既可以是超出常人的天赋异禀,也可以是某种职业技能,还可以是日常生活的动手能力,不论是哪种,最终都以让读者留下深刻印象为目的。

俗话说,家有黄金万两,不如一技在身。黄金万两可能一夜散尽,一技在身可保衣食有靠。从神行太保戴宗、金枪手徐宁等人的绰号中就可以知道他们的技艺是什么。

在中国古代,有三教九流、五行八作、士农工商,人们都要靠一门手艺维生。但随着时代的发展,很多手艺都面临窘境,甚至濒临断代。不过有项技艺一直流传到今天,那就是射箭。在中国古代,射箭作为君子六艺之一,是一般贵族男子的必修课程。中国自古不缺神射手,射箭高手的故事层出不穷,至少有五种类型射箭故事。

征服自然,为民除害

其中最神奇的当数后羿射日。虽然《山海经》《楚辞》中都有记述,但真正形成比较完整的故事是在《淮南子》中。后羿用弓箭为民除害,主要对象是太阳,还有一些巨型怪兽。把这些铲除之后,功德一件,万民皆喜。

技艺练习

技艺练习在这里包括两个层次。第一个层次重点强调学习的过程,强调师徒之间的微妙关系。比如《列子》里讲了纪昌学箭的故事。纪昌拜神射手飞卫为师。飞卫让纪昌回去先练习不瞬,就是不眨眼。纪昌很听话,两年后练好了。接着又练了三年的"视小如大"。这些基本功具备后,飞卫才开始教他射箭。纪昌很快就和飞卫一样优秀了,这时嫉妒心开始作祟,想要杀死飞卫。不过后来二人打成平手,达成谅解,抱头痛哭,并且认为父子,发誓不将箭术传人。日本作家中岛敦以这个故事为底本写出了《高手传》,又译《名士传》。后面又加了一段纪昌向甘蝇学箭的故事。这段故事化用了《列子》里另外两个片段,其中一个关于伯昏无人不射之射的故事:

> 列御寇为伯昏无人射,引之盈贯,措杯水其肘上,发之,镝矢复沓,方矢复寓。当是时也,犹象人也。伯昏无人曰:"是射之射,非不射之射也。当与汝登高山,履危石,临百仞之渊,背逡巡,足二分垂在外。揖御寇而进之。御寇伏地,汗流至踵。"伯昏无人曰:"夫至人者,上窥青天,下潜黄泉,挥斥八极。神气不变。今汝怵然有恂目之志,尔于中也殆矣夫!"

这段是讲列子在伯昏无人面前显示高超的箭术,精巧至极。伯昏无人却说列子功夫还停留在为射而射的层面。于是将其领到高山上,踩着摇摇欲坠的石头,下面就是百仞深渊。伯昏无人神色自若,他请列子也上去试试,列子吓得趴在地上,汗都流到脚后跟了。

所以说,此时列子还没有达到至人的境界。列子所说的至人是什么样的人呢?"至人潜行不空,蹈火不热,行乎万物之上而不栗。"在列子教训徒弟尹生的时候,他讲述了自己求道的经历,到了第九个年头,才达到物我合一,那种感觉是这样的:

> 而后眼如耳,耳如鼻,鼻如口,无不同也。心凝形释,骨肉都融;不觉形之所倚,足之所履,随风东西,犹木叶干壳。竟不知风乘我邪? 我乘风乎?

达到这种境界庶几能够入水不溺,入火不焚。当然,在《列子》里还有"至言去言"等说法。

中岛敦把这些故事和理论糅杂在《高手传》里,纪昌和甘蝇学艺九年后,回到邯郸。没有再用过弓箭,也很少说话。到了最后,他竟然想不起弓箭的名称了。整个故事蕴含着深刻的中国智慧和哲理,令人深思。

第二个层次是展示高超的技术。这时常用的描写词汇"左手如托泰山,右手如抱婴孩;弓开如满月,箭去似流星",百发百中。"林暗草惊风,将军夜引弓。平明寻白羽,没在石棱中。"这首诗是对射箭力道的赞美。当然,射箭时对技巧的要求很高,像前面提到的列子,虽然不能和伯昏无人比,但是已然非常厉害了。他把水杯放置在肘上,不仅中的,还精巧无比,水杯纹丝不动。"百步穿杨"的故事则来自于养繇基,一作养由基,冯梦龙在《东周列国志》中写了养繇基的几个故事,最耳熟能详的就是百步穿杨。何为百步穿杨?就是有人在杨树上把一片叶子涂上颜色,养繇基在百步之外射箭,不偏不倚,正中此叶中心。另外这种情节多数和竞赛联系起来。当时有个名叫潘党的人不服气,认为他是偶然命中。养繇基便在让人在树上选了三片高低不等的叶子,分别写上"一""二""三",然后在箭杆上也如法炮制,最后每一箭编号与叶子编号都吻合。不过即便如此,也没能让对方心服口服。最后还是比力道,潘党的箭力透七层坚甲,养繇基运用"送箭之法"将潘党的箭顶出,自己的箭穿于层甲之孔。至此,潘党才完全拜服。

在《三国演义》中有一段著名的邺郡赛箭。曹操赤壁大战败北后,一直积蓄力量以待复仇。曹操想报仇,但惧于孙、刘联合,暂时按兵不动,同时命人修造铜雀台。铜雀台成,曹操在邺郡大宴文武,同时举行射箭比赛。比赛分为两队:曹氏宗族为一队,俱穿红衣;其余将士为一队,俱穿绿衣。以射中百步外箭垛红靶心为标准,以一领西川红锦战袍为利物。于是两队人马纷纷献艺。红队的曹休、曹洪、夏侯渊,绿队里的文聘、张郃、徐晃先后出场,两队各不相让。徐晃将锦袍射落,披在自己身上。这时绿队的许褚飞马而出,与徐晃争夺锦袍。你争我夺,竟然将锦袍扯碎。曹操一看不好,喝止二人,所有参与射箭的人都获得蜀锦一匹。

这里的利物是西川红锦战袍,在射箭的技术上层层递进,由最简单的射中红心到最后的射断柳条,越来越精准。然后情节又突转了一下，本以为徐晃获取了最后的胜利，哪承想自己的队伍中又冲出一个许褚，由两队较量变成了队内内讧，可谓是精彩不断，惊喜连连。

战斗技能

养兵千日，用兵一时。平时的训练就是为了在战场上一显身手，这时的目的就变成了射杀对方。养繇基出世时还是个小校，被称为神箭养叔。他一箭射死反叛的楚国令尹斗越椒，协助楚庄王平定了叛乱。到了楚共王时期，楚晋相争，楚共王被晋将魏锜射瞎左眼。楚王给了养繇基两支箭，请其代为报仇。养繇基果然不负所托，一箭射死魏锜，由此获得新雅号"养一箭"，意思就是一箭致命，用不着射第二箭。俗话说，能耐人都死在能耐上。楚共王早就意识到了这一点，并且警告养繇基不要自恃其能，否则"异日必以艺死"。还真被他说中了。到了楚康王时期，吴王引诱楚的属国舒鸠叛变，楚王派令尹屈建率兵讨伐舒鸠。养繇基非要跟着去，最后因为轻敌，死在了吴军的乱箭之下。

《三国演义》是小说中弓箭出现较为频繁的作品。很多名人如孙坚、孙策、典韦、太史慈、周瑜、庞统、张辽、徐晃、张郃等许多名人都是直接或间接死于箭伤。许多射箭高手，最后也死于弓箭。甘宁射死过凌操、黄祖，最后自己也死于箭下。黄忠箭法无敌，最后竟然死于箭伤。

《水浒传》中的花荣也是神射手，他的绰号是"小李广"。在攻打高唐州、大名府、曾头市时，在征辽和平定方腊时，都用弓箭屡立奇功、射死、射伤数名将领。

在《聊斋志异》中也有多篇涉及弓箭。《向杲》讲述了一个惊心动魄的复仇故事。庶兄被庄公子打死，向杲想为他报仇，怀揣利刃想要杀死庄公子。庄公子知道此事后，就雇用了汾州的射箭高手焦桐来做自己的保镖。向杲计无所出，适逢天降大雨，便跑到山神庙避雨。庙里的道士给了他一件布袍。他穿上后竟然变成了老虎，还看见了自己的尸体。后来他所变的老虎把庄公子扑倒，将脑袋吃了。焦桐返马而射，射中虎腹，将其射死。向杲却并没死，只是前几天有点浑浑噩噩，没过几天就好了。故事中的焦桐没有更多机会展示功夫，从射死老虎这一情节来看，是一位神射手。老虎吃人，又被射死，向杲由此既报了仇，又脱了干系。

在《五通》中，五通神中四郎在赵弘家做下淫事，奸淫了其妻阎氏。家里人束手无策。适逢赵之刚猛善射的表弟万生路过，在其家住宿。晚上看见四郎来，将其砍死，乃是一匹小马。过一会又有四五个人自空飞坠。万生用箭射死头前的一位，又用刀杀了一位，一下就除了三害。剩下的都跑了，不敢再来。

在《连琐》中，连琐因为被鬼役所扰，求杨于畏帮忙。杨于畏便于梦中相助，不过他也斗不过鬼役。正在危急关头，看见朋友王生正在打猎，赶忙呼救。王生第一箭射中了鬼役的大腿，第二箭将其射死，救下了连琐和杨于畏。

在《醒世恒言·郑节使立功神臂弓》中，郑信在地洞中遇见日霞仙子，二人成就夫妻。后来日霞让郑信用神臂弓助自己战胜了月华仙子。三年后，郑信靠着神臂弓出人头地，最后官至两川节度使。

这些射手都在关键时刻展示了射术，将对手射杀或射伤，从而改变局面和故事走向。

社交手段

射箭不仅是技术和战斗技能，有的时候还是一种社交手段。高水平射手通过展示这项技艺，可以改善人际关系，达到某种特殊目的，从而成为一种社交手段。

吕布就是这方面的高手，他的辕门射戟是经典案例。

袁术派纪灵去小沛攻打刘备，刘备求写信求助吕布。吕布把刘备和纪灵约到自己帐中，刘、纪都大吃一惊，各自要回避。吕布让二人少安毋躁，并且说让老天来决定纪灵是否可以去攻打刘备。办法是什么呢？他要在一百五十步外射中画戟的小枝。射中了，各自罢兵；射不中，各行其是。纪灵认为，百步穿杨已经是射手的极限了，这回增加一半的距离，根本是不可能完成的目标。刘备当然是愿意了，而且还默默祈祷吕布射中。果然，吕布艺高人胆大，一箭正中画戟小枝，起到了敲山震虎的效果，一场危机迎刃而解。

花荣在这方面也不遑多让，先有箭射门神，第一箭射中左边门神的骨朵头，第二箭射中右边门神头盔上的朱缨。指哪射哪，立刻让来要人的两位教头蔫了，所以就有了下面的片段：

花荣再取第三支箭，喝道："你众人看我第三支箭，要射你那队里穿白的教头心窝。"那人叫声："哎呀!"便转身先走。

花荣采取了不战而屈人之兵的策略,用两支箭吓走百余人。不过,这还不算高明。因为这都是静物,要射移动靶才算真手段。花荣在投梁山的路上,遇到吕方、郭盛比武,两枝画戟的绒绦纠缠在一起。他一箭正把绒绦射断,得到了大家的齐声喝彩。等到上梁山后,说起此事时,晁盖似乎不信,只是含糊应了几句话。这个信息被花荣捕捉到,他看在眼里,记在心上,想找机会证明自己,以提升在梁山的地位。酒至半酣,二十一位头领到山前观景,恰好有数行大雁飞过,花荣感觉时机成熟了,于是开始了自己的表演,这一段十分精彩:

> 花荣寻思道:"晁盖却才意思,不信我射断绒绦。何不今日就此施逞些手段,教他们众人看,日后敬伏我?"把眼一观,随行人伴数内却有带弓箭的。花荣便问他讨过一张弓来,在手看时,却是一张泥金鹊画细弓,正中花荣意。急取过一支好箭,便对晁盖道:"恰才兄长见说花荣射断绒绦,众头领似有不信之意。远远地有一行雁来,花荣未敢夸口,小弟这支箭,要射雁行内第三只雁的头上。射不中时,众头领休笑。"花荣搭上箭,拽满弓,觑得亲切,望空中只一箭射去……当下花荣一箭,果然正中雁行内第三只,直坠落山坡下。急叫军士取来看时,那支箭正穿在雁头上。晁盖和众头领看了,尽皆骇然,都称花荣做"神臂将军"。吴

　　学究称赞道："休言将军比小李广，便是养由基也不及神手。真
乃是山寨有幸。"自此梁山泊无一个不钦敬花荣。

　　射得好不如射得巧。花荣的表演恰逢其时，恰到好处，征服了
梁山上原来的头领，吴用还用李广、养由基来比附他。花荣由此获
得"神臂将军"称号。可以说，这一箭大幅提升了花荣在梁山的声威
和地位。

射以观德

　　射箭不仅是一项技术，还是一种"观德"的手段。这在《礼记·射
义》中有详细记载。

　　孔子说，君子的修养之一就是不争。如果非要说有争的话，那
就体现在射箭上。即使是射箭，也是未上场前互相谦让，下场之后
互道承让，举杯对饮。那么这种"争"也是君子之争。

　　其实在射箭之前，按照礼法，就要喝酒。根据地位不同，先行燕
礼或乡饮酒礼。然后伴着礼乐，进行射箭活动。不同地位的人，所
配乐曲也不相同，目的在于提醒各安其职。

　　在射箭时，也不能随意，个人的仪容仪表和内心的安宁一样重
要，内外兼修，"故射者进退周还必中礼，内志正，外体直，然后持弓
矢审固；持弓矢审固，然后可以言中，此可以观德行矣"。只有这样
射中的箭才算得上是真中。正因为通过射箭能观察一个人的修养及
技艺，所以古代"天子以射选诸侯、卿、大夫、士"。就是说，要想进入

体制内,射箭是必修课。正是因为有这样的文化基础,射箭这门技艺才能代代相传。

1.羿效应

在《符子》里,有一个关于羿的故事。羿本来是神射手,百发百中,但是有一次夏王告诉他,如果射中了,则赏万金之费;如果射不中,则削他的千里之邑。羿马上就不淡定了,脸上变了色,呼吸也乱了,直接影响了射箭。连射两箭都落不中。夏王感到奇怪,就问傅弥仁羿射不中的原因:

> 夏王谓傅弥仁曰:"斯羿也,发无不中!而与之赏罚,则不中的者,何也?"傅弥仁曰:"若羿也,喜惧为之灾,万金为之患矣。人能遗其喜惧,去其万金,则天下之人皆不愧于羿矣。"

傅弥仁的回答很巧妙,他说因为过于重视赏罚,羿的心理产生了较大的波动,所以出现了严重失误。如果能把这种过分重视外界的心理摒弃掉,每个人都可以做到百发百中。这个故事更像寓言,只是借羿的名头来讲道理。这种现象在国外还有一个名词,叫瓦伦达效应。瓦伦达家族以走钢丝著称,一直延续到今天。其中有一位名叫卡尔·瓦伦达的,更是其中的佼佼者,他创造了多项吉尼斯世界纪录。但是在1978年3月22日那天,七十三岁的卡尔·瓦伦达挑战两座十层楼间走钢丝。当天有许多名人到场,他认为这次挑战对自己特别重要，所以前些日子就心事重重。结果挑战失败，卡尔·瓦伦达当场坠亡。他的妻子说是因为他太在乎这次比赛了，所以才导致了悲剧。后来人们就把这种心境称为"瓦伦达效应"，如果换成中国语境，那就是"羿效应"。

2. 有关"义"的故事

《三国演义》中曹操在华容道被关羽截住，本来关羽抱着必杀曹操的心，奈何曹操攻心为上，还是通过自己的话术让关羽放了他。其中说了一个典故，"将军深明《春秋》，岂不知庾公之斯追子濯孺子之事乎"。

其实这个故事来自孟子。在《孟子·离娄下》中讲了逄蒙和羿的故事。逄蒙跟羿射箭，尽得真传后，认为天下唯有羿的箭术胜过自己，于是便杀了他。孟子认为，这事羿也有责任。公明仪则认为羿无责任。孟子说，责任肯定有，只是不大。因为他既没有认清逄蒙的本性，又未曾将其改变。同时举了一个例子，那就是"庾公之斯追子濯孺子"的故事。郑国派子濯孺子去攻打卫国，打了败仗。卫国则派庾公之斯去追击。子濯孺子当日正生着病，根本没有了力气拿弓，以为必死无疑。于是就打听是谁来追他们。手下人告诉他是庾公之斯，子濯孺子立刻看到了希望，说自己不会死了。手下人很奇怪，就问为什么。他说因为庾公之斯学艺于尹公之他，而尹公之他是自己的徒弟。这样算来，庾公之斯是自己的徒孙。尹公之他是正人君子，他交的朋友、教的徒弟肯定也是正人君子。果然，在得知真相后，庚公之斯认为如果射子濯孺子，于心不忍；但是如果不射，又算不忠。两难之下，他抽出箭来，在车轮上把箭头磕掉，射了四箭后就回去了。子濯孺子由此幸免于难。

但这个故事很可能是孟子演绎的。为了说明收徒要慎，择友要端，而不惜将别的故事进行改造，为我所用。它很可能来源于《春秋》《左传》中的庚公差追公孙丁的故事，这个故事发生在襄公十四年。卫献公和大臣孙文子之间不睦，孙文子造反。卫献公逃亡，为献公驾车的是公孙丁，孙文子则派庚公差和尹公佗去追公孙丁。

> 初，尹公佗学射于庚公差，庚公差学射于公孙丁。二子追公，公孙丁御公。子鱼曰："射为背师，不射为戮，射为礼乎？"射两靷而还。尹公佗曰："子为师，我则远矣。"乃反之。公孙丁授公辔而射之，贯臂。（《左传·襄公十四年》。）

公孙丁是庚公差的师父，庚公差是尹公佗的师父。庚公差很矛盾，如果射，背叛师门；如果不射，回去要受罚。最后他采取了一个智慧的办法，向公孙丁所驾的车轮上射了两箭，然后就返回了。这里并没有写公孙丁的反应，也许是他心里有数，知道庚公差不会射自己。但是尹公佗就没那么客气了，他和庚公差说，公孙丁是你的老师，但不是我的老师。你不忍心射，我可不在乎。于是他反过身去追公孙丁，手下毫不留情。公孙丁发现这种情况，既然你来真的，不给我留活路，那就别怪我不客气。于是他把马车的缰绳交给献公,自己执箭而射。一箭就射中了尹公佗的胳膊。这很可能是公孙丁给尹公佗的警告,因为他完全可以一箭致命,只是看在庾公差不射自己的面子上手下留情。冯梦龙在《东周列国志》中对尹公佗就没那么客气了。在小说中,庾公差对老师很客气,抽出箭来,在车轮上磕掉箭头,向老师的车上射了四箭,然后道声保重而回。尹公佗不服气,在回去的路上越想越后悔,便要求折返去追杀公孙丁。庾公差说公孙丁的箭术不输养繇基,告诫尹公佗最好别返回,返回也是枉送性命。尹公佗想来年轻好胜,听不进去师父的话。最后果然被公孙丁一箭射在手臂上,又一箭,结果了尹公佗的性命。

在孟子与冯梦龙的故事改造中,二人的侧重点是不一样的。同样是突出择友要端,孟子故事的重点在于正面强调“义”的重要性。冯梦龙则是从反面强调“义”的重要性,不义则伤,甚至是亡。

除了这种讲“义”的故事之外,还有几种“非不能也,是不为也”的故事。射手明明可以将对手射死,但是出于种种考虑,射而不伤,或射而不杀。

射而不伤,多用于英雄间惺惺相惜。如战长沙时,黄忠与关羽对战两日,胜负难分。黄忠马失前蹄,关羽没有乘人之危,而是让他换马再战。正是关羽有义在前,所以第三天黄忠用弓的时候,前两下都是虚拽弓弦作为提醒。关羽误会了意思,以为黄忠不过尔尔。因为太守在城上观战,黄忠实在没有办法,只能抽弓搭箭,正射在关羽的盔缨根上。这一箭的难度相当大,如果他想射死关羽,是非常容易的。黄忠的选择出于对关羽的敬佩,宁愿亏待自己也不愿出手伤人。果然,他的行为给自己招来了麻烦,幸好魏延出手相救才使他转危为安。

这是射而不伤,还有一种是射而不杀。大名府梁中书想要抬举杨志,于是就让他献艺和周谨比试。二人先比枪法,杨志占了上风。管军兵马都监李成护短,请示梁中书让二人比箭。周谨先射,三箭俱被杨志化解。杨志虚拽弓弦,周谨以为他不会射箭。周谨想错了,杨志是高手。不过杨志一想自己和周谨没有冤仇,没必要伤了他性命,因此手下留情,只朝他的不致命处——左肩——射去,真是指哪儿射哪儿,一射就中。从这件事上看,杨志有容人雅量,是位有德之士。

以上虽然只是针对神箭这门技艺而言,其他的技艺也大同小异。虽有手段上的区别,但在境界上是相通的。木匠和铁匠的生活方式肯定不一样,行商和坐贾所接触的人和物也会不同,但究其根本,还要归结在为人处世、待人接物的理念上。《木匠和狗》《命若琴弦》等篇章本身写的就是普通人的生活,对人物的技艺特征有精彩的描述。人可以一专多能,甚至多专多能,这种人嘴角眉梢都是戏,故事可以信手拈来。俗话说,民以食为天。每个人都离不开吃。《美食家》《棋王》从不同角度来写关于吃的故事。对于最普通的人,该如何捕捉他们的故事呢?至少可以从吃上进行挖掘。一个人可以不是美食家,也可能不太会做饭,但一般都有一道相对来说较为拿手的饭菜,即便是烂子里拔将军也行。所以经常会看到一些诸如《妈妈的手擀面》《姥爷的米线》《下厨记》等题目,角度选得巧些,文字细密些,一样能写出优秀作品。

第三节　性格特征

　　性格特征,是人物一切行动的底色。我们常听说,性格决定命运。人物的言行其实都是从性格出发,又在强化这种性格。《三国演义》中有三绝:智绝,诸葛亮,字孔明,号卧龙,也就是三国中智商最高的人。奸绝,曹操,字孟德,三国中最奸诈的人,治世之能臣,乱世之奸雄! 义绝,关羽,字云长,最讲义气的人,和刘备、张飞桃园结义,后来过五关斩六将,华容道义释曹操,等等。无论是哪种行为,都是性格的一种投射。优秀的作品往往抓住人物的细小的动作、简短的话语、细微的表情来刻画人物,表现人物特征,使得人物立体鲜活。

　　宋江对朋友有求必应,花钱如流水,总是仗义相助,慷慨解囊。就像土地干旱了,人们想要雨,马上就来雨,所以被称为及时雨。这个绰号的分量是很重的,有一点做不到都不能成。

　　"诸葛一生唯谨慎,吕端大事不糊涂。"但人物的性格不是单一的,也不是一成不变的,因此复杂性。猛张飞有心细的时候,黑李逵也有心慈面软的时候。若论复杂性,鲁智深的粗中有细比较典型。

　　鲁达的性格,一般人都认为线条比较粗。其实不然。先来看看三个人对他的评价,一个是经略相公,他评价说"这鲁达虽好武艺,只是性格粗鲁",可见他不识鲁达。智真长老说"此人上应天星,心地刚直。虽然时下凶顽，命中驳杂，久后却得清净，正果非凡"。这是对他一生成就的概括。倒是被鲁达瞧不起的李忠，反而更加了解他。李忠与周通偷了呼延灼的踢雪乌骓马，呼延灼找慕容知府借兵两千去攻打桃花山。周通抵挡不住，李忠提议请二龙山宝珠寺鲁智深来帮忙，周通这时有点顾虑，毕竟想起往事有点不好意思。这时李忠说："他那时又打了你，又得了我们许多金银酒器，如何倒有见怪之心？他是个直性的好人，使人到彼，必然亲引军来救应。"这番话称得起是知人之言。

金圣叹的评价实际是非常到位的，但往往被人忽略，他说鲁达是上上人物，心地厚实，但也有些粗鲁，不过他的粗鲁是性急，但又非常精细。鲁达的性格可以总结成三句话：忠厚是底色，性急是表象，精细是亮点。

说他忠厚，小说里人物对他的评价比较有代表性。如智真长老说他"心地刚直"，李忠也很了解鲁智深，评价他是"直性的好人"。金圣叹更是将其视为《水浒传》中的上上人物，读到激动处，他甚至写道："写鲁达为人处，一片热血，直喷出来。令人读之，深愧虚生世上，不曾为人出力。"可见这个形象塑造多么有力。

虽然为人忠厚，但他有些性急。一开始写他的性急，比如和李忠说话，推开看李忠卖药的人。在酒楼上和酒保也不耐烦。当时就要去打死郑屠（一语成谶）。在打郑屠之前，已经牛刀小试，打了店小二。"鲁达大怒，揸开五指，去那小二脸上只一掌，打得那店小二口中吐血，再复一拳，打下当门两个牙齿。"这说明他的掌力深厚，力气很大，为后面拳打郑屠致死的情节做铺垫。

以上是鲁智深留给大家最深的印象，一般读者也容易将"好人"和"直性"这两个标签视为鲁智深性格的全部，不过这不够精准，忽略了其性格的另一面，那就是"精细"，或者换句话说，是粗中有细。

简略说，至少有四组细节可以表现出鲁智深的精细。

第一组细节来自拳打郑屠系列。首先是鲁智深的提问，可以称为"问的细"。他和史进、李忠在酒楼喝酒，听见隔壁有人啼哭，扰了他们的清静，便让小二将其带来。这时的鲁智深一改前面的焦躁，问了父女二人五个问题，于他的脾气而言，实属罕见。当然，细细想来，也不奇怪，他对于弱者，是抱有同情的。其次是做得细。他去旅店里看望金氏父女。为了防止店小二拦截或告密，他"且向店里掇条凳子，坐了两个时辰。约莫金公去得远了，方才起身，径投到状元桥来"。这也是他一贯的准则，"杀人须见血，救人须救彻"。接着他去打郑屠时，并不是直接上手，而是精心设计，戏弄郑屠。目的就是引他发火，结果当郑屠无名火起的时候，正中鲁达下怀。当他发现郑屠快断气时，已经知道要闹出人命。不过这时他并未惊慌，而是说"你这厮诈死"，为自己争取了逃跑时间。试想一下，如果他一慌张，转身就跑，可能就会坏事。

第二组细节来自他在五台山当和尚时。有一次出去喝酒，老板一问知道他是五台山的，就不卖酒给他。后来他学乖了，到另外的酒家，说自己是外来僧人，从而得到酒喝。

　　第三组细节来自刘家庄系列。他路过刘家庄,正碰到刘太公犯愁。原来有个大王要强娶自己的女儿。这时鲁智深没有像金翠莲事件一样冲动,而是福至心灵,说自己在五台山跟智真长老学得说因缘,就是铁石心肠也能劝得回心转意,这可真是绝妙好辞,看出鲁智深越来越机灵,于是才有了后来的怒打小霸王故事。可以将这段看作《水浒传》中最具喜剧效果、最欢乐的情节。这还不算完,当李忠、周通和鲁智深相认后,鲁智深怕自己一离开,他们二人再来找刘太公的麻烦,于是就嘱咐二人要有大丈夫做派,不能反悔,逼得周通折箭为誓。

　　第四组细节是在大相国寺出家系列。先是征服那些泼皮,本来是泼皮想要给他一个下马威,没想到被他以其人之道还治其人之身,将泼皮扔进粪池,在菜园子里树立了威信。然后是他在野猪林救了林冲,一直将林冲护送到安全地带,他抢起禅杖,将路边的一棵松树打折,对两位公差起到了敲山震虎的作用。

　　这些细节都说明鲁智深是一位粗中有细的好汉。他不仅粗中有细,还喜欢欣赏风景,这是梁山好汉武夫中少有的。《水浒传》也不吝惜文字,对于他的这一爱好,多次给予叙述:

　　　　忽一日,天气暴暖,是二月间天气。离了僧房,信步踱出山门外立地,看着五台山,喝采一回。(第四回。)

　　　　一日正行之间,贪看山明水秀,不觉天色已晚。(第五回。)

　　　　鲁智深因见山水秀丽,贪行了半日,赶不上宿头,路中又没人作伴，那里投宿是好。又赶了三二十里田地，过了一条板桥，远远地望见一簇红霞，树木丛中闪着一所庄院，庄后重重叠叠，都是乱山。（第五回。）

细品这些文字，对鲁智深会有更多的认识和了解，从而建构起一个更加立体、饱满和生动的人物形象。

第四节 《活着》如何打动读者

如同朱自清先生论述的对待一棵古松的态度，每个人在《活着》里都会读到打动自己的一面，有的读出了苦难，有的读出了治愈，而作为一名教师，我更关注作品的写作技术。在写作技术层面，《活着》的最大特点就是双重第一人称叙事者。

第二个特点就是余华把握住了人物三重特征的书写。首先是体貌特征，在这方面突出的人物是凤霞和二喜。

凤霞并非天生哑巴，不过等福贵离家几年后再回到家里时，凤霞却于一年前因为高烧影响，变成了哑巴。这种反差加深了读者对凤霞的同情。凤霞变得又哑又聋，所以她的命运也被这种生理特征影响。口不能言，无法顺畅表达自己的想法。而身患残疾，在找对象上也受到了诸多限制。所以福贵说："哪怕是缺胳膊断腿的男人，只要他想娶凤霞，我们都给。"于是才引出另外一个人：万二喜。二喜虽不缺胳膊断腿，却是个偏头。

其次是技艺特征方面，最突出的当数有庆。

有庆最突出的技艺是他的跑步。也许是天赋，也许是光脚上学的训练，他的跑步能力超出常人。作品中有这样一段描写，福贵去看有庆，正好遇见学生在比赛，他看到的是有庆跑在后面，可是观众却为有庆欢呼，原来他已经领先其他人好几圈了。

最后一个特征是性格特征,其实也就是道德特征,是关于人物善恶的一个特征。美国小说家詹姆斯·斯科特·贝尔在《冲突与悬念:小说创作的要素》中总结了"LOCK"写作法,其中L是Lead的缩写,代表着值得追随的主角。这里又分为三种:正面主角、反面主角和非英雄主角。单说正面主角,指"这个人物体现了社会群体的价值观念",所谓的社会群体,就是指读者群体,"我们要支持主角追求理想"。

《活着》里的人物虽非大善大恶,只是普通人,但是也自有动人之处。如福贵对老家人长根的态度,想要把他留在家里养起来;他对儿女、外孙苦根的疼爱等。体现了他浪子回头、惜老怜贫的善意。家珍更是贤惠到极致,为福贵及这个家庭默默付出。凤霞也乖巧可爱,对父母,对弟弟都尽心尽力。而有庆虽然离开得早,但给人的印象却依然深刻。他对家里羊的关爱,对鞋的珍惜,献血时第一个冲到医院,都表现出他对周遭人的赤子之情。二喜作为家庭的后来成员,他对福贵家的维修,对凤霞的呵护,自己先喂饱蚊子再让凤霞进屋,所有的一切都让人充满温暖与感动。这一切,都符合整体社会群体的价值追求,这些人都是值得追随的人物,他们的意外离世,是把美的、有价值的东西毁灭了,所以让人感动、痛惜,引起读者的怜悯。

总体来看,体貌特征有助于提升人物的外在辨识度,技艺特征有助于提升人物的生动性,而性格特征则有助于增加人物情感的饱和度。《活着》对人物的三重特征把握精准,达到了感人至深、催人泪下的效果。

第三章 / 人物出场方法

人物的出场是描写人物中的有机组成部分。无论长篇、短篇，开头的人物出场都很难，而任何作者都要遇到小说开头人物出场的难关。人物出场之所以难，就是作者在开头不仅要给主要人物一个神似的速写，而且要显示出自己与众不同的人物出场艺术手法。所以，许多著名作家都要在人物出场上苦心经营，施展本领。

杰夫·格尔克在《情节与人物》一书中说得非常有道理：

> 在小说中和在生活里一样，第一印象至关重要。读者第一次见到故事主人公时，想看到他在做一件与他性格相符合的事情，这件事情能够立刻体现出他的性格特色，让读者从中窥见他的不俗之处。如果要把题材、场景、年代等因素都考虑在内，并且用最完美的方式来呈现角色，需要下很大的功夫。

人物的出场作为给读者的第一印象，非常重要，所以要精心设计。中国古人也注意到了这个问题，"出场各别，均极用意"，人物怎样出场，要综合考虑人物性格、所处的环境和故事行进的节奏。每一个人物出场，都是经过深思熟虑、包含作者心思的，出场形式也是千变万化的。

笔者将"出场"界定为人物第一次在小说中被提及。每个人物都有两层存在：一个是人物的身体，笔者将其称为"实"；一个是人物的名字，笔者将其称为"名"。在小说中，我们会发现，有以下五种写法，可供创作者借鉴：①名实俱现；②先实后名；③先名后实；④有名无实；⑤有实无名。

第一节　名实俱现

　　第一式是开门见山。这种手法在古代小说中最为常见,把人物的名字和情况一并在开头交代,这样的好处是简洁、直观,不拖泥带水。

　　　　这公子生得天庭饱满,地阁方圆,伶俐聪明,粉妆玉琢,安老爷、佟孺人十分疼爱。因他生得白净,乳名儿就叫作玉格,单名一个骥字,表字千里,别号龙媒,也不过望他将来如"天马云龙,高飞远到"的意思。小的时候,关煞、花苗都过,交了五岁,安老爷就教他认字号儿,写顺朱儿。十三岁上就把《四书》《五经》念完,开笔作文章作诗,都粗粗的通顺。安老爷自是欢喜。过了两年,正逢科考,就给他送了名字。接着院考,竟中了个本旗批首。安老爷、安太太的喜欢自不必说,连日忙着叫他去拜老师,会同案,夸官拜客。诸事已毕,就埋头作起举业的工夫来。

　　这是文康《儿女英雄传》里对男主人公安骥出场的设置,短短一段话,就将他的外貌、家庭背景、人生经历介绍清楚了。尤其是长篇小说中第一位重要人物的出现,多用此法。如对高俅的介绍:

　　　　且说东京开封府汴梁宣武军,一个浮浪破落户子弟,姓高,排行第二，自小不成家业，只好刺枪使棒，最是踢得好脚气毬。京师人口顺，不叫高二，却都叫他做高毬。后来发迹，便将气毬那字去了毛傍，添作立人，便改作姓高名俅。这人吹弹歌舞，刺枪使棒，相扑顽耍，颇能诗书词赋；若论仁义礼智，信行忠良，却是不会，只在东京城里城外帮闲。

这里把高俅名字的来历、特长和性格都进行了简要介绍，为后来他发迹、为难王进等情节做了铺垫。

又如《红楼梦》中对甄士隐的介绍：

庙旁住着一家乡宦，姓甄，名费，字士隐。嫡妻封氏，情性贤淑，深明礼义。家中虽不甚富贵，然本地便也推他为望族了。只因这甄士隐禀性恬淡，不以功名为念，每日只以观花修竹、酌酒吟诗为乐，倒是神仙一流人品。只是一件不足：如今年已半百，膝下无儿，只有一女，乳名英莲，年方三岁。

这里把甄士隐的家庭情况和性格特征进行了介绍，为他解《好了歌》及英莲的故事做好了铺垫。

再如《西游记》中的陈玄奘、《三国演义》中的刘备，对他们的介绍，和前面如出一辙。在短篇小说中，这种做法更是普遍，不再赘述。

第二式为随人入观。跟随一定的叙述者（"我"或"某人"）的视角，对小说中的人物进行引入，具有即视感、现场感。

和开门见山相比，随人入观是一种叙述视角的变化，即从全知视角换到限制视角。前面对安骥、高俅、甄士隐等人的介绍，叙述者是作者，随人入观则是指通过作品中的人物视角来引入新的人物。比如林冲的出场，在鲁智深于相国寺内演习禅杖武艺，突然有人叫好：

> 智深听得，收住了手看时，只见墙缺边立着一个官人……那官人生的豹头环眼，燕颔虎须，八尺长短身材，三十四五年纪，口里道："这个师父端的非凡，使的好器械！"众泼皮道："这位教师喝采，必然是好。"智深问道："那军官是谁？"众人道："这官人是八十万禁军枪棒教头林武师，名唤林冲。"

这里是通过鲁智深的视角引入林冲，虽然是先出现的"实"，后介绍的"名"，但因为二者之间相隔时间很短，因此也算作名实俱现这类里。

随人入观中，还有一个特殊的、著名的方法，那就是"先声夺人"法。最著名的当数王熙凤的出场。

> 一语未了，只听后院中有人笑声说："我来迟了，不曾迎接远客！"黛玉纳罕道："这些人个个皆敛声屏气，恭肃严整如此，这来者系谁，这样放诞无礼？"心下想时，只见一群媳妇、丫鬟围拥着一个人，从后房门进来。这个人打扮与众姑娘不同：彩绣辉煌，恍若神妃仙子。……黛玉连忙起身接见。贾母笑道："你不认得她，她是我们这里有名的一个泼皮破落户儿，南省俗谓

作'辣子',你只叫他'凤辣子'就是。"黛玉正不知以何称呼,只
见众姊妹都忙告诉她道:"这是琏嫂子。"

这里是先闻其声,后见其人,再出其名。敢于先声夺人的人物,
往往用于强势人物。这个人敢在贾母所在的地方大声讲话,说明了
来者在贾府的特殊地位。

这里主要谈的是作品中人物的首次出场,其实还有许多具体情
节,人物虽然已经出场多次了,一样可以使用这种手法。如宝玉挨
打情节中,小厮劝不管事,王夫人出现,也不管用。事情已经到了势
不可解的境地,若再任由贾政打下去,宝玉就要性命不保。但不能
让宝玉死掉,而在荣国府中唯一能够制得住贾政的,就得是他母亲:

正没开交处,忽听丫鬟来说:"老太太来了!"一言未了,只
听窗外颤巍巍的声气说道:"先打死我,再打死他,就干净了!"
贾政见母亲来了,又急又痛,连忙迎接出来,只见贾母扶着丫
头,喘吁吁的走来。

这里先出贾母之名,再闻其声,后见其人。因为事出紧急,而且
贾母也到了可以先声夺人的份儿上,加之她走不快,所有这些因素
加起来,推动她隔窗喊话。她一出现,果然奏效。贾政立马停下手,
还要迎出来。这时才看见贾母的具体形象:扶着丫头,摇头喘气,实
在是传神。

第二节　先实后名

　　所谓先实后名，就是指人物的肉身已经出现在作品里，但是尚未交代出名字，不知道他或她到底是谁，由此增加悬念。一直要到后面再见时，才明了对方的名字和身份。

　　这种人物出场设计比比皆是，因为这是很多陌生人之间相遇的常见模式。两人初次见面，由于某些原因，不便或无法进行交流，便有了这种手法的运用。

　　《儿女英雄传》中以安骥的视角来描述十三妹的出场。

　　　　只听得那牲口蹄儿的声儿越走越近，一直骑进穿堂门来，看了看，才知不是骡夫。只见一个人骑着匹乌云盖雪的小黑驴儿，走到当院里，把扯手一拢，那牲口站住，他就弃镫离鞍下来。这一下牲口，正是正西面东，恰恰的合安公子打了一个照面，公子重新留神一看，原来是一个绝色的年轻女子。

　　从这时开始，十三妹就暗中帮助安骥，在后来解救完张金凤及其父母后，才说自己叫十三妹，虽然依然是个代号。

　　在张爱玲的《倾城之恋》中，让白流苏印象深刻的女人是萨黑荑妮，她初次登场给流苏和读者展示的是一个背影。

阳台上有两个人站着说话，只见一个女的，背向着他们，披着一头漆黑的长发直垂到脚踝上，脚踝上套着赤金扭麻花镯子，光着腿，底下看不仔细是否趿着拖鞋，上面微微露出一截印度式窄脚裤。

不得不佩服张爱玲的细节把控能力，这里以白流苏的视角进行观察，所以她应该是一个仰视视角，从下往上看，有些细节不一定能看得真切，故而说"底下看不仔细是否趿着拖鞋"堪称神来之笔，正因为没看清或看不清，才显得更加真实，使读者产生一种身临其境的感觉。后来在参加完一次活动后，白流苏再次遇到了那个女人。

迎面遇见一群洋绅士，众星捧月一般簇拥着一个女人。流苏先就注意到那人的漆黑的长发，结成双股大辫，高高盘在头上。那印度女人，这一次虽然是西式装束，依旧带着浓厚的东方色彩。玄色轻纱氅底下，她穿着金鱼黄紧身长衣，盖住了手，只露出晶亮的指甲。领口挖成极狭的 V 形，直开到腰际，那是巴黎最新的款式，有个名式，唤做"一线天"。她的脸色黄而油润，像飞了金的观音菩萨，然而她的影沉沉的大眼睛里躲着妖魔。古典型的直鼻子，只是太尖，太薄一点。粉红的厚重的小嘴唇，仿佛肿着似的。柳原站住了脚，向她微微鞠了一躬。流苏在那里看她,她也昂然望着流苏,那一双骄矜的眼睛,如同隔着几千里地,远远地向人望过来。柳原便介绍道:"这是白小姐。这是萨黑荑妮公主。"

在这里,作者对人物的服饰、对颜色的捕捉、妙喻的能力都非同一般。在写作中,不需要也不可能处处是金句,处处显才华。但是当有那么一两句、一段话或一个比喻来展现才华时,立刻就一骑绝尘,令人望尘莫及。

萨黑荑妮的出场简洁但令人印象深刻。而马烽在《我的第一个上级》中塑造的"怪人"形象一样可见写作功力。

那天我天不明就动身走,达到县城的时候,已经快晌午了。一进城就碰了件不顺气的事(第一个悬念——括号内容为笔者所注,下同):我骑着自行车正往前走,迎面来了个老头,这真是个怪人(用"怪人"一词抓住读者,制造第二个悬念,但未知他是谁。下面就要介绍为什么"怪")。天气这么热,正是三伏时候,街上所有的人都穿着单衣服,有的只穿着个汗背心;而他却披着件外衣,下身穿着条黑棉裤,裤脚还是扎住的(夏天穿棉裤,着装就很"怪"),头上又戴了顶大草帽。这不知道是嫌热,还是怕冷。他低着头,驼着背,倒背着手,迈着八字步朝我走过来(注意这些动作,都显示着一种"老"态,与前面的"老头"定位是一致的)。

我早就响起了车铃，他连头都没有抬一下，仍然慢吞吞地在街心迈八字步（强调"八字步"，"慢吞吞"依然在表现"老"）。直到相离只有几尺远的时候，他才抬起头来看了一眼，向右挪了两步。可是已经晚了。因为我见他不让路，本打算从右边绕过他去，谁知他也往右边躲，正好碰上。"说时迟，那时快"，猛然一下就把他撞倒，我也从车上跌下来了。我走得又累又饿，刚才他不让路就窝着一肚火，这一下更火了。我爬起来边扶自行车，边大声吼道："你就不长着耳朵？听不见铃响？"我说了这么一句没礼貌的话，当时就有点后悔（意识到自己"没礼貌"，还有点"后悔"，说明"我"是一个具有自我反思意识的年轻人，能够获得读者的认同和同情），他并不是不让路，只是迟了点。再说他被自行车撞倒，心里还能痛快？我想他绝不会和我善罢甘休，看来是非吵一架不可了（制造第三个悬念，吸引读者继续读下去）。

谁知完全出乎我意料，他捡起草帽，一边慢慢往起爬，一边和和平平地说："你也别发火，我也不要生气。反正都跌倒了，各人爬起来走吧！"（反转，本来预计要吵一架，但是"和和平平"表现出他的语言"怪"，言为心声。）这时我才看清了他的面孔，原来不是什么老头，看样子多不过四十多岁（反转，揭示真相：不是老头），四方脸，光头，面色苍白，脸上没有一点生气的意思。他站起来看了我一眼，拍了拍身上的土，照旧背起手，低着头，迈着八字步走了，好像根本没和我发生任何纠葛一样(动作和前面呼应,行为"怪")。我被他这种冷淡的态度,弄得不知该怎么好了。一直望到他拐进另一条街,我才推上自行车继续往前走。心里不由得说:这可真是个怪人(至此,完成了着装"怪"、语言"怪"、行为"怪"这三怪的叙述,既是对开头的呼应,同时也是未来故事走向的铺垫,为什么会这样?他是谁?为读者留下悬念,必须通过继续阅读才能知晓答案)。

我们要注意的就是融会贯通,我们现在虽然学的是人物的出场,但是面对一个文本,都要从一个创作者的角度来考量。这个文本首先在叙事中选择第一人称叙事,上来就引起读者的好奇心,说"一进城就碰到一件不顺心的事"。作者文笔相当了得,通过短短几个字就把一个人物的"怪"形象立了起来。作品的题目已经透露了信息,这个"怪人"正是我的第一个上级:老田。别看他在这些日常生活中平平和和,不冒烟,不出火,但在工作上,却非常敬业。后面就要写到一次大洪水来临,老田就像变了个人似的,果敢勇毅,严肃冷静。所以茅盾对这篇作品评价颇高:"老田这个人物,写得龙拏虎跳,在马烽的人物画廊中,无疑是数一数二的。"

阿城的《棋王》作为寻根文学代表作之一,王一生的出场非常出彩。

我走动着找我的座位号,却发现还有一个精瘦的学生孤坐着,手拢在袖管儿里,隔窗望着车站南边儿的空车皮。我的座位恰与他在一个格儿里,是斜对面儿,于是就坐下了,也把手拢在袖里。那个学生瞄了我一下,眼里突然放出光来,问:"下棋吗?"倒吓了我一跳,急忙摆手说:"不会!"他不相信地看着我说:"这么细长的手指头,就是个捏棋子儿的,你肯定会。来一盘吧,我带着家伙呢。"说着就抬身从窗钩上取下书包,往里掏着。我说:"我只会马走日,象走田。你没人送吗?"他已把棋盒拿出来,放在茶几上。塑料棋盘却搁不下,他想了想,就横摆了,说:"不碍事,一样下。来来来,你先走。"

…………

这时一个同学走过来,像在找什么人,一眼望到我,就说:"来来来,四缺一,就差你了。"我知道他们是在打牌,就摇摇头。同学走到我们这一格,正待伸手拉我,忽然大叫:"棋呆子,你怎么在这儿?你妹妹刚才把你找苦了,我说没见啊。没想到你在我们学校这节车厢里,气儿都不吭一声。你瞧你瞧,又下上了。"

"棋呆子"是王一生的外号,这是对他技艺特征的一种概括。作品采取第一人称视角。王一生的出场就很显眼:别人都在挥手作别,只有他"孤坐"在那儿。后来知道,其实也不是没人送他,但他就是这个脾气。另外就是对下棋的热爱,无论何时何地,都想找人下一盘。前面写了一系列关于他下棋的细节和故事:横着放棋盘、和

"我"下棋、和要放缸子的人下棋,嗜棋成癖这个特征充分显示出来。通过这些言行引起读者注意,直到后来"我"的同学到来,才揭示出他的身份。

第三节　先名后实

　　先名后实,顾名思义:"名"先出来了,但是"实"还没有出来。"先名后实"按照人物出场的进度,又可以分为三类:常规类型、随笔插入和百折千回。虽然名义上有所区分,但是万变不离其宗,总体的精髓还是一样的。

常规类型

　　这种类型最普通,是指人物乙的名字专门被提出来,然后安排和人物甲相见。蒋防的《霍小玉传》就是非常好的例子。陇西李益考中进士,在等待选拔考试期间,"思得佳偶,博求名妓,久而未谐"。有个鲍十一娘,是有名的"撮合山",媒婆中的顶流。李益给予她非常多的好处,请她帮忙。她也非常用心,数月之后,来向李益报喜。原来发现了一位美人,是已故的霍王之女,名叫小玉。鲍十一娘把小玉一顿好夸,说她是仙人被贬谪下凡,并且听过李益名字,仰慕其才华,诚邀次日相见。李益当即心动,又是借马和装备,又是沐浴更衣,夜里也没睡好,次日上午总是照镜子,怕有不妥的地方。过了中午,他便前去拜访,终于见到了鲍十一娘口中的绝色佳人。

随笔插入

随笔插入是指一个人物在被引入前，已经通过别人之口提到了名字，但是人并不马上出现，等人物真正出现的时候就不显得突兀了。随口一提看似闲笔，其实是一种铺垫。在《红楼梦》第五回中，宝玉困了，想要睡觉。秦可卿一开始给他安排了一间上房，但是宝玉不满意。于是秦可卿想让他去自己房里睡，有人提醒说是辈分不合，秦可卿就提到了自己的兄弟。

> 秦氏听了笑道："这里还不好，可往那里去呢？不然往我屋里去吧。"宝玉点头微笑。有一个嬷嬷说道："那里有个叔叔往侄儿房里睡觉的理？"秦氏笑道："嗳哟哟，不怕他恼，他能多大呢，就忌讳这些个！上月你没看见我那个兄弟来了，虽然与宝叔同年，两个人若站在一处，只怕那个还高些呢。"宝玉道："我怎么没见过？你带他来我瞧瞧。"众人笑道："隔着二三十里，往那里带去，见的日子有呢。"

秦可卿在这里提到了自己的兄弟，但是未见其人。此次为秦钟的出场做了铺垫。所以当第七回真正出场时，就不显得突兀了：

> 秦氏笑道："今日可巧，上回宝二叔要见我兄弟，今儿他在这里书房里坐着呢，为什么不瞧瞧去？"宝玉便去要见，尤氏忙

吩咐人小心伺候着跟了去。凤姐道："既这么着，为什么不请进来我也见见呢？"

否则突然冒出这么一个人物，就略显不自然了，这就是随笔插入的应用。明清以降，直到今天，这种手法的应用非常广泛，《水浒传》里小旋风柴进的出场就是如此，比秦钟的出场又多了一层波折先是林冲和两位公差去酒店吃饭，竟然没人招待。店主人说出了真相，原来有个柴大官人，专门招接天下往来的好汉，还告诉酒店，但凡有流配来的犯人，可叫其投在自己庄上，自有资助。原来林冲在东京时，就听过柴大官人名字，所以大家一商量，就去投他。但事不凑巧，柴进打猎未归，林冲他们扑空了。这其实是又多了一个悬念，在他们离开的路上，这时柴进才正式出场。

鲁迅在《故乡》中写闰土，采取的也是这种方法。

"你休息一两天，去拜望亲戚本家一回，我们便可以走了。"母亲说。

"是的。"

"还有闰土，他每到我家来时，总问起你，很想见你一回面。我已经将你到家的大约日期通知他，他也许就要来了。"

在这里，通过母亲的提示，将闰土引出。然后作者写"我"回忆中的闰土，后来又见到已经长大的他。通过这些对比，展示出时代和个人的境况。

百折千回

百折千回是随笔插入的升级版，在其基础上让人物千呼万唤始出来，层次丰富，波折更多，使作品更具张力和神秘感。

如贾宝玉的出场，采用的就是这样的方法设置悬念，层层烘托，反复渲染，让读者不禁去想贾宝玉究竟是个什么样的人物。

先是僧说因果，介绍了赤霞宫神瑛侍者与绛珠仙草的因缘。接着是冷子兴演说荣国府，介绍到二公子时，说其一落胞胎，嘴里就衔着一块五彩晶莹的玉。第三次提到宝玉是林黛玉初进贾府，王夫人向她介绍情况，说他是个"孽根祸胎""混世魔王"，一再嘱咐黛玉"不用理会他"。

> 我就只一件不放心，我有一个孽根祸胎，是家里的"混世魔王"，今日因往庙里还愿去，尚未回来，晚上你看见就知道了。你以后总不用理会他，你这些姐姐妹妹都不敢沾惹他的。

经王夫人这么一说，林黛玉也想起自己的母亲曾经对这位表兄"顽劣异常"情况的介绍。不过按常理推断，自己是不会有太多机会"沾惹"表兄的。

黛玉素闻母亲说过，有个内侄乃衔玉而生，顽劣异常，不喜读书，最喜在内帏厮混，外祖母又溺爱，无人敢管。今见王夫人所说，便知是这位表兄，一面陪笑道："舅母所说，可是衔玉而生的？在家时记得母亲常说，这位哥哥比我大一岁，小名就叫宝玉，性虽憨顽，说待姊妹们却是极好的。况我来了，自然和姊妹们一处，弟兄们是另院别房，岂有沾惹之理？"

黛玉说，甭管他顽不顽皮，大家又不住在一起，共同相处，没有机会沾惹这位表兄。王夫人赶紧解释原因，这个孩子和一般人家的孩子不同。

王夫人笑道："你不知道原故，他和别人不同，自幼因老太太疼爱，原系和姐妹们一处娇养惯了的。若姊妹们不理他，他倒还安静些；若一日姊妹们和他多说了一句话，他心上一喜，便生出许多事来。所以嘱咐你别理会他。他嘴里一时甜言蜜语，一时有天没日，疯疯傻傻，只休信他。"黛玉一一的都答应着。

"甜言蜜语""有天没日""疯疯傻傻"，这三个词是王夫人给宝玉的定位。知子莫若母。至此，已经为贾宝玉的出场做足了铺垫。

宝玉的出场吊足了读者胃口，《三国演义》中诸葛亮和庞统的出场同样精彩。

第一次读到"伏龙""凤雏"之名时，已到了小说的第三十五回，而此时的刘备也仅仅和读者一样,不知道"伏龙""凤雏"具体是指谁。到了半夜,有人来找水镜先生,他以为是"伏龙"或"凤雏"之一。第二日再问水镜先生究竟"伏龙""凤雏"为谁,水镜答非所问,只说"好"。后来徐庶化名单福去投刘备,刘备心里认为他可能是二者之一。直到曹操捉徐母,骗徐庶进许昌前,徐庶才走马荐诸葛亮。这时才说出"凤雏乃襄阳庞统也。伏龙正是诸葛孔明"的真相。徐庶不放心,临行前还到诸葛亮家嘱咐,这是诸葛亮第一次真正出现。而诸葛亮也仅是一闪而过,于是才有后面的三顾茅庐。毛宗岗注意到作者对诸葛亮的出场安排是经过精心设计的。

> 孔明乃《三国志》中第一妙人也。读《三国志》者必贪看孔明之事,乃阅过三十五回,尚不见孔明出现,令人心痒难熬;乃水镜说出伏龙二字偏不肯便道姓名,愈令人心痒难熬。至此回徐庶既去之后,再回身转来,方才说出孔明。读者至此,急欲观其与玄德相遇矣;孰意徐庶往见,而孔明作色,却又落落难合。写来如海上仙山,将近忽远。绝世妙人,须此绝世妙文以副之。

至于庞统,还要在十回之后,那时蒋干再探周瑜,才有庞统献连环计。这种手法可以说非常普遍,经常为作家所用。所谓"久仰大名,如雷贯耳,今日一见,三生有幸"。

张爱玲在《倾城之恋》中对范柳原的出场的描写,花了大篇笔墨。先是徐太太打算替宝络做媒说给范柳原,对范柳原的身份和生活经历有一个简要的介绍。接着就是安排相亲,本来白流苏不想去,奈何宝络怕被四奶奶家两个女儿坏了大事,故而非要拉着她去。结果一家人高高兴兴出去,下午五点钟出发,到晚上十一点方才回家。张爱玲高就高在没有直接写五点到十一点这中间的六个小时,而是通过人们后来的言行补叙当时发生的事情。后来徐太太以对六小姐负责到底为由,邀其同去香港。到了香港,范柳原才第一次真正出现在读者面前。

> 被那女人挡住的一个男子,却叫了一声:"咦!徐太太!"便走了过来,向徐先生、徐太太打招呼,又向流苏含笑点头。流苏见是范柳原,虽然早就料到这一着,一颗心依旧不免跳得厉害。

范柳原就这样出场了,开始了和白流苏的交往。这一切当然都是范柳原和徐太太策划好的,就像人物的出场是作者策划好的一样。

当代作家孙少山有一篇作品《我们家的老六》,第一节就采用了这样一种先名后实的手法,让人印象深刻。

> 大约是六年前的某一天吧,妻子忽然忙了起来(制造悬念1):用碱水把锅盖狠狠地擦;挑土把院子垫平;用白灰把屋

里粉刷了一遍；把孩子们的衣服都出来，该洗的洗，该补的补，该扔的扔，忙得晕头转向（用系列细节写"忙"）。我问："你这是怎么啦？"

"还问怎么啦，我可不能叫她来笑话我。"（制造悬念2。）

"她"就是指老六（人物出现，但只是"名"），是她的叔伯妹妹，已经来信要来我们这里。

我抽完了烟，习惯地把烟屁股顺手一扔，她就烫着了似的（生活细节）："等他来了，你这样可不行。"我往地上吐口唾沫（生活细节），她又叫起来："你当她的面可不能随便吐。"孩子鼻涕出来了（生活细节），她又嚷嚷："哎呀，你六姨来了可怎么办？"

这位未见面的小姨子还未到，我们家里已进入了一级战备。我疑惑地问："你们那老六有多干净？"（制造悬念3。）

"她呀，擦完了桌子抹完了炕，都要趴下对着亮光瞅一瞅干净不干净（生活细节）。像咱家这样，她干脆就不敢坐。"

我说："她不坐就站着好了。"

"不用不服气，来了就知道了。"

她们姊妹几个是老大先来到东北的，然后一个"传染"一个，几乎都来了。从关里来关外只有一个目标——为了生活找对象。她的别的姊妹们来我家里都没见她这么紧张过，这老六要来，她简直是慌了。她一个劲儿地对我说我们这老六是多么能干，多么刚强。又撩开头发叫我看她头上一个伤疤,说小时候让老六咬的(细节)——证明老六多么厉害。据别人说她们姊妹几个也数这老六漂亮,但妻子却说:"漂亮啥,单眼皮。"

　　作品特别注重细节的铺陈和悬念的制造。妻子忙碌的情节就催生了悬念,增加了一种神秘感和张力。文章中也对话有推动情节来塑造人物的作用,更加增强了读者的好奇心。老六人尚未到来,已经呈现出三个特征了:一是爱干净,爱挑剔;第二是厉害,刚强;第三是漂亮。后来的事实果然印证了这些观点。老六来了确实漂亮,是个单眼皮的美人,同时也爱挑剔。至于她的厉害和刚强,则是整部作品重点所在。

第四节　有名无实

在曹禺的戏剧《日出》中，有一个最有影响的人物金八爷，他并没有真的出现，但是又无处不在，左右着情节的发展和人物的命运。这种手法极大增强了戏剧性。在中国古代小说中，也不乏这样的例子。

《水浒传》中的赵元奴就是最好的例子。宋江与柴进从李师师那里出来，想起东京有两个绝色美人，另一个就是赵元奴。既然李师师去接驾了，何不到赵元奴那走一遭？于是便来到赵元奴家。

> 宋江径到茶坊间壁，揭起帘幕。张闲便请赵婆出来说话。燕青道："我这两位官人，是山东巨富客商，要见娘子一面，一百两花银相送。"赵婆道："恰恨我女儿没缘，不快在床，出来相见不得。"宋江道："如此却再来求见。"赵婆相送出门，作别了。

宋江是一时兴起，不料竟没能如愿，一百两花银也没花出去。虽然说"如此却再来求见"，但这只是客套话。关于此事，作品中没了下文，赵元奴终究没有露面，成为有名无实人物出场法的经典案例。

除了人，有些物的出场也可以如此设计，同样是在《水浒传》中，柴进家的誓书铁券的出场也采用了同样的技巧。

誓书铁券，也称丹书铁券。赵匡胤陈桥兵变后，建立宋朝，优待后周皇帝柴氏一族，并为其颁发誓书铁券以为保证。所以在《水浒传》第九回，柴进尚未露面时，就由店主人进行了相关介绍：

> 自陈桥让位有德，太祖武德皇帝敕赐与他誓书铁券在家中，谁敢欺负他。

柴进正是仗着誓书铁券的威力，才敢对投奔而来的宋江说出"便杀了朝廷的命官，劫了府库的财物，柴进也敢藏在庄里"的话。

后来高唐州知府高廉的内弟殷天锡看中了柴进叔叔柴皇城的花园，依仗着姐夫的势力进行豪夺。柴皇城虽然称有誓书铁券，奈何殷天锡根本不惧，反将其殴打。他便呕了一口气，卧病在床，并请柴进前去料理此事。柴进带着李逵前往。柴皇城请柴进帮他去京师告状，以报此仇，然后就放了命。柴进当即让人回沧州取誓书铁券。东西还没取回来，殷天锡却来了。他蛮不讲理，根本不把柴进说有誓书铁券的话放在心上，还命令人动手打柴进。这时李逵忍无可忍，出来将殷天锡打死。柴进让李逵逃跑，认为自己有誓书铁券护身，没有大碍。哪知高廉带人来到柴府，将柴进下了狱。至此，誓书铁券还没有出现。待李逵逃回山上，宋江发兵前来营救柴进，也就不再需要誓书铁券了。有关它的故事到此就结束了。

誓书铁券在作品中多次被提到，但最终也没有露面，是典型的"有名无实"。

第五节　有实无名

　　《霍小玉传》里有个黄衫丈夫,这里的"丈夫"不是夫妻关系中的丈夫,而是男子汉的意思。他知道了霍小玉的境况后,先是用"妖姬八九人,骏马十数匹"这种说辞诱李益去自己家,没想到其间要经过霍小玉家,所以李益准备折返。这时黄衫客就采用了强制措施,硬是拉着李益所乘之马的缰绳,将其送到霍小玉身边,使二人见了最后一面。不知其所来,不知其所踪,神龙见首不见尾,自此后,黄衫客销声匿迹,如流星倏忽而逝,再未出现,却成为作品中最有亮色的人物,也为作品增添了一抹江湖色彩。

　　《红楼梦》中的二丫头也让人惊艳。秦可卿病死之后,宁府送殡。宝玉随凤姐在半路下处休息,然后参观农舍。小厮们介绍各种农具的使用方法,宝玉听得津津有味,对其中的纺车尤感兴趣。正要拧转作耍,突然被一个十七八岁的村庄丫头喝住。她怕众人弄坏了纺车,便自己给演示起来。正纺在高兴处,突然被一个老婆子叫走。这个老婆子称其为"二丫头"。后来在离开村庄时,宝玉在车上又看见这个二丫头抱着小兄弟和几个小女孩在路边有说有笑。可惜宝玉无法下车再和她搭讪,这个二丫头也没有再出现。读者既不知二丫头真实姓名,又不知其真正身份,但是又透露一些信息,让读者琢磨。

　　如果说黄衫丈夫和二丫头还有一些蛛丝马迹可循,《水浒传》中那个汉子则一骑绝尘，堪称最绝。他出现在李逵误会宋江强抢民女的故事中。经过当面对质，李逵自知理亏，负荆请罪，接着便和燕青一起去抓真正的凶手。二人在古庙中宿歇，听庙外有脚步声，便开了庙门跟了上去，发现了一个可疑的人。他们以为这就是抢刘太公女儿的人之一。于是燕青用弩射中了这个人的右腿。这个人还真知道内情，将真凶的情况告知，并将二人带到贼人的住处。当李逵、燕青二人进去捉拿真凶时，"那中箭的汉子一道烟走了"。这个汉子就像一个梦，突然而来，倏忽而去。

小说中人物的出场其实是在总体结构的大背景下来设计的，从另一个方面看，也可以归入结构类。

以上就是对小说中人物出场设计的一些简单梳理和概括。

第四章 / 人物的亮相

在小说创作中，有个问题特别值得关注：一位人物出场了，但是一直没有介绍他的体貌，直到某个时机或场合，通过一定的视角，读者才知道这位人物的长相。

如果把人物第一次出现在作品中称为"出场"，那么是否可以将体貌描写称为"亮相"呢？为了论述方便，姑且如此命名吧。那么，就会有两种情况：出场即亮相，出场不亮相。

要想弄清这件事，还要从中国古人对体貌的描写说起。

第一节　体貌描写简史

其实,中国古人并不爱写人的体貌,或者说不屑于写得那么细,因为可以有更好的方式来处理。如果单就写人的体貌来说,以写佳人为例,两篇作品就写绝了、到顶了。一首是《诗经》中的《硕人》,诗中写到一位身材修长的美女,对她的体貌有比较具体的描述:

> 手如柔荑,肤如凝脂。领如蝤蛴,齿如瓠犀。螓首蛾眉,巧笑倩兮,美目盼兮。

这里既有对身体部位的具象比喻,如手、皮肤等,也有对神韵的巧妙描写,笑容灿烂,美目传情。还能有比这更美的人吗?

当然有,可能并不会更美,但至少可以比肩。所以,宋玉的《登徒子好色赋》一出,就成为《硕人》的新版。登徒子对楚王说宋玉的坏话。说他长得好,性好色,不要总是出入后宫。宋玉对楚王辩白,举了东家之子的例子。东家之子长得美,美到什么程度呢? 宋玉写道:

> 增之一分则太长,减之一分则太短;著粉则太白,施朱则太赤;眉如翠羽,肌如白雪;腰如束素,齿如含贝;嫣然一笑,惑阳城,迷下蔡。

《硕人》是直接描写美，宋玉的则既有直接描写，又有侧面描写，似乎更胜一筹。有这两篇作品做参照，如果再想写佳人，就要更换思路了。

如庄子在《逍遥游》中写到藐姑射之山的神人时，就对体貌进行简化处理，只写"肌肤若冰雪，绰约如处子"，而把其他特点"不餐五谷，吸风饮露，乘云气，御飞龙而游于四海之外"突出。

李延年的佳人则从佳人的影响力来写。

北方有佳人，绝世而独立。一顾倾人城，再顾倾人国。宁不知倾城与倾国？佳人难再得。

这里的佳人有多吸引人？为了佳人，可以不要城池，不要国家。现实中，这样的例子不少，不论是寻常布衣，或是皇亲国戚，所谓英雄难过美人关。所以白居易在《长恨歌》里写唐玄宗和杨贵妃的故事时，劈头就是一句"汉皇重色思倾国"，而对杨贵妃的描述也非常简约，"回眸一笑百媚生，六宫粉黛无颜色"，这句诗可以媲美《硕人》《登徒子好色赋》《李延年歌》中对佳人的描写。

这是对佳人的体貌描写，至少有时还会写得比较细。对男子的体貌描述就没那么烦琐了，一般只抓住其最主要的特点。司马迁比较注意人物的体貌，尤其是一些特殊的体貌特征。比如他在评述项羽的时候，就表示听说舜是重瞳子，又听说项羽也是重瞳子，因此推测项羽是不是舜的后裔，要不然怎么会兴起得那么快。

估计他在写作《史记》前还看过一些传主的画像。比如在评述留侯张良时，他就说根据刘邦所言，张良能运筹帷幄之中，决胜千里之外，刘邦在这方面自叹不如。根据刘邦的叙述，司马迁推测张良应该是个体格魁梧、高高大大的人，没想到看见他的画像，长得竟然像"妇人好女"，看起来柔弱，所以他还自省不能以貌取人。

而在《世说新语》中，对人物的体貌也很关注，专门辟出"容止"部分。即便如此，对人物的体貌描写依然处于一个朦胧期。

魏武帝（曹操）将要接见匈奴的使者，自己认为体貌不好，不足以镇服远方的国家，于是便命令崔季扮成自己去接待，武帝则拿着刀站在座位的旁边。已经接见完毕，命令间谍问匈奴来的使节："魏王怎么样？"匈奴的使节回答说："魏王风采高雅，非同一般；但是座位旁边拿刀侍立的人，这个人才是个英雄。"曹操听说这件事，连忙派人追赶，杀掉了那个使者。这里体现了曹操的识人、凶狠和果断。其中"形陋""雅望非常"就是对人体貌和气质的一种总体描述。再如"潘岳妙有姿容好神情"。刘孝标注引《语林》："安仁至美，每行，老妪以果掷之满车。"在这里，"有姿容好神情"和"至美"都是概括性非常强的词汇。

一直到唐传奇，对人物的体貌描写似乎并没有太大突破，依然延续着古老的传统。在《虬髯客》里，红拂女出场时介绍她的体貌特征为"有殊色，执红拂"，后来又说她在客栈梳头时"发长委地"，知道她是一位长发佳人，此时才明白为何前面说她是"紫衣戴帽"，戴帽子是为了掩饰长发。介绍虬髯客则为"中形，赤髯如虬，乘蹇驴而来"，突出了他的胡子和坐骑。写到李世民，第一次用了"神气扬扬，貌与常异"八个字，第二次用了"精采惊人"四个字，就写出其真命天子的气象。在《李娃传》中，"妖姿要妙，绝代未有"，通过这八个字就写出李娃之美。

宋代话本作为一种说故事的底本，对人物的描写丰富起来。到了明清小说，才对人物的体貌描写充满自觉。很明显的是，在《三国演义》《水浒传》《西游记》《红楼梦》这四大名著中，对人物的体貌描写就非常细致了。

在明清以前，作品中的人物基本符合"出场即亮相"的规则：人物一出场，体貌特征就被介绍出来。到了明清时期，这种情况就有了根本性的改观。

第二节　出场非亮相

在作家笔下，有些特殊的人物，在没有遇到特定的人、特定的时间和场景时，体貌不会交代出来。

所谓的亮相，就是对人物的体貌进行描写。细心观察就会发现，在很多作品里边，并不是人物一出场，作者就将其体貌特征交代出来。想一下，林黛玉的体貌是通过谁来写的？是贾宝玉。为什么林黛玉已经出场很长时间，作者一直没有直接交代其容貌，而是要通过宝玉的视角来描写呢？

这就涉及一个人物体貌描写的技巧或者说是规律：一般来说，作品中人物甲的体貌特征，是通过人物乙的视角来写，那么甲、乙之间的关系很微妙。在爱情故事中，二人可能是恋爱当事人；在历史故事中，可能会影响人物的命运走向。总之，人物乙会从人物甲身上获取或失去一些重大利益，这种利益可能是精神的，也可能是物质的。

第三节　眉眼待谁赏，见于有情人

黛玉进贾府，主要是通过她的视角来观察贾府，但是一直没交代她的容貌。直到宝玉出现，才通过宝玉的视角来写黛玉，并且说"这个妹妹我曾见过的"。薛宝钗就多一点波折了。她进荣国府时，并没有特别介绍其容貌，只是简单说"生得肌骨莹润，举止娴雅"。到了第二十八回，方才通过宝玉之眼来描述她：

> 可巧宝钗左腕上笼着一串，见宝玉问她，少不得褪了下来。宝钗生得肌肤丰泽，容易褪不下来。宝玉在旁看着雪白一段酥臂，不觉动了羡慕之心，暗暗想道："这个膀子要长在林妹妹身上，或者还得摸一摸，偏生长在她身上。"正是恨没福得摸，忽然想起"金玉"一事来，再看看宝钗形容，只见脸若银盆，眼似水杏，唇不点而红，眉不画而翠，比黛玉另具一种妩媚风流，不觉就呆了。

这里才交代宝钗的容貌，是通过宝玉的视角来看的。也就意味着，宝玉此时才用心观察了宝钗，在宝玉的情感轨迹中，"金玉良缘"与"木石前盟"至此产生交集且打成平手。

贾雨村和娇杏的容貌也是如此交代的。贾雨村的出场是通过甄士隐引出来的,开始就对他和甄世隐的关系,包括其背景进行了一番阐述,但是这里边没有写相貌。反而是通过丫鬟娇杏的回头一看,交代出贾雨村虽然穿的衣服比较破旧,但"生得腰圆背厚,面阔口方,更兼剑眉星眼,直鼻权腮",给娇杏的感觉就是一个词:雄壮。她通过这一面之缘,也认定贾雨村"必非久困之人"。而贾雨村眼中的娇杏"生得仪容不俗,眉目清明,虽无十分姿色,却亦有动人之处",更兼他处于穷困潦倒之际,娇杏的两次回头看被误认为是有意于己,所以才有了二人后面的系列故事。

范柳原的出场百折千回,几次提到他都没有描写出其容貌,"亮相"则通过白流苏。她和徐太太去了香港,遇到范柳原,此时才通过白流苏的眼睛将其体貌描述出来,但仍然是一种模糊处理,就像贾雨村看娇杏"虽无十分姿色,亦有动人之处"。白流苏眼中的范柳原"虽然够不上称作美男子,粗枝大叶的也有他的一种风度",二者有异曲同工之妙。

同样是《倾城之恋》,白流苏作为主要的视角人物,其体貌无法通过其他人来写,于是作者想了一个办法,那就是照镜子,这样就可以通过自己的视角来写自己,描写得还非常细致。

　　流苏突然叫了一声,掩住自己的眼睛,跌跌冲冲往楼上爬,往楼上爬……上了楼,到了她自己的屋子里,她开了灯,扑在穿衣镜上,端详她自己。还好,她还不怎么老。她那一类的娇小的身躯是最不显老的一种,永远是纤瘦的腰,孩子似的萌芽的乳。她的脸，从前是白得像瓷，现在由瓷变为玉——半透明的轻青的玉。上领起初是圆的，近年来渐渐的尖了，越显得那小小的脸，小得可爱。脸庞原是相当的窄，可是眉心很宽。一双娇滴滴，滴滴娇的清水眼。

这是一种变通的技巧，白流苏的形象活画出来。

第四节　人可以貌相吗

潘岳可以引发掷果盈车,但是这个人似乎心地不够好,在《晋书》中就有关于他劣迹的记载,所以他的字本来是安仁,但因为其不仁,所以后世只称其为潘安。在很多有关陈世美的图书中,将其画成一个面貌丑陋的中年男子,我个人觉得这也不符合事实,反倒是将其画成翩翩公子,才更有说服力。

还有很多人,都因为长相问题而改变了命运,真正是"以貌取人,失之子羽"。《三国演义》里就有这样一个人的命运引人深思。他就是庞统。

庞统出场的时候,作品中并未介绍其体貌特征,也就是出场未亮相。蒋干看见他时,觉得他"仪表非俗"。庞统去见曹操,曹操对他也是恭敬有加,不失礼数。但是当周瑜死后,鲁肃推荐他去见孙权,读者才从孙权的眼中看到庞统的容貌,"权见其人浓眉掀鼻,黑面短髯,形容古怪,心中不喜"。孙权因为失去周瑜,正处于伤心之中,看见庞统古怪的面貌,又加上庞统不会恭维人,不颂扬周瑜,故而惹怒孙权。孙权甚至发誓说绝不用此人。于是鲁肃推荐他去投刘备,刘备觉得庞统也有点吓人,"统见玄德,长揖不拜。玄德见统貌陋,心中亦不悦"。可能因为正处于战胜后的兴奋期,刘备比孙权客气点,让他去耒阳县当县令。相比之下,曹操在知人善任上胜出。

后来刘璋手下张松本来要献图给曹操。张松一出场就亮了相，"其人生得额镬头尖，鼻偃齿露，身短不满五尺，言语有若铜钟"，相貌丑陋嗓门大。奈何此时的曹操地位、心态都发生了变化，"操先见张松人物猥琐，五分不喜；又闻语言冲撞，遂拂袖而起，转入后堂"，由此失去了大好机会。倒是刘备，早早就派赵云于大路等候张松，远接高迎，以最高规格款待他，终于打动张松，才有了献图之举。这肯定是孔明或庞统出的主意，也许更可能是庞统，因为他有着和张松一样的烦恼。所以刘备见张松时，就省略了对张松容貌的评价。

在现代创作中，似乎又有一种回归，依然淡化特别具体容貌，而是抓住其最有特点的地方来写。另外有一个问题值得注意，有一段时间，作家在创作中往往将容貌和性格联系起来，其实，"坚毅的脸庞""深邃的眼神""炯炯有神的大眼睛"这些熟语都是创作中的障碍。

总体来看，人可不可以貌相，要视具体情况而定，在"貌"上做文章，则一定是可以的。我们自己在创作的时候，对于作品中主要人物的体貌描写，最好不要轻易地交代，而是要选择恰当的时机，通过恰当的视角展现出来。

第五章 / 叙述者

结构之外,最重要的便是叙事者。

叙事者,又称聚焦者,简单说,故事要呈现出来,通过谁的视角呈现,谁便是叙事者。

视角,是发展故事时所依据的一个情感焦点,简而言之,就是通过谁来呈现故事中的人物和场景,是一个人还是很多人。

第一节　全知叙述者

全知视角,也称上帝视角。

特点是对事情的来龙去脉交代得非常清楚,好处是,读者可以不太费力气就能对整个事件有所把握。缺点也在于此,正因为一览无余,所以缺少新奇感和神秘感。

《三国演义》中的故事是由无所不知的作者讲述,作者可以自由进出各个人物的内心,把人物的内心揭露给读者。

全知视角的好处

关于全知视角的好处,布斯说得最清楚。布斯是美国小说美学家,他的《小说修辞学》被誉为里程碑式的著作。该书出版于1961年,中文版在1986年由北京大学出版社出版,2017年,北京联合出版公司出版了修订版。

布斯在《小说修辞学》中探讨了全知叙事的优势。他以意大利薄伽丘《十日谈》中第五天第九个故事为例,说明了全知叙事的优点所在。

这个故事说的是一个名叫费代里戈的青年,爱上了一个有夫之妇焦万娜夫人。他的爱真挚而又彻底,甚至带有一种偏执。为了赢得对方的青睐,他耗费了万贯家财,最后一贫如洗,只剩下一头品种优良、世上少有的猎鹰。但焦万娜夫人是一名坚贞的女人，不为所动。后来她的丈夫不幸因病去世，儿子就成为财产继承人。因为庄园相邻，她的儿子和费代里戈很快混熟。他非常喜欢费代里戈的鹰，想把它要来饲养。可是自己不好意思开口，于是便憋出病来。焦万娜夫人得知此事后非常着急，为了能尽快治好儿子的病，她不得不到费代里戈家走一趟。费代里戈一看焦万娜夫人来了，真是诚惶诚恐，想尽一切办法来招待她。可惜他家徒四壁，家里没有什么拿得出手的，于是便把心爱的鹰杀了，款待焦万娜夫人。吃完饭后，焦万娜夫人才说明来意。费代里戈当场痛哭失声，焦万娜夫人还以为他舍不得鹰。在得知真相后，她先是埋怨费代里戈，但转念一想，又为其真情打动。

焦万娜夫人的儿子因为没有得到猎鹰郁郁而终，她则继承了丈夫的财产。她的兄弟们劝她再醮，于是经过一番考虑后，她选择了嫁给费代里戈。她的信条是：我宁愿要一个没有财富的男子汉而不要没有男子汉的财富。

故事的结局是完美的，这种完美来自全知叙事的使用。通过全知视角，我们知道费代里戈对焦万娜夫人的爱是执着的，他杀鹰供饭的举动来自对焦万娜夫人的浓浓爱意。而焦万娜夫人虽然早就知道费代里戈对自己的爱意，但是作为有夫之妇，她不为所动，是贞洁的。为了孩子，她只能亲自出马，又表现出浓浓的母爱。正是因为作品采取了全知视角，我们才对费代里戈和焦万娜夫人的美好品行有了透彻的了解，深知他们不是浪子与荡妇，从而对她们终成眷属的结局表示欣慰。

在中国古代长篇小说中,全知视角的应用是很普遍的,如《三国演义》中孔明与周瑜斗智时,作者就运用了全知视角。周瑜是一个纠结的人,他认识到孔明的才华将对以后的吴国产生威胁,故而三番两次设计想要杀害他。而孔明呢,明知道周瑜要杀他,却总是将其计策一一化解。作者用了全知叙事,从而洞悉二人心理,产生一种扬(褒)孔抑(贬)周的叙事效果。

第二节　第一人称的三种类型

　　第一人称是相对于第二和第三人称而言。人称一般分为三种："我""你""他"。首先要说明的一点是，在叙事性文学作品中运用第二人称是比较少见的叙述方式，多用在对灾难的叙写方面，比如有关地震、车祸的作品中会有遇难者亲人的回忆，常常会出现类似"如果不是这次意外，你此时应该正如何如何"的叙述，从而表现出对失去亲人或朋友的痛惜。第二人称作为叙事视角的运用不如第一人称和第三人称运用广泛。第三人称在某种意义上说，是第一人称的变体，因此本处将重点放在对第一人称的讲解中。

　　第一人称叙事中，根据"我"在作品中的地位，又可以分为三类："我"是主角；"我"是配角；"我"不参与真正的故事，只是发现者或记录者。

"我"是主角

　　如法国作家普鲁斯特的《追忆似水年华》，主要写的就是"我"的回忆。其中有一个非常著名的桥段。

　　　　母亲着人拿来一块点心，是那种又矮又胖名叫"小玛德莱娜"的点心，看来像是用扇贝壳那样的点心模子做的。那天天色阴沉，而且第二天也不见得会晴朗，我的心情很压抑，无意中舀了一勺茶送到嘴边。起先我已掰了块"小玛德莱娜"放进茶水准备泡软后食用。带着点心渣的那一勺茶碰到我的上颚,顿时使我浑身一震,我注意到我身上发生了非同小可的变化,一种舒坦的快感传遍全身,我感到超尘脱俗,却不知出自何因。我只觉得人生一世,荣辱得失都清淡如水,背时遭劫亦无甚大碍,所谓人生短促不过是一时幻觉;那情形好比恋爱发生的作用,它以一种可贵的精神充实了我。也许,这感觉并非来自外界,它本来就是我自己。我不再感到平庸、猥琐、凡俗。这股强烈的快感是从哪里涌出来的?我感到它同茶水和点心的滋味有关,但它又远远超出滋味,肯定同味觉的性质不一样。那么它从何而来?又意味着什么?哪里才能领受到它?

通过阅读文段可以知道,"我"就是故事的主角,整篇作品是对过去生活的回忆。茶水和点心混合的味道唤起了作者对往事的追忆。写作本身并无题材大小之说,人生处处皆有文章可做,关键是得有一颗细腻敏感的心和善于组织和表达的才华。

又如曾经一本畅销书《我,陪审团》的开头部分。

我抖了抖帽子上的雨水,走进房间。没有人说话。他们彬彬有礼地向后退去,我能感到他们看着我的目光。帕特·钱伯斯站在卧室门边,试图让默娜安静下来。那个姑娘的身体因为无泪的抽泣而剧烈抖动着。我走过去,搂住了她。

这是一段非常有画面感的文字，动作描写细致入微。引领读者思考，这发生了什么事儿呢？那"我"又是什么人呢？通过后面的阅读我们就会了解到，"我"是一个警察，"我"的一个朋友在自己的家里的卧室被人杀害了，这个朋友有一个特点，他的一只手是假手。"我"作为他的朋友，同时也是一位警察，有责任、有义务找到幕后的凶手。"我"就是陪审团，那由"我"来判定凶手有罪，这也是书名的由来。

中国古代尤其是唐宋以前，以第一人称为视角的作品并不多见，唐代张鷟的《游仙窟》算是比较早的。在作品中，张鷟写自己奉使河源路上，日晚途遥，马疲人乏，走至故老相传的"神仙窟"处，"端仰一心，洁斋三日"，终于发生奇遇。遇到了避乱至此的清河崔公之后裔：一嫂一姑，亦即五嫂、十娘。作品主要写了"余"与崔十娘、五嫂诗歌唱和、五嫂从中撮合、终于成就一夜欢娱的故事。

又如王度的《古镜记》。

> 隋汾阴侯生，天下奇士也。王度常以师礼事之。临终，赠度以古镜，曰："持此则百邪远人。"度受而宝之。

隋朝汾阴县有个叫侯生的人，是很有些奇特的本事的。"我"一直把他当作老师一样尊重。他去世之前，送了"我"一面古镜，并对"我"说："有了这面镜子邪魔外道就不敢靠近你了。"于是，"我"便拿它当宝贝收下了。这部作品以第一人称为叙述者，整个作品围绕着镜子来写,交代了作者自己与镜子之间发生的种种事件。

第一人称作为叙述视角,很容易把读者引入到情境之中,对叙述者产生信任,沉浸到作品中所设定的世界中。但是使用第一人称参与者的视角的一个问题是:

> 我们立刻就知道叙述者将会挺过在故事中的所有危险,这往往抹煞了造成悬念的一个因素,尽管,看主人公追踪凶手、逃脱为他而设的陷阱自然也能让我们感到兴奋。

"我"是配角

在作品中,"我"参与情节,但不是主角,但也有一定的分量,能支撑起一个形象,这种情形下,"我"就是配角。如《棋王》,虽然主角是王一生,但作品上来就是对自己情况的介绍:

> 我的几个朋友,都已被我送走插队,现在轮到我了,竟没有人来送。父母生前颇有些污点,运动一开始即被打翻死去。家具上都有机关的铝牌编号,于是统统收走,倒也名正言顺。我虽孤身一人,却算不得独子,不在留城政策之内。我野狼似的转悠一年多,终于还是决定要走。此去的地方按月有二十几元工资,我便很向往,争了要去,居然就批准了。因为所去之地与别国相邻,斗争之中除了阶级,尚有国际,出身孬一些,组织上不太放心。我争得这个信任和权利,欢喜是不用说的,更重要的是,每

月二十几元，一个人如何用得完？只是没人来送，就有些不耐烦，于是先钻进车厢，想找个地方坐下，任凭站台上千万人话别。

阿城的高明之处就在于此，他对"我"的背景进行了介绍，那么由"我"这样一个人来打量和观察王一生是再恰当不过了。

又如茹志鹃的《百合花》，也设计了这样一个视角。

一九四六年的中秋。这天打海岸的部队决定晚上总攻。我们文工团创作室的几个同志，就由主攻团的团长分派到各个战斗连去帮助工作。大概因为我是个女同志吧！团长对我抓了半天后脑勺，最后才叫一个通讯员送我到前沿包扎所去。包扎所就包扎所吧！反正不叫我进保险箱就行。我背上背包，跟通讯员走了。

这里交代了"我"的情况和性格："我"是文工团创作室的女兵，但非常勇敢、热情，愿意在战斗中贡献自己的力量。作品的描写非常细腻，其最动人处皆在细节之中，值得我们反复阅读。虽然作品主要写的是小通讯员和新媳妇之间的圣洁感情，但是"我"却是小通讯员和新媳妇之间不可缺少的穿针引线的人物，是故事的叙述人和情节发展的重要推动者。因此，"我"不仅是作品采用"第一人称"方式的承担者，而且也是作品中的一个艺术形象。

《福尔摩斯全集》一书通过助手华生的视角来描写福尔摩斯的形象，其中也涉及华生自己的情感和判断。

他解释推理的过程是那么毫不费力,我不禁笑了起来。"听你讲这些推理时,"我说,"事情仿佛总是显得那么简单,几乎简单到了可笑的程度,甚至我自己也能推理,在你解释推理过程之前,我对你推理的下一步的每一情况总是感到迷惑不解。但我还是觉得我的眼力不比你的差。"

"的确如此,"他点燃了一支香烟,全身舒展地倚靠在扶手椅上,回答道,"你是在看而不是在观察。这二者之间的区别是很清楚的。"

在"我"是配角这一类型里,最重要一点是不能越俎代庖。作品中所呈现出来的一切,都是通过"我"观察出来的,都必须是"我"的所思、所想、所见、所闻。

鲁迅就很喜欢用第一人称进行小说创作,而且"我"常常是配角。他的短篇小说集《呐喊》《彷徨》共收小说二十五篇。其中用第一人称写的就有十二篇:《狂人日记》《孔乙己》《一件小事》《头发的故事》《故乡》《兔和猫》《鸭的喜剧》《社戏》《祝福》《在酒楼上》《孤独者》《伤逝》。笔者感觉,在《祝福》中,他的第一人称使用是存在瑕疵的。

《祝福》中祥林嫂每次来的时候,"我"对她都有一个肖像描写,第一次时是这样:

> 她不是鲁镇人。有一年的冬初,四叔家里要换女工,做中人

的卫老婆子带她进来了，头上扎着白头绳，乌裙，蓝夹袄，月白背心，年纪大约二十六七，脸色青黄，但两颊却还是红的。卫老婆子叫她祥林嫂，说是自己母家的邻舍，死了当家人，所以出来做工了。

"做中人的卫老婆子带她进来了"，这有一种现场感，说明"我"应该就在当场。

第二次是这样的：

但有一年的秋季，大约是得到祥林嫂好运的消息之后的又过了两个新年，她竟又站在四叔家的堂前了。桌上放着一个荸荠式的圆篮，檐下一个小铺盖。她仍然头上扎着白头绳，乌裙，蓝夹袄，月白背心，脸色青黄，只是两颊上已经消失了血色，顺着眼，眼角上带些泪痕，眼光也没有先前那样精神了。而且仍然是卫老婆子领着，显出慈悲模样，絮絮的对四婶说。

"而且仍然是卫老婆子领着，显出慈悲模样"，这也是现场感很强的描述。也就是说，恰好在卫老婆子领着祥林嫂第二次来的时候，"我"也在。

依照作品中描述的"我"和四叔家的关系，笔者感觉其可能性不大。退一步说，即使"我"当时就在场，那么下面这段只有柳妈和祥林嫂在场的描写就有点超越"我"的视角了：

> 柳妈的打皱的脸也笑起来,使她蹙缩得像一个核桃,干枯的小眼睛一看祥林嫂的额角,又钉住她的眼。祥林嫂似很局促了,立刻敛了笑容,旋转眼光,自去看雪花。

柳妈看祥林嫂额角,祥林嫂看雪花,这都是非常主观化的动作。所以,"我"的视角在这时是禁不起推敲的。鲁迅百密一疏,进行了一次未收全功的叙事冒险。

"我"是发现者或记录者

第一人称中的第三种情况:"我"基本或纯粹不参与真正的故事,只是发现者和记录者。

《聊斋志异》中的《偷桃》主要写的是一个神奇的戏法,讲述自己小时候去考试,正值春节。按照旧历,各行商贾要去"演春"。在这个活动上,有人表演了一个神奇的戏法,号称能"颠倒生物",此次是去天上偷仙桃。表演者特别会拿捏节奏,整个过程精彩非常。"我"目睹了整个过程,因为印象深刻,多年以后都没忘记,故而将其记录下来,"我"在此处的作用主要是旁观者和记录者。

比这更进一步的是记录从别人那听来的故事,这个"别人",可能是局外人,也可能是故事中人。

唐传奇中有很多这样的作品。在作品行将结束时,要交代其来源,以增强真实性。如沈既济的《任氏传》,写的是狐狸精任氏和郑生的爱情故事。韦崟与郑生是好友,曾经也被任氏迷住,幸好任氏通过自己一番叙述使韦崟静下来。郑生不听任氏之言，致使任氏被猎狗咬死。郑生出钱将其埋葬。韦崟听闻任氏死讯后，让郑生陪同自己去任氏墓，打开墓又看了一眼，算是遗体告别，二人都很悲痛。沈既济没见过任氏，也没见过郑生，所有的故事都是从韦崟那听来的。

> 大历中，沈既济居钟陵，尝与崟游，屡言其事，故最详悉。后崟为殿中侍御史，兼陇州刺史，遂殁而不返。

后来，沈既济在旅途中把这个故事分享给朋友们听，大家听说此事，都被任氏这个奇女子打动，所以请沈既济将其写出来。

> 建中二年，既济自左拾遗于金吾，将军裴冀、京兆少尹孙成、户部郎中崔需、左拾遗陆淳，皆适居东南，自秦徂吴，水陆同道。时前拾遗朱放，因旅游而随焉。浮颖涉淮，方舟沿流，昼燕夜话，各征其异说。众君子闻任氏之事，共深叹骇，因请既济传之，以志异云。

在这篇作品中，其实有两个叙述者，沈既济在这里只是承担了一个记录者的职能；另一个则是韦崟，承担的是讲述者职能。

这就涉及另外一个问题，即双重叙述者问题，或者说外叙述者问题。

外叙述者

法国结构主义批评家热奈特根据叙述者的叙述层次和叙述者与故事的关系来将叙述者主要分为四类：①故事外——异故事叙述；②故事外——同故事叙述；③故事内——异故事叙述；④故事内——同故事叙述。按照热奈特划分标准，外叙述主要是叙事文本的第一层故事，在具体叙事中，叙事者既可以用第三人称讲述与自己无关的故事（异故事叙述），也可以用第一人称讲述自己的故事（同故事叙述）。这种叙事理论虽由外国学者较早提出，但并不代表中国文学没有这样的创作实践。事实上，热奈特在其《叙事话语》中也曾提到"典型中国式叙事"的"精雕细镂"。秘鲁作家略萨也曾用"中国套盒"来形容叙述的层次，他直言："为了让故事具有说服力，小说家使用的另外一个手段，我们可以称之为'中国套盒'，或者'俄国玩偶'。这指的是什么呢？指的是按照这两个民间工艺品那样结构故事——大套盒里容纳形状相似但体积较小的一系列套盒，大玩偶里套着小玩偶，这个系列可以延长到无限小。"在中国传统的叙事中，这种叙事策略比较早地运用在唐传奇中。唐传奇的体例很特殊，一般都会在作品末尾写明故事来源，很多故事都是从别人那里听来的，虽然转述故事的人有的是旁观者（如《离魂记》），有的是参与者（如《任氏传》），但写故事的人都不是故事的参与者。讲故事的人同时也是故事参与者的作品并不多见，李公佐算其中之一。

《古岳渎经》和《谢小娥传》是李公佐最具代表性的作品。《古岳渎经》主要讲述了贞元丁丑岁，他和杨衡"征异话奇"时，杨衡讲了一个龟山水兽的故事。在具体的叙述中，该故事经历了李汤—杨衡—李公佐—李公佐的朋友这样一个传播过程。最终以"洞中寻书"来为故事收尾。至于这本书是否真实存在，作者并未言明。在《谢小娥传》中，作者参与了故事的发展。他不仅和谢小娥相识，还帮助她解决了难题，从而推动了故事情节的发展。这一故事影响到之后李复言的《尼妙寂》，使其成为李公佐作品的一个复本。可见，不论是《古岳渎经》，还是《尼妙寂》，在作品中都出现了另外一个文本，并与故事整体内容直接相关。这一叙事技巧与后来明清小说中的"楔子"颇为相似，并在吴趼人那里得以发扬光大。众所周知，吴趼人对于小说技法的追求可谓是先进的。他的《九命奇冤》虽被胡适称为"中国近代的一部全德的小说"，但他在文学史中为人所注意，却是因为《二十年目睹之怪现状》（以下简称《怪现状》）。胡适意识到了这部小说在技术上的进步，指出："吴沃尧曾经受过西洋小说的影响，故不甘心做那没有结构的杂凑小说。他的小说都有点布局，都有点组织。这是他胜过同时一班作家之处。《怪现状》的体例还是散漫的，还含有无数短篇故事；但全书有个'我'做主人，用这个'我'的事迹做布局纲领，一切短篇故事都变成了'我'二十年中看见或听见的怪现状。即此一端，便与《官场现形记》《文明小史》不同了。"胡适注意到了吴趼人的结构意识，指出了该作品与其他作品的不同，遗憾的是，他并没有意识到《怪现状》"楔子"的重要意义。同时，胡适认为，吴趼人的作品结构是深受西方影响的。但事实上，吴趼人受《红楼梦》的影响更多。

　　吴趼人对《红楼梦》是相当熟稔的，甚至还写了一部《新石头记》，虽然那是一部充满幻想的未来小说,但可以看出他对《红楼梦》的热爱。在创作中,吴趼人给人物命名时常使用谐音法,信手拈来,与古代小说人物命名艺术一脉相承。而在"外叙述者"的运用方面,他更是乐此不疲。《怪现状》由"死里逃生"在市集上碰到一位大汉卖"九死一生"的笔记展开。卖书人说:"这本书是我一个知己朋友做的。他如今有事到别处去了,临行时亲手将这本书托我,叫我代觅一个知音的人,付托与他,请他传扬出去。"于是"死里逃生"将这本笔记稍作处理,然后寄往日本横滨《新小说》。然后又言之凿凿:"新小说社记者接到了'死里逃生'的手书及'九死一生'的笔记,展开看了一遍,不忍埋没了他,就将他逐期刊布出来。阅者须知,自此以后之文,便是'九死一生'的手笔以及'死里逃生'的批评了。"这种写作技法显然与曹雪芹、文康是一脉相承的。而吴趼人在《新西厢记》第一回中白话和文言之争也使用了相似的手法。其中,他借文人之手,将《西厢记》翻作一部白话小说,并以一句"你道那人是谁?原来就是在下吴趼人了"将作者身份呈现出来。全书从第二回到最后的第十二回,均为白话《西厢记》的正文,以张生的梦收尾,但作者吴趼人却没有再出现。这是吴趼人运用"外叙述者"的另一重要实践。这种"外叙述"作为文本第一层次故事的讲述者,"在作品中可以居支配地位,也可以仅起框架作用。充当外叙述者的最典型的例子是中国章回小说中的楔子和尾声,这种结构被汉学家们称为 Chinese-box,它不过是藏珠之椟罢了"。胡亚敏也注意到了中国古代章回小说中的"楔子"是比较典型的例子。她从具体例证出发,对"外叙述者"的作用及历史做了说明,也进一步强调了《狂人日记》的序比一般的楔子更进一步：楔子和正文之间的关系若即若离，而《狂人日记》的序与正文之间则是有机的整体。由此可见，中国小说自有其内在叙述谱系。

《狂人日记》与鲁迅的"外叙述者"技巧溯源

《狂人日记》的结构究竟受中国传统小说影响多还是受西方文学影响多，不仅是学界关于鲁迅研究的热点，也涉及"外叙述者"这种技巧在中国小说中的谱系问题。关于《狂人日记》的"外叙述者"话题的讨论，还要从其"序"说起。

从《狂人日记》的结构来看，"序"在其中的地位非常重要。吴讷在《文章辨体》中曾言："《尔雅》云，'序，绪也'。序之体，始于《诗》之《大序》，首言六义，次言风雅之变，又次言二南王化之自。其言次第有序，故谓之序也。""序"作为一种文体，较早的应该是《诗经》的《大序》。"大"对应"小"，大序，是总纲，小序，是解题。自此，"序"成为著作的标配，也可以看作是广义的"外叙述者"。可惜的是，有些书商只重文本不重序，在刻印中将一些序删掉了，从而造成了一些遗憾。作为小说研究者的鲁迅非常看重"序"叙述功能，也不止一次对这种做法表达了惋惜。在《中国小说史略》第一篇中谈到小说的发展简史时，他说："石晋时，刘昫等因韦述旧史作《唐书》《经籍志》（后略称《唐志》）则以毋煚等所修之《古今书录》为本，而意主简略，删其小序发明，史官之论述由是不可见。"由此可见鲁迅对于这种将"小序发明"的做法的惋惜之情。在《中国小说史略》的后记中，他又重申了这一现象:"况小说初刻,多有序跋,可借知成书年代及其撰人,而旧本希觏,仅获新书,贾人草率,于本文之外,大率刊落。"因为序跋被"刊落",造成了"成书年代及其撰人"不明,给研究者造成不小的困扰,鲁迅对此是不满的,也显示了鲁迅对"序"强烈的文体意识。而这种意识的形成显然与他长期沉浸于中国小说研究密不可分。

鲁迅对于"外叙述视角"并不陌生。在《中国小说史略》中,鲁迅将李公佐这位重要的唐传奇作者及其作品作为重要研究对象进行论述,重点分析其中的叙事策略。尤其是这些叙事中的某人(主人公)发现一个文本(正文)并将其公之于众这一叙事技巧在《红楼梦》体现尤为明显。鲁迅将《红楼梦》作为人情小说代表作,并专辟一章进行论述。他很看重《红楼梦》的首回空空道人与石头的对话,指出:"人物故事,则摆脱旧套,与在先之人情小说甚不同。"要"摆脱旧套"并非易事,需在内容和形式方面都有相应的创新才行。在内容上,摆脱才子佳人模式,进行"写实",那么在形式上如何摆脱旧套?鲁迅并未直接回答这个问题。但他在论述《儿女英雄传》时,通过对马从善的序和作品的首回的分析表达了自己的观点。马从善在序中说,自己曾经在文康家就馆,分别后"宦游南北,遂不想闻"。后来再去文康家,知道他已归道山,"访其故宅,久已易主,生平所著,无从收拾,仅于友人处得此一编,亟付剞劂,以存先生著作"。马从善的序作为副文本,使得《儿女英雄传》的传播链更为完整:马从善从友人处发现了这个文本,并将其公布于众。

鲁迅对这种技巧是富有洞察力的。在论述到《儿女英雄传》的雍正甲寅观鉴我斋序和乾隆甲寅东海吾了翁识时，一语点破其中的奥秘，"皆作者假托"。至于开篇说到此书流传的书名依次为《金玉缘》《日下新书》《正法眼藏五十三参》时，则又下断语："(首回)多立异名，摇曳见态，亦仍为《红楼梦》家数也。"在这里，鲁迅觉察到了两部书之间的关系，也指明了这种叙事技巧的价值。这种技巧正是来自《石头记》到《情僧录》《风月宝鉴》《金陵十二钗》。听起来言之凿凿，"摇曳见态"，实则都是作者的障眼法，故意煞有介事地追根溯源，以博取读者信任。当然，鲁迅对吴趼人及其《怪现状》的研究也下过一番功夫。他曾在给胡适的信中谈道："大稿(《五十年来中国之文学》)已经读讫，警辟之至，大快人心！我很希望早日印成，因为这种历史的提示，胜于许多空理论。"可见，正是在对李公佐、曹雪芹、文康和吴趼人的研究中，加之西方文学如《茶花女》《堂吉诃德》等的影响，最终才成就了《狂人日记》独特的结构与叙事技巧。从这个意义上而言，鲁迅的《狂人日记》及其他作品，并不像他自己所说的那样"大约全仰仗在之前看过的百来篇国外作品和一点医学上的知识，此外的准备，一点也没有"，而是在对中国叙事小说的研究与对西方小说技巧的学习中，形成了他独特的叙事艺术，尤其是他作品中的悲剧色彩，可以从中看到尼采和叔本华的影响。可以说，鲁迅作为一名伟大的作家，"有力地表达了人们关心的思想，其思想及作品的复杂性使他成为20世纪真正伟大的作家"，并在中国文学乃至世界文学史上都占据着重要的地位。

第三节　第三人称限制视角

第三人称视角和第一人称视角大同小异,第三人称可以看成第一人称的变体,只是换"我"为"他"。在第一人称作品中是以"我"的视角来切入,而第三人称可能是以"他"或某个具体的人的视角来叙述。但又不完全一样:"我"是一人到底,"他"则可以转换,可以是一个人,也可以是多个人。尤其是在长篇小说中,不容易做到以一个人视角贯穿到底时,就要适时转换。不过即便是多人转换,转换后的视角也相对固定,这种视角称为"第三人称限制视角"。如《水浒传》一个比较大的特点就是列传体,相当于给出现的每个主要人物都写了一个列传。比如鲁达、林冲、杨志、武松、宋江等人物,都是在别人事件的中间引出的。鲁达的出场是在史进寻找王教头的事件中,由史进引出鲁达。林冲的出场是在鲁达演习武艺的时候,由鲁达引出林冲。杨志的出场是在林冲寻觅投名状的时候,由林冲引出了杨志。视角在切换,就像一颗一颗串联起来的珍珠。

第四节　不可靠叙述者

"不可靠叙述者"是布斯在《小说修辞学》里提出的一个概念。意思是:"那些作为接受者的读者们不能轻易相信叙述者所传达的信息,要通过个人的加工过滤。"简而言之,就是不要轻易相信叙述者的一面之词。

最著名的当数芥川龙之介的《竹林中》。作品通过写大盗多襄丸、武士和妻子的故事。武士死了,大盗被抓,究竟真相如何,几方各执一词,莫衷一是,揭露了人性中的丑陋之处。后来黑泽明将《竹林中》和《罗生门》合在一起,拍成《罗生门》,成为电影佳作,并产生了"罗生门效应"。

爱伦·坡的《黑猫》是此种类型的代表作。小说以"我"为叙事视角,讲述了自己的温柔、善良,以及妻子和黑猫的令人厌烦。所有的这些叙述,其实都是为了引起读者对"我"的一种认同。没想到最后"我"竟然将妻子杀害,砌在了墙里。这和前面叙述形成反差,揭露了"我"的谎言。

安布罗斯·比尔斯有一部非常著名的小说《鹰溪桥上》,讲述美国南北战争时期,贝顿·法夸作为南方种植主,因为支持南方军队,被北军在鹰溪桥上执行绞刑。主人公被绑在绞刑架上即将被行刑,突然"砰"一声枪响,绳子被打断了,且没有伤到他。他掉进水里后通过自己的努力游回了家，然后开门看到自己的妻子。从这些叙述看，主人公成功逃脱了。小说在最后部分揭示了真相：他并没有逃走，而是被行刑了。前面的叙述是他临死前产生的一种幻觉。

胡里奥·科塔萨尔的《基克拉泽斯群岛的偶像》也是这样的作品。二男一女去一个岛上，挖到了一个人偶，人偶是个有魔力的雕像。其中一男一女是恋人关系，莫兰德就是恋人关系中的男子。叙述者是莫兰德，莫兰德认为另一个人即索摩察有病，并举了很多例子让读者相信他有病。然而到了结尾部分，我们才发现，有病的是叙述者莫兰德。

以"不可靠叙述者"切入的作品，会让读者产生"同情和认同叙述者"的效果，其实说的都是虚假的，最后则通过简短的几句话揭露出真相，这种逆转会给读者带来一种阅读上的快感，因此此类型作品很受读者喜欢。

《圣经》上有句话——我是唯一逃出来向你报信的人。有两位作家特别喜欢这句话，日本的川端康成和中国的莫言。我们可以理解为唯一逃出来向你报信的人或讲这故事的人，没有旁证，只有孤证，不一定可信。《水浒传》中杨志押送生辰纲，结果半道被吴用等人智取。最后众人为了自保，商量把事情推在杨志身上，并编造出内外勾结等情节陷害杨志，杨志只得逃往别处避难。

第五节 无意/有意偷听

"空山不见人,但闻人语响",这是王维的《鹿柴》诗的前两句,描绘了在深山之中,看不见人,只能听见人声的一种境况。这样的境界很空灵,如果移用到以叙事为主的创作中,就会产生一种张力。"忽闻水上琵琶声,主人忘归客不发。寻声暗问弹者谁,琵琶声停欲语迟",《琵琶行》中听到了琵琶的声音,才引起了后面的情节。

其实这还是一个叙述者视角的问题。一些有意或无意地听,能够增强故事的吸引力。罗贯中就是个中高手。

在第五回中,关羽去战华雄,罗贯中在这里第一次运用了这种技法,他没有直接写关羽如何大战——如杀颜良、诛文丑——华雄,而是通过帐内诸人的视角来写此事。

> 关公曰:"酒且斟下,某去便来。"出帐提刀,飞身上马。众诸侯听得关外鼓声大振,喊声大举,如天摧地塌,岳撼山崩,众皆失惊。正欲探听,鸾铃响处,马到中军,云长提华雄之头,掷于地上,其酒尚温。

这是一个非常经典的叙事,其经典性至少体现在以下五处:第一,体现了不同人物的性格。因为关羽的身份,体现出袁氏兄弟狭隘的心胸、识见，与曹操的识人用人形成了鲜明对比，为后面一系列的故事如官渡之战做了铺垫。第二，铺垫的运用。所谓铺垫，类似于皴法，骁将俞涉和上将潘凤都被华雄干净利落斩杀，这两个铺垫足以显示华雄的英勇。第三，这里包含一个"事不过三"的三复叙事（三复叙事请见本书相关论述）。关羽是斗战华雄的第三人，他成功了。第四，所谓"侧面描写"，这个"侧面"来自那杯酒。关羽出站前，那是一杯热酒，待回来时，"其酒尚温"，由此来写关羽斩杀华雄速度之快，这种快速为关羽后面的许多战斗定下了调子。第五，叙述者的选择。不是通过关羽的视角，而是通过众诸侯的视角。温酒斩华雄这个情节，最妙处就在于采用了这种"留白"的写法，让读者自己去补全这个场面，我们和帐内诸人站在了一起，因为隔着大帐，故而只能通过声音来描述发生的事情。

因为看不见真相，所以听见类似天地山岳震动的声音，让他们很吃惊。这是极其热闹的描写。正要派人去探听，"鸾铃响处，马到中军，云长提华雄之头，掷于地上"。正应了那句话，"蝉噪林逾静"，鸾铃一响，恰是写静。刚才听到的千军万马，现在是关羽一人。一动一静，一多一少，堪称绝妙。

《三国演义》善于通过这种听声音推动情节。陈宫私放了曹操，二人逃到了吕伯奢家。处于逃亡途中，本来就疑心重重，加之曹操疑心重，因此在听到磨刀之声后，顿时紧张起来，待听到"缚而杀之，何如"的话后，立刻动了杀心，冲进房中，"不问男女，皆杀之，一连杀死八口"。一句听来的话，断送了八条人命。到厨房一看才发现真相,原来是要杀一头猪。奈何真相来得太晚,悔之不及。逃跑路上遇到吕伯奢,曹操一并杀之,并说出了那句名言:"宁教我负天下人,休教天下人负我。"

到后来,刘玄德马跃檀溪后,到了水镜山庄,当夜失眠。深夜之时,听见水镜先生接待"元直",于是起床秘密听之,听到了水镜先生和来人的对话。第二天早上,玄德欲与此人相见,结果那人已走,由此造成一种悬念:那人是谁?将往何处?通过后面的情节,读者知道那人即化名为单福的徐庶徐元直,即将投奔刘备。

《水浒传》《红楼梦》《西游记》中也不乏这样的情节。

鲁达因为在潘家酒楼上"只听得隔壁阁子里有人哽哽咽咽啼哭",于是才引起了后面的拳打镇关西;林冲躲在山神庙中,听见庙门口三人对话,辨认出是差拨、陆虞候和富安,这才知道草料场着火真相,于是冲出去将三人杀掉,坚定了上梁山的决心;石秀因为听见报晓头陀来死巷中敲木鱼,高声叫佛,引起他的疑心,发现了裴如海与潘巧云的勾当,才有了后面的杨雄上梁山;李逵因为要解手,听到了李鬼和他老婆的对话,才知道他俩都不是好人。这些都是通过无意闻声而推动情节,最让人紧张的当数宋江在九天玄女庙"神厨搜捉"一段,称得上步步惊心。金圣叹称这段"险妙绝伦""风雨如磐,虫鬼骇逼"。

宋江躲在神厨中,通过他的视角来听和看外面发生的事,宋江的心至少有五个起落,将紧张的气氛营造得十分到位,以至于读者的心也跟着起落。所以金圣叹感慨:

　　宋江自在厨中，读者本在书外，却不知何故一时便若打并一片心魄，共受若干惊吓者。灯昏窗响，壁动鬼出，笔墨之事，能令依正一齐震动，真奇绝也。

　　《红楼梦》中最著名的例子是宝钗扑蝶，不小心来到滴翠亭前，无意间偷听到了小红与坠儿的对话。因为这个亭子比较独特，有槅子，所以看不见外面。她们为防别人听见，要打开槅子，这时宝钗恰恰来到亭前。这就形成了一种张力，眼见着势不可解，宝钗计上心来，使用金蝉脱壳之法为自己脱身，却苦了林黛玉。

　　《西游记》中孙悟空经常变成一些花脚蚊虫、蟭蟟虫儿等小东西，飞入妖怪洞府或探听消息，或耍手段，都能够在一定程度上做到知己知彼，从而推动故事向前发展。

　　在声音上是偷听，在视觉上，就是偷看，或者说是偷窥。希区柯克的电影《后窗》是最好的例子。

第六节　聚焦要符合人物身份

人物视角的刻画是创作的重要组成部分,人物看到的世界要符合人物的认知。就像李白在《古朗月行》中所说:

小时不识月,呼作白玉盘。

又疑瑶台镜,飞在青云端。

小孩儿不认识月亮,就找一个跟它形状相似的生活中的物品来称呼——白玉盘、瑶台镜。李白从小孩儿的视角出发观察事物,整首诗充满了童趣。我们在写作品的时候,尤其小说创作写一个人物,他是什么身份,什么经历,看待一个事物是什么样的,我们一定要注意。

汪曾祺写过一篇散文《纪念沈从文先生》,里面记述了沈从文先生在西南联大讲写作。沈从文有一个特别著名的观点:创作的时候要贴着人物写,将自己代入进去,设想自己就是那个人物。

《包法利夫人》的作者福楼拜写创作谈的时候就写道,包法利夫人是一个喜欢读书,从小看书之后特别爱幻想,但是现实生活和自己的理想有一种差距,为了追求理想中的生活,最后就走上了不道德之路,最后她走投无路,自杀了。里面描写道:"包法利夫人叫艾玛,吃砒霜的时候,她感觉到自己的嘴里都是一股很难受的一种味道。"作者沉浸在角色里,他的一言一行都符合所写人物的设定,所以写得非常真实贴切。米克·巴尔在《叙述学:叙事理论导论》中指出了这个问题。

> 感知是一个心理过程,强烈地取决于感知主体的状况;如果仅仅涉及量度范围的话,一个小孩子看到的事情完全不同于成人。人们对于所看到的东西的熟悉程度也影响着感知。当埃梅谢塔讽喻性地描绘的沙维的聚居者第一次看到白人时,他们看到的是患白化病的人:皮肤有缺陷的普通黑人。

米克·巴尔认为感知是一个心理过程,强烈地取决于感知主体的状况。如果仅仅涉及量度范围的话,一个小孩子看到的事情完全不同于成人。比如《孔乙己》《呼兰河传》《城南旧事》这些都是儿童视角。

儿童视角和成人视角,它显然有着非常大的区别,就像我们对事情的理解一样。小时候看事情是这样的,等年纪增长了,阅历增加了,再回看同样的事儿,可能对它的理解就不一样了。所以说人们对于所看到的东西的熟悉程度也影响着感知。聚焦时要符合人物身份,刘姥姥进大观园是最有代表性的一个桥段。刘姥姥长期生活在农村,认知就局限在她的农村生活的阅历中,进了大观园,差距就显现出来了。

　　小丫头打起猩红毡帘,才入堂屋,只闻一阵香扑了脸来,竟不辨是何气味,身子如在云端里一般,满屋中之物都耀眼争光的,使人头悬目眩。

　　她初进大观园,只能闻到香味,满屋中的物品认不全,"耀眼争光"是她的真实感受。这还不算绝,最厉害的描写在于她看见了一个座钟。座钟是刘姥姥生活中所不曾闻见过的,所以她只能以自己的生活经验来观察它。

　　刘姥姥只听见咯当咯当的响声,大有似乎打箩柜筛面的一般,不免东瞧西望的。忽见堂屋中柱子上挂着一个匣子,底下又坠着一个秤砣般一物,却不住的乱晃。刘姥姥心中想着:"这是什么东西?有煞用处呢?"正发呆时,陡听得当的一声又若金钟铜磬一般,倒吓得不住的展眼儿。接着一连又是八九下,欲待问时,只见小丫头们一齐乱跑,说:"奶奶下来了。"

　　"打箩柜筛面""匣子""秤砣""金钟铜磬"这些都是刘姥姥生活经验中的词汇,现在用来比喻一件陌生的物件,符合她的身份。

　　后来她二进大观园,这次更幸运,能够得见贾母。她初见贾母时,又一次展示了她的认知。

　　刘姥姥进去，只见满屋里珠围翠绕，花枝招展，并不知都系何人。只见一张榻上歪着一位老婆婆，身后坐着一个纱罗裹的美人一般的一个丫鬟在那里捶腿，凤姐儿站着正说笑。刘姥姥便知是贾母了，忙上来陪着笑，福了几福，口里说："请老寿星安。"

在刘姥姥眼里，贾府的印象都是大块的、粗线条的，因为她没有那么多关于富贵的认知。但刘姥姥不愧是老江湖，对人情世故拿捏得非常到位，能抓得住问题关键所在。后来在贾府的宴会上，她算是出尽了风头，给贾母留下了不可磨灭的印象。

　　那刘姥姥入了坐，拿起箸来，沉甸甸的不伏手。原是凤姐和鸳鸯商议定了，单拿一双老年四楞象牙镶金的筷子与刘姥姥。刘姥姥见了，说道："这叉爬子比俺那里铁锹还沉，那里犟的过他。"说的众人都笑起来。

"叉爬子""铁锹"后面接着写她不认识鹌鹑蛋，误以为是小型鸡蛋，她用自己的一套话语，造成陌生化，产生了特别强烈的"笑"果。

　　"这里的鸡儿也俊，下的这蛋也小巧，怪俊的。我且得一个儿！"众人方住了笑，听见这话又笑起来。贾母笑的眼泪出来，琥珀在后捶着。

刘姥姥的语言非常生活化,甚至有些粗俗,曹雪芹确实做到了贴着人物写,为后来者的创作带来很多启示。

当代作家高晓生的《陈奂生上城》中写到陈奂生上城卖油绳,受凉发病,高烧昏睡,幸好被曾经在自己家吃过一顿饭的县委书记吴楚发现。吴书记和司机带他看病,又让司机将其送到招待所。陈奂生迷迷糊糊,一觉醒来,发现自己在一个陌生的地方,于是他开始打量眼前的一切。

> 陈奂生想罢,心头暖烘烘,眼泪热辣辣,在被口上拭了拭,便睁开来细细打量这住的地方,却又吃了一惊。原来这房里的一切,都新堂堂、亮澄澄,平顶(天花板)白得耀眼,四周的墙,用青漆漆了一人高,再往上就刷刷白,地板暗红闪光,照出人影子来;紫檀色五斗橱,嫩黄色写字台,更有两张出奇的矮凳,比太师椅还大,里外包着皮,也叫不出它的名字来。再看床上,垫的是花床单,盖的是新被子,雪白的被底,簇新的绸面,呱呱叫三层新。陈奂生不由自主地立刻在被窝里缩成一团,他知道自己身上(特别是脚)不大干净,生怕弄脏了被子……随即悄悄起身,悄悄穿好了衣服,不敢弄出一点声音来,好像做了偷儿,被人发现就会抓住似的。他下了床,把鞋子拎在手里,光着脚跑出去;又眷顾着那两张大皮椅,走近去摸一摸,轻轻捺了捺,知道里边有弹簧,却不敢坐,怕压瘪了弹不饱。然后才真的悄悄开门,走出去了。

陈奂生在乡下一个老实巴交的农民，没有见过什么太大的世面，所以当他看见西洋沙发的时候，只能用自己的生活经验来描述："更有两张出奇的矮凳，比太师椅还大，里外包着皮，也叫不出它的名字来。"面对着突然而来的出奇的干净，他的心理产生了很大变化。这段把他的紧张和小心写得非常到位。后来付了五元巨款的房费后，他的心理又发生了变化，返回屋里折腾了一番。经过这次搭书记车、住高级招待所的经历，他在村上的地位明显提高了。整篇小说写得非常有看头。

聚焦要符合人物身份，这一点是非常重要的，由此生成一种真实感。但是在一些大作家笔下，有时也可能会有疏忽，形成瑕疵。如汪曾祺的《受戒》，写到小英子到明海要受戒的善因寺里看，她看到的东西特别丰富。

小英子就到处看看。好家伙，这哼哈二将、四大天王，有三丈多高，都是簇新的，才装修了不久。天井有二亩地大，铺着青石，种着苍松翠柏。"大雄宝殿"，这才真是个"大殿"！一进去，凉飕飕的。到处都是金光耀眼。释迦牟尼佛坐在一个莲花座上，单是莲座，就比小英子还高。抬起头来也看不全他的脸，只看到一个微微闭着的嘴唇和胖敦敦的下巴。两边的两根大红蜡烛，一搂多粗。佛像前的大供桌上供着鲜花、绒花、绢花，还有珊瑚树，玉如意、整根的大象牙。香炉里烧着檀香。小英子出了庙，闻着自己的衣服都是香的。挂了好些幡。这些幡不知是什么缎子的，那么厚重，绣的花真细。这么大一口磬，里头能装五担水！这么大一个木鱼，有一头牛大，漆得通红的。她又去转了转罗汉堂，爬到千佛楼上看了看。真有一千个小佛！她还跟着一些人去看了看藏经楼。藏经楼没有什么看头，都是经书！妈呔！逛了这么一圈，腿都酸了。

这部分通过小英子的眼光来聚焦寺庙，"抬起头来也看不全他的脸，只看到一个微微闭着的嘴唇和胖敦敦的下巴"，这就非常有现场感。但是我个人感觉，有的地方并不是特别贴切，为什么？因为写的东西太丰富，比如说哼哈二将、四大天王、释迦牟尼、鲜花、绒花、绢花、珊瑚树、玉如意、整根的大象牙、檀香等，以作品中对小英子的定位，所有这些并不是小英子都能认识的，似乎超出了她的认知。

第六章 / 侧面描写

所谓侧面描写,显然是相对于正面描写而言,也就是通过另一个角度对人物形象进行塑造。这个角度可以是自然景观,也可以是人文环境,更多的则是人。三者都是侧面描写的重要媒介。

第一节　自然环境

景色，很多时候不单纯是景色，通过景色，可以窥见人内心的情绪和想法。

"感时花溅泪，恨别鸟惊心"，这是伤世。"人闲桂花落，夜静春山空"，这是闲情。"一花一世界，一叶一菩提"，这是感悟。"泪眼问花花不语，乱红飞过秋千去"，这是别绪。所以才有王国维《人间词话删稿》中所说："昔人论诗词，有景语、情语之别，不知一切景语，皆情语也。"

> 有我之境，以我观物，故物我皆著我之色彩。无我之境，以物观物，故不知何者为我，何者为物。古人为词，写有我之境者为多，然未始不能写无我之境，此在豪杰之士能自树立耳。

林教头风雪山神庙，当晚的风雪交加，为整个故事营造了紧张又压抑的氛围。当然，最典型的当数《红楼梦》中的大观园，里面的自然景观虽然是人造的，却也从侧面反映出居住人的性格，这正是曹雪芹的高明之处。如林黛玉的潇湘馆。

潇湘馆的环境如何？贾政带领一班清客及宝玉入园时，第一次介绍了潇湘馆的景色：

忽抬头看见前面一带粉垣,里面数楹修舍,有千百竿翠竹遮映。众人都道:"好个所在!"于是大家进入,只见入门便是曲折游廊,阶下石子漫成甬路。上面小小两三间房舍,一明两暗,里面都是合着地步打就的床几椅案。从里间房内又得一小门,出去则是后院,有大株梨花兼着芭蕉。又有两间小小退步。后院墙下忽开一隙,得泉一派,开沟仅尺许,灌入墙内,绕阶缘屋至前院,盘旋竹下而出。

小小的房舍掩映在翠竹之下,小门通后院,有梨树和芭蕉,更有一脉泉水绕阶缘屋至前院,使得整个环境灵动起来,实在是读书的所在,连贾政都向往在这里月下读书。这种环境也确实适合读书。刘姥姥以为是哪位公子的书房,这和宝钗的相比,更是明显。

宝玉也觉得此处和林黛玉的气质比较契合,愿意让她住那儿。所以在第二十三回,当黛玉说"我心里想着潇湘馆好,爱那几竿竹子隐着一道曲栏,比别处更觉幽静"时,宝玉说正和他的主意一样。

到了第三十七回,海棠社起社,每个人都要起一个诗号,探春讲了一个典故并替林黛玉起了一个诗号。

当日娥皇女英洒泪在竹上成斑,故今斑竹又名湘妃竹。如今他住的是潇湘馆,他又爱哭,将来他想林姐夫,那些竹子也是要变成斑竹的。以后都叫他作"潇湘妃子"就完了。

林黛玉听了,并没有反驳,低头默许,看来探春的发言深得她心。这和第一回中提到的前世因缘就结合起来了。绛珠仙子一直惦记着神瑛侍者灌溉之恩,无以为报,故而要"把我一生所有的眼泪还他,也偿还得过他了",即为"还泪"之说。

> 那绛珠仙子道:"他是甘露之惠,我并无此水可还。他既下世为人,我也去下世为人,但把我一生所有的眼泪还他,也偿还得过他了。"因此一事,就勾出多少风流冤家来,陪他们去了结此案。那道人道:"果是罕闻,实未闻有还泪之说。"

后来宝玉来寻黛玉,再次描述了潇湘馆的环境:

> 顺着脚一径来至一个院门前,只见凤尾森森,龙吟细细,举目望门上一看,只见匾上写着"潇湘馆"三字。

这些对自然环境的描写,都在强化林黛玉的性情和命运。

第二节　人文环境

　　人文环境比自然环境更具有主观性。在《红楼梦》第五回，宝玉在宁国府犯困，由秦可卿代为安排房间。先把宝玉领到了"上房内间"，就是最好的客房，因为挂着《燃藜图》，又挂着有关"学问""文章"的对联，虽然房间精美，铺陈华丽，但因为涉及劝学，宝玉一看就犯愁了。于是秦氏便将他引到自己的卧房。这个房间也有画、有对联，画是唐伯虎的《海棠春睡图》，联是秦太虚写的"嫩寒锁梦因春冷，芳气笼人是酒香"。其他物品也是极尽暧昧的奢华。

　　　　案上设着武则天当日镜室中设的宝镜，一边摆着飞燕立着
　　　舞过的金盘，盘内盛着安禄山掷过伤了太真乳的木瓜。上面设
　　　着寿昌公主于含章殿下卧的榻，悬的是同昌公主制的联珠帐。

　　宝玉立马含笑，并且连声说好。这里通过侧面描写，表明了秦可卿的审美标准，其实也是性情，同时也通过宝玉的抉择表现出他的性格，从而达到了一声两歌的效果。

　　除了秦可卿，其他人的房间布局及摆设也同样从侧面反映出居住人的性格。如刘姥姥二进大观园时，曾经探访过几个人的房间。其中探春的房间"三间屋子并不曾隔断"，表现出她"素喜阔朗"的性

格；黛玉的房间里都是书，竟被刘姥姥误认为是哪位公子的书房；宝钗的房间则太素了，"雪洞一般，一色玩器全无，案上只有一个土定瓶，瓶中供着数枝菊花，并两部书、茶奁、茶杯而已"。并不是没人给她送摆件，而是宝钗都给退回去了。贾母有点看不下去，认为如此素淡对于女孩来说不吉利，便把自己的三件体己物品舍出来，让鸳鸯给拿过来摆在案上。这种陈设与宝钗不事奢华、低调内敛的性格是一脉相承的。

第三节　人物

写一个美人,可以用直接描写,"手如柔荑,肤如凝脂,领如蝤蛴,齿如瓠犀,螓首蛾眉,巧笑倩兮,美目盼兮",通过对人物皮肤及眉眼的描述,令读者生出一种美感。但总感觉有些欠缺,有些流于泛泛,不能给人留下特别深的印象。时间长了,甚至可能产生程式化的描写。通过另外一些人物进行的侧面描写就不一样了,可以极大地增加所写主要人物的魅力。

在侧面描写行列里,比较著名的早期作品是汉乐府《陌上桑》。

> 秦氏有好女,自名为罗敷。罗敷喜蚕桑,采桑城南隅。青丝为笼系,桂枝为笼钩。头上倭堕髻,耳中明月珠。缃绮为下裙,紫绮为上襦。行者见罗敷,下担捋髭须。少年见罗敷,脱帽著帩头。耕者忘其犁,锄者忘其锄。来归相怨怒,但坐观罗敷。

把正面和侧面描写结合起来,是中国叙事的一个传统。"青丝为笼系,桂枝为笼钩。头上倭堕髻,耳中明月珠。缃绮为下裙,紫绮为上襦",这是对罗敷的直接描写,而后面就是对罗敷之美进行侧面描述:正在走路的男子看见罗敷,把肩上的担子卸下,一边捋胡子,一边看她。少年男子看见罗敷,就向她脱帽致敬。耕地的忘了耕地,锄地的忘了锄地。两个人本来正在吵嘴,一看罗敷来了,忘了吵架,只顾看她了。这比单纯写她美可有力量多了。

历史学家一样会用这种方法来书写历史,在史书上,也不缺乏这样的记载。《史记》中《项羽本纪》中有关陈婴的故事就从侧面反映了项家的势力。陈婴为东阳令史,为人很讲信义,被人称为"长者"。东阳令不得人心,被少年们击杀。大家欲立陈婴为王,响应者成千上万。这时陈婴的母亲说了一番话,她说从她嫁过来后,没听说陈家先人有大贵者,因此,暴得大名不是好兆头,因此让陈婴去依附名门望族。陈婴选择了项家。这从侧面反映出项家"世世为楚将"的显赫家世。

李世熊是明末清初人,曾著有《宁化县志》,广有影响。更为人称道的是他的高贵品质,以"文章气节著一时",声名大振。在《清史稿》中有他的列传,其中有三个小故事都是从侧面反映李世熊的名震一时。

第一个是在辛卯、壬辰间,建昌溃贼黄希孕在宁化剽掠。其间,有个手下摘了李世熊家园中的两个橘子。黄希孕立刻用鞭子抽了手下,同时在园子边上停住马,等手下人全过完了才走。第二个也是贼寇的故事。广东的贼寇到了宁化,放火烧民屋,不小心这火烧到了李世熊的家。贼寇首领叫刘大胜,立刻派手下人扑救,同时还慨叹说:"奈何坏李公居?"

连贼寇都对他礼敬三分,李世熊的影响一至于此!所以他在家乡居住四十余年,乡里之人对他非常信服,遇到争端等事就找他决断。甚至那些做坏事的人都敬服不已,希望自己做的事不要被李公知道。这是第三个故事。

这三个故事中，李世熊都没有直接参与，而是通过两个贼首与众乡亲的角度来写。这样写的好处是结论更令人信服。

不过，历史终归是历史，虽然采用了这种叙事技巧，但是和文学作品相比，侧面描写的密集程度和叙事的力度还是有一定差距的。李世熊的例子就很能说明问题：连续使用三个故事已经算是相当多了，但在文学作品中，三个就不那么显眼了。比如在《红楼梦》中，曹雪芹对王熙凤的刻画，就多次运用了侧面描写，看得出曹雪芹对这个形象的厚爱，也确实收到了事半功倍的效果。王熙凤是《红楼梦》中的一个另类存在，即使在中国文学史上也很难找到这样一个形象，称得起是经典的"这一个"。而关于她的形象，除了正面展示她所作所为之外，曹雪芹还通过多人之口对她进行评价，这些评价因为出自不同地位的人，故而内容与侧重不一，作者煞费苦心，暗藏玄机。如果将这些评价叠加起来，王熙凤的形象就更加立体和全面了。

《红楼梦》中有关她的判词是：

> 凡鸟偏从末世来，都知爱慕此生才。一从二令三人木，哭向金陵事更哀。

"凡鸟"二字合起来为繁体的"凤"字，"末世"意味着衰落的贾府。"一从二令三人木"，关于这句话有多种不同的解释，而"哭向金陵事更哀"，则预示着王熙凤的结局是悲惨的。从关于她的曲子《聪明累》来看，曹雪芹应该将其结局设计为英年身死。

机关算尽太聪明，反算了卿卿性命！生前心已碎，死后性空灵。家富人宁，终有个，家亡人散各奔腾。枉费了，意悬悬半世心；好一似，荡悠悠三更梦。忽喇喇似大厦倾，昏惨惨似灯将尽。呀！一场欢喜忽悲辛。叹人世，终难定！

"反算了卿卿性命""生前""死后"，这些关键词都暗示着王熙凤最终的结局，不是善终。

除了上面通过宝玉视角的观察外，作品中至少还有十四次关于王熙凤的侧面描写。

第一次出现，是在冷子兴的口中，他先介绍了王熙凤的来历，"政老爹夫人王氏之内侄女"。

谁知自娶了他令夫人之后，倒上下无一人不称颂他夫人的，琏爷倒退了一射之地。说模样又极标致，言谈又爽利，心机又极深细，竟是男人万不及一的！

这里点明了王熙凤的三个特点：第一个特点是长得美，而且是"极标致"，所以后面才有贾瑞的起淫心。第二个特点是口才好，"爽利"者，泼辣干练。所以在贾府中，唯有她才能把贾母哄得团团转。第三个特点是心机深，且是"极深细"，这里的含义就比较深广了，有聪明，有权变，有智慧，有狡黠，所谓机关算尽。

小说后面的部分就是围绕她这三个特点进行展开叙述的，尤其是后两个特点。

第二次是黛玉初进贾府。王熙凤的出场就是惊人的。这是通过黛玉的视角来写的:正当一群老弱妇孺热热闹闹时,因为听见了王熙凤说话,故而都敛声屏气,侧面烘托出了她的威势。王熙凤的外貌是通过黛玉之眼看到的,贾母为黛玉介绍,称其为"泼辣货",原来贾敏也曾对黛玉提起,"自幼假充男儿教养",为王熙凤"身不入男儿列,心却比男儿烈"做铺垫。

第三次是通过周瑞家的视角来写。刘姥姥初进贾府,烦劳周瑞家的通报,通过周瑞家的之口,介绍了王熙凤,她是这么说的:

> 这凤姑娘年纪儿虽小,行事儿比是人都大呢。如今出挑的美人儿似的,少说着只怕有一万个心眼子;再要赌口齿,十个会说话的男人也说不过她呢! 回来你见了就知道了。——就只一件,待下人未免太严些儿。

这里的介绍可以看作是冷子兴演说的延伸和解释,因为是王熙凤身边的人,故而肯定要比冷子兴更多一层感受,只是次序上不同,一是办事精干,二是长得美,三是心眼多,四是口才好,这四方面在周瑞家的看来都是优点,而缺点是待下人有点过严。这里"严"的含义比较宽,一方面说管理严格,另一方面也可能盘剥下人,是泼辣和心机的体现。说优点,她不遗余力,说缺点,则点到为止。周瑞家的在贾府中算是有头脸的奴才,所以说话要有分寸,这一番话正符合她的身份与性格。

第四次,贾瑞见色起意,对王熙凤坠入单相思,他见王熙凤说道:

> 只因素日闻得人说,嫂子是个利害人,在你跟前一点也错不得,所以唬住了我。

王熙凤的名声不仅在女人间,在男人间也一样有影响。贾瑞这里强调的是王熙凤"利害"一条,"一点也错不得",一方面说王熙凤讲规矩,另一方面是说她冷面。

第五次出现在秦可卿临死之前,她托梦给王熙凤,对王熙凤的断语是:

> 婶娘,你是个脂粉队里的英雄,连那些束带顶冠的男子也不能过你。

"脂粉队里的英雄",充分表明了王熙凤的强势。在秦可卿公公贾珍眼中,王熙凤一样出彩。贾珍想要请王熙凤协助料理可卿丧事,王熙凤虽然内心欢喜,嘴上却拒绝,这时贾珍说:

> 若说料理不开,从小儿大妹妹玩笑时就有杀伐决断;如今出了阁,在那府里办事,越发历练老成了。

这是第六次。贾珍有求于她,自然说的都是好话,当然也是实话,这里突出的是她"杀伐决断"的能力。然后,叙述者还不忘出来补一句:"那凤姐素日最喜揽事,好卖弄才干。"

第七次,在闻得王熙凤接下协理任务后,宁国府都总管赖升特意传齐了宁国府的仆妇们,嘱咐大家一番:

> 如今请了西府里琏二奶奶管理内事,每日大家早来晚散,宁可辛苦这一个月,过后再歇息,别把老脸扔了。那是个有名的烈货,脸酸心硬;一时恼了,不认人的!

"烈货""脸酸心硬",这两个词非常形象,是宁府的下人们对凤姐性格及管理才能的评价。话说回来,若没有凤姐这样的管理者,这个丧礼办得还不知怎样呢。这时叙述者又露面了:"凤姐见自己威重令行,心中十分得意。"凤姐好胜,故而费尽精神来处理,最终不负贾珍之托,"筹划的十分整肃",上上下下对她一片赞叹声。

第八次的贾琏对平儿起了色心,但是平儿很有分寸,不让贾琏得逞,只是和他隔窗对话。贾琏很生气,对着平儿评价王熙凤:

> 你不用怕她!等我性子上来,把这"醋坛子"打个稀烂,她才认的我呢!她防我像防贼似的,只许她和男人说话,不许我和女人说话。

这里透露日常生活里,王熙凤对贾琏看管甚严。不过毕竟她是闺阁女子,受活动范围所限,很多时候鞭长莫及。贾琏在外面偷腥,其中之一就是鲍二家的。

第九次就是通过鲍二家的说出来。干这种勾当,都提心吊胆的,所以鲍二家的对着贾琏诅咒王熙凤,"多早晚你那阎王老婆死了就好了",这里用了"阎王老婆"来形容王熙凤,突出的是她的彪悍与醋意。

第十次恰恰发生在王熙凤醋意大发之后。贾琏偷腥之事败露,平儿也连带受了不白之冤,被王熙凤打了一巴掌,恰恰给了宝玉一个接近平儿的机会。宝玉望着眼前的平儿,心里在想:

> 平儿并无父母兄弟姊妹,独自一人,供应贾琏夫妇二人,贾琏之俗,凤姐之威,她竟能周全妥帖。

贾琏是个俗人,王熙凤是个要威风的人,平儿能把二人服侍好,也算是个能人了。这里虽然主要写平儿之不易与机巧,另一面也写出了王熙凤的威权。

第十一次,在王熙凤过生日时,贾琏偷腥,她迁怒于平儿,打了平儿。探春等要起诗社,同时请四妹妹惜春画大观园需要一些物品,请王熙凤帮忙。王熙凤一开始就打哈哈,并鼓动李纨赞助。李纨可不是好惹的,当场怼了王熙凤。

> 真真泥腿光棍,专会打细算盘,"分金掰两"的。你这个东西,亏了还托生在诗书仕宦人家做小姐,又是这么出了嫁,还是

这么着！要生在贫寒小门小户人家，做了小子丫头，还不知怎么下作呢！天下人都叫你算计了去！

李纨又拿平儿挨打说事，最后王熙凤自知理亏，基本同意了大家的要求。

第十二次，王熙凤和贾母商议，因为冬天短而冷，不想让园子里的姑娘们跑远路吃饭。她就向贾母建议给她们在园子里另起炉灶。此时王夫人、薛姨妈、李婶、尤氏等都在，都夸王熙凤体贴人。贾母也夸她周到，但同时也用话点王熙凤：

我虽疼她，我又怕她太伶俐了，也不是好事。

不知王熙凤有没有听懂贾母的话，从她的接话来看，她似乎领略到了一点，她引用了俗语"太伶俐聪明，怕活不长"，说明她意识到这一点了，但是马上话锋一转，又开始捧起贾母。实则贾母和她有本质区别，贾母是大智慧，王熙凤是聪明过头。

第十三次，后来凤姐小月了，不能理事，王夫人"便觉失了膀臂"，于是"将家中琐碎之事，一应都暂令李纨协理。李纨本是个尚德不尚才的，未免逞纵了下人"。说李纨是背面敷粉和一举两得之法，王熙凤相反，是尚才不尚德。

谁知凤姐禀赋气血不足，兼年幼不知保养，平生争强斗智，心力更亏，故虽系小月，竟着实亏虚下来。

第十四次，来自兴儿的评价，他的评价代表着王熙凤在小厮们中的口碑。

提起来，我们奶奶的事，告诉不得奶奶！她心里歹毒，口里尖快。……我们有了不是，奶奶是容不过的，只求求她去就完了。如今合家大小，除了老太太、太太两个，没有不恨她的，只不过面子情儿怕她。皆因她一时看得人都不及她，只一味哄着老太太、太太两个人喜欢。她说一是一，说二是二，没人敢拦她。又恨不的把银子钱省下来，堆成山，好叫老太太、太太说她会过日子。殊不知苦了下人，她讨好儿。或有好事，她就不等别人去说，她先抓尖儿。或有不好的事，或她自己错了，她就一缩头，推到别人身上去；她还在傍边拨火儿。如今连她正经婆婆都嫌她。

奶奶千万别去！我告诉奶奶："一辈子不见她才好呢！'嘴甜心苦，两面三刀''上头笑着，脚底下就使绊子''明是一盆火，暗是一把刀'，她都占全了。只怕三姨儿这张嘴还说不过她呢！"

奶奶就是让着她，她看见奶奶比她标致，又比她得人心儿，她就肯善罢甘休了？人家是醋罐子，她是醋缸，醋瓮！

前儿因为她病了，这大奶奶暂管了几天事，总是按着老例儿行，不像她那么多事逞才的。

正所谓"当局者迷，旁观者清"，兴儿对尤二姐说的这番话，基本是对王熙凤的负面评价。一方面有兴儿捧尤二姐的因素在里面，另一方面也确实是兴儿的肺腑之言。兴儿说得还是准确的，这些话恰恰为后面尤二姐的命运做了注脚。只是尤二姐被王熙凤一顿花言巧语蒙骗了，"二姐是个实心人，便认做她是个好人"。最后尤二姐吞金自杀，恰恰验证了兴儿所言不虚。

这些都是有关王熙凤的侧面描写。有关王熙凤的评价，总体来看，负面居多。这也涉及对她的道德定性问题，是一个"好人"还是"坏人"的问题。

她直接或间接害死过多条人命，如贾瑞之死虽然是自作自受，却和王熙凤的捉弄有很大关系。设若她能正颜厉色训斥他一番，贾瑞不过就是羞愧而走，断了妄想，不会因此丧命。鲍二家的、张金哥都是因为和王熙凤的关系才死的，鲍二家的是羞愧自缢，尚可推脱，张金哥的殉情，王熙凤确实是起到了推波助澜的作用。更不要说张华（虽未死，但王熙凤已下处决令）和尤二姐。《红楼梦》中细写了尤二姐之死的全过程。

总体来看，如果对王熙凤进行评价，虽然表象比较复杂，但底色是坏人，或者说人品有很大的问题。就像《三国演义》里的曹操，虽然爱才惜才，识人用人，但是在赤壁大战前，大宴群臣，横槊赋诗，这时扬州刺史刘馥说其诗中"月明星稀，乌鹊南飞。绕树三匝，无枝可依"不吉利，竟被曹操当场刺死。刘馥固然有些不知眉眼高低，但罪不至死。在这种意义上，王熙凤也称得起许劭给曹操的断语：治世之能臣，乱世之奸雄。

第七章 / 物品

一般情况下，有些作品即使没有人，也不妨碍物的出现。换句话说，作品中可以没有人，但一定不会没有物。从广义来讲，其实人也包含在物里，也是其中的一种。其他的动物、植物、物品，更不必说了。不过这里的物专指物品。

关于作品中物品的叙事功能，有关论述与研究还不是太多。较早涉及这一领域的是沈广仁，他在《明代小说中主题物的象征性与情节性》(《上海师范大学学报(社会科学版)》，2002年第6期)一文中，根据物品是否具备叙事功能，将明代小说中的物品分为消费品和主题物。这是非常有见地的划分。但是如果细分起来，在小说中，有关物品的划分可能要超过以上两种。有鉴于此，在前辈学者研究的基础上，笔者将小说中的物品增加一类，共为三类：消费品、道具和主题物。

第一节 消费品

在小说中，消费品比比皆是，正所谓"目遇之而成色"，举凡作品中展示出来的物品，底色都是消费品。

如《世说新语·容止》第一篇捉刀人的故事。

> 魏武将见匈奴使，自以形陋，不足雄远国，使崔季圭代，帝自捉刀立床头。

这里的刀和床，虽然刀是身份（护卫）的象征，床是坐具，它们不真正参与情节，故而是消费品。

所以沈广仁对作品（他在这里主要指明代戏剧）中消费品的界定是准确的。

> 消费品作为中性的、空洞的戏剧符号，有些物品不仅不是戏剧行为本身，也不受戏剧行为影响……无论它们是美人之佩、希世之珍，还是定情之物、传家之宝，都仍然是土地贵族保有的消费品。

当然，这些消费品也不是一无所用，比如描写人物时，会有肖像描写或外貌描写，通过衣服、鞋子、配饰等物品看出一个人的身份、品味或境况。

以最常见的衣服为例，在明清时期，黄色是皇室专用。于官员而言，则可以通过衣服的颜色和上面的图案来分辨官阶，就像今天通过警衔、军衔来辨认级别一样。绫罗绸缎成为富贵之家的象征，相反，布衣成为普通百姓的代名词。

而在小说——尤其是以平话为基础写就的作品——中，人物出场尤其是战斗时，是一定要对人物的行头进行描述的。如《水浒传》中的第一场大规模战斗，是少华山三寨主跳涧虎陈达率领人马攻打史家庄，这时对史进的穿戴进行了描述。

> 看了史进头戴一字巾，身披朱红甲，上穿青锦袄，下着抹绿靴，腰系皮搭包，前后铁掩心，一张弓，一壶箭，手里拿一把三尖两刃四窍八环刀。

整体感觉就是威风凛凛，杀气腾腾。虽然头巾、甲、袄、靴等只是一闪而过，但从这些装备来看，史家有一定物质基础，不是赤贫人家。

而林冲的打扮又和史进不同，通过鲁智深的视角看到的林冲是这样的穿搭：

> 头戴一顶青纱抓角儿头巾，脑后两个白玉圈连珠鬓环。身

穿一领单绿罗团花战袍,腰系一条双搭尾龟背银带。穿一对磕
瓜头朝样皂靴,手中执一把折叠纸西川扇子。

　　林冲的身份比史进要高得多,在生活中也比较清闲,所以他的
打扮既有富贵气,又很文雅。尤其是那把扇子,更显得林冲风度翩
翩。但这些物品与史进的穿戴在叙事功能上并无不同,都不参与到
叙事中,依然是消费品。

　　同样是枷,林冲、武松和宋江都被发配过,在路上都戴过枷。这
些枷是犯人的标配,除了重量不一样,作用是相同的。只有一次例
外,那就是武松刺配恩州路上,先是施恩将两只熟鹅挂到他的枷上。
在路上,武松左右手配合,撕熟鹅吃。吃饱之后,很快就到了飞云
浦。武松已经看出了两个公人的阴谋,便先下手为强,把两个人踢
下水,然后把枷扭开,开始了复仇计划。这次的枷比起一般的枷来,
重要程度深一些,如果武松再用枷打公人,那么就可能上升到更高
的层次,即道具了。

第二节　道具

"折扇长,醒木方,穿长衫,站桌旁",这是评书表演者的标准配备。折扇、醒木作为表演的道具,折扇时而变成秦琼的熟铜锏,时而变成罗少保的亮银枪,时而化身为书写的毛笔;醒木一会是龙胆,一会是虎胆,一会又化身为县令的惊堂木。正是因为有了折扇和醒木的存在,才使得评书表演者在演出时得心应手,形神具备。比起徒手表演,它们极大增强了观赏性,使所描述的场面更生动。这就是道具的作用。

这种道具在文学作品中俯拾皆是。《世说新语》中写王蓝田性急,就是以吃鸡蛋这个细节来描述的。

> 王蓝田性急,尝食鸡子,以箸刺之不得,便大怒,举以掷地。鸡子于地圆转未止,仍下地以屐齿蹍之,又不得。瞋甚,复于地取内口中,啮破,即吐之。

这里的"鸡子"并不是作者强调的重点,而是通过一系列行为把王蓝田那种性急的特点刻画出来,所以在这里,鸡子只能算作道具。

武松的哨棒是更明显的例子。自武松离开柴进庄上,这条哨棒就被屡屡提及,到酒店要写把它放下,离开时一定会提示将其带好,只为了用它来防身打虎。令人意想不到的是，这条哨棒并未真正起到打虎的作用，反倒是在关键时刻打到枯树上，被折成两段。不过即使是折了，最后也发挥了一点作用。武松用拳头打死老虎后，怕它没死透，故而捡起棒橛又打了老虎一顿。

只待武松扔了棒橛，金圣叹在这里说，"哨棒"至此已经出现了十七次。虽然如此，即便没有这条哨棒，武松也会喝酒、过冈，恰恰因为打虎时没真正用上哨棒——毕竟武松举起过它——才更反衬出他的孔武有力。因此，尽管这条哨棒前后出现了十七次，依然只是道具。

相比于半路折断的哨棒，鲁智深的禅杖让人印象更深刻。

鲁智深在五台山下的"五台福地"市井内，到铁匠铺打造兵器。一开口就是一百斤的禅杖，最后经过老板的劝说，同意打造六十二斤的水磨禅杖和一口戒刀。戒刀的出场率不高，禅杖则发挥了道具的作用。在他去往大相国寺的路上，先到铁匠铺取了禅杖，然后夜宿桃花村，这里几次提到禅杖。"倚了禅杖""提起禅杖""禅杖把来倚在床边""绰了禅杖""提了禅杖"，后面鲁智深大战崔道成也靠的是禅杖，与林冲相识也是因为耍禅杖。待到野猪林救林冲后，他怕董超、薛霸后面再下毒手，故而用禅杖打折了一棵松树，起到了敲山震虎的效果。在这些场景里，这条禅杖屡屡现身，几乎和鲁智深形影不离，成为不可或缺的道具。

在《倾城之恋》里，白流苏的前夫死了，徐太太来给白家报丧。

四爷在阳台上，暗处看亮处，分外眼明，只见门一开，三爷穿着汗衫短裤，撑开两腿站在门槛上，背过手去，啪啦啪啦扑打股际的蚊子，远远的向四爷叫道："老四你猜怎么着？六妹离掉的那一位，说是得了肺炎，死了！"四爷放下胡琴往房里走，问道："是谁来给的信？"三爷道："徐太太。"说着，回头用扇子去撑三奶奶道："你别跟上来凑热闹呀！徐太太还在楼底下呢，她胖，怕爬楼。你还不去陪陪她！"三奶奶去了，四爷若有所思道："死的那个不是徐太太的亲戚么？"三爷道："可不是。看这样子，是他们家特为托了徐太太来递信给我们的，当然是有用意的。"四爷道："他们莫非是要六妹去奔丧？"三爷用扇子柄刮了刮头皮道："照说呢，倒也是应该……"

在这段叙述里，三爷手中有一把扇子发挥了作用，在文中出现了三次。其实没有这把扇子，所传达的信息也不会缺失，叙述同样是完整的，试看如下。

四爷在阳台上，暗处看亮处，分外眼明，只见门一开，三爷穿着汗衫短裤，撑开两腿站在门槛上，远远的向四爷叫道："老四你猜怎么着？六妹离掉的那一位，说是得了肺炎，死了！"四爷放下胡琴往房里走，问道："是谁来给的信？"三爷道："徐太太。"说着，回头撑三奶奶道："你别跟上来凑热闹呀！徐太太还在楼底下呢，她胖，怕爬楼。你还不去陪陪她！"三奶奶去了，四爷若有所思道：“死的那个不是徐太太的亲戚么？”三爷道：“可不是。看这样子，是他们家特为托了徐太太来递信给我们的，当然是有用意的。”四爷道：“他们莫非是要六妹去奔丧？”三爷道：“照说呢，倒也是应该……”

这一大段主要靠对话支撑，即便没有扇子，也不影响整体效果。可是有了扇子，效果更不一样了。

一者表明了季节是夏天。在夏天，扇子是很重要的生活品，这在张爱玲喜欢的《红楼梦》中出现的频次更高，还有如宝钗扑蝶、晴雯撕扇等重要情节。二者从三爷的动作——用扇子柄刮头皮——可以推测出，他用的是蒲扇，而不是折扇。三者这把扇子是三爷性格的外延。三爷和四爷不同，四爷是喜欢古典文化的，胡琴是他性格的外延。相反，三爷则是汗衫短裤，揸开两腿，用大蒲扇，从这穿衣打扮到行为举止，都体现出一副市井相。四者也是最重要的一点，通过使用扇子的三种方式：扑打蚊子、攮三太太和刮头皮，使整段叙述产生了非常强的动态画面感，整体上灵动而且充满生活气息。

三爷并非作品中的重要人物，而扇子也只是匆匆而过，在后面的情节里，三爷基本不再露面，三爷的扇子也完成了它的使命，在作品中不再出现。所以，这把扇子是一个道具，一个非常高效率的道具。

第三节　主题物

就像是中国古老的戏法离不开道具一样，小说创作也离不开主题物。比如"三仙归洞"，只需要两个碗，三个海绵球，就可以衍生出多种玩法，从而成为一个精彩节目。设若没有了碗和球，任是变戏法的人手法再快，也无法奉献赏心悦目的表演。

主题物比道具更进一层，是作品中物的最高级形式。它和道具的区别就在于：道具虽然也多次出现，但并不推动故事情节发展，而主题物则能够推动情节，甚至改变故事的走向。

主题物分为两种，一种叫阶段性主题物，一种是全程主题物。

所谓阶段性主题物，笔者以为，它主要出现在中长篇小说中，并且只是在某一个相对完整的故事情节中出现，如宋江的压衣刀。宋江被阎婆强行拉到阎婆惜住处。阎婆惜对宋江非常冷淡，宋江无奈，因为喝了一些酒，夜深了有些困倦，便解下銮带，上床睡觉。此时交代，"上有一把压衣刀和招文袋，却挂在床边栏干子上"。因为心中不快，宋江早早地起来，情急失智，竟把銮带忘在了楼上。直到见到卖汤药的王公，想起曾经许他一口棺材，联想到钱，而金子装在招文袋里。这时才想起自己的招文袋落在楼上了。待他上楼去拿，却没找见。事实当然很清楚，招文袋在阎婆惜手里。而阎婆惜以此来要挟宋江，最后因为没有达成一致，两人撕扯起来。招文袋被阎婆惜藏在被子里,被宋江一扯,暴露出来。宋江没夺过袋子,倒把压衣刀抢在手里。阎婆惜撒泼耍蛮,大喊宋江要杀人。怒从心头起,恶向胆边生。本来无心杀人的宋江这时已经被刺激得失去理智,一不做,二不休,用这把压衣刀杀死了阎婆惜。宋江的人生从这时就开始转弯了。他由一个孝子要变成一个杀人犯,这把压衣刀成了杀人的物证,成为推动故事情节的关键物品。至此,宋江由押司变为通缉犯,压衣刀的故事完结,后面不再有相关的设计。这种物品,对于推动情节发展起到了作用,有时甚至是关键作用,但是过了这个情节后就不再出现,因此具有阶段性,可以称之为阶段性主题物。

曹雪芹注意到了这点,借林黛玉的视角对以往才子佳人小说中的物品做了一些概括。

> 近日宝玉弄来的外传野史,多半才子佳人都因小巧玩物上撮合,或有鸳鸯,或有凤凰,或玉环金佩,或鲛帕鸾绦,皆由小物而遂终身。今忽见宝玉亦有麒麟,便恐借此生隙,同史湘云也做出那些风流佳事来。

"皆由小物而遂终身",这些小物在故事中起着非常重要的作用。曹雪芹深谙此道,所以在《红楼梦》中有很多类似的情节设置。有很多回目就是以阶段性主题物命名,如"贾天祥正照风月鉴""茉莉粉替去蔷薇硝""玫瑰露引来茯苓霜"。风月宝鉴作为一面镜子,直接关乎贾瑞的性命。不过最突出的当数第六十六回。贾琏要为尤三姐找婆家，她发誓非柳湘莲不嫁。贾琏遇见柳湘莲，向他提亲，柳湘莲同意了，并以鸳鸯剑为定礼。贾琏回去后，把剑交给尤三姐，尤三姐将其挂在绣床上，每日望剑自笑。盼来盼去，终于盼到柳湘莲回转。此时的柳湘莲觉得自己有些鲁莽了，想知道尤三姐是何等样人，于是向宝玉打探。宝玉盛赞其标致，但当被问及人品如何时，宝玉没做正面回答，引起湘莲疑心，准备索回定礼。于是他来到尤二姐家，谎称家里已为他定亲，故而他想要讨回鸳鸯剑。尤三姐在背后听到此话，伤心万分，于是将雌锋隐于身后，将雄锋归还。就在柳湘莲接剑在手的同时，尤三姐自刎身亡。见识了尤三姐的刚烈与美艳，柳湘莲后悔不迭，这不正是自己理想中的佳偶吗！奈何阴阳永隔。由此迷迷糊糊，最后听了一位道士的话后，用雄剑将烦恼丝剃尽，追随道士而去，不知所终。

这里的鸳鸯剑，是一个定礼。定礼可以是汗巾、扇坠、指环、金锁、玉佩，但在这个情节里，必须得是带有毁灭性的器物，才能在最后时刻发挥效力。这是上述汗巾、扇坠等其他物品所不具备的。如果不是鸳鸯剑，而是其他物品，那么在柳湘莲讨回时，尤三姐最多是怒摔物品，而不会给自己身体造成伤害，更不会有性命之忧。所以这里的物品只能是鸳鸯剑。鸳鸯剑一直贯穿这个故事首尾。从赠剑——讨剑——用鸳剑自刎——鸳剑割发，鸳鸯剑就发挥了推动故事情节的作用。鸳鸯剑一分为二，尤三姐和柳湘莲都用到了其中之一。同时它还有象征作用，在中国古代传统文化中，鸳鸯寓意为恩爱夫妻，鸳鸯剑是雌雄剑合体。"鸳鸯"是爱情的象征，"剑"则带有一种杀气。二者合一,本身就带有一种奇怪的气氛,因此有一个两败俱伤的结局也就不足为奇了。先喜后悲,鸳鸯各自飞。这个故事与《红楼梦》的整体基调是吻合的,又强化了这个基调。

岁月不居,如果留心观察就会发现,这种阶段性主题物依旧在延续、比比皆是。如赵树理《登记》中的第一节罗汉钱。这一节共分四部分,罗汉钱是第一节的标题。赵树理首先介绍了罗汉钱的来历。据说在铸这种钱的时候,把一个金罗汉像化在铜里面,所以铸出来钱的颜色特别黄,有点像黄金。因为品相好,所以被称为罗汉钱。接着写小飞娥看见从女儿艾艾的口袋里掉出一枚罗汉钱,她以为是女儿偷拿了自己的,赶紧打开箱子看,发现不是那么回事。触物伤情,她回想起了自己与曾经的对象保安的故事。为了那段感情,她的前对象挨了一顿暴揍。捏着手里的两枚罗汉钱,她思绪纷飞,往事涌上心头。老一辈的故事不断重演,但不应在青年人身上继续重演,自由结婚应该成为大势所趋。这里罗汉钱勾连起了整个第一节,这种习俗也串联起两代人的情感故事。但这部分主要是作为后面故事的参照背景,从第二节开始,由于小飞娥将两枚罗汉钱锁进了箱子里,而艾艾也没再去找,所以关于罗汉钱的故事到此就结束了。罗汉钱作为爱情的象征,只是在这一节发挥了绾结故事结构的作用,故而也是阶段性主题物。

和阶段性主题物相对应的是全程主题物。

《红楼梦》中的通灵宝玉即一例。它是女娲炼补天所用的五彩石,因为没用上,遗落人间,通过不断修炼,有了思想意识。后来凡心大动,想要到人间走走。被空空道人大施幻术,变成扇坠大小,然后到人间历劫。在人世间时,则有冷子兴演说贾宝玉,薛宝钗查看通灵玉,通灵玉破马道婆魔法、张道士看玉、通灵玉失踪等情节。

在《蒋兴哥重会珍珠衫》中,珍珠衫虽然起到了重要作用,但是它的出场和离场都很独特。加起来,它的出场也不过四次,每一次都有重要作用。第一次就是它的出场。它的出场可以说非常滞后,故事过了一半的时候才姗姗来迟。王三巧与陈大郎分别之际,依依难舍,三巧将珍珠衫送给陈大郎留作纪念。陈大郎每日贴身穿着,由此引发第二次发挥作用。陈大郎与化名罗小官人的蒋兴哥相遇,因为比较投机,不小心露出了珍珠衫,还对他讲述了与三巧的故事。由此引发了蒋兴哥休妻的故事。陈大郎回到家,每每对着珍珠衫长吁短叹,引起妻子平氏疑心,并将其藏起来。陈大郎找不到珍珠衫,有些茫然失措。这是珍珠衫第三次出现。陈大郎再次出去做生意,途中遇劫,他虽然幸免于难,却因病身死。平氏为其处理后事,最后巧与蒋兴哥做成夫妻。有一次蒋兴哥外出归来,偶然看见平氏正在整理衣箱,那件珍珠衫赫然在列,由此真相大白,二人感慨命运之奇妙。自此不再有珍珠衫的情节,但故事并未就此结束,后面还有重娶王三巧的情节。珍珠衫经历了赠送——败露——失踪——物归原主这样一个闭环,每次出现,都有其特定意义。第一次出现可以视作开端,前面无数的缠绵,都浓缩在这件珍珠衫上。第二次出现是奸情败露,好巧不巧,陈大郎面对的正是受害人。第三次出现是陈大郎夫妇的情感出现裂缝,为后面蒋兴哥娶平氏做好铺垫。第四次则是完璧归赵，是珍珠衫的收尾，通过这样一个可惊可怖、可喜可叹的故事，昭示出作品所要传达的主题。珍珠衫既能推动情节，又是一种象征，虽然出现晚、退场早，却是整部作品推进的关键物品，所以是全程主题物。

主题物在戏曲影视上有更为鲜明而集中的运用。很多经典戏曲都是以物品命名，如《锁麟囊》《红鬃烈马》等。《指环王》就是以至尊魔戒的争夺与销毁为主线，演绎出气势磅礴的史诗。

根据北派五大家之一的王度庐作品改编的电影《卧虎藏龙》同样以物作为贯穿整部作品的主线。这个物品就是青冥宝剑，一把削铁如泥的利刃，是武当派门人李慕白的佩剑。电影开始，李慕白就托俞秀莲将青冥宝剑赠予贝勒爷。俞秀莲在贝勒府存放宝剑的时候，恰巧遇见了玉府小姐玉娇龙。玉娇龙其实是深藏不露的武林高手，正处于青春叛逆期。她趁着夜色盗走青冥宝剑，又因为不甘平庸的生活，选择在结婚当天离家出走、流浪江湖，寻找自己的生活，从而形成连锁反应，开启了李慕白与俞秀莲的寻剑之旅。在这个过程中，青冥宝剑成为玉娇龙的称手兵器，多次在关键时刻发挥作用。到了最后，碧眼狐狸被李慕白杀死，为了救玉娇龙，李慕白中了碧眼狐狸的毒针身亡。青冥宝剑至此完成叙事使命。整部影片就是围绕青冥宝剑来做文章，它成为助推情节发展的第一要素，赠剑——存剑——丢剑——寻剑——归剑，故事完整且节奏紧凑。没有青冥宝剑，整个故事就失去了存在的基础，故而这把宝剑是当之无愧的全程主题物。

正如张灵在《〈红楼梦〉主题物的多样呈现及其意义蕴涵》（《红楼梦学刊》2015第3辑）中指出的那样：

> 小说主题物是小说家结撰作品时的精心预设，包含了作者对作品思想主旨和情节结构等创作意图的通盘思考。尤其是那些文人独立创作的长篇巨制，主题物的设置更体现了作者独特的艺术匠心。正因为此，主题物同时也构成了作者自我阐释的一个系统，循着这个系统，我们可以找到作者原本的创作意图及其想要表达的思想主旨。

这段话凝练、精准，可谓切中肯綮。

不仅小说中如此，电影作为一门视觉艺术，对于物品的运用更为直观。而在其中设置"麦格芬"已经成为一种惯用的手法。希区柯克应该是其中的顶级高手之一。

第四节　希区柯克的"麦格芬"

　　"麦格芬"是电影叙事中的一个重要元素,是推动整个剧情发展的重要动力,尤其是在冒险片、悬疑片中更是必不可少,有时甚至会成为电影中解决终极问题的武器。"麦格芬"虽非希区柯克首创,这个概念却是通过他才得以确立并在世界范围内传播开来的。不仅如此,作为电影界的悬念大师,他更是将这种叙事元素运用到极致,创造出丰富多彩的"麦格芬"类型。

希区柯克所理解的"麦格芬"

　　"麦格芬"这个概念是由希区柯克从吉卜林的作品中引申出来的。吉卜林是英国作家,1907年就获得了诺贝尔文学奖,在英国可谓家喻户晓。希区柯克作为英国人,对于吉卜林的作品印象深刻。在《希区柯克与特吕弗对话录》中,他就谈到了吉卜林作品中经常描写的印度人与英国人在阿富汗边境同原住民的冲突,里面有很多间谍故事,在这些故事里,有一种情节始终不变,那就是"偷窃堡垒地图"。当然这个"堡垒地图"可以由其他一些道具进行替换,如"文件""情报"等,那么"麦格芬"就是为这类行动所取的一个名称。不过希区柯克的高明之处即在于,他认为"麦格芬"对于剧中人物是重要的,而对于一个叙述者而言,其重要性会大打折扣,有时甚至是虚空的,是虚无缥缈的,没有任何意义。

虽然希区柯克宣称"麦格芬"于他而言有时是无意义的,但不代表他不重视这个元素。相反,寻找并确立合理并富有成效的"麦格芬",在电影的制作过程中显得非常重要。如在《三十九级台阶》剧本的第一稿中,设计的"麦格芬"并不是那个同建造发动机有关的数学公式,而是一个山里的停机库,由此也为后来的剧情发展制造了困难。这一点也给希区柯克以启发,那就是抛弃复杂的想法,"只利用最简便的方法"。同样的困境也出现在《美人计》的剧本初稿中。当时虽然确立了故事的框架,但是当艾丽西娅进入到塞巴斯蒂安家后,发现的秘密最初被设计为一支由逃亡到巴西的德国人经过训练组成的秘密武装部队。相继而来的难题是,这支部队被用来干什么? 一样的化繁为简,最后采取了藏在酒瓶里的铀矿砂这个"麦格芬"。

在"麦格芬"的运用上,希区柯克也在不断地创新,不断地超越自己。总体来看,如果以"麦格芬"在影片中是否贯穿始终为标准,可以分为"贯穿型"与"中断型"。如果以"麦格芬"在影片中是否得到具体展示为标准,可以分成"展示型"和"符号型"。因为"中断型"极为罕见,故而本文将其分为两类,即"展示型"与"符号型",同时将"中断型"作为一个特例,单列出来。

展示型麦格芬

第一种类型是有具体的形式,可能是实物,也可能是一种秘密情报，并且在影片中会点明其具体内容，并还有可能发挥作用，笔者将其称为"展示型"。这种类型以《三十九级台阶》《美人计》和《擒凶记》为代表。

《三十九级台阶》讲述了汉内离奇地被卷入了一场杀人案中。一名自称安娜贝拉的美女跟随他到了租住的波特兰大厦，并向其讲述了一些情况。原来她是一名情报员，发现一个外国情报机构的情报员正准备窃取英国的空防秘密，也就是这部电影的"麦格芬"。她准备进行阻止，没想到被人发现，所以被追杀。她还向汉内讲述了"三十九级台阶"这个敌对情报组织及其头领"断指人"的情况。还提到她要去苏格兰。结果当晚安娜贝拉就被人从背后用刀杀害，临死前手里握着一张苏格兰地图，还在某地名上画了圈。汉内按照地图一路奔逃终于找到了那个地方，没想到那里的主人正是"三十九级台阶"首领"断指人"。首领开枪，结果揣在口袋里的《圣经》救了他的命。汉内到警局告发，警察不相信，于是汉内又开始了一段有惊无险的逃亡，并且意外地俘获了美人心。最后他终于悟到这个空防秘密原来没有写在纸上，也没有被拍成微缩胶卷，而是藏在了记忆大师的头脑里。他借助向记忆大师提问"三十九级台阶"这个问题，揭露了头领的阴谋，而记忆大师也被枪打中，在临死前，在情报人员面前，他背出了那段秘密，也就是将"麦格芬"展示了出来。虽然如此，"麦格芬"却不是电影要表现的重点，观众的情绪都倾注在汉内身上，紧张地关注着他能不能逃离魔掌。

《美人计》里的"麦格芬"——也就是铀矿砂——更为具体可感，

既有实物又有造型。由英格丽·褒曼饰演的艾丽西娅作为美国情报局"美人计"的实施主体，进入了德国贵族塞巴斯蒂安家，成功征服了塞巴斯蒂安，诱使他向自己求婚。为了得到更准确的情报，也就是"麦格芬"，艾丽西娅真的嫁给了塞巴斯蒂安。并且通过手段将酒窖的钥匙偷偷卸下，从而使得德福林进入酒窖，发现了藏在酒瓶中的铀矿砂。这部电影的"麦格芬"，一直到影片的四分之三处才从模糊到清晰。观众当然对此感兴趣，因为这是艾丽西娅此行的最终目的。不过紧接着就是她的真实身份被识破，观众最担心的事变成了她能不能脱险，以及如何脱险。

《擒凶记》里的"麦格芬"则是几句不连贯的话，这几句不连贯的话就是一个秘密情报，只不过还需要观众和麦肯纳夫妇一起来破解。这部电影可以看作《三十九级台阶》的另一个版本。虽然人物与结构设置上有所变化，但是推动情节的线索没有变：一个刚认识不久的人突然被人用刀杀害，临死前留下神秘线索，依据这个线索，最终保护了国家机密，并将坏人绳之以法。

符号型麦格芬

第二种类型是虽然有具体的形式，但在影片中并没有点明其具体内容，"麦格芬"仅仅简化为一种形式。这也是希区柯克最为得意的一种类型，笔者将其称为"符号型"。代表作为《后窗》和《西北偏北》。

《后窗》作为希区柯克电影中的经典，其中的"麦格芬"设置非常灵活。能否证明那个男人是否杀害了他老婆的一个关键就是找到他埋在院子花盆下的东西。后来一只小狗闻到了气味，一直围着那里打转，被男人残忍杀害。同时为了避免怀疑，他也将其挖出，并放置在屋子的首饰盒里。直到电影结束，也没有交代埋在院子里的东西究竟是什么。它只是一个形式、一个符号，即可以认定男人杀害妻子的"犯罪证据"。这印证了他对特吕弗所说的话，"'麦格芬'对于影片人物应是极其重要的，而对于我这个叙述者而言，是没有任何意义的"。

当然，他认为自己运用"麦格芬"最成功的例子是《西北偏北》。希区柯克曾不无得意地说："我最好的'麦格芬'手法——所谓好的，我的意思是说最空灵的，最不存在的，最微不足道的——就是《西北偏北》中那一个。"他所说的"那一个"，具有明确的指向，那就是藏在艺术品中的微缩胶卷，至于微缩胶卷上面的内容，也就是具体的情报，在电影中并没有展示，微缩胶卷虽然是实物，但在这里仅仅变成了一个代表情报的符号。而笔者认为，在这部电影中，"卡普兰"这个不存在的人，才是"麦格芬"运用最空灵的。美国中央情报局的人为了迷惑对手，保护真正的情报员，设置了一个故意露出行踪却飘忽不定的"卡普兰"，使得对手极为挠头。在一次聚会中，广告公司的桑希尔被误认为就是"卡普兰"，又被误会成杀害唐森的凶手，从此开始了逃亡。《西北偏北》可以看作《三十九级台阶》和《美人计》的合体。最后桑希尔这个"卡普兰"弄假成真，协助美国中央情报局的人夺回了情报，惩罚了坏人。传递情报的微型胶卷是美国中央情报局的人员在苦苦寻找的目标，而反派的和桑希尔的目标则在于找出"谁是卡普兰"，微缩胶卷和"卡普兰"共同构成推进剧情发展的动力。

中断型麦格芬

就"麦格芬"本身来说，这种类型也属于"展示型"，因为在电影中它也具体可感，并得到了展示。但它的特殊之处就在于，它在影片中并不是贯穿始终的。希区柯克不断超越自我，竟然可以冒天下之大不韪，在电影中将"麦格芬"中断，这也就是"麦格芬"运用的第三种类型，即"中断型"，虽然带有实验性质，也表现出希区柯克的一种自信。这种类型以《晕眩》和《惊魂记》为代表。

《晕眩》是电影多重结构叙事的典范之作。由金·诺瓦克饰演的角色佩戴的项链成为串联电影情节的关键"麦格芬"，正是它的出现，使得本已万念俱灰的史都华发现了事情的真相。

而最让人意想不到的"麦格芬"则出现在《惊魂记》里，就是玛丽安偷走的那四万美元，从得手到整理行李，到被警察跟车，到换车，一直到住进汽车旅馆，不断给这四万美元特写镜头，吸引观众思考玛丽安究竟会如何处理这些钱。然而，浴室谋杀案发生了，玛丽安被杀害，而用报纸包着的四万美元，也被当作废品，随着汽车一起沉没在水中，后面的剧情重心变成了寻找玛丽安，和四万美元毫无联系，也就是说，这个"麦格芬"在影片进行到一半的时候中断了。当然这里也运用了一个在好莱坞被称为"红鲱鱼"的叙事技巧，即通过四万美元这条"红鲱鱼",分散了观众的注意力,从而加强了谋杀效果,令人大吃一惊。所以希区柯克对弗朗索瓦·特吕弗所说:"这部影片的结构很有趣,这是我同观众玩的游戏中最激动人心的实验,我在《惊魂记》中驾驭着观众,正如我在弹奏风琴一样。"

希区柯克之所以被称为"悬疑大师",来源于很多方面的综合成就,如故事情节的编排,主观镜头的运用等,其中对"麦格芬"的掌控也功不可没。他被乔·佩里在《希区柯克之谜》中称作"一位令人赞叹的革新者和实验者"。大卫·波德威尔在《好莱坞的叙事方法》中认为他是"在商业上最成功的实验者",是票房与艺术的双重赢家。他的电影成就是一座高峰,对后来的电影导演及编剧都产生了深远的影响。

第八章 / 悬念制造法

好奇之心，人人有之。

眉间尺是个遗腹子，他的父亲被楚王杀了，他准备去给父亲报仇。

然后呢？

…………

从前有个国王山鲁亚尔，他的妻子出轨了，他便认为所有的女人都坏，于是他做了一个病态的规定：每天选一位处女陪他睡觉，并在第二天早晨将其处死。有一位大臣的女儿山鲁佐德自愿入宫，准备改变所有人的命运。

然后呢？

…………

吉平与董承想了一个好主意，他们认为这样就可以不费吹灰之力将曹操杀死。

然后呢？

…………

当听众或读者从心底产生了"然后呢"这三个字，那么他的好奇之心就被激活了。

激起人的好奇之心，并不是一件容易的事，这就需要在作品中设置悬念。

第一节　什么是悬念

在小说创作中，悬念是一个精彩故事不可或缺的元素，是吸引读者持续阅读的一个重要原因。在这方面，比较有说服力的论述来自悬念大师希区柯克，他在《14篇短篇悬念小说》的序言中写道：

> 悬念其实是一切故事的有意义因素。它是情节的手段，有史以来，这种手段已经把讲故事的技能变成了一门艺术。
>
> ……人物、背景以及其他一切色彩因素当然都很重要，但从根本上说，它们只不过是些装饰手段。正是故事本身的线索牵动着你们从第一段读到下一页，从下一页读到故事的结尾。你们都想知道故事的结局如何。这就是悬念。

他认为，正是因为有悬念，讲故事才由一种技能变为一门艺术。悬念同时也是故事的线索，吸引读者完成阅读。因此，在创作中，如何制造悬念就显得格外重要。

第二节　制造悬念的关键

制造悬念的关键是什么呢？

希区柯克认为，制造悬念的关键在于要伴之以"危险"。一种危险是"神秘莫测、无法预知的危险"；另一种危险是，故事人物已经知道了危险，但这种危险却是"在劫难逃、命定毁灭"的。希区柯克在电影中已经很好地贯彻了自己的理念。

小说虽然不是电影，但这种理念是相通的。我国有着丰富的小说资源，能流传下来让代代读者着迷的作品都有着过人之处，悬念设置是其中重要的成功因素之一。

对于悬念的理解，无论中外，在理论上的说法可能不尽相同，但是在写作实践上，却异曲同工。比如在《水浒传》中，宋江在江州法场被救下，要回家搬取父亲和兄弟上山。晁盖苦劝不住，宋江就踏上了"危险"之路。因为宋江本身就是戴罪之身，江州聚义更是将事情闹大，与官府的矛盾到了无法调和的程度，如果被官府的人发现，就有牢狱之灾甚至断头之祸。所以他这次回家就会充满无法预知的危险。到家之后，他就被兄弟告知了情况，确实面临着被抓的危险。果然，他已经被包围，官府的人发现了他，对他进行追捕。此时这种危险已经很明确，而且大有在劫难逃之感。所以他后悔没听晁盖之言，悔已不及，只能寄托于皇天垂怜。在还道村九天玄女庙中，更是步步惊心，看这一段文字，让人大气不敢出。

> 宋江在神厨里偷眼看时，赵能、赵得引着四五十人，拿着火把，各到处照，看看照上殿来。宋江道："我今番走了死路（着重号为引者所加，下同），望阴灵遮护则个！神明庇佑！"一个个都走过了，没人看着神厨里。宋江道："却不是天幸！"只见赵得将火把来神厨内照一照。宋江道："我这番端的受缚！"赵得一只手将朴刀杆挑起神帐，上下把火只一照，火烟冲将起来，冲下一片屋尘来，正落在赵得眼里，眯了眼。便将火把丢在地下，一脚踏灭了，走出殿门外来，对土兵们道："这厮不在庙里，别又无路，却走向那里去了？"土兵众人答道："多是这厮走入村中树林里去了。这里不怕他走到那里去，这个村唤做还道村，只有这条路出入，里面虽有高山林木，却无路上的去，亦不怕他走了。都头只把住村口，他便会插翅飞上天去，也走不脱了。待天明，村里去细细搜捉。"赵能、赵得道："也是。"引了土兵，下殿去了。宋江道："却不是神明护佑！若还得了性命，必当重修庙宇，再建祠堂。阴灵保佑则个！"说犹未了，只听的有几个土兵在于庙门前叫道："都头，在这里了。"赵能、赵得和众人一伙抢入来。宋江道："却不又是晦气！这遭必被擒捉！"赵能到庙前问时："在那里？"土兵道："都头你来看，庙门上两个尘手迹，以定是却才推开庙门，闪在里面去了。"赵能道："说的是。再仔细搜一搜看。"这伙人再入庙里来搜看。宋江道："我命运这般蹇拙，今番

必是休了!"那伙人去殿前殿后搜遍,只不曾翻过砖来。众人又搜了一回,火把看看照上殿来。赵能道:"多是只在神厨里。却才兄弟看不仔细,我自照一照看。"一个土兵拿着火把,赵能一手揭起帐幔,五七个人伸头来看。不看万事俱休,才看一看,只见神厨里卷起一阵恶风,将那火把都吹灭了,黑腾腾罩了庙宇,对面不见。赵能道:"却又作怪,平地里卷起这阵恶风来!想是神明在里面,定嗔怪我们只管来照,因此起这阵恶风显应。我们且去罢休。只守住村口,待天明再来寻获。"赵得道:"只是神厨里不曾看得仔细,再把枪去搠一搠。"赵能道:"也是。"两个却待向前,只听的殿后又卷起一阵怪风,吹的飞砂走石,滚将下来。摇的那殿宇吸吸地动,罩下一阵黑云,布合了上下,冷气侵人,毛发竖立。赵能情知不好,叫了赵得道:"兄弟快走,神明不乐!"众人一哄都奔下殿来,望庙门外跑走。

这段情节可以说是《水浒传》中最具惊心动魄心理效果的。宋江躲进神厨,空间位置已经固定。这里采取了全知视角与限制视角相结合的手段,主要视角人物为宋江,而对于神厨外面发生的事,则需要另外一个视角,因为宋江是不知道哪位是赵能、哪位是赵得的。这个视角看似全知,却不使用自己的权限,仅仅是客观介绍人物及言行,不做心理的描述。由此读者的代入感比较强,与处于危险之中的宋江一样紧张。感觉他马上要被发现了,读者立刻汗毛发竖,情节转折、宋江暂时没事了,读者会舒一口气,然而这口气还没喘

匀,新的挑战又来了。宋江一会慨叹必会受擒,一会又暗自庆幸,就
在这几张几弛中,完成了悬念的设置。末了还有余韵,赵能、赵得还
要再次制造紧张气氛。这种方法常常被用在当代的影视剧中,尤其
是人物逃跑时,不断制造悬念,但都止于"险些被发现",由此来增强
紧张气氛。

除了希区柯克所说的这种"危险法",在中国小说中,制造悬念
的方法还有很多种,比如在尹均生主编的《中国写作学大辞典》中,
就列举了情节性悬念和情绪性悬念两种类型。

情绪性悬念是周迪荪在《小说创作新论》中总结出的一种类型,
指运用人物的期待或已知的情节、人物的关系酝酿出某种难以消失
的情绪感染读者,使读者在已经知道全部情况的时候,仍然久久地
关注、期待。如在《边城》中,天佑死了,傩送外出没有回来,翠翠则
在等待,这种等待,使读者充满了一种复杂的情感:希望傩送"明天"
就回来,又怕他永远不回来。由此造成一种情绪上的悬念。

不过,在创作中,这种情绪性的悬念并不是特别常见,故而,本
部分重点介绍情节性悬念。

第三节　情节性悬念

　　情节性悬念比较常见,总体来说,是"运用情节性的未知因素,以激发读者急切期待关注和好奇的心理"。个人认为,这是最基本的一种悬念设置方法,主要是通过人物的言行来达成这样一种效果。如鲁智深在酒楼喝酒,听到女子哭哭啼啼,这种行为立刻引起鲁智深的不满,于是让人将其叫来问话,才有了拳打镇关西。还有一种节奏比这要慢,故意煎熬读者,造成延宕。如李逵和燕青闹东京后,离别四柳村狄太公,来到了离荆门镇不远的一个大庄户家借宿。先是庄客的回答令人心生好奇,说是庄主正烦恼,让他们二人去别处投宿。李逵采取霸王硬上弓的方法住了下来。这是第一层悬念。因为没有酒,他半夜睡不着,又听到太公、太婆哭哭啼啼之声。这是第二层悬念。这两层悬念就造成一种延宕,于是李逵待到天明后,跳将起来,就去问原因。与此相对应的是鲁智深借宿。他在桃花村刘太公家借宿的情节造成的延宕比李逵借宿还精细,造成的悬念也更持久。

　　以上为最基本的一种情况。再细分,情节型悬念又有两种不同的区分标准,如果以在作品中的位置和作用为标准,分为整体性悬念和分悬念。如果以造成悬念的手段为标准,则有预告式悬念、链锁式悬念、顶真式悬念、切入式悬念、危局式悬念、切断高潮式悬念、选择式悬念、明暗式悬念、映衬式悬念、误会式悬念、谜窦悬念、豹尾式悬念、空悬念等十三种。这十三种方式虽然使用方式不同，指向是一致的，那就是达到引人入胜的阅读效果。本部分只讨论四种比较常见的方法，即明暗式悬念、预告式悬念、选择式悬念和误会式悬念。

第四节　明暗式悬念：
"如此如此"与草船借箭

什么是明暗式悬念？既向读者透露某一情况，又明显地隐瞒其中奥秘，而作品中某些人物却全然知晓，同时又将奥秘在暗中运行，时时牵引着读者的注意力。

这里也分几种情况。

这是中国古代小说中最常用的一种叙事技巧。尤其是在一些设置计谋的情节时，为了保持故事的神秘感，很多时候不将具体的内容说出来，只用"如此如此"来代替。同时通过转换视角，从另一个人物角度来写此事。这种情况就是明暗两条线并行。

如在《水浒传》中晁盖夜梦北斗七星坠落屋脊，刘唐恰恰来送富贵，又遇吴用说服三阮，最后公孙胜加入。吴用便讲了自己的计划，但是并没有具体说出来。

> 晁盖道："吴先生，我等还是软取，却是硬取？"吴用笑道："我已安排定了圈套，只看他来的光景。力则力取，智则智取。我有一条计策，不知中你们意否？如此如此。"晁盖听了大喜。

"如此如此"四个字正是这一类型的浓缩。吴用布置完计策后，就不再提它们了。后面则通过杨志押送生辰纲的故事来展开这条妙计。明着是杨志的故事,暗里还有一个计划的实施与其相叠加。明暗两条线并行,当白胜挑着酒出现时,两条线开始交汇。

后来的很多战斗,依然采取这种处理方式,如《水浒传》第五十八回,因为有呼延灼把守青州,鲁智深等人久攻不下。宋江前来支援,问计于吴用,依然还是如此。

> 吴学究笑道:"此人不可力敌,可用智擒。"宋江道:"用何智可获此人?"吴学究道:"只除如此如此。"宋江大喜道:"此计大妙!"

"如此如此"的变体是锦囊妙计。如在《三国演义》第五十四回,鲁肃讨荆州未果,适逢刘备的甘夫人新丧,周瑜便心生一计,欲以孙权之妹嫁给刘备为幌子,将刘备扣留,然后换回荆州。孙权同意这条计策,并派吕范前去说媒。诸葛亮得知吕范前来,让刘备答应这门婚事,并派赵云陪同刘备去东吴娶亲。临行前,诸葛亮给了赵云三个锦囊,囊中有三条妙计,每到关键时刻,让赵云打开锦囊依计而行。正是这三个锦囊里的妙计,使刘备转危为安,并且顺利完婚。

第二种类型是上一种的加强版。此类型的关键在于设置一个相对固定的有限视角人物,这个人物既是局中人,又不能知道太多,至少他对整个计划缺乏了解,甚至有些担忧。比较典型的如草船借箭情节。忠厚长者鲁肃一心促成孙刘联合破曹。但是周瑜一心要杀诸葛亮。处于二人之间的鲁肃就显得有些尴尬。后来周瑜准备用公道杀死诸葛亮，诸葛亮也主动"上套"。诸葛亮在周瑜帐前立下军令状，答应三天内打造十万支箭。在鲁肃眼中，这是不可能完成的任务，诸葛亮的行动无异于自杀。在这个情节中，作者将视角固定在鲁肃身上，主要通过他的观察来完成故事。这是一个经典的斗智斗勇的故事，作者通过憨厚淳朴鲁肃的视角向读者交代了诸葛亮前两天的无所事事，"第一日却不见孔明动静；第二日亦只不动"，这也相当于"最后一分钟"营救，也可以说是"危机式悬念"，即将接近最后时限，可是人物的危机还没有克服。重点在第三天，诸葛亮邀请鲁肃一起乘船上江。依然还是鲁肃视角来感知事情的进展。在京剧《草船借箭》中把这种情绪显得更加淋漓尽致。鲁肃甚至劝诸葛亮"你倒不如投江死了吧"，待到在江上直奔曹营时，鲁肃是"在舟中浑身战抖"。袁阔成的评书《三国演义》中草船借箭部分演说得十分精彩，把鲁肃那种急迫、疑惑、担心和慢慢释疑渲染得细致入微，胜过原著许多。

第五节 预告式悬念：
有分教、预言、征兆与梦

预告式悬念：首先将结局简单预告出来，预告的内容，实际上是逗引读者去探寻预告中埋下的未知的内容。

分教

第一种是基础版，直接将后面将要发生的事用文字明确说出来。我国古代小说尤其是到了明朝以后的章回小说，因为其话本性质，为了吸引听众，使其不断听下去，必须不时结扣，所以在每一章的结尾，往往都会对未来发生的事有一个简单预告，以此来设置悬念，抓住听众或读者注意力。以《水浒传》为例，在楔子结尾就将整部书的内容进行了概括。宋仁宗在位期间，三登之后，乐极生悲，瘟疫盛行。以这场瘟疫为引子，本书的大幕徐徐拉开。所以在楔子的末尾写道：

不因此事，如何教三十六员天罡下临凡世，七十二座地煞，降在人间。哄动宋国乾坤，闹遍赵家社稷。

这里明确点出了三十六员天罡，七十二座地煞即将在赵宋产生故事。为了提升效果，同时还配了一首诗，体现出天道运转之功。

> 万姓熙熙化育中，三登之世乐无穷。
>
> 岂知礼乐笙镛治，变作兵戈剑戟丛。
>
> 水浒寨中屯节侠，梁山泊内聚英雄。
>
> 细推治乱兴亡数，尽属阴阳造化功。

"水浒寨中屯节侠，梁山泊内聚英雄。"这句诗就是对未来要发生故事的一个提前预告。

再看第一回，洪太尉命人将石碑弄倒后，一道黑气直冲半天里，化作百十道金光散去。洪太尉很害怕，忙问是怎么回事。

> 那真人言不过数句，话不过一席，说出这个缘由。有分教：一朝皇帝，夜眠不稳，昼食忘餐。直使宛子城中藏猛虎，蓼儿洼内聚飞龙。毕竟龙虎山真人说出甚言语来，且听下回分解。

"宛子城中藏猛虎，蓼儿洼内聚飞龙"和"水浒寨中屯节侠，梁山泊内聚英雄"一样，可以说这句话既清晰，又模糊。说其清晰，是因为其说的是故事主线；说其模糊，是因为真正的故事还没开始。现在是宋仁宗时期，后来中间还隔了宋英宗和宋神宗，才来到宋哲宗时期。这时，细微的故事才真正开始。而中间隔的那一段，正是那百十道金光来到人间投胎转世、慢慢长成的时间。所以从第二回开始故事时，一百零八位好汉都已长大成人，静待命运的召唤，水泊聚义。

再如刘备三顾茅庐后,诸葛亮答应出山,但又吩咐弟弟诸葛均好好躬耕,留待自己功成之后退隐。此时就有诗,作为感慨,"身未升腾思退步,功成应忆去时言。只因先主丁宁后,星落秋风五丈原"。一句"星落秋风五丈原"已经揭示了诸葛亮的人生结局。

预言

第二种是通过某种具有超能力之人的预言来设置悬念,这种包含的小项比较多,有星象之术、占卜、相术、谶语、判词与偈子等。

1.星象之术

从姜子牙到张良、诸葛亮、刘伯温,在民间传说中,经常会听到关于这些人神乎其神的能力。上知天文,下知地理,前知五百年,后知五百载,运筹帷幄之中,决胜千里之外。其中,观星一直是中国古代著名军事家的重要技能。

在《三国演义》中,董卓迁都之后,故都一片狼藉。孙坚救灭旧宫余火,在太庙的基址上草创殿屋三间进行祭祀。祭祀完毕后,他回到寨中。这天晚上星月交辉,孙坚坐在外面,仰观天文。他看见紫微垣中白气漫漫,由此慨叹"帝星不明,贼臣乱国,万民涂炭,京城一空"。看得出他确实有报国之志。

司马懿仰观天文,发现将星失位,由此判断诸葛亮命不久矣,便派出夏侯霸去试探。正是这次试探,产生连锁反应,使诸葛亮的禳星计划功败垂成。

诸葛亮在这方面更胜一筹。他对刘备说自己夜观天象,据天象显示，刘表很快就要故去，刘璋也不是能够立业的人，他们的地盘未来都要归属刘备。草船借箭之机，他教育鲁肃如何做大将，"为将而不通天文，不识地利，不知奇门，不晓阴阳，不看阵图，不明兵势，是庸才也"。

他不仅能观星，还能想办法来进行改变。虽然失败了，一样表现出他超一流的素养。

2.占卜

管辂是占卜大师。他的神奇事迹数不胜数，最厉害的是他让赵颜请南斗续寿的故事。曹操请管辂卜天下之事、传祚修短之数。管辂卜后给出几句模糊的卜辞，当然，只是当时听起来有点模糊，后面会验证其真实性。曹操又想带人去取汉中，被管辂拦下，并告诉他"来春许都必有火灾"。果然，耿纪等人定计欲在元宵节诛杀曹操，当晚城中火起，火光冲天，一切都按照计划而行。若不是金祎妻子误说一句话，几乎成功。后来，事态很快平息下来，这时曹操方悟管辂之话，重赏了他。管辂不受。

当然，这种占卜也有不灵的，因为占卜的人是江湖骗子。比如在《蒋兴哥重会珍珠衫》中，王氏思念丈夫，但又不知其归期，便让丫鬟去街上请了个瞎眼算卦先生。算卦先生起卦占卜，告诉王氏，她的丈夫已经在途中，二月初必回。结果并没有应验，而是引发了其他故事。

3.相术

在人物未发迹时，已经有种种有利于他的断语。《三国演义》里三大首领刘备、曹操和孙权均有不俗之处。如刘备家的东南方向有一棵大桑树，有五丈多高，远远望去，就好像是象征着富贵的车盖，所以有一个相者下了断言："此家必出贵人。"再如曹操，很早就有人给他下了断语。桥玄者说他是乱世里的命世之才；南阳何颙称其为"安天下者"；汝南许劭的断语更是著名，称他为"治世之能臣，乱世之奸雄"。孙权则生得方颐大口，碧眼紫髯。刘琬入吴，见孙坚的儿子们，得出结论：其他兄弟虽有过人之处，奈何禄祚不终，也就是死得早。只有孙权"形貌奇伟，骨格非常，乃大贵之表，又亨高寿，众皆不及也"。

不仅有相人术，还有相马术。

有关的卢马的故事可谓一波三折，甚至可以拎出来成为一个独立的故事。刘备投奔刘表后无所事事，恰遇刘表手下张武反叛，于是刘备自荐征讨。对阵过程中，刘备相中了张武所骑之马，说那是千里马。话犹未了，赵云已经出战，没用三个回合，就将张武刺落马下。随手牵过马的辔头，将其进与刘备。刘表看见刘备所乘之马极其神骏，称赏不已。刘备遂将其送与刘表。刘表很高兴，马上骑着回城，被蒯越看见。蒯越善相马，道出了此马的来历。原来这匹马眼下有泪槽，额边生白点，名为的卢。的卢马是妨主的，也就是说谁骑它谁就会倒霉。刘表一听，吓得够呛，次日找借口将马归还刘备。荆州幕宾伊籍见了刘备，道出了刘表和蒯越的对话。刘备宅心仁厚，认为凡人死生有命，因此不惧此马。伊籍由此对刘备产生了敬仰之情，成为他的好朋友。因为有此因缘，所以当蔡瑁设计要杀害刘备时,正是伊籍的提前告知才使刘备免遭毒手。在逃跑的过程中,的卢马发挥了至关重要的作用。马跃檀溪,从而使刘备逃脱了追捕。后来在取西川过程中,刘备与庞统准备兵分两路前进。这时接到诸葛亮书信,嘱咐刘备谨慎。刘备准备暂缓行动。庞统以为诸葛亮怕自己立功,不听劝阻,坚持要行动。刘备拗不过他,只好继续前进。临行前,庞统的马突然眼生,把他掀了下来。刘备出于爱护考虑和庞统交换坐骑。庞统非常感激。在行军中,庞统被误认为是刘备,故而被张任埋伏,连人带马一起射死。这就是的卢马的完整故事。在这个故事里,它串起了几个经典故事,既验证了相马者的高明,也说明了命运的不好捉摸。说它妨主,它救了刘备,说它不妨主,张武、庞统又死在它的背上。刘备的天命与的卢马的妨主形成一种张力,推进着故事的演进,虽然的卢马没有直接害死刘备,但是庞统的死,使刘备失去一只有力的臂膀,就像他的梦一样,右臂被铁棒狠狠一击。从这个意义上说,也妨害了刘备取得更大的成就。

4.谶语

谶语不知其起,多以童谣形式流传。

董卓欲将女儿嫁给孙坚儿子,遭到孙坚的强烈反对。董卓大怒,这时李儒劝他迁都。理由就是来自街市的童谣,"西头一个汉,东头一个汉。鹿走入长安,方可无斯难"。李儒通过自己的解释说服董卓,让他把国都从洛阳迁回长安。

后来王允巧设连环计,要诛杀董卓,有种种征兆都在暗示恶事发生,但董卓却权迷心窍,无法参透。其中就包括一首十数小儿的歌谣,歌曰:"千里草,何青青!十日卜,不得生!"千里草,合起来是董;十日卜,合起来是卓,代表着董卓的名字,结果是"不得生"。果然,董卓在这天被杀死了。

水镜先生是一个重要人物,他的话虽然不多,但分量很重。他解读童谣"八九年间始欲衰,至十三年无孑遗。到头天命有所归,泥中蟠龙向天飞",认识到刘备正该应"龙向天飞"。他推断了刘备的未来走向。

5.判词

水镜先生对刘备说"伏龙、凤雏,两人得一,可安天下",最后二人都归了刘备。当他回访刘备,得知徐庶走马荐诸葛,只能仰天长叹"卧龙虽得其主,不得其时,惜哉!"

不过要说判词,首推的必然是《红楼梦》。曹雪芹善于使用判词来暗示人物的性格和命运,这些红颜们的命运交织在一起,《红楼梦》通过这些判词构建起了整部作品。

贾宝玉梦游太虚幻境,在警幻仙姑的陪同下查阅"金陵十二钗"册子,晴雯位列"又副册"之首页,画面比较独特,"又非人物,也无山水,不过是水墨滃染的满纸乌云浊雾而已"。与之相应的判词也是充满了预言性。

霁月难逢,彩云易散。心比天高,身为下贱。风流灵巧招人怨。寿夭多因毁谤生,多情公子空牵念。

这个判词分为三部分。第一部分是名字。霁月为晴，彩云为雯。第二部分的"心比天高""风流灵巧"说的是性格与天赋。第三部分就是命运。这是最重要的部分，前面两部分里也都透露着这些信息，"难逢""易散"，皆因"身为下贱"，因为"招人怨"，所以"毁谤生"，"寿夭"是偏义复词，重点在"夭"。最后一句"多情公子空牵念"写的是她和贾宝玉的结局，也就是说纵然公子多情，奈何因为性格的原因，在那样一个充满乌云浊雾的环境中，最终落了一个夭亡的命运。

这首判词已经对晴雯的性格及命运走向做了清晰的交代，后面有关她的情节如撕扇、补裘、被逐等都可看作判词的注脚。

有些时候，判词有些像偈子，区别在于判词是写在书上，不知著者为谁，而偈子则是由人口中说出，并且明确知道是谁说的。

6. 偈子

偈子是佛教中一种禅机隐语的特殊表达形式。很多智者通过偈子来表达自己的领悟程度。最有名的一则禅宗公案，是神秀与慧能的偈子。五祖弘忍为了验证各人的根器，请一众弟子将自己的修学感悟写在墙壁上。神秀写了"身是菩提树，心是明镜台。时时勤拂拭，不使惹尘埃"。这是渐次修学的方法。而慧能的"菩提本无树，明镜亦非台。本来无一物，何处惹尘埃"更为究竟。通过偈子，五祖已经看出了二人修为的高低，故最后将衣钵传于慧能，是为六祖。六祖有《坛经》传世。

还有一种偈子带有预言性，对未来将要发生的事以相对隐晦的语句表达出来。如智真长老两次对鲁智深所说的偈子,尤其是第一次所说"遇林而起,遇山而富,遇水而兴,遇江而止"。这十六个字,是鲁智深前半生际遇的预言。林、山、水、江都是自然事物,其实"林"和"江"各自是两个人,林是林冲,江是宋江。鲁智深野猪林里救了林冲,不小心被林冲泄露了身份,故而他无法再在大相国寺安身,只能另寻前程。这是遇林而起。在三山聚义打青州中,鲁智深初遇宋江,自此之后,众英雄同归水泊,并就此安身,一生与宋江荣辱与共,是为"遇江而止"。

到第九十回,宋江率军平定辽国后,鲁智深请假要去五台山参拜智真长老。宋江听说此事,也要跟着去,结果梁山泊除了卢俊义、公孙胜等六人带领军队陆续先行外,其余好汉都去了五台山。众人参拜智真长老的场面如梦如幻。宋江求教时,智真长老送给他四句偈语。临行前,智真长老又送给鲁智深四句偈语。这些偈语在后面的情节中都得到了验证。

这些都属于预告式的话语,读者很期待这些话能不能应验,从而产生一种悬念。

征兆

第三种就是通过一些征兆来预示即将发生的事,尤其是关乎胜败生死,但往往被忽略,从而造成和征兆相同的结局。在董卓之死前,就有征兆发生。

> 卓出坞上车，前遮后拥，望长安来。行不到三十里，所乘之车，忽折一轮，卓下车乘马。又行不到十里，那马咆哮嘶喊，掣断辔头。

董卓问李肃"车折轮，马断辔"是何兆头。李肃是个马屁精，投其所好，说这是董卓"应绍汉禅，弃旧换新，将乘玉辇金鞍之兆"，正是这句话，直接断送了董卓和李肃的性命。

孙坚之死，也有征兆。孙坚率领人马攻打襄阳。突然有一天，狂风骤起，将中军帅字旗杆吹折。韩当告诉孙坚这不是好的兆头，应该暂时班师回家。孙坚则认为自己已经屡战屡胜，襄阳也指日可待，怎么能因一阵风把旗杆吹折了就罢兵呢。这时刘表的谋士蒯良夜观天象，看见一将星欲坠，以其分野来说，会应在孙坚身上。果然，蒯良献计将孙坚诱出杀死。

在第二十四回中，曹操征讨刘备，荀彧留守许都。一天，荀彧看到营中青红两色的旗子被狂风吹折，便推断刘备会趁夜劫寨。他立即派人通知曹操，并命令许都的守军做好防备。果然，刘备派关羽、张飞等人率兵来袭，但被曹操的军队击退。这一事件显示了荀彧通过征兆进行推断的能力。

梦

第四种是梦。俗语说，梦是心头想。日有所思，夜有所梦。弗洛伊德认为，梦是愿望的达成。不过这里所说的梦，是神奇的梦。

梦的内容暗示着未来将要发生的事。

如庞统非要去取西川,诸葛亮已经嘱咐刘备要谨慎了,因为自己夜观天象发现情况不妙,要折损大将,很可能应在庞统身上。刘备前一晚梦见一个神人拿着铁棒击打自己的右臂,醒来后觉得手臂还疼。刘备劝庞统暂停进军,庞统不听,果然在落凤坡被箭射而亡。

贾宝玉梦游太虚幻境,在警幻仙姑带领下,听红楼梦曲,看十二金钗册。这些曲子和册子的内容,都是人物后来命运发展的指南。

晁盖梦见七星聚义,所以才有吴用说三阮、智取生辰纲的故事。宋江在攻打大名府时,久攻不下。夜里得晁盖之梦,告诉他有百日血光之灾,能救他的人是江南地灵星。同时宜回军自保。后来宋江果然病重不起,才有了张顺去请安道全上山的故事。

第六节　选择式悬念：
梁山之主与《美女，还是老虎》

　　选择式悬念：在情节的结构中，把包含着两种结局与可能性的对立内容展示出来，迫使读者处在思索、判断与选择的境地。

　　俗话说，人无头不走，鸟无头不飞。《水浒传》既然主要写的是梁山一百零八位英雄聚义的故事，那么谁是梁山之主这件事就显得格外重要。作者在这方面也确实下了很大功夫。梁山的首任头领是王伦，一个不及第的秀才，妒贤嫉能，生怕别人本领太大，压过自己。所以林冲拿着柴进的推荐信来入伙时，一开始他是拒绝的，但最后碍于各种情面，他又不得不收留林冲。这只是一个铺垫，待到晁盖一行七人来入伙时，他再一次面临选择。山上一共四位寨主，现在却来了七位英雄，可以推测出，他是万万不会同意的。林冲火并了王伦后，他并没有选择成为梁山之主。其实论功夫，他是最棒的，但他拒绝当头领。他之所以杀了王伦，并不是为了当头领，只是看不惯王伦的行为。书中虽然没明确交代，但是读者可以脑补一下，在林冲入伙后与晁盖上山之间，他一定受了不少王伦的窝囊气。晁盖成为梁山之主后，梁山进入了稳定阶段。在宋江上梁山之前，梁山一共有十七位头领，有一半是宋江给推荐去的。宋江上山后，梁山开始进入兴旺阶段。他总是冲锋在前，把好汉们一个一个引上梁山。应该说，他是梁山上人脉最广、群众基础最好的人。不过令人困惑的是,按理说,晁盖对此应该心知肚明,但是在他临死前,却立了一个非常令人玩味的遗嘱:谁杀了史文恭谁就是新的梁山之主(按照现有基础,晁盖让宋江继位,并嘱咐他一定要替自己报仇,这难道不是更顺理成章吗?但是作者是不会轻易放掉这个极具故事性大转折的)。这对宋江是不利的,因为凭他的身手,绝对没可能杀掉史文恭。这个抉择虽然对宋江不利,对读者却是有利的,因为谁成为梁山新主,是下一个大悬念。后来,卢俊义上梁山了,他杀死了史文恭。如果按照晁盖的遗嘱,他将成为梁山新主。得知这一消息的梁山好汉们炸锅了,一个新人,来了就要成为老大,这是对过往的否定、对兄弟情义的践踏。卢俊义也很识趣,坚决不受。于是又有了后面的拈阄比试。这一次是宋江赢了,他终于成为众望所归的梁山之主。可以设想一下,即使这一次宋江赢不了,卢俊义还是无法成为梁山之主,还要进行下一个项目,直到宋江赢下比赛为止。

这是大的结构性的选择式悬念,还有一种立竿见影式的,比如《水浒传》中的王婆为了图利,不惜违背公序良俗和法律,要成全西门庆的奸情。王婆是一个深谙人情世故又老谋深算的人。

《三国演义》作为战争小说,每每临战,主帅或军师布置任务,一般都会将计划讲在前面,如徐庶新遇刘备,这时吕旷、吕翔带领五千人前往新野攻打刘备。徐福制定计策,分派刘备引赵云从正面迎敌,关羽、张飞分别从左路、右路夹击,众人依计而行,果然取胜。

诸葛亮出山后,夏侯惇与于禁引兵十万杀奔新野。作为人生中的首战,虽是牛刀小试,但诸葛亮要收服关羽、张飞、赵云一干悍将,必须一战功成。作者在叙述他布置战术的时候，非常详细。一则此次不同于徐庶那次只有五千人，而是十万之众，不可小觑；二则通过详细的叙述，展示了诸葛亮对于地理的熟悉，以及知人善任、胸有成竹，为胜利奠定基础。待到曹仁、曹洪引军十万再次攻打新野时，对于诸葛亮的计谋写得依然详细。这次除了表现他对地理的熟稔外，他已经意料到"来日黄昏后，必有大风"，展现出对天文知识的掌握，实际也是为后来的借东风做铺垫，二者遥相呼应。

计谋，可能成功，也可能失败。成功就不必说了，失败就不同了。同样是失败，也分为两种情况。一种是直接失败，另一种是被对方将计就计，落个大失败。

赵云攻打桂阳。桂阳太守赵范投降，但因为赵云没有给他面子，拂了他嫁嫂的好意，因此恼羞成怒，找来陈应、鲍隆，要设计攻打赵云。可惜的是，他们的计划并没有成功。陈应、鲍隆反被赵云斩首。

蒋干的两次中计都给曹操带来致命打击。蒋干第一次去找周瑜，被周瑜哄得团团转，盗回一封假书信，曹操头脑一热，中了反间计，把蔡瑁、张允杀了，痛失了水师人才。第二次时，周瑜再次将计就计：蒋干"偶遇"庞统，以为得了宝贝，将其引荐给了曹操。庞统献了连环计，导致了曹操赤壁之战的失利。

可惜的是，周瑜在与曹操的较量中获得胜利，却屡屡输给诸葛亮。尤其是他用美人计，欲假借嫁孙尚香之名，加害刘备。奈何诸葛亮更胜一筹，取得了斗智的胜利。正是周郎妙计安天下，赔了夫人又折兵。气得周瑜箭疮迸发、病情加重,直到最后一命呜呼,迫使周瑜发出"既生瑜何生亮"的慨叹。

这种悬念最极端的例子来自弗兰克·R.斯托克顿的名篇《美女,还是老虎》。

有位半蛮族国王,想象丰富,权力无边,所以能够随心所欲地把奇思异想变为现实。他最喜欢的就是公共竞技场,那里可以解决纠纷,树立威信。因为竞技场有两扇一样的门。其中的一扇门后是一只饿虎,它是捕获的虎里面最凶猛残忍的。另一扇门的后面则是一名绝世美女。每当有人被控犯有国王感兴趣的罪恶时,这时国王就会选个日期,把当事人带到竞技场,在万众瞩目下,由那个人自己挑选一扇门。如果出来的是老虎,那就有好戏看了,要上演人虎大战,结果不言而喻,人总是被饿虎吃掉。而如果选了有美女的那扇门,那么恭喜了,美女就归那个人了,并且会当场举行婚礼。这就是公共竞技场的魅力,由当事人自己选择自己的命运,被老虎吃还是迎娶美女,各有一半的概率。悬念便来了。国王有个公主,貌美如花,却和一名地位低微的青年相恋了。国王知道此事,立即将青年投入大牢,并确定了一个日子,让青年来竞技场进行抉择。到了那一天,青年看见了台上的公主。公主通过一些手段,知道每扇门后面是什么,故而用表情示意给青年。青年明白了公主的意思。问题在于,公主一方面爱着青年,不想让他死;另一方面,又对门后那个女子怀恨在心。青年看清了公主的动作,明白了公主让自己选右面。但是鉴于公主复杂的心理及情绪,那扇门后究竟是什么? 作者非常善于调动读者的情绪，在一番分析后，向读者提出了这个问题。作品到此戛然而止。

据说，当年这篇作品刊出后，编辑部收到了大量读者来信，纷纷询问结局究竟为何。这一情况也从侧面说明作者对这种悬念手法运用的成功。正如希区柯克所说："还有一种故事采用开放性的两难结局，有的故事单单凭借这种结局就能取胜。"

第七节　误会式悬念：
耳听为虚与眼见不一定为实

误会式悬念由人物误会形成的矛盾纠葛所造成的悬念。这种悬念，既要以违背事实上存在的因果键为前提，又要使想象中的因果键合情合理，还要由此而产生新的矛盾纠葛。

换句话说，就是看到或听到的情况，与事实不符。但是看到或听到的人却信以为真，由此产生误会。

俗话说，耳听为虚。不是亲眼所见，仅凭耳听，很容易让人产生误会。

《三国演义》第四回，曹操误杀吕伯奢家人。这里的误会源于形势的紧张。曹操已经被抓了一次，是惊弓之鸟，害怕任何对自己不利的风吹草动。毕竟不是每个县令都会像陈宫那样，所以他高度紧张。另一面的吕伯奢家则又对这种形势估计不足，没有进行换位思考。首先，吕伯奢出去打酒，是不明智的选择，没有酒不会影响事态，但要出去买酒，就很容易让曹操产生怀疑。毕竟好久不见，俗话说"人心隔肚皮，做事两不知"，在这个节骨眼上往外跑，容易引起误会。其次，磨刀霍霍，也容易让来人——曹操——产生误会。正是因为这两条从曹操的角度还能勉强说过去，所以陈宫认为"孟德心多，误杀好人"，还能继续跟随曹操。但是后来曹操计杀吕伯奢，就实在说不过去了，才有了曹操最著名的那句"宁教我负天下人，休教天下人负我"，陈宫由此认清了曹操的真面目，知道自己跟错了人，故而舍曹而去。

这里的误会式悬念运用了紧张形势下的特殊情境，在草木皆兵的时候，人的心理比较敏感和脆弱，往往容易产生误会，同时也最能体现人物性格。

更为著名的耳听为虚来自《水浒传》第七十三回。李逵和燕青在刘太公家借宿，因为无酒，李逵睡不着，听见太公、太婆哽哽咽咽地哭。待到天明，李逵急着要问明原因。刘太公诉说了"宋江"和另外一个小后生抢走女儿的事。

这里就是误会了。抢走刘太公女儿的人自称是宋江，其实是冒名顶替。不过，作者在这里并没有急着说出真相，依然还是按照李逵的视角来写，故事性由此增强了。

故事性主要来自李逵。李逵一听刘太公的介绍，当时就急了。虽然燕青一口断定不会是宋江，但李逵此时非常坚决，认为此事确定无疑。李逵答应刘太公要为他向宋江讨回女儿。回到梁山后，李逵怒气未消，先是砍倒杏黄旗，把"替天行道"四个字扯得粉碎，接着又拿着双斧冲向宋江。

按理说，李逵对宋江忠心耿耿，有人说宋江的坏话他是不会轻易认同的。此次，为何如此愤怒，以至于无法遏制愤怒？作者的高明之处就在于此。

为了这个误会式悬念，作者已经快铺垫了半本书。

至少有四层铺垫。

第一层是阎婆惜。

李逵骂宋江是"酒色之徒",并把阎婆惜和李师师抬出来作为证据,说他"杀了阎婆惜便是小样,去东京养李师师便是大样"。这里情况比较复杂,读者比李逵知道的细节更多、更准确。阎婆惜是宋江上梁山的重要推动因素,无论如何,宋江将其收为侧室养了起来。这个事实成为李逵诟病他的原因之一。

第二层是一丈青。

在宋江二打祝家庄时,被一丈青追赶,差点被害。好在李逵赶来解围,林冲赶来活捉了一丈青。李逵作为宋江的忠实兄弟和此事的目击者,心里对一丈青当然充满愤恨。可是宋江做了一个决定,竟然把一丈青送到梁山宋太公处了。惹得众头领都以为宋江想要自己留着她做媳妇。在宋江三打祝家庄之时,李逵不顾扈成已经和梁山和解的事实,不仅砍翻了被扈成捉住的祝彪,还冲进扈家庄进行杀戮。除扈成逃掉外,扈太公及一门老幼尽数被诛杀。当回梁山请功时,宋江听说他杀死扈太公一家非常生气。李逵也有说辞,其中有一句特别有冲击力,他说宋江"你又不曾和他妹子成亲,便又思量阿舅、丈人",这正是对宋江把一丈青送上梁山的呼应。原来李逵也认为宋江是要把一丈青据为己有。宋江当然有自己的考虑,他说服一丈青嫁给了矮脚虎王英,实现了自己当初在清风山上的承诺。虽然最后宋江圆满地处理了此事,但是也一度让梁山首领对他产生误会,包括李逵。

第三层是李师师。

英雄排座次后，闲来无事。一日捉得莱州解灯上东京之人，由此了解了东京庆赏元宵灯会。宋江决意去东京走一遭，去观灯。本来没带李逵，李逵非要跟着去。原来宋江并不只是为了观灯，还另有打算。尤其是得知皇上把自己列为四大寇之一时，他准备通过李师师这条门路打通皇上的关节，从而实现招安大计。于是他让燕青去打前站进行接洽，恰好李师师有空，于是便有了相会场面。李逵也去了，但只负责看门，他"见了宋江、柴进和那美色妇人吃酒，却教他和戴宗看门，头上毛发倒竖起来，一肚子怒气正没发付处"。两相对比，李逵心理失衡，即使对宋江不满，也没法直接发泄，只有迁怒于走到眼前的人，于是才有了怒打杨太尉之举。

由于要靠李师师打通关节，所以宋江没少给她送好东西。这在李逵看来，无疑是"养"。

第四层是狄太公女儿一事。

大闹东京后，李逵因为去店里取行李，故而撤退慢了。宋江让燕青接应李逵。二人汇合后，返回梁上。路过四柳村，天色已晚，便借宿在狄太公家。乍一看，这一段黑旋风巧捉鬼的故事来得突兀。为什么这么说呢？因为这个故事既和前文没有关系，也没有引出新的人物和情节，只是孤零零地插在这里。换句话说，即使没有这个情节，也丝毫不影响故事的完整性。那么这个故事的价值在哪里就是一个问题。笔者认为，这个故事价值有二。第一，缓冲了宋江故事的节奏。前面是宋江观灯、会李师师，如果直接过渡到"宋江"抢亲，关于宋江的故事就显得过于密集，令读者有压迫感，叙事也显得单薄。这个故事恰恰起到了缓冲的作用,成为从一山到另一山的中间地带。第二,这个故事讲的是李逵捉奸的故事。狄太公的女儿招奸夫王小二进家,二人寻欢作乐,扰得家里不安宁。在李逵心里,狄太公的女儿是另一个李师师,而王小二很可能被置换成宋江,李逵对宋江"养"李师师的恨意还未消,就碰到这种事,更加深了李逵对宋江的敌对情绪。李逵先杀了王小二,又杀死狄太公女儿,犹不解气,还"恰似发播的乱剁了一阵",实在是发泄心中的怨气。所以这个故事是李逵砍旗的引柴或者叫导火索。后来在刘太公处听到"宋江"的故事,恰中李逵心事,所谓点火就着。在这层层铺垫之下,李逵的一系列行为就可以解释了。这段故事也因此有了存在的价值。

以上是耳听为虚式误会,那么眼见应该为实了吧?不一定,眼见不一定为实。

《吕氏春秋》中记载的故事就是很好的例子。原文如下:

> 孔子穷乎陈蔡之间,藜羹不斟,七日不尝粒。昼寝,颜回索米,得而爨之,几熟。孔子望见颜回攫其甑中而食之。选间,食熟,谒孔子而进食,孔子佯装为不见之。孔子起曰:"今者梦见先君,食洁而后馈。"颜回对曰:"不可,向者煤炱入甑中,弃食不祥,回攫而饭之。"孔子叹曰:"所信者目也,而目犹不可信;所恃者心也,而心犹不足恃。弟子记之,知人固不易矣。"故知非难也,孔子之所以知人难也。

这个故事妙就妙在固定视角,从头到尾都是以孔子的限制视角来观察。颜回是孔子的得意门生,多次被孔子点名表扬。知道这个背景,就更能体会故事情节形成的反差。孔子被困在陈蔡之间,七天没吃过饭了。老夫子为了节省体力,白天也躺着,颜回则去想办法弄米。米有了,还要蒸煮一下。就在米饭快熟的时候,孔子发现颜回竟然偷偷地抓了甑中的米饭放进嘴里。要知道,这可是大不敬,尤其是这种行为竟然出自颜回,更让人难以接受。不过孔子还是非常有智慧的,他并没有说破,而是以祭祀先君为由来考验颜回的诚实度。颜回说出了自己"攫而饭之"的事实,但原因和孔子判断的不同。原来是煤灰掉进了甑中,污染了一点饭。这点饭不挑出来不行,挑出来扔掉也不行,办法只有一个,那就是挑出来后吃下去。原来颜回是好意,孔子误会了他。以孔子对颜回的了解,尚且发生误会,若是换成其他人,就更不可想象了。所以孔子才说"知人固不易"。

眼见不一定为实,还表现在一些计谋的设定上。如武松醉打蒋门神之后,被张督监收入府中。张督监对武松可以说是厚爱有加,又是赐酒赐食,又是彻里彻外做衣服,别人托武松说人情,张督监无不答应。武松心下也很感激。这个故事把视角固定在武松身上,从而造成一种悬念。武松后来才知道,原来他一直被蒙在鼓里。张督监对自己的"好"是假的,陷害自己才是真。原来是"误会"了张督监。

值得注意的是,情节性悬念作为最常用的技巧,在这里,笔者只是列举了部分类型。而且,在创作中,悬念技巧的运用并非泾渭分明、单一的,常常是交叉、杂糅在一起。以梁山之主的更迭这个选择式悬念故事为例,它还夹杂着预言式悬念、误会式悬念和明暗式悬念,从而形成悬念矩阵,使故事呈现出"乱花渐欲迷人眼"的效果。

"眉间尺无法自己杀死楚王,有一个人替他报了仇。"

"国王山鲁亚尔被山鲁佐德的故事治愈,他们幸福地生活在了一起。"

"奈何董承口风不严,被曹操事先得知此事,于是设计诱捕吉平。吉平事败,撞阶而死。"

已经有了结果,故事到这里似乎该结束了。

"然后呢?"

他们同时代的人如何看待此事?他们的后代又有哪些故事?

"今人不见古时月,今月曾经照古人。"栖居在同片天空下,人类生生不息,故事层出不穷。而悬念作为故事的推动力,也会一直存在。

第九章 / 情节

关于情节,福斯特的论述被广为传播。福斯特在《小说面面观》里区分了故事和情节。

A国王死了,王后也死了。

B国王死了,王后因为悲伤也死了。

第一句话是故事,只是陈述事实,没有内在的逻辑联系。第二句话有了因果关系,从而成为情节。

第一节 普罗普：
角色的31种功能

关于情节,最为著名的研究来自俄国的普罗普。他在《故事形态学》中提出了"角色的功能"这一概念,并且从神奇故事中归纳出了三十一种功能:

1.一位家庭成员离家外出(外出);

2.对主人公下一道禁令(禁止);

3.打破禁令(破禁);

4.对头试图刺探消息(刺探);

5.对头获知其受害者的消息(获悉);

6.对头企图欺骗其受害者,以掌握他或他的财物(设圈套);

7.受害者上当并无意中帮助了敌人(协同);

8.对头给一个家庭成员带来危害或损失(加害);

8a.家庭成员之一缺少某种东西,他想得到某种东西(缺失);

9.灾难或缺失被告知,向主人公提出请求或发出命令,派遣他或允许他出发(调停);

10.寻找者应允或决定反抗(最初的反抗);

11.主人公离家(出发);

12.主人公经受考验,遭到盘问,遭受攻击等,以此为他获得魔法或相助者做铺垫(赠予者的第一项功能);

13.主人公对未来赠予者的行动做出反应（主人公的反应）；

14.宝物落入主人公的掌握之中（宝物地提供、获得）；

15.主人公转移，他被送到或被引领到所寻之物的所在之处（在两国之间的空间移动，引路）；

16.主人公与对头正面交锋（交锋）；

17.给主人公做标记（打印记）；

18.对头被打败（战胜）；

19.最初的灾难或缺失被消除（灾难或缺失的消除）；

20.主人公归来（归来）；

21.主人公遭受追捕（追捕）；

22.主人公从追捕中获救（获救）；

23.主人公以让人认不出的面貌回到家中或到达另一个国度（不被察觉地抵达）；

24.假冒主人公提出非分要求（非分要求）；

25.给主人公出难题（难题）；

26.难题被解答（解答）；

27.主人公被认出（认出）；

28.假冒主人公或对头被揭露（揭露）；

29.主人公改头换面（摇身一变）；

30.敌人受到惩罚（惩罚）；

31.主人公成婚并加冕为王（举行婚礼）。

具体的故事在细节上可能会有差异，但万变不离其宗，这三十一种功能基本涵盖了神奇故事的情节。

对于中国民间故事的研究也逐渐多起来,如德国艾伯华的《中国民间故事类型》一书,提供了215个正格故事类型,31个滑稽故事类型。随着民俗学的崛起,一大批更加深入细致的研究成果问世,如李丽丹《18—20世纪中国异类婚恋故事研究》等。类型学的研究对于从宏观把握情节来说益处多多,能给写作者很多启示。

第二节 托比亚斯的20种情节

创意写作离不开情节的加持。

美国的罗纳德·B.托比亚斯在前人基础上进行了总结与提炼，他认为作品有两大支柱：情节和人物。情节是人物的情节，而人物是行动中的人物。二者并非截然分开，而是互为表里，共存共生的。同时他认为，有关故事的情节是不会有精准数量的。无论是亚里士多德的两分法，还是吉卜林的六十九种，抑或卡洛·戈齐的三十六种，都是一种概略的说法。他自己则写出了《经典情节20种》。不过他也申明，"20"也只是一种不完整的说法。

托比亚斯所列的二十种情节如下。

一为探寻：探寻情节就是主人公寻找一个人、一个地方或是一件东西，有形的或是无形的……主人公专门在寻找一件他希望找到的东西，借此给他的人生带来重大转变。

二为探险：探险情节和探寻情节在很多方面极为相似，但又有不同。探寻情节是人物情节，是思想的情节。而探险情节却是动作情节，是身体的情节。二者的区别主要在于焦点不同。在探寻情节中，焦点自始至终都是踏上旅程的那个人。在探险情节中，焦点则是旅程本身。

三为追逐：追逐情节就是文学版的捉迷藏。这个情节的前提很简单：一个人追逐另外一个人。让追逐一直都扣人心弦的秘诀就是要让一切不可预料。这就意味着要想方设法避免落入俗套。这也意味着紧张情绪要像一根绷紧的线，贯穿故事始终。

四为解救：和探险情节一样，解救情节中的主人公，一定要到外面的世界去。和探寻情节一样，解救情节中的主人公也在寻找某个人或某样东西。和追逐情节一样，主人公通常在追逐反派。解救情节和其他情节一样，是身体情节。故事依赖的是三个人物之间的关系——主人公、受害者和对手。这个情节的核心道德论点是最鲜明的：反派是错的，主人公是对的。

五为逃跑：逃跑情节也是身体情节，同样致力于追捕与逃脱的技术性细节描写。这种情节的推动力在很多方面都是解救情节的另一面。在解救情节中，读者追随解救者，受害者只是耐心地等待被解救。而在逃跑情节中，受害者是要自救。

六为复仇：在文学作品中，这种情节的主要动机一清二楚：主人公因为真实的或是想象中的伤害对敌手做出反击。这是一个发自肺腑的情节，也就是说这个情节会在情感深处触动我们。我们因为不公正的行为怒发冲冠，希望看到这种现象被纠正过来。而且这种反击通常会超越法律的界限，这就是培根所说的野蛮的正义。

七为推理故事：核心必须围绕一道难以破解的矛盾谜题展开。故事情的重点是评价和解析事项（人物、事件、地点、时间及原因）。事实并非如其表面所见，而线索隐匿在字里行间。答案并非显而易见，然而它的确是真实存在。对推理故事所秉承的良好传统则是：答案见于明眼处。此类故事需要极大的智慧，以及欺瞒读者的能力。

八为对手戏：所谓对手，即因为相同的事物或目标和另外一个人展开竞争的人物。所谓对手，即对另外一个人的优越感或权威性发起挑战的人物。对手戏这类故事情节需要遵循一个基本原则：对立双方必须势均力敌（他们都可以有自己不同的弱点）。所谓势均力敌，并不是指他们的力量要保持本质上的相似。身体孱弱之人可能因为其不凡的智慧而战胜一位身强力壮的对手。

九为落魄之人：对手戏的前提是势均力敌——正面人物和反面人物呈现相互匹敌之势。然而在有关落魄之人的故事情节中，对立双方并不旗鼓相当。故事的正面人物往往处于劣势并且面临被完全压垮的逆境。这样的故事情节之所以会备受青睐，主要是因为他为我们展现了这样的能力：以寡敌众、以小胜大、以弱制强及以"愚"克"智"。

十为诱惑：被诱惑意指受到引诱或教唆去做一件不明智、错误甚至不道德的事情。有关诱惑的故事实际上是讲述人性弱点的故事。当我们受到诱惑的时候，内心充满了相反力量的抗衡，冲突就此形成，而相反力量之间的对立也就构成了故事主题。知道该做什么和事实上究竟做了什么，这两者具有天壤之别。

十一为变形记：这类情节以"变化"为中心。"变化"涵盖了多个领域。不过在变形记这一故事情节中，"变化"具有特定性。它既包含情感上的变化，也囊括了人物外貌体征的变异。在变形记这样的情节中,故事主角在外形上发生了实实在在的变化。

十二为转变:这一故事情节主要讲述故事主角在经历人生不同阶段时所发生的变化。这一情节将截取主人公生活中发生转变的有代表性的一段时间,而他将在此过程中发生重大变化。"重大变化"便是关键所在。通常来说,我们评判故事情节是否对人物做出了刻画的标准之一,即行为的结果是否造成主人公个性的变化。故事主角在故事临近结束的时候已经与开始的他判若两人。转变类的故事情节则会更进一步地着重讲述转变的本质,以及他又是如何作用于故事主角身上的。这类情节审视人生历程,以及对人造成的影响。

十三为成长:主要讲述人的成长过程,是一类较为积极乐观的故事情节。在走向成熟的过程中,故事主角会汲取教训,而这些教训有可能是惨痛的。不过最终他也因此成了(或是即将成为)一个更为优秀的人。

十四为爱情故事:故事发展的基础在于矛盾的存在。但有"男孩遇到女孩"或"女孩遇到男孩"的故事情节是不够的,故事的脉络应该是:"男孩遇到女孩(女孩遇到男孩),但是……"故事的关键便在于"但是"之后所发生的事情,这就是我们通常所说的阻碍恋人修成正果的那些羁绊。他们所面临的障碍是多种多样的:困惑、误解及通常情况下弄错了身份的愚蠢行为。有时他们所面临的阻碍也许只是一场简单的骗局。有的故事让人极为痛苦、饱受折磨。

十五为不伦之恋:在这类故事中,主人公的爱情通常都触犯了某些世俗禁忌。

十六为牺牲：情节的关键所在，即做出牺牲总是意味着付出沉重的个人代价。作者笔下的角色也许会牺牲自己的生命，也许是为此付出不小的心理代价。故事主角应该会经历重要的转变。

十七为自我发现之旅：从一个方面来说，这个故事情节和推理故事有紧密的联系，因为从某种意义上说，生活本身就是一个待解之谜。不过这类情节主要是关于人类自身的发现，而不是破解一桩暗杀阴谋或是金字塔之谜。尽管这类故事情节的表现形式是多种多样的，但是所有的故事都必须围绕一个特定的主题展开。这类故事情节是属于人物描写类的，基于此，它以人物刻画为重中之重来展开故事。自我发现之旅主要是围绕人及人探寻自我的诉求展开的。

十八为可悲的无节制行为：这一情节主要讲述因为精神失常，或环境所迫，人物角色做出了异于通常情形的行为，从而丢掉了有教养的伪装。另一种说法便是：非正常环境下受困的正常人和正常环境下受困的非正常人。

十九和二十分别为盛衰和沉浮：这两类故事——崛起和衰落——在成功和失败的轮回中占据着不同的位置。其中一个讲述主人公的崛起，而另外一个则以衰落为主题。有的故事涵盖了整个轮回，譬如"某某的崛起和衰落"这样的故事。通常，成就故事主角出人头地的个性也最终导致其身败名裂。

盛衰和沉浮，一个是写个人的奋斗史、成功史，让人奋进；一个是写个人的沉沦史、没落史，甚至是毁灭史，让人警醒。所以将其放在一起。

第三节　三极叙事

俗话说：一个和尚挑水吃，两个和尚抬水吃，三个和尚没水吃。有水吃是常态，没水吃就遇到困境，便有了故事。为什么会这样呢？

在物理中，有个说法：三角形是世界上最稳定的结构。所以自行车的双支架车撑和前轮加起来就能把车固定好，现在则多采用两个车轮加一个单撑的结构。不管怎么样，都需要三个支撑点。在小说创作中，人物三角关系有着巨大的能量。

写作是一门跨越国界的手艺。在有关三极建构的认识上，无论中外，很多地方是相通的。

杜贵晨在《"天人合一"与中国古代小说结构的若干模式》一文中注意到了这一点。他把"与空间关系上尚'三'观念密切相关的'三足鼎立'式的小说结构现象称为'三极建构'"。他把"三极建构"分为三种样式：三方循环相生；三方循环相克；两方相克或相生，第三方居参与地位。其中第三种在古代小说中最有意义。

美国的罗纳德·B.托比亚斯也认识到了这点，他在《经典情节20种》有过类似的论述。

> 如果你留心结构——不管是经典的寓言故事、神话故事、民间传说还是电视上放映的小成本电影——你会发现三这个

数字有着巨大的影响力。三角人物关系是最牢固的组合，也是故事中最常见的。

…………

人物也是如此。一个人物不足以有充分的互动。两个有可能，但是没有不确定的因素用以增加趣味性。三个刚刚好。既有了不可预知的因素，又不会太过复杂。

确实如此，以中国上古神话为例，盘古开天、夸父逐日、女娲造人、精卫填海等，这里的人物只有一个，从叙事效果上来说，略微显得单调，动力不足。后羿射日因为有了帝俊、三足乌，嫦娥奔月因为有了后羿、逢蒙等角色出现，三足鼎立，人物增加，情节曲折，极大增强了故事性。在中国，这种结构叫"三极建构"，在国外，叫"三角人物关系"，异名同质。

三极构成三角。"三极建构"有的贯穿全书，有的是局部。《三国演义》三足鼎立最为典型，人物关系总体保持三角形，但具体的角在变，某一个角的变化，都会引发连锁反应。正因为人物有不确定性，所以才催生出多种形态。比如关羽降汉不降曹，与曹操结成暂时联盟，共同对付袁绍大军，斩颜良，诛文丑。后来关羽知道刘备的下落，于是过五关斩六将，这时，关羽、曹操和关城守将之间形成三角关系。待到华容道截曹操时，关羽、曹操和诸葛亮之间又形成三角关系。孙权、刘备联合抗击曹操时，周瑜、诸葛亮之间斗智，中间必须得有一个鲁肃传话推波助澜。

《西游记》中唐僧西天取经，有时候是团队内部的矛盾。虽然是师徒四人，但是沙和尚基本属于默默实干型，主要的变数在于猪八戒，他一犯浑，唐僧或悟空就会有受难的。当妖怪出现时，三角关系变成了唐僧和八戒是一角，悟空一角，妖怪一角。当唐僧被捉，变成了悟空一角、妖怪一角、帮忙的神仙一角。

《水浒传》宋江杀惜的故事里，保持三角人物关系这一策略是固定的，但是具体的"角"处在动态调整中。先是阎婆、宋江和阎婆惜构成三角人物关系，阎婆请宋江留宿阎婆惜处。宋江出来后遇到王公，宋江这时想起银子，发现把招文袋落在阎婆惜屋里了，于是就回去拿。这时宋江、王公和阎婆惜之间构成三角人物关系。宋江怒杀阎婆惜之后，阎婆当众说他杀了人，此时唐牛儿正好路过，于是宋江、阎婆和唐牛儿又组成三角人物关系。这三个三角关系，支撑了宋江"前去——离开——返回——逃走"整个过程。

《红楼梦》中如果只有宝、黛或宝、钗的感情故事，整部作品就立不起来了。三人的各怀心事、互相斗嘴是作品的亮点。这种二女一男模式，上升为故事类型就是"二女争夫"。《警世通言》里有一篇《郑节使立功神臂弓》，讲述郑信发迹的故事。其中有日霞娘娘和月华娘娘两个蜘蛛精争夺他的情节。最后他帮助日霞战胜了月华，并与其成就三年之好，靠着日霞所赠神臂弓屡立战功。

另一种常见的是二男一女模式。唐末杜光庭《虬髯客传》中，红拂女慧眼识人，夜里去投奔李靖。二人在灵石旅舍中时，有一个虬髯客非常不尊重红拂女，"取枕欹卧，看张梳头"。李靖要发怒，红拂制止了他，认虬髯客做兄，巧妙地化解了危机。

当年梁羽生写《龙虎斗京华》，也镶嵌了这种模式。柳剑吟的大徒弟娄无畏、三徒弟左含英都对他的女儿柳梦蝶有想法。左含英和柳梦蝶两情相悦，娄无畏只能选择退出。最后，柳剑吟、左含英都被害死，娄无畏和柳梦蝶开启了复仇之路。但二人已不可能结合，柳梦蝶最后出家为尼。

在当代，一些小品节目往往采用三极建构，这种三角人物关系，不论是二男一女模式，还是二女一男模式，也都有许多经典作品。

第四节　竞争情节

想象一下我们的远古祖先,那时还是渔猎时代。有人报告,在附近发现了一只野猪。野猪很凶猛,但也是很好的口粮。于是,族人们开始商量由谁去围捕猎物。参与围捕猎物,有一定的危险性,却能提高自己的声望和在族群中的地位,所以血气方刚的小伙子们都跃跃欲试。但是族群里需要分工,还有很多工作需要人去做,只有八个名额可以分配到打猎组。如何分配这八个名额呢? 只有用实力来竞赛:谁投掷标枪又远又准,谁就能获得这个名额。经过一轮比赛,有十二个人都达到了标准。那就再把靶子放到更远处。最终选出了八名神投手,那个最有准头的人,将成为打猎组的组长。

人类的竞赛时代由此开启。

此后的故事便可以无限延展了:组长在围猎野猪成功后,将八人分为四个小组,每天要比比,看哪个小组的收获最多;有一个年轻人没有进入前十二名,但不服气,通过不断刻苦地偷偷训练,终于入选打猎组,并且挑战组长,可能成功,也可能失败。他要么心悦诚服,要么继续努力,当然也有可能自己单拉一支队伍,或者竞争,或者破坏,他们还有后代,或者冰释前嫌,或者变成世仇……故事就这样无休无止。

这一切都源于竞争。竞争,让人们分化,产生故事。自从有了人类,竞争就产生了,故事也就随之而来。

竞赛有两个原则，第一个原则是要有一个利物。这个利物可以是实，如林冲棒打洪教头中是一锭大银；也可以是某种名头或利益，如宋江和卢俊义要通过攻打州城来决定谁是梁山之主。

第二个原则，是由低到高、由简单到复杂。《三国演义》中有很多射箭场面，最有名的是邺郡射箭大赛，利物是西川红锦战袍。《水浒传》中杨志被发配到大名府，梁中书想抬举他做个军中副牌，又怕众将不服，于是请他到东郭门教场中去演武试艺。此时军中副牌为周谨，必须战胜周谨方可成功。梁中书先让周谨演习武艺，而后让杨志与其比枪。杨志赢了，即将替代周谨。管军兵马都监李成建议二人再比试弓箭。周谨的三箭被杨志一一化解，而杨志一箭就射中了周谨的左肩窝。这是他手下留情，要不然周谨可能要伤了性命。杨志又赢了。这次比赛的利物是一个职位：军中副牌。本以为杨志打败周谨，完成目标，作品到此该告一段落了。谁承想又杀出一个索超来。原来索超的职务是正牌，还是周谨的师父。他看见徒弟受伤，心里自然不服，就提出和杨志比武。二人可谓是棋逢对手，将遇良才，杀了个旗鼓相当。最后的结局是李成及时中断了比赛，梁中书共升二人为管军提辖使。就像曹操的邺城赛箭人人有奖一样，这次也落得一个皆大欢喜的结局。

《西游记》这种赌斗也不少。在第六回中，二郎真君奉命去捉拿孙悟空上天庭接受惩罚。孙悟空见阵势不妙，于是变成麻雀飞走，这时二郎真君变成海东青去捉雀，二人开始了一段变化大赛，二郎真君似乎更胜一筹，总克着孙悟空所变之物。最为奇葩的是，最后逼得孙悟空变成一座小庙，尾巴无处放，只能变成旗杆，由此被二郎真君识破。于是悟空变成二郎真君模样去灌江口捣乱。最后孙悟空被太上老君的金刚琢所打,才被缚受俘。

到了第六十一回,孙悟空变成牛魔王模样,骗到真芭蕉扇,又被变成猪八戒模样的牛魔王骗回。于是孙悟空又开始追拿牛魔王讨要宝扇。牛魔王见孙悟空难缠,就变成天鹅飞走,于是又有了二人的变化大赛。只不过这次孙悟空由逃跑者变成了追逐者。经过数次变化之后,牛魔王落了下风,只能现出本像大白牛。但是一时之间,孙悟空也无可奈何。多亏托塔天王及哪吒前来助战,才降服牛魔王。

相比于《三国演义》的惨烈、《水浒传》的英武和《西游记》的魔幻,《红楼梦》就显得温和了许多。大观园里最激烈的比赛,能够看得见的,那就得说是赛诗了。

贾妃元宵节省亲,其中一个重要环节就是让那些妹妹辈的,各题一匾一诗,宝玉则要就四处景观各赋五言律诗一首。最后贾妃品评的结果是"终是薛、林二妹之作与众不同"。林黛玉本想大展拳脚,奈何只让做一首,没有尽兴。由此开启了薛、林的诗歌大赛。海棠诗社刚刚起社,大家就做海棠诗会。这次薛宝钗第一,林黛玉第二。到了菊花诗会,林黛玉夺魁。更绝的是,正式的诗会结束后,紧接着又开始作螃蟹诗,而且只有宝玉、黛玉和宝钗做了,算是诗会余音。这些比赛虽然没有实际的奖品,但是通过诗歌可以获得别人对自己才华的认可,这是比实物更重要的奖励。

通过竞赛,一方面为故事提供了动力,展现人物的技能与性格;一方面也增加了悬念,在眼花缭乱的技艺中,使读者始终保持对结果的关注。

第五节　三复情节

"三复情节"较早由杜贵晨提出。他在《古代数字"三"的观念与小说的"三复情节"》中提到,中国人深受"礼以三为成"这一观念的影响,是"周秦以来中国人生活的一种法则和习惯"。这一观念影响到小说创作中,具体的体现就是"三复情节"。

同一施动人向同一对象作三次重复动作,才取得预期效果;每一重复都是情节的层进,从而整个过程表现为起——中——结的形态。

同时,他在《中国古代小说"三复情节"的流变及其美学意义》中,通过对中国古代小说中大量的情节研究后得出结论。

"三复情节"是古代小说(其实戏曲等叙事文学都是如此)情节设计最合乎中国人审美理想的模式,同时合乎普遍的美学原理。它植根于中华民族早期的认知方式和美感体验,既有中华民族精神文明的特殊性,也有人类审美意识的普遍性。它一旦形成,就具有了一定的稳定性,成为中国古代千余年间小说广泛应用的情节模式,一个具体而鲜明的民族特色。

写作是跨越国界的一门手艺。在有关创作的认识上，无论中外，很多地方是相通的。托比亚斯也认识到了这点，他在《经典情节20种》有过类似的论述。

> 如果你留心结构——不管是经典的寓言故事、神话故事、民间传说还是电视上放映的小成本电影——你会发现三这个数字有着巨大的影响力。……事件也往往都是成三地发生。男主角克服障碍的时候做出三次尝试，前两次都失败了，第三次才成功。
>
> 这不是什么神秘的数字命理学。实际上这么做的道理是明摆着的：平衡。如果男主角第一次做一件事就做成了，故事就没什么张力了。如果男主角做了两次，第二次成功了，故事有点张力，但是不足以构建一个故事。三次刚刚好。四次就索然无味了。

杜贵晨和托比亚斯都注意到了"三复情节"是恰到好处的。在具体的创作实践中，笔者将其分为三种大的情形：第一种考验型，比如请贤和收徒；第二种是事功型，又分一气呵成、横云断山和丛云断山三种；第三种为松散型，三次情节并无特别紧密的逻辑关系，但也有独特的作用。

第一种考验型。考验的是德行，多用于请贤、收徒等情节，目的是测试相关人物道德情操及心诚与否。早期较为典型的是《史记》中的《留侯世家》。这里面有双重的"三复情节"。张良和大力士在博浪沙刺杀秦始皇失败后，逃到下邳。在下邳桥上闲逛的时候，张良遇到了一个老父。这个老父很奇怪，走到张良所在的地方，脱下鞋就扔下桥，然后对张良说："小子，把鞋给我捡回来。"这是非常无理的要求。所以张良"愕然"，就想动手打他。张良连秦始皇都敢动，更别提一个素不相识又无礼的人了。这里有巨大的反差。张良念这个人年纪大，所以忍住了，并按照老人的要求将鞋拾了上来。这是第一次考验。

取完鞋后，老人提出了一个更为苛刻的要求："履我。"就是说，不是把鞋拾回来就完了，还得给他穿上。这比拾鞋更侮辱人，为什么呢？因为穿鞋是个技术活，不能站着给人穿鞋，所以从物理空间来讲，要低人一头。张良不愧是豪杰，苏轼在《留侯论》中就赞叹过他，称他为"有大勇者"。苏轼说："古之所谓豪杰之士者，必有过人之节。人情有所不能忍者，匹夫见辱，拔剑而起，挺身而斗，此不足为勇也。天下有大勇者，卒然临之而不惊，无故加之而不怒。此其所挟持者甚大，而其志甚远也。"他不仅是低下头，而且"长跪履之"，采取"长跪"的姿态给老人穿鞋。这是第二次考验。

所谓"事不过三"，经过两次考验后，老人"笑而去"。张良也感到奇怪，就想观察一下他。老人家走一段后又返回来了，这次不再无礼，而是夸奖张良"孺子可教"，并且告诉他"后五日平明，与我会此"。

以上为第一重"三复情节"，并且由此引出第二重"三复情节"。

第一重,是老人考验张良的人品;第二重,是告诫他真本领不是那么容易得到的。

张良第一次时按照约定时间去,老人早已到了。老人发怒,并让他五天后再去。五天后,张良鸡鸣时刻就前往,还是晚于老人。老人再次发怒,并再推五天后。一般人真受不了这样的遭遇:无故被一位素不相识的老人叫住,不仅拾鞋,还要给穿上。在没有任何说明的情况下,两次被怒斥。张良就是张良,有一种不同凡俗之处。第三次的时候,他还没到半夜就前去,终于赶在了老人之前。老人这次感到满意,也意味着张良通过了自己设置的双重考验。最终结果就是张良获赠"一编书",一编可以成为"王者师"的书。

在结果为成功的考验型的"三复情节"里,真正的考验其实是两次,第三次无需费太大力气,是获得结果的一次。

三顾茅庐的故事最为典型,前两次不一定是诸葛亮不在家,很有可能是故意考验刘备,看看他是否诚心请贤,做到礼贤下士。"礼以三为成",这是极限,到了第三次,需要亮明态度了,如果已经三次相请还未能成功,就表明诸葛亮不会出山,刘备也不会再去了。

《水浒传》中有许多"三复情节",其中一个却容易被忽略。那就是第一回中洪太尉上山拜张天师一节。

洪信带着上谕来到江西龙虎山,住持真人嘱咐他,要想救万民,必须有"志诚心"。怎么表现"志诚心"?首先从形式上,"斋戒沐浴,更换布衣,休带从人,自背诏书,焚烧御香,步行上山礼拜,叩请天师,方许得见"。这只是开始,真正的考验还没到来。洪太尉果然按照要求徒步上山，没走多久，就遇到了第一个考验，"只见山凹里起一阵风，风过处，向那松树背后奔雷也似吼一声，扑地跳出一个吊睛白额锦毛大虫来"。他被吓得不轻，"唬的三十六个牙齿捉对儿厮打，那心头一似十五个吊桶，七上八落的响，浑身却如重风麻木，两腿一似斗败公鸡，口里连声叫苦"。好在他的"志诚心"很大，所以纵然受了惊吓，依然要继续前行。过了一会，考验第二次到来，从山边竹藤里"抢出一条吊桶大小、雪花也似蛇来"，险些将洪太尉吓杀。好在他又调整了自己的状态，继续前行。终于靠着"志诚心"通过考验，得到了确切消息，然后下山去了。

以上为请贤类型。而拜师类型也一样需要经受考验。收徒学艺不比其他，关系到老师一生的门面，况且绝学岂可轻易示人？所以老师必须设置考验，才肯接纳。

故而这种故事情节历经千载，一直存在，直到当代，还不时可以窥见它的影子。比如在莫言《晚熟的人》中，单雄飞欲拜蒋二的爷爷学滚地龙拳。他第一次去时，是和三个青年一起去的，而且这群人出言不逊，不过爷爷只是装聋作哑，并不理会。第二次单雄飞是单独去的，又是赔礼，又是递烟，好话说了一箩筐，还是碰了软钉子。第三次单雄飞提着厚礼——两瓶白酒一块猪肉——前去拜师，爷爷被他的诚意所打动，终于答应收他为徒。由此可以看出"三复情节"旺盛的生命力。

还有一种考验德行，就是面对外来诱惑能否禁得起。《聊斋志异》中有《聂小倩》一文。聂小倩两次诱惑宁采臣未成，第一次是色诱。前面已经做了铺垫，聂小倩美如画中人。第二次是财诱，其实那锭黄金是罗刹骨所变，能取人性命。经过这两次考验后，聂小倩再来时就表达了自己的钦佩之情，并将实情和盘托出。

在小说中，请贤、收徒两种情节，多数都能成功，但也有经受不住考验的。

比如关于费长房与壶公的故事。这个故事正史版见于《后汉书》，野史版见于《神仙传》，二者虽有差异，但在考验情节上是一致的。

壶公将费长房带到自己的住处，并设法考验他。"践荆棘于群虎之中，留使独处，长房不恐。"在荆棘之中独行，群虎环绕，费长房并不害怕，所以第一关过了。第二关升级，"又卧于空室，以朽索悬万斤石于心上，众蛇竞来啮索且断，长房亦不移"。费长房躺在一间空室之中，空中用一根快断的绳索悬着重石，一群蛇争着来咬绳索，正所谓屋漏偏逢连夜雨，绳索断了，重石下坠，费长房则一动不动。确实称得起惊心动魄。按照前面的故事模式，考验到此就该结束。壶公也说："子可教也。"但是想当神仙可没那么容易，要破执念，还需要更严苛的测试。虎与蛇可以算作第一层考验，打破对身体的执念，即打破"我执"，第二层要打破"他执"。"复使食粪，粪中有三虫，臭秽特甚，长房意恶之。"费长房这次没能突破自我，看见粪中有很多蛆虫，还特别臭，不要说吃了，就是眼见、鼻嗅也让人接受不了。但是成为神仙的考试就是这么难，结果费长房没通过，只能再次回到人间。

《聊斋志异》中有一篇《崂山道士》，讲的是王七想和道士学道。

道士说怕他吃不得苦，他信誓旦旦说没问题。道士给他一把斧头，让他随众采樵，一个月后，他不堪其苦，阴有归志。有一天晚上，他看见师父使用法术取乐，又不想回去了。但是后面的生活依然是砍柴，于是他决定回去了，修道之路到此结束。

《贾奉雉》也是如此。郎生带贾奉雉去见老叟，说贾奉雉道心已坚。老叟则告诫贾奉雉："汝既来，须将此身并置之度外，始得。"就是说，你既然已经来了，那就得把自己的身体及情感放下，这样才可能会有所成就。贾奉雉心领神会，所以当屋檐下蹲着只老虎时，他能够收神凝坐，即便是老虎来到榻前，也不恐惧。于是就过了第一关。第二关则变成了美人近榻，里面其实套着另一个"三复情节"。一开始他还能把持住，知道是师父为试验他而设的幻术。但当听到声音类似妻子后，稍稍动心，待那人说出自己与妻子的密语后，他就睁开了眼睛，信以为真，并且和"妻子"嬉笑为欢。结果就失败了。不仅如此，老叟当着贾奉雉的面，狠狠地打了郎生一顿，然后下了逐客令，将贾奉雉撵下山去。

总体来看，在有关考验品质的"三复情节"中，过关的，至少通过两次考验，并且一直没放弃；没过关的，多失败在第二次考验上，也有个别通过第二关，败在第三关的情况。

第二种是事功型。又分一气呵成、横云断山和丛云断山三种。

这种"三复情节"，不关乎德行，不涉及考验，而是将重点放在事功上。施动者与受动者之间存在一定的对立关系，有时甚至是水火不容、势不两立。这样的情节也很普遍，如《西游记》中尸魔三戏唐三藏、孙悟空三调芭蕉扇,《水浒传》中宋江三败高俅、三打祝家庄,《三国演义》中陶恭祖三让徐州、诸葛亮三气周瑜,等等。当然也有平和一点的,如《平妖传》中的弹子和尚三盗天书、《红楼梦》中刘姥姥三进大观园。

有的"三复情节"是一气呵成,有的则是采用了"横云断岭"法,在三复之间插入了其他情节。像三顾茅庐,就是一线到底,不再安插其他情节,想来是因为对于诸葛亮的出现已经有了足够的渲染,到此时不能再等了。

尸魔三戏唐三藏也是一线到底,没有旁逸斜出,不过与其他"三复情节"不同的是,还有另一个"三复情节"与之同时并存:悟空被逐。第一次悟空打死尸魔变成的女子,本来唐僧都已三分相信他的话,眼见着达成谅解了。奈何八戒火上浇油,一顿撺掇,于是"三藏自此一言,就是晦气到了",马上要撵走悟空。好在通过悟空恳求,三藏饶了他这一次,叮嘱不能再犯类似的错误,并以念二十遍《紧箍儿咒》来制约。可是当尸魔再次变化,这次变成了老婆婆,悟空识破,当即又将其打死。《紧箍儿咒》被唐僧颠倒念了二十遍,悟空自然疼痛难忍。唐僧又要驱逐他,悟空以《松箍儿咒》作为条件。唐僧没奈何,又饶了他一次。到了后来,悟空第三次将人打死,唐僧是无论如何不能原谅他了。所以这时都见分晓了:尸魔在第三次时被打死,唐僧在第三次被彻底激怒,悟空在第三次被驱逐。真可谓是一箭三雕。

而有的则不然,会采取"横云断山"法。何为"横云断山"? 金圣叹举例说：

> 如两打祝家庄后，忽插出解珍、解宝争虎越狱事；又正打大
> 名府时，忽插出截江鬼、油里鳅谋财倾命事等是也。只为文字
> 太长了，便恐累坠，固从半腰间暂时闪出，以间隔之。

三打祝家庄是《水浒传》中的经典情节，在这部分，不仅收了石
秀、杨雄、时迁、扈三娘、李应、杜兴等好汉，还表现出晁盖和宋江对
待人的不同态度。晁盖要杀杨雄和石秀，宋江和吴用等人相拦。紧
接着便是一打祝家庄、二打祝家庄，其间虽有石秀探听消息、生擒一
丈青等情节，但都和攻打祝家庄有直接关系，也是故事的一部分。
而在二打祝家庄失利之时，宋江一筹莫展之际，吴用带领三阮等来
犒劳三军。吴用说了一条计策，让宋江笑逐颜开。于是，作品笔锋
一转，开始娓娓道来解珍、解宝的故事，并且占了一回的篇幅。这个
故事开始时，作者特意强调了此篇的同步性，"看官牢记这段话头，
原来和宋公明初打祝家庄时，一同事发。却难这边说一句，那边说
一回，因此权记下这两打祝家庄的话头，却先说那一回来投入伙的
人乘机会的话，下来接着关目"。

金圣叹则将其删得简洁了，"这段话，正和宋公明初打祝家庄时
一同事发"。同时，他还写批语道："如此风急火急之文，忽然一阁阁
起，却去另叙一事，见其才大如海也。"

再说宋江攻打大名府也是如此。卢俊义、石秀被关进死牢，宋

江带领人马来解救。大名府不比曾头市、祝家庄之属，是块硬骨头，很不好啃，所以战斗比较激烈，情节也相应长一些。先是索超受伤，梁中书发书请援，后来宋江设计赚关胜、擒索超，颇费了一番周折。即便如此，双方还是僵持，大名府没有被攻下。此时晁盖托梦给宋江，让他对未来有个思想准备，告诫他将要生一场大病。按照梦里指示，宋江之病需要神医安道全治疗才能痊愈。请安道全就势在必行。张顺自告奋勇前去，路上却因为累和托大吃了暴亏，险些丧命。截江鬼张旺的出现就成为"横云断山"的"云"。

不过总体来看，这种"云"虽然将"山"遮断，但却和山有着紧密联系，二者本为一体，是为"云山图"。解珍、解宝关系到巧取祝家庄，而张旺的行为关系着张顺的命运，张顺的命运又关系到宋江的安危，所以都是环环相扣、不可或缺的。只是因为战线较长，在紧张之余，需要透一口气，变化一下叙事节奏和内容，但又不离题，是非常高明的手段。

再如《西游记》中的三调芭蕉扇情节，可谓是一个大关目，既勾连了前面的数回，又有横云断山之妙。此故事自第五十六回起，第六十一回止。但是从第三回就开始伏线。第三回美猴王在东海获得定海神针后，七位兄弟相会。第一位就是大力牛魔王。而牛魔王的夫人正是芭蕉扇的主人——铁扇仙罗刹女。而之所以要借芭蕉扇，是为了扇灭火焰山的火。这火焰山恰恰是第七回孙悟空大闹天宫时蹬倒八卦炉的产物。第四十至四十二回为圣婴大王红孩儿的故事，红孩儿为牛魔王之子，罗刹女所生。后来红孩儿被观音菩萨收服，做了善财童子。正因为如此，牛魔王和罗刹女感觉痛失爱子，由此特别恨孙悟空。这些为孙悟空借扇情节埋下了伏笔，定好了基调。第一次借扇时，悟空被扇走；第二次借扇时，借了一把假扇。在此紧张时刻，插入玉面狐狸、插入牛魔王做客碧波潭的故事，使用"横云断山"法，急中有缓，节奏变换。

一般来说，"横云断山"法会使用在"三复叙事"的"二复"之后，是为了缓解读者对于情节的高强度理解。所以，三盗天书所使用的并不是典型的"横云断山"法，或者说，这是一种特殊的"横云断山"法。因为密度比较大，可以称之为"丛云断山"。

为什么会有"丛云断山"呢？很大程度上是因为故事的时间跨度大。上面的"三复情节"故事或发生在一日之间，或十天半月或数月之间，即便是宋江攻打大名府，虽是转过年来，但整体也不到一年，而有些故事的长度却跨越三年。比如《平妖传》中的弹子和尚三盗天书。

弹子和尚在迎晖寺受辱不过，逃离后四处游方。一日来到云梦山下，那里白雾漫漫，能见度很低。他无意间听到几个僧人有关白云洞的传说。闻得这里有个白云洞，乃白猿神所居。因有天书法术在内，怕人偷去，故兴此大雾，以隔绝之。一年之内，只有五月五日午时那一个时辰，猿神上天，雾气暂时收敛。过了这个时辰，猿神便回，雾气重遮内有白玉香炉一座，只香炉中烟起，此乃猿神将归之验。

说者无心，听者有意。凭着这个听来的故事，弹子和尚决定一试,去寻找天书法术。便有了后来的三盗天书。这里就是三复叙事,但因为每年只有一个时辰的时间,每次虽然有进展,但前两次都未能成功。不成功意味着要再等一年,在这一年的时间里,弹子和尚不可能在那干等着,于是便有了其他的事出来。第一年没成功后,弹子和尚被冷公子请去"吃斋",其实是想试验酆净眼的魔人之术。不过聪明反被聪明误,害人不成终害己,酆净眼自己落了个法破身死的结果。待第二年盗书又未成功后,又发生了石头陀害一尸二命,蛋子僧棍扫石头陀的故事。然后有了第三年的盗书,事不过三,这次成功了。但故事并没有停止,因为天书上没有文字,于是引来下一情节。

问题在于,像《平妖传》里这种"丛云断山"里的"丛云"——也就是穿插的那两个故事——位置可以互换,并不影响故事进程,同时和盗天书这个主题也没有太大关系,山是山,云是云,无法形成有效的"云山图",这就是一般作品和杰作之间的区别之一。

同样为罗贯中所著的《三国演义》中就有非常成功的"丛云断山"技法运用。那就是孔明三气周瑜的故事。周瑜生气只为荆襄之地。从回目上看,一气周瑜发生在第五十一回,二气周瑜发生在五十五回,三气周瑜发生在五十六回。

第三种为松散型。三次情节并无特别紧密的逻辑关系,但也有独特的作用。

刘姥姥是《红楼梦》中身份卑微的人物之一,是从外面打量荣国府的重要视角。从回目"刘姥姥一进荣国府"上可以推断出,应该还有"二进""三进"。前八十回写了两次进入荣国府,尤其是第二次,更是受到了热烈欢迎,给大观园中人带去了特别多的欢乐,留下了许多经典故事。根据判词和红楼梦曲文中有关巧姐的内容,如"偶因济刘氏,巧得遇恩人"和"幸娘亲,幸娘亲,积得阴功。劝人生,济困扶穷",这些都直指刘姥姥。

刘姥姥三进荣国府的间隔时间更长,如刘姥姥三进大观园。第一次是试探性的,第二次表现了贾府盛时境况,第三次则是衰败时景象,直接和贾府的兴衰及《红楼梦》整部作品联系在一起,其中的故事更丰富且耐人寻味。

第六节　强中更有强中手，莫向人前夸大口

　　笔者很小的时候，就被大人们告诫：不要说过头话。什么叫过头话，就是把话说绝。然后紧跟着就会讲一个故事：从前有个姓杨的老先生，生了十三个儿子。年底有一天喝完酒，老头可能太高兴了，不知哪根筋错乱了，就对人乱讲话，说自己有十三个儿子，即使老天爷一个月收走一个，一年之后，还能剩一个呢。这话被一位访察民情的过路神明听见了，就报告给了玉帝。结果可想而知，既然你这么狂妄，那就让你尝尝苦果。于是从正月十三开始，他的儿子就被收走一个。到了下个月十一，又收走一个。后面就按照这个节奏，每月比上月提前两天就收走一个儿子。更不幸的是，那年正好赶上闰七月，一年有十三个月，所以到了年底，老头的十三个儿子都被收走了。因为老头姓杨，为了警示后人，就把正月十三、二月十一等十三个日期称作"杨公忌"。

　　说过头话，做过头事，正是人类不易克服的弱点，尤其是在某些特殊语境下更是如此。打个比方说，一个人在村子里是爬树最快的，这件事只能在村子里夸耀。而放在乡镇里，就不一定是最快的了，更何况上面还有县、市、省、国、世界等范围。所以孔子教导人要谨言慎行。谨言慎行当然是理想状态，而故事恰恰要打破理想状态，放弃拘谨，口吐狂言，从而催生精彩情节。

　　《平妖传》里有一段故事特别精彩。有一个东京人叫杜七圣,因为有点法术,就特别狂妄自大,简直是目中无人。他说自己上朝东岳时与人赌赛,年年都拔得头筹。别人问他有什么本事,他说天之上,地之下,除了他师父之外,没有撞见一个人能与他斗法。什么法术呢?续头法。就是把自己孩子的头剁下来,然后通过法术,将头再接上。哪知遇到弹子和尚收了他孩儿的魂魄,忘了还给他,于是破了他的法术。杜七圣接不上孩子的头,一气之下,又使用了种葫芦、剁葫芦的法术收拾和尚,和尚倒也不惧,只是赶紧将孩子的魂魄归还才算了结。杜七圣从中也知道了人外有人。作者把这段斗法写得奇幻瑰丽,精彩纷呈,令人目不暇接。

　　明末凌蒙初编了"二拍",在《初刻拍案惊奇》中有一个"刘东山夸技顺城门 十八兄奇踪村酒肆"的故事,同样精彩。作为楔子,讲了三个小故事引入正题。第一个是小蜈蚣制大蛇故事,第二个是西胡月支国小兽震虎的故事,第三个是大力女震慑举子的故事。这是明清短篇小说特有的一种形式,在三言二拍中尤为常见,颇类似于《诗经》中的比赋手法。

　　接着才是正文,讲刘东山的故事。刘东山是明朝北直隶河间府交河县人,曾经在北京巡捕衙门里做缉捕军校的头领,一身好本事,弓马娴熟,箭无虚发,人送绰号"连珠箭"。靠着这身本事,往来纵横,没有遇过对手。三十多岁时,不愿再干,准备别寻生计。到了年底,靠转卖驴马,他得了一百多两银子。在客店中,他遇到了故旧张二郎。张二郎提醒他路上难行,盗贼白日劫人,让他精细点。许是因为刘东山没受过挫折，年轻气盛，听到此话，不仅没有害怕，反而"须眉开动，唇齿奋扬。把两只手捏了拳头，做一个开弓的手势"，并且哈哈大笑，说二十年间未曾撞着对手，现在也绝对没问题。因为他声音过高，引得满座瞩目。第二天他就在路上遇到一个二十左右背弓佩剑的美少年，少年要和他同行，刘东山欣然同意。又过了一日，这个少年和他聊起捕贼之事，刘东山欺他年小，又开启了高音模式。他说自己凭借一张弓，拿尽绿林人，并且没有一个对手。如果有贼出来，就可以见自己的手段了。少年假意借刘东山宝弓一看，拿在手里，轻松拽满。刘东山也借少年的弓一看，结果竟然无法扯满。再过一日，少年先行，其实是在前面等待他，要劫他的银子。刘东山只能乖乖就范。刘东山因为吃了这个暴亏，决定不再张弓挟矢，而是夫妻二人在村郊开个酒铺，卖酒为生。三年之后，有十一个人路过刘东山酒肆，其中一个正是从前劫他银子的少年。刘东山吓得面如土色，少年则讲述了真相。原来是他们兄弟听到刘东山在店中自夸手段天下无敌，众人不平，于是派他在路上戏耍刘东山。少年表示歉意，并且还给他十倍损失，约有千金之数。

这个故事可以说相当精彩，尤其是最后出场的十八兄，他的身份成为谜一样的存在。这种开放式的结局，为作品增添了几许神秘色彩。

不过到了清初，李渔比照这个故事，写了《秦淮健儿传》。秦淮健儿的故事与刘东山的故事相类似，只是把人物的成长经历进行了置换。秦淮健儿父母早亡，因为曾经一掌击毙一条狗，故而被称为健儿。因为膂力过人，小的时候就横行霸道。不爱读书，在外祖父母家时，经常偷外祖母的簪珥衣物换酒喝。后来去给人家放羊，又监守自盗，用羊换酒。时值倭寇入侵，他便去从军，升至裨将，因为喝酒之后与人角力，将人打死，故而弃官逃逸。改名换姓后，他做了屠夫，专门宰牛。他经常在夜里明目张胆去偷牛，因为物证不足，人们拿他没办法。后被当地恶少推为盟主，无所顾忌，一日比一日自负，慨叹世人都不足敌，甚至还口出狂言，恨未能与项羽生在同时代一较高下。后来邑里禁止屠牛，健儿失业了，把牛皮及骨角等卖了三十金，准备回家。不意在酒店又大言不惭，和刘东山的话如出一辙。后来的故事也相似了，只是具体情节略有变化。一位后生出现，健儿要拉后生的弓（这个弓出现得比较突兀，不如上篇里那个少年，出场时就点明背着弓），结果拉不开，就说这是无用了。少年说不是弓不行，是人不行。他拿过来，一箭射掉一只鹜。然后少年要看健儿的佩刀，拿在手里，先是将其折弯，然后又捋直。这两手儿功夫震撼了健儿。又过了数里，后生向健儿索要腰缠的三十金，健儿立马解囊奉上，并磕头求饶。从此后，健儿备受打击，无颜回家，开始结庐卖酒。多年后，有十人过他酒庐，其中一人正是当年劫金者。备述当年缘由，并还六十金。健儿置酒款待，此时烧火之柴不足，屋旁正好有株枯树，首领十弟上演了一出徒手倒枯树的好戏，解决了柴的问题。相比于刘东山故事里十八兄的含而未发，这里的十弟露了手绝技。自此以后，健儿顿悟，绝不再与人比力气，即便有人打他,他都不还手,后来终于得享天年。

无论是《平妖传》里的弹子和尚,还是刘东山故事中的少年,抑或秦淮健儿故事中的后生,他们的出发点都是为了戏耍夸大口的人。通过他们的行为,当事人受到惩戒,名声也随之坠地,进而改变了人生轨迹。

总结起来看,这类情节的经典模式为:

1.人物甲有独到之处,在某一范围内取得成功,一帆风顺;

2.夸夸其谈,把话说绝,不知有人物乙在场;

3.人物乙显露手段,戏耍人物甲;

4.人物甲悔恨或改行;

5.人物甲和人物乙再度相逢,人物丙出现,更厉害。

这类故事在细节上可能有出入,但是通过震慑让当事人改变态度这个关键情节是相同的。

以上是从夸大口人物的角度来写,换成从惩戒者的角度来写,又是另外一番景象。燕青打擂情节具有代表性。梁山上捉了几个人,一问之下,原来他们要去泰安州烧香,同时看看号称"相扑世间无对手,争跤天下我为魁"的任原相扑。这个任原也确实厉害,身长一丈,力有千斤,已经拿了两年的利物。这些信息勾动了相扑高手燕青的心思,他决定去和任原争跤。宋江同意了。燕青扮成货郎,李逵偷偷跟着下了山。后来作品一路都是在叙述燕青的行止,店小二的误解,任原的骄横,太守的善意,交织在一起,令人疑窦丛生,只想快点看他二人比试。到了真正动手的时候,反倒很简洁。最后燕青用"鹁鸽旋"把任原撺下献台。李逵则趁乱将其打死。

　　整个事件虽然是全知视角，但又以燕青为主视角，其他如店小二、任原的心理偶尔写一两笔。因为相较任原，燕青在身量和力气上都吃着亏，读者更期待他能以小搏大，取得胜利。种种迹象似乎都对燕青不利，正是在这种叙事中形成一种张力。

第七节 《红楼梦》中
二人共用一杯情节

　　二人共用一个杯子喝茶或喝酒,无论是长辈和晚辈间,还是平辈之间,无论是同性之间,还是异性之间,都是一种非常亲昵的举动,具有耐人寻味的意义。在《红楼梦》中,至少存在着四种"二人共用一杯"的类型,既有晚辈与长辈间,也有平辈之间;既有同性之间,也有异性之间。每一种类型背后,都有其丰富的文化意蕴。

孝文化型

　　《红楼梦》第四十一回和第五十四回是宴饮场面比较集中的两回,一回叙写刘姥姥二进大观园,另一回叙写荣国府庆祝元宵节。"二人共用一杯"的情节,也多出于这两回。宝玉给王夫人用自己的杯子,这个情节出现在第四十一回。

　　　　宝玉先禁不住,拿起壶来斟了一杯,一口饮尽,复又斟上;才要饮,只见王夫人也要饮,命人换暖酒,宝玉连忙将自己的杯捧了过来,送到王夫人口边,王夫人便就他手内吃了两口。一时暖酒来了,宝玉仍归旧坐。

　　这个细节是宝玉的孝心展示。王夫人上了年纪,宜喝暖酒,在换酒的过程中,有个时间差。这时宝玉忙将自己用的酒杯捧过去,送到王夫人口边。不仅仅是把盛满酒的杯子送过去就行了,还要将其放在母亲的口边,一方面固然是母子天性,另一方面也是日常的孝文化和敬老文化熏陶使然。而且这个动作只有宝玉做得,其他人是不能做的,否则也是失礼。

满族是非常讲究孝文化和敬老文化的,如果说,孝文化是"老吾老",那么敬老文化就是"以及人之老"。所以说,敬老文化是孝文化的一种延伸。清朝依然将"孝"作为立国之本。顺治皇帝颁布"圣谕六训",第一训就是"孝顺父母"。同时下旨修订《孝经衍义》,此工程浩大,至康熙二十一年(1682)方告完成。康熙在"圣谕六训"的基础上,颁布了著名的"圣谕十六条",其中第一条为"敦孝弟以重人伦"。到了雍正时期,又把"圣谕十六条"逐条进行解读,写成了一万多字的《圣谕广训》,对于"孝"更是大力宣扬。

> 我圣祖仁皇帝临御六十一年,法祖尊亲,孝思不匮,钦定《孝经衍义》一书,衍释经文,义理详贯,无非孝治天下之意,故圣谕十六条首以孝弟开其端。朕丕承鸿业,追维往训,推广立教之思,先申孝弟之义,用是与尔兵民人等宣示之。夫孝者,天之经、地之义、民之行也。

这里将"孝"提升到无以复加的高度。除此之外,敬老文化在满族中也一直存在。在《柳边纪略》中,对此有较为翔实的记载。

俗尚齿，不序贵贱，呼年老者为马法。马法者，汉言爷爷也。呼年长者为阿哥。新岁卑幼见尊长，必长跪叩首，尊长者坐而受之，不为礼。

…………

少者至老者家，虽宾必隅坐。随行出遇老者于途，必鞠躬垂手而问塞音，塞音者，汉言好也。若乘马必下，俟老者过，老者命之乘，乃敢避而乘。

每宴客，坐客南炕，主人先送烟，次献乳茶，名曰奶子茶；次注酒于爵，承以盘，客年差长主，长跪以一手进之，客受而炕，不为礼，饮毕乃起。

从这段引文可以看出满族敬老的风俗。"俗尚齿，不序贵贱"，人们的日常交往，不以社会身份的贵贱为标准，而是以年龄的大小来衡量。年老者受尊重，年少者受这种文化的熏陶，代代传承。

福文化型

在"二人共用一杯"的情节中，王熙凤喝贾母的半杯剩酒，也是一个经典情节。此情节出现在第五十四回。

贾母笑道："可是这两日我竟没有痛痛的笑一场，倒是亏他才一路说，笑的我这里痛快了些。我再吃钟酒。"吃着酒，又命

宝玉："来敬你姐姐一杯。"凤姐儿笑道："不用他敬，我讨老祖宗
的寿罢。"说着便将贾母的杯拿起来，将半杯剩酒吃了，将杯递
与丫鬟，另将温水浸的杯换一个上来。于是各席上的都撤去，
另将温水浸着的代换，斟了新酒上来，然后归坐。

贾母被王熙凤哄得高兴，便吃了半杯酒，同时，因为贾母年纪大
辈分高，不可能去敬王熙凤，与礼不合，所以让宝玉来敬她。在这
里，宝玉代表的是贾母。这种事并不稀奇，在第二十四回，贾赦偶感
风寒，贾母让宝玉去给他请安。见到贾赦后，宝玉"先述了贾母问的
话，然后自己请了安"。如果单单是宝玉来请安，那么贾赦应该一直
坐在那里才是，可是因为同时代表着贾母，情况就不一样了。"贾赦
先站起来回了贾母话"，然后安排宝玉去邢夫人屋里，邢夫人"先倒
站了起来，请过贾母安，宝玉方请安"。王熙凤很机灵，喝了贾母剩
下的半杯酒。并且说是"讨老祖宗的寿"，其实就是沾沾贾母福气的
意思，这涉及中国传统的福文化。

若以福气论，在《红楼梦》中无出贾母右者。所谓"福气"者，
在古代中国，具体来说指"五福"。五福的说法来自《尚书》，其记
载了箕子总结的人生幸福的五个标准，亦即后来人们常常说起的
"五福"。

一曰寿，二曰富，三曰康宁，四曰攸好德，五曰考终命。

寿即长寿，富即有钱财，康宁指身体健康，内心安宁，攸好德指德行高深，考终命指无疾而终，安详离世。为了达到这五福，人们使用了很多方法，简单说，就是积德行善，广积阴骘。其中贾府常用的有三种：施舍财物、印经、放生，对应着佛教的财布施、法布施和无畏布施。

佛教认为，施舍财物能够破除人的悭吝和贪心。贾母就经常施舍财物给寺庙及一般民众。第二十五回，马道婆来请安。见宝玉脸被烫，便趁机劝说贾母施舍。在她的花言巧语之下，贾母便请她帮助供奉大光明普照菩萨，并且每天舍五斤灯油。每天五斤，一年就是一千八百多斤，恐怕供奉时间还要长得多。贾母还嘱咐以后凡是宝玉出门，都要让跟随的人拿几串小钱带着，遇见僧道和穷苦人好施舍。

刘姥姥进大观园，博得贾母青眼，故而在她离开时，贾母以下一干人等，或送钱，或送物，刘姥姥满载而归。其中固然有一部分是为了讨好贾母，但也有许多人是发自真心。

印经也属于中国一直以来的刊刻善书系统，这里的"经"主要是指释道两家的经典。《红楼梦》对此多有涉及。如第十一回贾敬寿辰时，他不回府庆祝，而是要求儿孙替他印善书，"那《阴骘文》叫他们急急刻出来，印一万张散人"。《阴骘文》是道教的《文昌帝君阴骘文》，和迎春、宝钗爱看的《太上感应篇》一样，都是劝人向善的经典。

为什么印经的功德如此之大呢？可以从佛经上找到根据。佛经在结构上一般分为三部分：序分，正宗分，流通分。流通分部分，就是说流通此经的利益。《金刚经》作为一部影响甚深的经典,其中就多次提到流通此经的利益。流通经,是为法布施。所以在《红楼梦》续书的情节里,贾母临终前还惦记着印的《金刚经》有没有散发完。

放生有两种,第一种是吃素,第二种是将捕捉的或者即将被宰杀的动物放归自然。在清朝,佛教是非常重要的信仰,包括皇帝和诸多王公大臣都是虔诚的佛教徒。贾府中王夫人是吃斋念佛的,连贾政也吃斋,不过他们不是吃长斋的,只是在一个月或一年内的固定日期吃素。第三回林黛玉进贾府后,要去拜见二舅,王夫人告诉她,"你舅舅今日斋戒去了,再见罢"。

第二种放生多在一些重大日子举行。如第七十一回,抬了许多雀笼来,在当院中放了生。古人认为,让那些身临险境、充满怖畏的动物重返自然,对于放生者也有诸多的利益。黄雀衔环,蚂蚁报恩,这样的故事并不鲜见。

当然,《红楼梦》中还有其他许多具体的祈福方式,如贾母过生日时拣佛豆,宝玉去跪经,等等。其目的无非是使自己的福气不断增长,所以第二十九回的回目为"享福人福深还祷福"。

除了贾母,另一个虔诚的人就要数刘姥姥了。只不过她没有那么雄厚的财力去做善事,于是她选择了念佛。

《红楼梦》中念佛最多之人当属刘姥姥。第四十二回她二次进大观园时,贾府上下送其许多财物,"平儿说一样,刘姥姥就念一句佛,已经念了几千声了""刘姥姥已喜出望外,早又念了几千声佛",她深信因果,还爱讲些因果故事。所以不单贾母喜欢她,连王熙凤也对她刮目相看。这已不仅仅是为了讨好贾母,还有发自内心的一种敬重与信服,所以才托刘姥姥给孩子起个名字。

> 凤姐儿道:"也是有的。我想起来,他还没个名字,你就给他起个名字,借借你的寿;二则你们是庄家人,不怕你恼,到底贫苦些,你们贫苦人起个名字只怕压的住。"

王熙凤虽然嘴上说不信鬼神,可是内心却不一定如此。尤其是经历过秦可卿托梦和被马道婆的邪法魔住后,当刘姥姥为她解决了女儿的问题后,她马上想到借刘姥姥的福气来化解一下自己的处境。

交往文化型

在《红楼梦》中还出现了两个年龄相近的同性之间共用一个茶杯的情节。

第一个出现在第四十一回。贾母带着刘姥姥游大观园,喝完酒后,她们来到了妙玉的栊翠庵。妙玉用成窑五彩泥金小盖钟为贾母献上了老君眉。贾母吃了半盏后,让刘姥姥也尝尝。刘姥姥接过去一饮而尽。为此,妙玉嫌她脏,故而不让道婆收它了。宝玉说服她将其送给刘姥姥。妙玉说,如果是自己用过的,那么宁可砸了。

这段情节说明了贾母的平易谦和,她把刘姥姥当作自己的朋友看待,但这个过程不能颠倒过来,即不能是刘姥姥喝完茶,然后让贾母用自己的杯子尝。这里又有尊卑的问题，人际交往的主动权掌握在强者一方。同时在此情节中有宝玉引用的一句"世法平等"，其实也是点化妙玉。妙玉作为修行人，还有如此强烈的分别心，说明在佛法的修为上还存在问题，尤其在贾母这位在家人的参照下，通过一个杯子，将二人判若云泥的境界表现了出来。

第二个出现在第六十二回。袭人见宝玉和黛玉聊了很长时间也没吃茶，于是送来两盅新茶，宝玉拿了一杯，另一杯袭人准备给黛玉送去。恰巧这时黛玉去和宝钗说笑了，袭人到近前时，有点尴尬，因为面对两个人，只有一杯茶。好在袭人反应极快，说了句"那位渴了先接了，我再倒去"，化解了危机。宝钗说她不渴，只需一口就够了，于是先拿起来喝了一口，把剩下的半杯递给了黛玉。袭人怕黛玉多心，忙说要再倒去，哪知黛玉并不以为意，把宝钗剩下的半杯喝干了。

按理说，以宝钗体贴周到的性格，是应该让别人先喝，自己再喝的，尤其是面对着敏感多疑的黛玉，这次她好像不是那么周到了。原因何在？笔者认为，第一是宝钗较黛玉年龄大，姐姐对妹妹而言，有优先权；第二个是主要原因，那就是宝钗、黛玉此刻已经情同亲姐妹，在某种程度上，情感高度契合。

为什么这么说呢？原因有二。第一是黛玉对宝钗已经完全折服，放下了戒心。第四十二回，宝钗蘅芜苑"审"黛玉。黛玉一开始装糊涂，后来听了宝钗一番推心置腹的话语后，一向牙尖嘴利的她竟然心悦诚服。

　　一席话，说的黛玉垂头吃茶，心下暗伏，只有答应"是"的一字。

　　第四十五回，宝钗去黛玉处探病，二人又进行了一番交心之谈。上次黛玉主要是听宝钗教训，基本无言。因为有了上次的交往，黛玉对宝钗另眼相看。这次则不同，她难得向人表明心迹，吐露心声。

　　你素日待人，固然是极好的，然我最是个多心的人，只当你心里藏奸。从前日你说看杂书不好，又劝我那些好话，竟大感激你。往日竟是我错了，实在误到如今。细细算来，我母亲去世的早，又无姊妹兄弟，我长了今年十五岁，竟没一个人象你前日的话教导我。怨不得云丫头说你好，我往日见他赞你，我还不受用，昨儿我亲自经过，才知道了。比如若是你说了那个，我再不轻放过你的，你竟不介意，反劝我那些话，可知我竟自误了。若不是从前日看出来，今日这话，再不对你说。

　　黛玉说的这番话，处处用对比的手法来表明宝钗的"好"及自己的"误"。黛玉自剖"最是个多心的人"，以前把宝钗的"好"理解为"藏奸"，听到湘云赞宝钗，她心中不服，"不受用"。而经过上回的劝说后，黛玉对宝钗的认识有了本质上的改变，衷心生出大大的感激，由此认识到自己以往的"自误"。黛玉是个多疑的人，能说出这样的话非常不容易，说明她对宝钗是真的心悦诚服了。

第二个原因是黛玉已经在第五十七回认薛姨妈为干妈，钗黛二人已有姐妹名分，比别人在关系上更进一层。

黛玉见宝钗在薛姨妈跟前撒娇，勾动了自己的心思，并且流下泪来。

黛玉笑道："姨妈既这么说，我明日就认姨妈做娘，姨妈若是弃嫌不认，便是假意疼我了。"薛姨妈道："你不厌我，就认了才好。"

黛玉不是一个轻狂之人，所说之言并非心血来潮。当然这里并没有交代此事是否达成，尤其是经过宝钗的一番调笑。不过在第五十八回开头部分，老太妃薨，贾母等诰命皆入朝随班按爵守制，大观园乏人照料，薛姨妈堪当此任。于是贾母便将照管园内之事托付于她。借此机会，薛姨妈搬至黛玉的潇湘馆，和她住在一起，而且对她照顾得无微不至，就像一位母亲。于是接上前面的话茬，黛玉真的认薛姨妈为干妈了。行文至此，此事已十分明了。

> 况贾母又千叮咛万嘱咐托他照管林黛玉，薛姨妈素习也最怜爱他的，今既巧遇这事，便挪至潇湘馆来和黛玉同房，一应药饵饮食十分经心。黛玉感戴不尽，以后便亦如宝钗之呼，连宝钗前亦直以姐姐呼之，宝琴前直以妹妹呼之，俨似同胞共出，较诸人更似亲切。

"亦如宝钗之呼"的意思就是说和宝钗一样，干妈的"干"字都省了,直接称呼薛姨妈为妈。但这里也仅仅是概述一下情况,到了第五十九回,在黛玉的言语方面,已经将这件事展露无遗。

> 黛玉又道:"我好了,今日要出去逛逛。你回去说与姐姐,不用过来问候妈了,也不敢劳他来瞧我,梳了头同妈都往你那里去,连饭也端了那里去吃,大家热闹些。"

通过这些情节,可以清楚地看到,在黛玉心里,确实已经把宝钗当作亲姐姐一样看待了,"俨似同胞共出"。所以当只有一杯茶的时候,由宝钗先喝,自己笑着喝剩下的半杯,也就成为自然而然、不难理解的事了。

而这种情形背后,是一种认同感,尤其是在使用杯子的过程中,后用杯子的人对前面那个人的认同感比较强,前面那个人相对而言则有一定的自信。贾母对刘姥姥有这种自信,宝钗对黛玉亦然。

这是一种交往文化,交往中的双方通过共喝一杯水,来完成情感上的认同。这种事多发生在同性之间。如果是异性之间,而且二人喝的又是酒的话,那么性质就完全变了。

婚俗文化型

最后一种类型最为独特,那就是异性青年之间共用一个杯子。这背后,蕴含的是古代婚俗里的交杯酒文化。但是,在《红楼梦》中,并不是真的通过婚礼上的仪式体现,而是通过隐晦的方式传达出来，需要仔细咂摸，方能品出其中味道。

交杯酒这种婚俗，虽然随着社会的发展，在具体形式上有所变化，但是其背后蕴含的意义却始终未变。

较早出现交杯酒记载的是《礼记》，在"昏义第四十四"中叙述了交杯酒的仪式：

> 妇至，婿揖妇以入，共牢而食，合卺而酳，所以合体同尊卑，以亲之也。

孔颖达对"合卺"及"合体同尊卑"的解释为：

> 以一瓠分为两瓢，谓之卺。婿之与妇各执一片以酳，故云"合卺而酳"。所以合体同尊卑者，欲使婿之亲妇，妇亦亲婿，所以体同为一，不使尊卑有殊也。

原来喝合卺酒要把一个瓠从中剖开，分为二瓢，新郎、新妇各执一半而饮。虽然器具为二，实则一也。饮了合卺酒，象征着夫妇二人变成了一个人，没有了分别。随着手工业的发展，酒具不断更新，瓢也逐渐被酒杯代替。酒杯不像瓢，本为一瓠，为了达到"体同尊卑"的效果，于是采用了二人互饮对方酒的习俗。宋代孟元老《东京梦华录》记载了娶妇时喝交杯酒的习俗：

> 男左女右，留少头发，二家出匹段、钗子、木梳、头须之类，谓之"合髻"。然后用两盏以彩结连之，互饮一盏，谓之"交杯酒"。饮讫掷盏，并花冠子于床下，盏一仰一合，俗云"大吉"，则众贺喜。

随着时代的发展，到了清朝，交杯酒的仪式留存下来，"饮讫掷盏"则被淡化。清人昭梿笔记《啸亭杂录》中的《满洲嫁娶礼仪》中提到了新婿、新妇登床行合卺礼，但究竟怎么做，没有明确记载。倒是溥杰，作为末代皇帝溥仪的弟弟，记录了自己结婚时（1924年）喝交杯酒的情形。

> 案上摆有一双牙箸，两只酒杯，一个酒壶，一盘子煮水饺和一大碗汤面。我的婶母先将酒倒入两个杯中，分别由她和我的一个堂嫂将两杯酒让我们二人各呷一口，然后互换酒杯又各喝了一口，这就是"合卺"之礼。

这里说得很清楚，新人要先喝一口然后互换酒杯再喝一口。贵族中如此，那么在一般百姓之家又是如何呢？是不是也保留着这个传统？在青木正儿编图、内田道夫解说的《北京风俗图谱》中，记载了北京民间的这一风俗。

> 两个傧相用连在一根红头绳上的两个酒壶，往连在一根红

头绳上的两个酒盅里倒酒，递给新郎新娘，两人交换酒杯，再默默地喝一口。这样，"交杯酒"的仪式就结束了。

1925年至1926年青木正儿在北京逗留，稍稍晚于溥杰大婚，他所记录的民间习俗虽然与皇室的习俗在个别细节上略有不同，但是就基本的流程以及仪式而言，是相同的。

从民俗学角度来观察，几千年来，在婚礼交杯酒的仪式上，虽然一些细节略有不同，但是在二人要共用一杯上是代代传承、没有改变的，因为这是交杯酒仪式的精华所在，也是其最重要的象征意义所在。

而在文学作品中也不乏喝交杯酒的情节，更为奇妙的是，有些交杯酒情节反其道而行之，不是在婚礼上，而是在一些富有挑逗性的场合，酒起到了媒介作用，所谓"酒是色媒人"，且有一个共同的特点，那就是"女追男"。如在《警世通言》的《乔彦杰一妾破家》中，乔彦杰贪淫好色，娶了一房小妾春香。而后出去做生意，又贪恋别的女色，致使春香红杏出墙，勾搭家里下人董小二，最后落得全家破败。且看春香倒追董小二的一段。

> 周氏将酒筛下，两个吃一个交杯酒，两人合吃五六杯。周氏道："你在外头歇，我在房内也是自歇，寒冷难熬。你今无福，不依我的口。"小二跪下道："感承娘子有心，小人亦有意多时了，只是不敢说。今日娘子抬举小人，此恩杀身难报。"二人说罢，解衣脱带，就做了夫妻。

又如《西游记》中关于交欢酒的叙述。在第八十二回"姹女求阳 元神护体"中,金鼻白毛老鼠精将三藏摄入洞中,要与他成亲。在仪式前,她"办了一杯酒",捧着酒杯,斟满美酒,"请一杯交欢酒儿"。三藏接了,内心祈祷不已,"没奈何吃了,急将酒满斟一锺,回与妖怪"。

《水浒传》中潘金莲勾引武松一段,也有类似叙述。在第二十四回"王婆贪贿说风情 郓哥不忿闹茶肆"中,一日天降大雪,潘金莲为了撩逗武松煞费苦心。先是把武大赶出去做买卖,然后央王婆买下酒肉,又提前到武松屋中簇了一盆炭火。待武松画卯归来,她拴上前门,关了后门,为自己的行动做好了充分准备。接着便叙述二人喝酒,从"饮个成双杯",到编造武松艳事,从"便去武松肩胛上只一捏",到"你不会簇火,我与你拨火",潘金莲言行举止透着一股浪荡妖冶,不过武松一直都隐忍不发。直到她自呷了一口,将剩了大半的酒盏递给武松,并说"你若有心,吃我这半盏儿残酒"。至此,武松终于按捺不住怒火,"把手只一推,争些儿把那妇人推一交"。为什么武松会如此生气,就是因为这个行为里含有交杯酒的意味,如果武松饮了,那么也就等于接受了对方的意图。

这是《红楼梦》问世前经典的关于交杯酒的叙述,其后的作品里也有体现,如《骆驼祥子》。相比于潘金莲,虎妞比她少了一道伦理障碍,才有了最后的得逞。祥子受不了杨家的作风,从那里辞工。

他无奈之下只得回到人和车厂，正遇见虎妞独自在家"吃犒劳"。虎妞抓住了这次机会，将祥子引进了自己编织的网。祥子本来不喝酒，架不住虎妞的一番撺掇：

> "不喝就滚出去；好心好意，不领情是怎着？你个傻骆驼！辣不死你！连我还能喝四两呢。不信，你看看！"她把酒盅端起来，灌了多半盅，一闭眼，哈了一声。举着盅儿："你喝！要不我揪耳朵灌你！"
>
> …………
>
> 他把酒盅接过来，喝干。一股辣气慢慢的，准确的，有力的，往下走，他伸长了脖子，挺直了胸，打了两个不十分便利的嗝儿。

虎妞告诉他，刘四爷没在家。这是再明显不过的暗示和挑逗。祥子听懂了，又连喝了三盅，在半推半就中犯了错，为以后的生活埋下了祸根。

以上这四个例子，都是女追男叙事中富有"交杯酒"意味的情节，了解了此背景，再将《红楼梦》的相关情节置于这个叙事传统中来看，就会产生新的领悟。且看其中相关的段落，前八十回中，就至少有四处。

第一处，第十九回，袭人给宝玉用自己的杯子。

一面说，一面将自己的坐褥拿了来，铺在一个杌子上，扶着宝玉坐下，又用自己的脚炉垫了脚，向荷包内取出两个梅花香饼儿来，又将自己的手炉掀开焚上，仍盖好，放在宝玉怀里，然后将自己的茶杯斟了茶，送与宝玉。

宝玉撞见茗烟与万儿行苟且之事，自然要联想到曾与自己有过云雨之事的袭人。而此时袭人不在园内，而是在家里，于是便提议偷偷去袭人家。袭人和宝玉的关系在诸多丫鬟中最为明朗，对待宝玉也自然与众不同。为了显示自己在贾府的地位，显示自己在宝玉面前的特权，她不仅将自己的物品让宝玉用，而且将通灵宝玉摘下，给家里人传看。因为二人的特殊关系，所以袭人将自己的茶杯给宝玉用，二人共用一杯是顺理成章的事。

同样是丫鬟，晴雯在临死前也享受了这样一次待遇。此处在第七十七回。

宝玉只得拿了来，先拿些水洗了两次，复用自己的绢子拭了，闻了闻还有些气味，没奈何，提起壶来斟了半碗。看时绛红的也不大像茶。晴雯扶枕道："快给我喝一口罢，这就是茶了。那里比得咱们的茶呢。"宝玉听说，先自己尝了一尝，并无茶味，咸涩不堪，只得递给晴雯。

奇妙的是，第三十一回描写袭人挨踢后，宝玉曾服侍过她，为她斟茶漱口。此事对于宝玉而言是再自然不过的,一则宝玉愧疚;二则他一向惜香怜玉,如为麝月梳头,为平儿理妆;三则二人有夫妻之实。宝玉对晴雯也颇多关爱,如为其渥手等,不过因为晴雯性格泼辣,有时也让宝玉无所适从,晴雯撕扇就是一例。及至后来晴雯补裘,又让人感动不已。宝玉对她是又爱又畏,二人的关系也就若即若离。以晴雯的性格,若是其他男人尝过的茶,说什么她都不可能喝,宝玉尝过的则另当别论,尤其是在口渴至极之时。此处二人共用一杯后,就好像喝了交杯酒。接着晴雯就将左手两根养了二寸多长的指甲铰下,连贴身穿着的一件旧红绫袄一并留给宝玉做纪念。同时要求宝玉脱下袄儿给她穿,在这个情节中,象征着二人完成了结合的仪式。所以晴雯才说:"论理不该如此,只是担了虚名,我可也是无可如何了。"

同样是二人共用一个茶杯,在妙玉那里又是另一番景象。

第四十一回,贾母带着刘姥姥一干人等到栊翠庵吃茶。招呼完贾母后,妙玉悄悄拉着钗黛二人去吃另外的茶。妙玉为二人准备了独特的茶杯。这时宝玉也跟着进来了,一番说笑后,妙玉将自己的茶杯给宝玉用。

> 妙玉斟了一盏与黛玉,仍将前番自己常日吃茶的那只绿玉斗来斟与宝玉。

这里的"仍"字说明宝玉已经不止一次用过这只绿玉斗,只是那时钗黛不在场。现在情况不同了，尤其是黛玉在场，想来宝玉有些尴尬，若用了绿玉斗，岂不是代表着二人之关系极其亲密？于是他便打岔说自己用的是俗器，而究竟宝玉有没有用绿玉斗喝茶，作品中并没有交代。但当妙玉找出蟠虬整雕竹根的湘妃竹根大盒后，作品才写到宝玉吃茶的感觉。

> 宝玉细细吃了，果觉轻浮无比，赞赏不绝。

这是否可以证明宝玉没有使用绿玉斗呢？个人以为是这样的。因为有黛玉在场，宝玉为了避免引起她的多疑，故而采取了一种偷梁换柱的策略。宝玉的顾虑并不多余，因为妙玉对宝玉的情感也很微妙。她会以自己的方式为宝玉庆生，也只有宝玉可以从她那里讨走梅花。不过她到底是个出家人，于男女之情需要克制，所以她给人的感觉总是冷冷的。即便如此，黛玉可能还是留了心，虽然这次没有说什么，可是到了第五十四回，她比妙玉的行动更进了一步。第五十四回贾府过元宵节是宝玉挨打后的一个小高潮，也处于整部作品的中间部分，是个中峰，而黛玉逼酒则成为这个中峰里最惊心动魄的时刻。

> 宝玉便要了一壶暖酒，也从李婶娘斟起。他二人也笑让坐。贾母便说："他小人家儿，让他斟去。大家倒要干过这杯。"说着，便自己干了。邢王二夫人也忙干了，薛姨妈李婶娘也只

得干了。贾母又命宝玉道："你连姐姐妹妹的一齐斟上，不许乱斟，都要叫他干了。"宝玉听说，答应着，一一按次斟上了。至黛玉前，偏他不饮，拿起杯来，放在宝玉唇边。宝玉一气饮干，黛玉笑说："多谢。"宝玉替他斟上一杯。凤姐儿便笑道："宝玉别喝冷酒。仔细手颤，明儿写不的字，拉不的弓。"宝玉道："没有吃冷酒。"凤姐儿笑道："我知道没有，不过白嘱咐你。"然后宝玉将里面斟完，只除贾蓉之妻是命丫鬟们斟的。复出至廊下，又给贾珍等斟了。坐了一回，方进来，仍归旧坐。

这里面有几个疑问。首先，黛玉为什么会让宝玉替她喝酒？其次，贾母命宝玉给姐姐妹妹斟上后都要干了，黛玉没喝，这里为什么没写贾母的态度？再次，平日里吵吵闹闹的姐妹们遇见这件事时，既无叫好，也没有起哄，为什么？最后，王熙凤为什么说了一句不明不白的糊涂话？

黛玉为什么会让宝玉替她喝酒？黛玉是个知礼之人，这一点在她初进贾府时表现得最明显。现在为什么又做了失礼之事？

黛玉想要在全家人面前证明自己与宝玉的关系非同一般。在第五十回，贾母看见宝琴雪下折梅，赞叹不已，"细问他的年庚八字并家内景况"，薛姨妈和王熙凤都深懂其中奥妙，想来此时在场的黛玉也不难明白。虽然薛姨妈已经告诉老太太，宝琴已经许人，但老太太对宝琴还是很欣赏，以至于告诉惜春，一定要把宝琴折梅画在大观园的画上。后面宝琴的分量加重，现实做了十首怀古诗，继而作者又将观察贾府除夕祭祀的叙述视角交给了她。如此种种,无不表明宝琴在成为叙事重点的同时,也成为黛玉情感方面潜在的强劲对手。虽然她已许了人,但以贾府的势力,如果想扭转此事,也不是不可能的。只不过贾母宅心仁厚,不忍下手罢了。尽管如此,黛玉还是感受到了威胁。元宵节家宴,贾母将宝琴、湘云、黛玉和宝玉安排为一席,坐在自己身边。这一晚人也最全,因此,黛玉选择在这时让宝玉用自己的杯子饮酒,这相当于喝交杯酒,无疑是一种非常失礼的行为。对于黛玉而言,也是一种无奈的宣言,借此来向众人表明自己与宝玉的情感。

对于旁观者的反应,作者采取了"不写而写"的叙事策略。既没有表明贾母的态度,也没写众姐妹的反应,恰恰说明整个现场陷入了一个僵局,所有人都被震惊得无言了。于是便有了王熙凤的一番解围。王熙凤向来以口才著称,此时也找不到合适的言语来缓解尴尬的氛围,便说了那番不明不白的话,不是说明王熙凤糊涂,她不仅不糊涂,而且很明白。作者只是借这种反差法,来说明黛玉行为带给大家的震惊。这一点在后面贾母点评《凤求鸾》时说得最为透彻,暗暗地回应了黛玉的失礼行为。

这小姐必是通文知礼,无所不晓,竟是个绝代佳人。只一见了一个清俊的男人,不管是亲是友,便想起终身大事来,父母也忘了,书礼也忘了,鬼不成鬼,贼不成贼,那一点儿是佳人?便是满腹文章,做出这些事来,也算不得是佳人了。

　　"通文知礼""是亲是友""终身大事""满腹文章"，贾母所说这些关键字眼无不是对黛玉的提醒，提醒她不要想入非非，要做一个真正的"佳人"。这里并没有写到黛玉的反应，后面的宴会也没有了她的声音。不过，贾母对她的情感十分复杂，在园内放烟火时，因为黛玉禀气柔弱，又将其搂在怀中，以示亲密。

　　"二人共用一杯"这样特殊的情境，在不同的辈分和性别间有不同的文化意蕴。而这些文化意蕴的研究，有助于读者加深对《红楼梦》文本的理解，通过这种情节设计，体会到曹雪芹这位伟大作家的匠心所在。

第十章 / 高潮

高潮是小说的精髓所在。但凡杰出的作品，都应该有一个动人心弦的时刻，这一刻就是高潮所在。高潮一般有情感高潮和情节高潮。

情感高潮是指在特定的时空，人物的某种情绪达到顶点，从而对读者产生强烈的震撼。如卧龙吊孝，东吴将士对诸葛亮恨得咬牙切齿，如果不是赵云在侧，就要动手杀人了。可是当诸葛亮读诵完祭文之后，情况发生了逆转，主要在于这篇祭文写得太动人了。祭文对周瑜的一生进行了总结，概括精准，情真意切，充分表明了诸葛亮是周瑜的知己。读毕祭文后，诸葛亮伏地大哭。这一连串行为收效甚佳，击破了周瑜是被诸葛亮气死之谣言。

情节高潮则主要指经过一系列的铺垫和伏笔之后，各种矛盾集中爆发，出现一个标志性事件，从而产生很强的叙事张力。如《水浒传》中的江州劫法场故事，前面出现的许多重要人物都在这个情节里聚齐。到了三山聚义打青州时，作品中主要人物进行第二次聚齐，正如条条小溪汇为河流。

本部分则以《红楼梦》中的宝玉挨打为例进行分析。宝玉挨打作为《红楼梦》里的第一个高潮，有其必然性。曹雪芹在前三十二回苦心孤诣地埋下种种伏笔为挨打做铺垫，并且在第三十三回后也不断做出回应。

第一节　父子矛盾积累

　　宝玉挨打这一情节出现在《红楼梦》第三十三回,是因为"在外流荡优伶,表赠私物,在家荒疏学业,淫辱母婢"这三罪归一。这三个原因正是前三十二回叙事的着力点。其中"荒疏学业"是宝玉一以贯之的表现,属于挨打的根本原因,另外两个性质也很严重,"流荡优伶,表赠私物"是荒疏学业的延伸,而"淫辱母婢"则涉及整个家风的败坏,并成为挨打的直接诱因。

　　在《红楼梦》中,宝玉挨打这一事件,就是这样一个"大结束"。成为书中高潮之一。虽然直接描写打板子的文字并不多,但是挨打之前的蓄势和挨打之后的余音,却在书中不绝如缕,是"父子矛盾累积""优伶效应"和"贾环嫉妒"三个原因造成的。

　　宝玉挨打,是父子矛盾长期累积后的一次集中爆发。在《红楼梦》中,随时可以感受到那种呼之欲出的父子矛盾,尤其是宝玉对父亲的怕,更是无处不在。二人身上存在着恶性循环:宝玉荒疏学业为因,贾政憎恶为果。贾政憎恶为因,宝玉惧怕为果。虽然惧怕,宝玉依旧执着为因,贾政深恶痛绝为果。

　　曹雪芹对他们之间的矛盾进行了千皴万染。从宝玉抓周开始,已经奠定了贾政对宝玉一生的基调。在第九回中,宝玉来请安,然后说要上学去,贾政便对他进行一顿挖苦。在第十七至十八回里,贾政考验宝玉的才学，几次让他拟对额。贾政开始还点头微笑，待到了后来命名为潇湘馆的地方，贾政表示若能月夜坐在那里窗下读书，才算不枉虚生一世。同时"看着宝玉，唬的宝玉忙垂了头"。这也许又勾起了贾政昔日的憎恶之情，态度开始转变了。到了稻香村，看到宝玉拟的对额受到众人的追捧，他则"一声断喝"，骂他为"无知的业障"。宝玉呆痴不改，偏拧着劲来，贾政说他"终是不读书之过"。并且贾政在此过程中几次为此生气。第二十三回，贾政得知宝玉给屋里丫头起了"袭人"这个刁钻的名字后，非常生气，斥责他不务正业，专在浓诗艳曲上做工夫。而且"断喝一声"，骂他为"作业的畜生"，将其撵了出去。

正因为贾政对宝玉是"恨铁不成钢"，有时行事难免粗暴，也使得宝玉心里蒙上了一层阴影，产生条件反射。

在第八回中，宝玉去探望薛宝钗，不辞辛苦也要绕远路，因为若是从上房的后角门过去，"再或可巧遇见他父亲，更为不妥"，可见他是多么不愿意遇到父亲。当薛姨妈留下他吃酒。三杯下肚后，他的奶母李嬷嬷上来阻拦无效，于是她搬出了杀手锏，说老爷今天在家呢，小心老爷问书。宝玉一听，立刻就蔫了，"心中大不自在，慢慢的放下酒，垂了头"，果然立竿见影。

在第十六回里，贾政因为修盖省亲殿宇的事，不来问他的书，因此宝玉感觉"是件畅事"。

每次去见贾政，都是战战兢兢，如鼠惧猫。在第二十三回中，宝玉只得前去，一步挪不了三寸，蹭到这边来。一个"挪"，一个"蹭"，都表现出宝玉的虽不情愿又不得不去的那种纠结心理与畏惧之情。

在父亲面前极其拘束，而一旦父亲离开，他就像变了一个人似的。在第二十二回中，贾府猜灯谜。贾政从众人的灯谜里感受到了一种悲戚之情。宝玉在猜灯谜的过程中很少说话，皆是因为父亲在场的缘故。待贾政走后，宝玉立刻活跃了起来，"如同开了锁的猴子一般"。

二人关系之紧张，可见一斑。

虽然贾政对宝玉多采用语言暴力，然而矛盾积累叠加到一定程度，父子关系已经危如累卵。到了愤怒与威吓解决不了问题，不痛打不足以平息贾政愤怒的地步时，就上升到拳头与板子。

其实，第三十三回并非宝玉第一次挨打。在这之前他就已经挨过很多次打。作品中多次提到过类似的事，然而这些细节很容易被忽略掉，待到挨打之后，回头再看这些文字，就会懂得宝玉的这次挨打是曹雪芹精心构撰的结果，就会更加佩服作者驾驭情节和语言的能力。

早在小说第五回，宝玉就透露了这个信息。在这一回里，贾宝玉梦中来至太虚幻境，看见里面景色非常怡人，加之人迹希逢，飞尘不到，故而非常高兴，不禁发出感慨："这个去处有趣，我就在这里过一生，纵然失了家也愿意，强如天天被父母、师傅打呢。"太虚幻境美不胜收，作为一个孩童的宝玉自然流连忘返，表现他向往自由、不愿受约束的天性。

在第十九回，袭人采用一贯的手法规劝宝玉，说明贾政之所以生气，是因为宝玉不读书。"这些话，怎么怨得老爷不气，不时时打你。"袭人说话还是比较慎重也比较讲方法的，在这次逆劝中可以得知，贾政已经被宝玉气过多次，对宝玉也打过数回。

还有一处是在第二十八回，王夫人为林黛玉说一个丸药的名，却总也想不起来。宝钗说是"天王补心丹"，王夫人称是，并说自己糊涂了。宝玉就拿母亲打趣，王夫人就说："扯你娘的臊！又欠你老子捶你了。"虽然是玩笑话，宝玉也说"我老子再不为这个捶我的"。捶者，打也。曹雪芹变换了一种说法，将一些关键信息做了淡化处理。这里再次透露出贾政没少捶宝玉，另外也为宝玉再次撒谎设下铺垫。宝玉惯会撒谎的，后来因为他撒谎，才惹得忠顺王府的人没办法，只好揭穿了他的底细，为贾政打他增加了理由，可谓前后照应，一击双鸣。

而在宝玉挨打后的第三十四回，宝钗劝诫薛蟠的时候，通过薛蟠之口，补叙了宝玉的另一次挨打：

> 那一回为他不好，姨爹打了他两下子，过后老太太不知怎么知道了，说是珍大哥哥治的，好好的叫了去骂了一顿。

由此可见，曾经有一次，贾政打了宝玉，贾母认为是贾珍挑唆的，还骂了贾珍一顿。

从以上分析不难看出，宝玉早就挨过不止一次打，只不过不是"下死笞楚"。第三十三回只是贾政对积压在宝玉身上的各种矛盾的一次大爆发,成为打得最厉害的一次。

贾政也不只打宝玉,还可能打过贾环,他对贾环的厌恶甚至超过宝玉。

在痛打宝玉之前,贾政遇见正在乱跑的贾环,于是喝令小厮"快打,快打"。

在后四十回中,赵姨娘也曾用贾政的名头来吓唬贾环。在第八十四回中,贾环弄洒了给巧姐熬的药,赵姨娘气得直说"你看我回了老爷,打你不打"。

贾政打孩子,其来有自,因为他本身小时候就曾挨过许多打,是"棍棒底下出孝子"这种信条的产物。在第四十五回,赖嬷嬷就对宝玉说:"不怕你嫌我,如今老爷不过这么管你一管,老太太护在头里。当日老爷小时挨你爷爷的打,谁没看见的。老爷小时,何曾象你这么天不怕地不怕的了。"贾政小时候还算听话的,即便如此,还没少挨打。及至宝玉,在贾政眼里着实不堪,而贾政"训子虽严,亦未得其道焉",因此宝玉被骂甚至被打也就是情理之中的事了。

除了贾政打宝玉,小说中还有甄宝玉挨打作为陪衬。第二回冷子兴谈到甄宝玉时说:"他令尊也曾下死笞楚过几次,无奈竟不能改。"这句话具有强烈的暗示意味,也是贾宝玉后来境遇的一个侧面写照。脂砚斋说曹雪芹的创作"有正有闰",如果说宝玉挨打是正,那么甄宝玉挨打就是闰。

这种陪衬作用在第五十六回里再次强化。甄府家眷进京,先遣四个有头面的女人到贾府给贾母请安。贾母让宝玉来见客。宝玉彬彬有礼，四个女人对他称赞有加，于是说起甄宝玉在家的癖好。贾母便为她们解惑，说像贾甄这样人家的孩子凭他有什么刁钻的毛病，见了外人，还是要有"正经礼数"的。因为他们"生的得人意"，而且见人礼数不比大人差，因此才惹人怜爱，受到一些纵容。如果孩子不分里外，"不与大人争光，凭他生得怎样，也是该打死的"。四人豁然开朗，并且又追加了一些解释，这也是为读者解惑。

所以，贾母有时候会拿贾政来吓唬宝玉。在第四十三回，贾母因宝玉偷跑出去惹大家担心，就说若以后他再私自出门，必须提前告知，否则"一定叫你老子打你"。

第二节　优伶效应

优伶在古代的地位极低。辜鸿铭在《张文襄幕府纪闻》中说，"我中国风俗向贱优伶"。优伶在古代地位低，受三种重要的束缚，那就是婚姻禁忌、科举禁忌和服装禁忌。作为中国特殊的文化群体，他们的婚姻主在本行里解决。更为残酷的是，不仅他们本人无法参加科举考试，就是其子孙也会受到牵连，没有应试资格。这些规定屡见于元明清的相关制度中。从根本上说，他们只是一种娱乐工具，甚至是一种商品。所以谭帆在《优伶：古代演员悲欢录》中说："以优伶为'玩物'、为'消遣物'的观念在世人心目中被视为常理。"

如清康熙时曾任苏州织造的李煦，也就是曹寅的大舅哥，就曾买女孩子组成戏班进献给康熙。他在康熙三十二年（1693）十二月的奏折中称：今寻得几个女子，要教一班戏送进，以博皇上一笑。康熙批复为：知道了，今岁年成不好，千万不可买人。其时，李煦已经买完，康熙还派叶国桢前去苏州做戏班的弋阳腔教席。

这个情节在《红楼梦》中也有所体现。第十八回，原来贾蔷已从姑苏采买了十二个女孩子——并聘了教习——以及行头等事来了。那时薛姨妈另迁于东北上一所幽静房舍居住，将梨香院早已腾挪出来，另行修理了，就令教习在此教演女戏。

第二十二回，宝钗生日，大家看完戏，贾母深爱其中的小旦，凤姐就说这个小旦像一个人，宝钗、宝玉都知道是黛玉，但都没说，只有直性子的史湘云脱口而出，因宝玉给她使眼色，弄得湘云很生气。黛玉也有些恼，因此当宝玉去看她时，她才说出"我原是给你们取笑的——拿我比戏子取笑"这样的话来。由此可见，戏子也即优伶在人们心目中的地位。

不仅如此，优伶地位的低下，可以由一则笔记看得更真切。昭梿在《啸亭杂录》书中"仗杀优伶"一节记载：

> 世宗万几之暇，罕御声色。偶观杂剧，有演《绣襦》院本《郑儋打子》之剧，曲伎俱佳，上喜，赐食。其伶偶问今常州守为谁者（戏中郑儋乃常州刺史）。上勃然大怒曰："汝优伶贱辈，何可擅问官守？其风实不可长。"因将其立毙杖下，其严明也若此。

此则笔记有其可疑之处，不能作为信史来读，但说明优伶地位低下则是事实。

除了地位低下，清朝对演戏的场地和内容还有着很严格的规定，为他们的生存设置了许多障碍。

既欣赏优伶的才华，又鄙视其出身，这是自古有之的一种古怪心理。但每到重大节日，人们总要让戏班子助兴。在古代的大家族看戏还成为一种交际应酬的手段。除了点戏这种学问外，若自家戏班子排演了好戏，也要邀请好友共赏。贾府里适逢喜事总少不了吃酒看戏。

宝玉不仅和优伶琪官有来往，而且过从甚密，甚至与他们表赠私物，这实在让贾政难堪并担忧自己家族的命运，一则宝玉难以担当振兴家族的大业，二则因为一个优伶而惹恼了其他皇亲国戚，使自己陷入无谓的政治漩涡，实在是飞来的横祸。

但难堪归难堪，这种局面是改变不了的。因为宝玉与他们本就是一类人。在《红楼梦》中，作者已借贾雨村之口，将贾宝玉与奇优列为一类人。贾雨村认为，这一类人是"残忍乖僻之邪气"与"灵秀之气"相争相斗的余气，假如人有"秉此气而生者"，不能成为仁人君子，却也断不会成为大凶大恶。"若生于公侯富贵之家，则为情痴情种……纵再偶生于薄祚寒门，断不能为走卒健仆，甘遭庸人驱制驾驭，亦必为奇优名娼。"

情痴情种自然是贾宝玉一流人物，名娼在《红楼梦》中只有云儿，奇优却有很多，如龄官、芳官、琪官等便是。宝玉和奇优名娼属于一种气质，所谓同气相求，所以他爱和这些人厮混。为此挨打也就在所难免了。

第三节　淫辱母婢与贾环嫉妒

　　所谓万恶淫为首。淫辱母婢,逼人致死,这条罪状是最为严重的,也成为压垮贾政忍耐极限的最后一片树叶。

　　金钏姐妹都是王夫人的服侍丫头,相比较矜持的玉钏而言,金钏有时候反倒不够稳重,喜欢不分场合地开玩笑。在书中她和宝玉同时出场有限的几次,就很能说明她的这种性格。其中一次就是因为她逗宝玉"吃红"。

　　宝玉有爱吃红的毛病,被袭人和林黛玉规劝过。但积习难改,当时都满口答应,在行动上遇到了那种情境又会失去控制。在宝玉挨打之前,关于他吃红的正面的描写有两次,一次是他要吃鸳鸯嘴上的红,还有一次是第二十一回他在林黛玉房里直接要吃胭脂,被史湘云打落在地。

　　而金钏逗他的那一次则最尴尬。那是第二十三回,因元春下谕让宝玉也随众姐妹搬进大观园,贾政要嘱咐宝玉几句。宝玉心里忐忑不安,"蹭到这边来",王夫人的丫鬟都在,唯有金钏上来拉住宝玉,悄悄对宝玉笑道:"我这嘴上是才擦的香浸胭脂,你这会子可吃不吃了?"宝玉并没有说话,倒是彩云数落了金钏。通过这个情节,可见金钏是和宝玉开惯玩笑了的,不过在这时候开这种玩笑,既表现出了她的天真烂漫与宝玉关系非同一般,也说明了她的口无遮拦,为后来失言被撵、跳井自杀做了铺垫。而她的跳井自杀这事因为贾环不怀好意的转述,终于刺激得贾政下定决心痛打宝玉。

贾环之嫉妒宝玉,固然有赵姨娘的作用在里面,但贾环自己也确确实实一直以来就对宝玉心怀嫉妒。"嫉妒"是人类历史中长期存在的一种心理现象,也一直是文学书写的重要主题之一,奥地利的赫尔穆特·舍克曾经出版过《嫉妒论》一书来研究它。他认为:"由于人在家庭共同生活和兄弟姐妹圈子中度过长长的童年时期(这种情况是人类所独有的),所以人的攻击力量就会在特殊的形势下被诱发起来,于是就产生出典型的人类嫉妒能力。"在贾府,最嫉妒宝玉的大概就是赵姨娘、贾环母子了。赵姨娘作为成人,有时难免装模作样。而贾环作为一个孩子,有时候嫉妒情绪就表现得很直接。

根据赫尔穆特·舍克的研究成果,笔者将贾环对宝玉的嫉妒分为三个层次。第一个层次是外貌上的,第二个层次是在家中地位上的,第三个层次是品德方面的。

第一个层次是来自外貌的。宝玉的外貌为他在与人交往中赢得了良好的第一印象,黛玉初见他一场,"看其外貌最是极好"。秦钟初见宝玉,也觉得他"形容出众,举止不浮"。而对贾环外貌的直接描写较少,在第二十三回里,则通过贾政的视角将二人进行了比较。"贾政一举目,见宝玉站在跟前,神采飘逸,秀色夺人。看看贾环,人物委琐,举止荒疏。"容貌上的优劣高下立判,怎能不让贾环自惭形秽，心生嫉妒？

所以在第二十五回，贾环听见宝玉和彩霞闹，嫉妒之情几乎不能控制，因为二人相离甚近，竟然要用蜡灯的热油烫瞎其眼睛。幸喜宝玉眼睛没事，只是左边脸烫出一溜燎泡。

第二个层次是来自家中地位上的。"兄弟之间彼此不和来源于对长子继承权眼红猜忌。"《红楼梦》里的故事发生在长子继承制的背景下。《大清律例》规定，"凡文武官员应袭荫者，并令嫡长子孙袭荫。如嫡长子孙有故，或有亡殁、疾病、奸盗之类，嫡次子孙袭荫。若无嫡次子孙袭荫，方许庶长子孙袭荫"。如贾赦袭官、贾珍袭官。在荣国府里，以后世袭贾政官爵的本应是贾珠，奈何贾珠早逝，因此，只能是宝玉了。"也可能由于感情的缘故，长子的权力也会被转移到别人的手中。由于获得遗产的机会各不相同，他们彼此相互妒忌得相当厉害。"宝玉可以代表贾母，贾环不行。加之宝玉是正宗嫡传，贾环是庶出，更进一步加深了这种矛盾。虽然宝玉不以此为意，然而在嫉妒者贾环及其母赵姨娘心里，认为这是命运的不公，赵姨娘甚至总想找机会害死宝玉。

因为这种地位的缘故，他们兄弟二人在物质待遇方面就有了差别。如元春赏赐的时候，宝玉得到的东西要比贾环的多，其实也并没有多出多少，但是在嫉妒者眼里，他们会把这些差别放大到自己不能承受的程度。

他认为，"嫉妒针对小的差别比起针对真正重大的区别来，所占的比重更要大一些"。关于这一点，可以从兄弟姐妹之间的猜忌当中得出合理的解释。他认为，在一个家庭众多兄弟姐妹间，如果两兄弟不在一起，眼不见心不烦。最让人难以接受的就是，两人在一起的时候，受到的待遇相差悬殊，刺激得贾环每每不平，甚至做出狠毒的事来。

第二十四回，宝玉代表贾母去问候贾赦，受到邢夫人的热情款待，并且让他上炕和自己坐在一起。这时贾环和贾兰也来请安，受到的待遇比宝玉要低很多，只是让他们在椅子上坐了，贾环见宝玉和邢夫人坐在一个坐褥上，邢夫人又对他百般爱抚，因此心里非常不自在，所以没坐一会儿就悻悻而去了。

还有第二十五回，王夫人命贾环在自己屋里抄写《金刚咒》，这时宝玉来了，问候完她之后，有一段精彩的叙述，传达出母子深情。"命人除去抹额，脱了袍服，拉了靴子，便一头滚在王夫人怀内。王夫人便用手满身满脸摩挲抚弄他，宝玉也搬着王夫人的脖子说长道短的。"贾环看在眼里，想必是疼在心上，为此，故意推倒蜡烛，将蜡油浇在宝玉脸上。

第三个层次是品德方面的。宝玉是温柔的，不斤斤计较的。而贾环则善于撒谎，有时候还比较狠毒。

在第二十回中，贾环和宝钗、香菱、莺儿"赶围棋作耍"。眼看自己要输钱，他就耍赖将钱抢回。莺儿数落他几句，并说宝玉如何好。贾环受不了了，认为大家都和宝玉好，却欺负他不是王夫人养的。被宝玉劝走后，向赵姨娘撒谎说莺儿欺负他，赖他的钱，还被宝玉撵回来了。其实，贾环有这些品质，无非都是因为赵姨娘的不断挑唆与灌输，在他小小的心里就埋下了嫉妒的种子。既然赵姨娘敢请马道婆做法害宝玉和王熙凤，贾环的种种狠毒也就不难理解了。

宝玉却有如脂砚斋所说"悌弟之心性"，即便被贾环用热油烫了脸，怕老太太责怪他，只说是自己不小心弄的。

如果有人给嫉妒者许多财产，使得他也和自己达到同等的水平，那么这种做出来的平等也丝毫不能使嫉妒者感到高兴，这是因为：首先，在这种情况下他还会嫉妒做好事的人的品德；其次，因为做好事的人将其往日在财产上占有优势的回忆，也带进两者处于平等地位的阶段来了。

种种矛盾的累积，促使贾环寻找种种机会实施报复。到了第三十三回，贾环的嫉妒之心终于派上了用场。他在园里乱跑，正碰见贾政。贾政要打他，为了转移父亲的注意力，更为了报复宝玉，他终于利用了这个好机会。纵然自己不能翻身，也要出长期以来闷在心中的一口恶气。

嫉妒者几乎并不关心要把别人的任何财产转到自己名下。他希望看到别人遭到抢掠、剥夺、夺走、侮辱、伤害，但是他几乎从来也不认真地设想别人的财产怎么能够转移到自己手中。

赵姨娘是垂涎贾家财产的，所以才数次害宝玉。而贾环作为一个孩子，缺少赵姨娘那么明确的目的，只是本能上嫉妒宝玉。在第三十三回，贾环通过自己的添油加醋，虽然没能置宝玉于死地，也算收到了预期效果，取得了为数不多的一次胜利。虽然这次胜利并没有带给他实际的好处——当然,如果宝玉被打死了又另当别论——但至少在心理上,他获得了前所未有的幸福感,这也许就是贾环的嫉妒所能达到的最高成就吧。

第四节　急事缓笔法
和羯鼓解秽法

宝玉挨打是《红楼梦》文法运用密集的情节,体现了作者布置情节的高超技巧。除了收束前文的伏脉外,又埋下了新的伏笔,如误会薛蟠告密。在宝玉挨打之前和被打过程中,还采用了皴染法,贾政的面部表情随着气氛的紧张和情节的发展不断升级。他还多次流泪,体现出作为父亲的真性情。

此外,还有急事缓笔法和羯鼓解秽法。

急事缓笔法在《水浒传》中运用较多,被认为是造成情节悬念的一个手段。"因系急事,故读者急欲知道事情最后结局,但若作者此时偏用缓笔,极力摇曳,则必使读者心里'急杀''痒杀',从而产生强烈的吸引力。"在《水浒传》金圣叹评本第三十九回,写到将宋江与戴宗二人押至市曹十字路口一节,金圣叹评道:"已到法场上,只等午时到矣,却不便接午时三刻四字,却反生出众人看犯由牌一段,如得恶梦,偏不便醒,多挨一刻,即多吓一刻。吾尝言写急事须用缓笔,正此法也。"

在宝玉挨打一节中,如果有人及时向王夫人或贾母通风报信,宝玉或许不会被打得那么惨。在贾政盛怒的时候,宝玉遇到了一个老婆子,本以为他能够帮忙送信,哪知竟然是个聋婆子,把宝玉的求助无意地岔开了。插进的这个情节放缓了宝玉挨打的节奏,却产生了更为强烈的悬念,确实让人"急杀"。

羯鼓解秽法的运用也非常成功。据目前所见资料,羯鼓解秽的故事最早见于中唐时期南卓《羯鼓录》,说唐玄宗性不爱琴。有一次听人弹琴,还没弹完,他就将弹琴者骂走,吩咐手下人速将汝南王李琎召入宫来,为他打羯鼓,以涤荡刚才听琴所带来的污秽。由此可知,羯鼓解秽的本意是"指音乐欣赏过程中以自身喜好之乐取代厌恶之乐的倾向,反映的是欣赏者急于转换审美心理这一状况,带有较为鲜明的个体特征"。而在小说中,这种文法则有两个指向,一是"用以指涉因情理不平而进行相应的'果报'式的叙写",也就是说,对于作品里那些不喜欢的人,希望他们得到恶报,这种恶报的轻重程度要依人坏的程度而定,可能是伤身殒命,也可能是一顿臭骂或批评,能为读者带来一种阅读快感。二是"借以强调不同叙事格调之间的互补调剂"。贾母训子一节则兼具二者之功能。

从读者的接受心理上说,某些情节会"使读者心情压抑,必欲平之而后快"。《红楼梦》中这种写法比较著名的例子是第二十回,李嬷嬷骂袭人,脂砚斋评道:"在他人必不敢说,而李嬷嬷竟发之,亦可当三挝羯鼓。"

在宝玉挨打一节,众小厮的劝阻贾政当然不听,反而自己动起手来。见王夫人来了后,他如同火上浇油,打得更狠了几分。一方面宝玉趴在那已经奄奄一息,贾政还在那里冷言相向。至此读者已经感到郁积很深,必须有一个人站出来,对贾政大加讨伐,方可出得心中一口恶气。而这个人,只能是贾母了。贾母的高明之处就在于并不说贾政不该打宝玉,只说自己没生养个好儿子,张罗着要回南京去。贾政只能用不断赔笑来打破这种尴尬,被贾母说得狠了,便"苦苦叩求认罪"。刚才还是暴风骤雨般的强硬施答,现在一变而为低声下气地强作欢颜,既让贾政受到了"恶报"——一顿冷嘲,又转换了叙事格调,缓解了读者的郁闷之感,从而达到了"解秽"的目的。

难得的是,这些技巧的运用,如风行水上,自然成文,又如糖或盐溶于水,不动声色,不细细体味,很容易为人忽略。一旦领略到其中的妙处,又忍不住击节叫好。

宝玉挨打作为《红楼梦》中的第一个高潮事件,历来为众多读者津津乐道。如张天翼就说:"要是有人硬叫我在全书中挑出我最喜欢的几段来,我一定首先选这一段。"可算是爱得切了。哈斯宝也在蒙文的四十回译本里将这一回悉数译出。

虽然如此,也有人并不特别看重这一回。如茅盾认为宝玉挨打这一大段文字,"其实平平,割去了也和全书故事的发展没有关系,现在就'尽量删削'了去"。于是在茅盾的节本《红楼梦》中,他就将"宝玉挨打"的故事删削了。实在是一件值得玩味的事。

第十一章 / 重复叙述问题

在现实生活中，一件事不仅可以发生，而且可以再次发生或者多次发生。如对于一个人而言，他或她出生了，这件事当然只能发生一次。结婚，一般只有一次，但是也不排除也有二婚、三婚甚至更多的。对于上班族而言，周一七点起床，周二七点……周五七点起床，如无特殊情况，工作日里都是七点起床。周而月，月而年，周而复始，持续不断。这些都是生活中的事，如果将其写入文本，那就会有几种写法。这种素材与故事之间的书写次数关系，就构成了叙事学中的频率。

第一节　叙述频率

　　热奈特说:"时至今日,小说评论家和理论家极少研究我所说的叙述频率,即叙事与故事间的频率关系(简言之重复关系)。然而它是叙述时间性的主要方面之一,而且在普通语言中恰恰以语体范畴为语言学家们所熟知。"可以看出,热奈特的叙事学受了语言学家索绪尔的影响。根据他的分析,将重复主要分为四种类型,分别是:

　　1.讲述一次发生过一次的事;

　　2.讲述n次发生过n次的事;

　　3.讲述n次发生过一次的事;

　　4.讲述一次(或不如说用一次讲述)发生过几(疑为"n",引者注)次的事。

　　胡亚敏在《叙事学》延续了这种分法:

　　1.叙述一次发生一次的事件;

　　2.叙述几次发生几次的事件;

　　3.多次叙述发生一次的事件;

　　4.叙述一次发生多次的事件。

　　在《叙事学词典》中,杰拉德·普林斯沿用了热奈特的分类,他将frequency(时频)列为词条之一,内容是"事件发生的次数与其被叙述的次数之间的关系"。并将其中的前两条归为一类(热奈特其实说过这样的话，他认为，发生 n 次讲述 n 次这种类型，"从我们感兴趣的角度，即叙事与故事之间频率关系的角度看，这种头语重复的类型实际上仍是单一的，可归入上一类型"），发生 n 次讲述 n 次，与发生一次讲述一次其实是一回事，统称为单一叙述（singulative narrative）。发生一次讲述 n 次，称为重复叙述（repeating narrative）。发生 n 次讲述一次，称为反复叙事（iterative narrative）。

米克·巴尔在《叙事学：叙事理论导论》中则对热奈特的分类进行了细化，增加了一种分类：顺序与节奏。法国理论家热奈特将其称为频率（frequency）。他指的是素材中的事件与故事中事件的数量关系。

米克·巴尔根据素材和故事的次数，将频率分成五种：

1F/1S（单一的）：一个事件，一次描述。

nF/nS（多种的）：多个事件，多次描述。

nF nS（种种的）：多个事件，多次描述，数量不等。

1F/nS（重复的）：一个事件，多次描述。

nF/1S（概括的）：多个事件，一次描述。

其中 F 表示素材，S 表示故事。

不过，米克巴尔也承认：这里讨论的重复现象，总是有某些含糊矛盾之处。

比如，就重复叙述而言，无论是热奈特、米克·巴尔，还是胡亚敏，虽然都有推进，但都未曾涉及写作中的一个重要问题：故事人物如何复述自己的经历。

在写作实践中,经常会遇到这样的情况。作品中已经交代过某件事的前因后果,后面出于某种需要,还要将前面已经在文本中呈现过的事情简要概括一遍。尤其是主人公,读者与他一起经历了故事,当有角色与主人公相遇或重逢时,必要对自己的经历再交代一番。笔者将这种情形称为复述。

如何处理复述问题,考验作家水平。

第二节　将以前发生的事讲述一遍

最简单的处理，就是主人公"将以前发生的事讲述一遍"一笔带过。如《水浒传》第三十九回，宋江在浔阳楼题了反诗，被下在死囚牢，蔡九知府以送生辰礼物为名，遣戴宗去东京给蔡京"送礼"。结果路过梁山泊时被朱贵用药迷倒。朱贵后来发现书信和戴宗的朱红绿漆宣牌，救醒戴宗并给他揭露了书信的真相后，作者并没有长篇大论，只是写道：

> 戴宗看了，大吃一惊，却把吴学究初寄的书，与宋公明相会的话，并宋江在浔阳楼醉后误题反诗一事，都将备细说了一遍。

这几句话涵盖了自三十六回以来的内容，在此，作者用一笔带过的方式来处理。朱贵带着戴宗上了梁山，晁盖问起宋江吃官司的事，这时作者依然简单处理了一下，"戴宗却把宋江吟反诗的事，一一对晁盖等众人说了"。

上面两处情节，作者都进行了简化处理。为什么要简化呢？要知道《水浒传》里有很多时候是不简化的。个人以为，原因在于一来前面的故事已经很细，二来戴宗也并非主要人物，只是起一个转捩作用，故而作者让其复述时只是一笔带过。

但是对于一些主要人物，情况就不一样了。以鲁达为例。鲁达是第二至六回的主角，拳打镇关西是其职业生涯的转折点。在那之前他和金老父女、李忠和史进相遇又分别。打死镇关西后，他开始了逃亡生活，在接下来的几回内，又分别与以上四人相逢。再次见面，肯定要问别后的情形，作者的处理是不一样的。

当他在看缉拿自己的告示时，被金老汉认出。金老汉是个惯走江湖的人，非常有机变，他称鲁达为"张大哥"，然后将他带到安全地带，二人开始叙述别后情形。

> 鲁达道："洒家不瞒你说，因为你上，就那日回到状元桥下，正迎着郑屠那厮，被洒家三拳打死了，因此上在逃。一到处撞了四五十日，不想来到这里。你缘何不回东京去，也来到这里？"
>
> 金老道："恩人在上，自从得恩人救了，老汉寻得一辆车子，本欲要回东京去，又怕这厮赶来，亦无恩人在彼搭救，因此不上东京去。随路望北来，撞见一个京师古邻，来这里做买卖，就带老汉父子两口儿到这里。亏杀了他，就与老汉女儿做媒，结交此间一个大财主赵员外，养做外宅，衣食丰足，皆出于恩人。我女儿常常对他孤老说提辖大恩。那个员外也爱刺枪使棒，常说'怎地得恩人相会一面也好。'想念如何能够得见。且请恩人到家过几日，却再商议。"

鲁达和金老各自述说了分别后的遭际。这里要注意，其中先回答问题的人,最后都要以另一个问题结束(你缘何不回东京去,也来到这里)。对于鲁达的经历而言,确实比较简单,所以话也不多。鲁达说完自己的事后,就得问金老。金老这段属于补叙,所以翔实一些。

再遇李忠时,鲁达已经变成了鲁智深。这时的他满身都是故事,但因为原来并不是特别欣赏李忠,所以说话也就一切从简。虽说从简,也还全面,并且逻辑严密,丝丝入扣。

> 鲁智深道:"你二位在此,俺自从渭州三拳打死了镇关西,逃走到代州雁门县,因见了洒家贵发他的金老。那老儿不曾回东京去,却随个相识,也在雁门县住。他那个女儿,就与了本处一个财主赵员外。和俺厮见了,好生相敬。不想官司追捉得洒家要紧,那员外陪钱去送俺五台山智真长老处落发为僧。洒家因两番酒后闹了僧堂,本师长老与俺一封书,教洒家去东京大相国寺,投了智清禅师,讨个职事僧做。因为天晚,到这庄上投宿,不想与兄弟相见。却才俺打的那汉是谁?你如何又在这里?"

李忠的经历相对要简单一些,也属于补叙,不仅说明了自己的行踪,还交代了周通的来历。

再看看遇到史进,关于鲁智深的故事就做了别样的处理。

鲁智深离开桃花山,路遇史进。二人重逢之后,有很多话要说。

因为前面是讲鲁智深故事，读者已经知晓。这里需要补叙的重点是史进与他分手后的活动。

> 智深问道："史大郎，自渭州别后，你一向在何处？"史进答道："自那日酒楼前与哥哥分手，次日听得哥哥打死了郑屠，逃走去了。有缉捕的访知史进和哥哥贵发那唱的金老，因此小弟亦便离了渭州，寻师父王进，直到延州，又寻不着。回到北京，住了几时，盘缠使尽，以此来在这里寻些盘缠，不想得遇哥哥。缘何做了和尚？"

鲁智深静静地听着，当史进问他"缘何做了和尚"时，意味着史进的讲述结束，将问题抛给他。因为读者是一路跟着鲁智深的视角行进的，对他的故事已经了然于心。再者，当时鲁智深和李忠、史进几乎同时分别。他再遇到李忠时，已经讲述了一遍别后经历。遇到史进时，如果再述一遍，就显得赘余了。所以在这里就用了简省法。"智深把前面过的话，从头说了一遍。"这一句话，将史鲁二人分别后的三回情节都概括在里面了。这样的处理是得当的。设想如果将鲁智深的经历再述一遍，作为读者，肯定会比较烦躁。

由此可以看出，复述一遍，正常，复述两遍，需要技巧，复述三遍，紧急制动。一般来说，应遵循这个原则，话不过三。同样的复述不能达到更不要说超过三遍。鲁迅就很好地掌握了这个原则。

第三节　复述不超过三遍

在《祝福》中,祥林嫂第二次回来时,第一次陈述儿子阿毛被狼吃的故事。

我真傻,真的,我单知道下雪的时候野兽在山坳里没有食吃,会到村里来;我不知道春天也会有。我一清早起来就开了门,拿小篮盛了一篮豆,叫我们的阿毛坐在门槛上剥豆去。他是很听话的,我的话句句听;他出去了。我就在屋后劈柴,淘米,米下了锅,要蒸豆。我叫阿毛,没有应,出去门口看,只见豆撒得一地,没有我们的阿毛了。他是不到别家去玩的;各处去一问,果然没有。我急了,央人出去寻。直到下半天,寻来寻去寻到山坳里,看见刺柴上桂着一只他的小鞋。大家都说,糟了,怕是遭了狼了。再进去;他果然躺在草窠里,肚里的五脏已经都给吃空了,手上还紧紧的捏着那只小篮呢。

后来祥林嫂又不断强化这个故事,鲁迅在第二次复述的段落里改变了一些措辞,这样更逼近口语的真实化,毕竟她不是在背稿子。所以就有了她的第二次复述。

我真傻，真的，我单知道雪天是野兽在深山里没有食吃，会到村里来；我不知道春天也会有。我一大早起来就开了门，拿小篮盛了一篮豆，叫我们的阿毛坐在门槛上剥豆去。他是很听话的孩子，我的话句句听；他就出去了。我就在屋后劈柴，淘米，米下了锅，打算蒸豆。我叫阿毛，没有应。出去一看，只见豆撒得满地，没有我们的阿毛了。各处去一问，都没有。我急了，央人去寻去。直到下半天，几个人寻到山坳里，看见刺柴上挂着一只他的小鞋。大家都说，完了，怕是遭了狼了；再进去；果然，他躺在草窠里，肚里的五脏已经都给吃空了，可怜他手里还紧紧的捏着那只小篮呢。

事不过三，话也不过三。话过三遍招人烦，因为三遍时就变成了絮叨。在大家将这个故事听得"纯熟"后，"便是最慈悲的念佛的老太太们，眼里也再不见有一点泪的痕迹"。后来，这个故事，全镇的人几乎都能背诵了，以至于感到厌烦。所以当祥林嫂想要再次讲述这个故事时，人们的反应与初次听到时已经截然不同。

"我真傻，真的，"她开首说。

"是的，你是单知道雪天野兽在深山里没有食吃，才会到村里来的。"他们立即打断她的话，走开去了。

祥林嫂对往事的复述，在一开始的时候取得了非常好的效果。

通过她的讲述，四婶很痛快地把她留下，同时这个故事也博取了很多人同情的泪水。这固然是一个非常悲惨的故事，祥林嫂的讲述也充满了细节，非常有画面感，确实容易达到打动听众的效果。然而一旦故事讲的遍数多了，听的人渐渐失去了新鲜感，从而变得麻木，也不耐烦了。鲁迅非常会处理这样的情况。在复述了两遍之后，到了第三次来说这个故事，祥林嫂刚一开口，人们就会立即接上这个故事内容从而打断她的话，然后转身离去。在这里，鲁迅这个度把握得刚刚好：只讲一遍则铺垫不足，多讲一遍则又显得过于絮叨，恰恰符合对话设计美学。

这是复述两遍到第三遍要有变化的例子。虽然祥林嫂肯定不止说过三遍这件事，但是作者处理这个情况时，就不能是"讲述 n 次发生过 n 次的事"，这里就有一种交错，阿毛被狼吃是仅发生过一次的事，而祥林嫂复述这件事，不止三五次，但是作品中并没有次次都写，而是和米克·巴尔所总结的"多个事件，多次描述，数量不等"原则暗合。一方面让读者逐渐接受祥林嫂的絮叨；一方面又避免了呆板的重复，产生了巧妙的变化。

相反，如果掌握不好这个原则，就容易使叙述变得絮叨，从而破坏叙事进程，影响叙事效果。

第四节　反例

　　《平妖传》第二十九回,王太尉在四望亭饮酒,这时弹子和尚冒充五台山僧人前来行骗,骗得三千贯铜钱,并且大施幻术,将钱搬走。王太尉却认为自己遇到的是圣僧罗汉,是自己斋僧供佛的感应。所以在次日,当王太尉看见包待制时,将昨天的事讲述了一遍。

　　　　且不说别事,如王某昨日在后花园亭子上赏玩。从空打下一个弹,弹子内爆出一个圣僧来,口称是五台山文殊院化主,问某求斋。某斋了他,又问某化三千贯铜钱。不使一个人搬去,把经一卷空中打一撒,化成一座金桥。叫下五台山行者、火工、人夫,无片时,都搬了去。和尚也上金桥去了。凡间岂无诸佛罗汉! 王某一世斋僧供佛,果然有此感应。

　　包待制起了疑心,认为真正的出家人不会这样做,回到府中,找来当日听差的缉捕使臣温殿直,向他诉说经过。在这里,他关注的是三千贯钱,因为他觉得如果是圣僧罗汉,不会直接化钱。所以包待制认为那个化钱的人不仅不是圣僧罗汉,而是妖僧。于是就以这三千贯钱为因由,命令温殿直捉拿妖僧。

今日早期间在待班阁子里坐，见善王太尉说，昨日他在后花园亭子上饮酒。外面打一个弹子入来，弹子里爆出一个和尚，口称是五台山文殊院募缘僧。抄化他三千贯铜钱去了。那太尉道他是圣僧罗汉。我想他既是圣僧罗汉，要钱何用。据我见识，必是妖僧。见今郑州知州被妖人张鸾、卜吉所杀，出榜捉拿，至今未获。怎么京城禁地，容得这般妖人。指着温殿直道："你即今就要捉这妖僧赴厅见我。"

温殿直退下后，愁眉不展，手下人冉贵向他询问原因，他便向冉贵复述了这个故事。

冉大！说起来叫你也烦恼。却才太尹叫我上厅去说，早朝时白铁班善王太尉说道："昨日在后花园亭子上饮酒，见外面打一个弹子入来，爆出一个和尚，问善王太尉布施了三千贯铜钱去，善王太尉说他是圣僧罗汉。"太尹道："他既是圣僧罗汉，如何要钱，必然是个妖僧，限我今日要捉这个和尚。我想他既有恁般好本事，定然有个藏身之所。他觅了三千贯铜钱，自往他州外府受用去了，叫我那里去捉他。包太尹又不比别的官员，且是难伏事，只得应承了出来，终不成和尚自家来出首。没计奈何，因此烦恼。"

在这里，将弹子和尚与三千贯钱的事叙述了一遍，而后王太尉、包待制和温殿直又各述了一遍,前前后后共计四遍,在行文上就略显拖沓。虽然每个人的关注点并不完全一样,但是有一些信息可以做些省略,比如,温殿直的话就可以做些省略,试改如下:

> 温殿直将包待制的话说了一遍,后说:"我想他既有恁般好本事,定然有个藏身之所。他觅了三千贯铜钱,自往他州外府受用去了,叫我那里去捉他。包太尹又不比别的官员,且是难伏事,只得应承了出来,终不成和尚自家来出首。没计奈何,因此烦恼。"

如此处理,既能节省篇幅,避免冗余,又能避免读者的阅读疲劳,可谓一箭双雕。

第十二章 / 言有所为

生活中，我们往往有话不好好说。

明明很喜欢对方，却羞于去表达。

明明心里很难受，却在笑着说话。

在涉及自身利益的时候，说话更是小心翼翼，真真假假，虚虚实实。生怕一句话不慎，就惹来麻烦。

生活中的很多烦恼，确实是因为沟通不畅，或者说没有做到有效沟通。

在生活中，注重的是沟通技巧。在写作中，重点在于人物的语言要有其存在的价值。生活中可以絮絮叨叨，说些无意义的话。写作中的絮絮叨叨必须有其独特的作用，否则就是败笔。写作中的对话是经过作者选择、过滤、进行放大化处理的。即使是原汁原味，也得有节制。即使是最重要的人物，也不能将他所有的话都写在作品中。

但一般写作者在处理人物对话时，往往感到棘手。

该如何应对？

请记住，在写对话时，应恪守一条基本原则：言有所为。

第一节　言有所为

在《伊索寓言》里有一个非常著名的故事：一只狐狸看见乌鸦嘴里叼了一块肉，它就想将其据为己有。但是乌鸦在树枝上，狐狸没法来硬的，只能使用话术，争取让它开口。它接连问候，乌鸦无动于衷。最后它夸奖乌鸦的歌喉动听，这是明显的谎话，可是乌鸦很受用，开口说"那当然"。肉应声而落，掉进了狐狸嘴里。

说话只是一个语言的表象，在表象之外，也要看到它的动机。狐狸的每句话无论内容是什么，背后的动机都是一致的：让乌鸦开口。在小说创作中，也应该有这种意识，每一句对话都应该有存在的意义。

英国语言学家奥斯汀提出过一种语言理论。所有的语句都带有"以言表意（locutionary act）""以言行事（illocutionary act）"和"以言取效（prelocutionary act）"三种语力（language force）。"以言表意"为言之发；"以言行事"为示言外之力；"以言取效"是收言后效果。

如宝玉挨打，贾政下了死手。这时贾母来了，人未到，话先到。她说的是"先打死我，再打死他，就干净了"。用言有所为的理论分析一下就是：

言之发：先打死我，再打死他，就干净了。

这当然气话，不是说话人真实的意图。

示言外之力：表示出贾母很生气，让贾政赶紧住手。
收言后效果：贾政见母亲来了，又急又痛，连忙迎出来。当然就住手了。

通俗来讲就是每一句话，背后都有一个动力、动机，都想达到一定的效果。如林黛玉进贾府，王熙凤一出场就说："我来晚了，不曾迎接远客。"但是她边上前呼后拥的，还是表现得身份不一样。最后夸林黛玉的时候说："通身的气派，就像是嫡传的。"这一句话里其实有很多的含义，一说林黛玉长得好，二说贾母家的个个都不错，变相在捧贾母、讨好贾母。

《三国演义》里这种"言有所为"的例子更是不胜枚举。黄盖使用苦肉计，诈降曹操。阚泽作为使者，前去曹营投书。曹操多疑而精明，使用诈语。阚泽凭借自己的语言打消了曹操的疑虑，为东吴的胜利迈出了关键一步。

而最佳范本则来自《战国策·赵策四·赵太后新用事章》，即《触龙说赵太后》。

在作品中，开篇便为所有准备游说赵太后的人设置了一个困境：赵太后明说了，谁要再来谈让长安君当人质的事，"老妇必唾其面"。触龙作为游说人之一，首先从饮食起居谈起，见"太后之色少解",便以太后帮助自己最小的儿子安排工作为由,引发太后"丈夫亦爱怜其少子乎"的感慨。这正是触龙想要的结果,他在此又逼一句,提出了一个"甚于妇人"的观点。都是在谈论对子女的爱,赵太后当然不服,说"妇人异甚",还是妇人更疼爱孩子一点。触龙说,"老臣窃以为媪之爱燕后贤于长安君"。燕后是太后的女儿,嫁于燕。直到这里才步入正题。然后通过自己的说理,来证明这个观点。其间没有一句说让长安君去做人质的话,但是,当他说完后,赵太后只说了一句话:"诺。恣君之所使之。"就是说,明白了,一切都听你的。通过触龙的话,赵太后领悟了,悬念解开了,困境就解决了,这样的书写,虽然篇幅不长,但是故事完整,既精彩,又有深度,称得上是"言有所为"的精华版。

第二节　写对话遇到的问题及对策

　　对话的种类有很多种,人与人、人与物、人与自己之间都能产生对话,与不同的人说话所采用的语气也是不一样的。比如晚辈对长辈比较恭敬,平辈之间就相对放松一些,对于晚辈,口吻又不一样。

　　我们在写人物对话的时候,经常会遇到几个问题:第一,没有个性,每次谁说什么都要列出来,接近自然主义;第二,一个说完,另一个再说;第三,对话没有劲儿。

　　所谓的罗列、自然主义和机械,就是简单直接地把生活中的事情记录下来,变成流水账,如:

　　　　甲:你好。

　　　　乙:你好。

　　　　甲:吃了吗?

　　　　乙:吃了。你呢?

　　　　甲:我也刚吃完。今天天不错哈。

　　　　乙:可不是嘛,难得。

　　　　甲:再见。

　　　　乙:再见。

这种对话严格来说不能叫"对话",只是接近自然主义的记录。这里最多只是礼节性的问候,既缺乏实际意义,又没有后劲。

那么,遇到这样的困境,该如何应对呢?

针对上面说的弊病,可以试试用下面几种方法来处理。

1.按头制帽

"按头制帽"说法出自清代张新之《红楼梦读法》,本意是说《红楼梦》中的诗词,不像其他小说,是先有诗,然后"以人硬嵌上的",而是"各随本人,按头制帽"。就是说书中的诗词与人物的贴合度极高,不是两层皮。

人物的语言也是如此,一定要符合人物的身份、性格等。王梦阮在《红楼梦索隐提要》中就说了《红楼梦》里人物的"口吻"问题:

> 全书最重人口吻,每一开谈,惟妙惟肖,上下三等人,其口吻人各不同,并显然各有其等。书中袭似钗,麝似袭,而麝口吻终逊于袭,袭终逊于钗,黛玉、晴雯、柳五儿三人亦同,是分上下三等也。格律精严,故人不觉其为假语。

这与金圣叹说《水浒传》"一样人,便还他一样说话,真是绝奇本事"是一个道理。人物说出的话紧贴着人物,符合人物的身份、性格。这就需要细细揣摩。在《红楼梦》中,不仅王熙凤的语言非常精彩,她看见贾母、平辈、小辈等人所说的话、语气有所变化,有的时候泼辣,有的时候又内敛,展现了其性格是多维的,非常立体饱满。其他人物如宝、黛、钗的语言也各个精彩，都符合他们的性格。最著名的一个例子就是在宝玉挨打后，大家都关心他，袭人、宝钗、黛玉、熙凤所说之话都是自己性格以及与宝玉关系的体现。刘姥姥生活的环境、受过的教育、人生的经历和贾母显然不一样，所以同样是岁数相近，说起话来差别却非常大。

2.夹叙法

夹叙法是从金圣叹那里来的。《水浒传》写鲁智深路过瓦罐寺时想要讨些吃的。几个老和尚和他讲述了崔道成和丘小乙的故事。正在这时，丘小乙从外面回来，鲁智深便尾随着他走入方丈后墙里去，他看见槐树下放着一张桌子，上面有三个酒碗、三副筷子。他的突然出现让那三个人措手不及，好在崔道成反应比较快，用谎话将他瞒住。

　　智深走到面前，那和尚吃了一惊，跳起身来，便道："请师兄坐，同吃一盏。"智深提着禅杖道："你这两个如何把寺来废了？"那和尚便道："师兄息怒，听小僧说。"智深睁着眼道："你说你说！"那和尚道："在先敝寺十分好个去处，田庄又广，僧众极多。只被廊下那几个老和尚吃酒撒泼，将钱养女，长老禁约他们不得，又把长老排告了出去。因此把寺来都废了。僧众尽皆走散，田土已都卖了。小僧却和这个道人新来住持此间，正欲要整理山门，修盖殿宇。"

在鲁智深和崔道成一问一答间,此处并没有采用传统的一问一答式,而是插入了鲁智深瞪圆眼睛让他"你说你说",金圣叹敏锐地注意到了这一点,在此处评点道:

> 谓急切里两个人一齐说话,便不是一个说完了,又一个说,必要一笔夹写出来。如瓦官寺崔道成说"师兄息怒,听小僧说",鲁智深说"你说你说"等是也。

这里不是一个人说完,另一个人再说,而是形成插话,毕竟鲁智深听完老和尚的话后,憋着一肚子气,再加上他的火暴脾气,他插入"你说你说"这句话,完全是合情合理的。这么一处理,作品显得更加真实、生动。

3. 缩句法

缩句法是指话说到一半,突然意识到某些敏感问题,觉得不合适,就打住了。清代王希廉在《红楼梦总评》中对此法颇为赞叹:

> 书中多有说话冲口而出,或几句话止说一二句,或一句话止说两三字,便咽住不说。其中或有忌讳,不忍出口;或有隐情,不便明说,故用缩句法咽住,最是描神之笔。

这种例子也很多,《红楼梦》中薛宝钗去探望宝玉,说话之间不知不觉真情流露,连忙打住:

宝钗见他睁开眼说话，不像先时，心中也宽慰了好些，便点头叹道："早听人一句话，也不至今日。别说老太太、太太心疼，就是我们看着，心里也疼……"刚说了半句，又忙咽住，自悔说的话急速了，不觉红了脸，低下头来。

宝钗是稳重端庄的，在说自己的感受有点"失言"，于是连忙止住，不继续说了。

4. 谎话

人的一生难得不说句谎话。小说创作中也是一样，甚至可以说，没有谎话连篇，就没有四大名著。晁盖骗雷横，认刘唐做外甥；宋江为躲劫难，胡言乱语扮疯子；刘备听到曹操的话大吃一惊，震得手中筷子落地，骗他说自己怕雷，由此被曹操轻视，放松警惕；宝玉多情，要在几个女子间周旋也不容易；宝钗算是端庄了吧，但是在滴翠亭听见小红和坠儿对话后，还是拿林黛玉做幌子，使了"金蝉脱壳"之计。说起老实来，谁也比不过唐僧，但他还是要骗悟空戴上紧箍。

在这些叙述中，只不过有的是善意的谎言，有的是恶意的欺骗。

晴雯死后，宝玉问谁去探望晴雯了，那两个小丫头说宋妈，宝玉就问宋妈回来怎么说的。其中一个说晴雯喊了一夜"娘"。宝玉对此不满意，非要追问还有没有喊别人。另一个伶俐的丫头就开始编了：晴雯问宝玉去哪了，而且还说别人死了变成鬼，自己是被神仙招去的,变成了花神,专管芙蓉花。

这话正中宝玉下怀,宝玉信以为真,由此转悲为喜,还做了一篇《芙蓉女儿诔》祭奠晴雯。第二个小丫头果然伶俐,她的一番言语哄得宝玉释怀,也算歪打正正着了。

恶意的欺骗则多为计谋,轻则破财、伤身,重则殒命、灭族、亡国。明代有一本叫《江湖历览杜骗新书》的书,里面写的都是一些有关骗术的作品,借此提醒人们认清骗术,不要上当。

5.答非所问

还以前面所举两个人见面互相问候吃饭为例,如果人物乙答非所问,效果就不同了。

> 例1
> 甲:吃饭了吗?
> 乙:知道昨天晚上的事了吗?
> 例2
> 甲:吃饭了吗?
> 乙:刚才你看见我妹妹了吗?

第一个例子,问昨天晚上的事,这样直接就可以将故事线拉到昨晚。第二个例子,则把故事拉到一个人物——我妹妹——身上。这种答非所问,一方面可以增强神秘感;另一方面可以增加故事的动力和速度,立刻进入到核心故事中。

柳湘莲答应了和尤三姐的婚事，但后来一想自己有点莽撞了，也不知这尤三姐的底细如何，于是回来就找宝玉打听。

> 湘莲自惭失言，连忙作揖说："我该死胡说！你好歹告诉我，她品行如何？"宝玉笑道："你既深知，又来问我作做甚么？连我也未必干净了。"

贾宝玉并没有正面回答柳湘莲的问题，但是似乎又回答了。只是他现在还不知道尤三姐早已改邪归正了。柳湘莲当时就后悔了，于是去讨要信物，直接导致了尤三姐自刎身亡。可见一言成人，一言毁人，不可不慎。同时也提醒人们要慎行，平时注意自身的形象建构，平时不注意行为检点，到了关键时刻，想改正都没有机会。

还有一种就是顾左右而言他，不接话茬儿。这是一种主动地引导，因为某种原因，故意将话题岔开。

6.沉默

沉默也是一种言说。在某些情况下，我们必须把缺乏某种动作理解为一种动作。

现实中，当人们都去颂扬或贬损一个人时，总有一部分人保持沉默。这种沉默其实也是一种态度。万一颂扬实为阿谀、贬损是变相迫害呢？不随波逐流是一种风骨。

沉默是金，有时是赞同，有时是敬畏，有时是无声的抗议。

《儿女英雄传》中能仁古刹一番惊魂之后，十三妹张罗着给张金风说一门亲事。

　　说着，低头想了一想，又道："妹子，既如此，姐姐给你做个媒，提一门亲，如何？"张金凤听了，低下头去，又不言语。

这时，张金凤还没想到是要把自己提给安骥。当十三妹说出来之后，张金凤又沉默了。

　　这张金凤再也想不到十三妹提的就是眼前这个人，霎时间羞得她面起红云，眉含春色，要住不好，要躲不好，只得扭过头去。

这两处沉默不语，把张金凤的害羞之情描绘得很传神。

第十三章 / 故事改写

故事的改写，自古有之，从未停止。

有一句广告词让人印象深刻：一直被模仿，从未被超越。不过，对于很多写作者而言，初学写作时，经常会将一位心仪作家作为模仿对象，从故事情节到语言风格进行仿写：把时间、地点等背景置换，核心故事不变。

第二种是扩写。中国古人的笔记体著作多如牛毛，里面不乏精彩的故事，于是写作者将本来几十、几百个字的原文通过想象，变成瑰丽的长篇故事。

第三种是重写。重写就是已经有了主要人物和主要构架，在不改变人物关系的大前提下，对故事进行重构。如《燕丹子》这篇作品，将荆轲刺秦王的故事重新演述，被明代的胡应麟称为"古今小说杂传之祖"。

第四种是最常用的一种写作方法：杂取种种人，合成一个。比较早的一篇是《聂政刺韩王曲》。这篇作品出自《琴操》，据说作者为蔡邕。这个故事讲述的是此曲的由来：聂政之父为韩王铸剑，没有按照约定的日期完成，被杀。聂政为父报仇的故事。此篇杂取了眉间尺、豫让、高渐离等人的故事，将其安放在聂政一个人身上，使情节曲折、生动，从而更加富有感染力。

本部分将围绕以上的改写技巧展开，进行更为深入的探讨。

第一节　仿写

模仿是人的天性。林海音在《城南旧事》中写到小英子去看骆驼队时，不自觉地学骆驼咀嚼的动作。

> 我站在骆驼面前，看它们吃草料咀嚼的样子：那样丑的脸，那样长的牙，那样安静的态度，它们咀嚼的时候，上牙和下牙交错地磨来磨去，大鼻孔里冒着热气，白沫子沾满在胡须上。我看得呆了，自己的牙齿也动起来。

作家观察能力很强，抓住了这个细节，给人留下非常深的印象。

艺术是对现实的模仿。在创作中，仿写是一个重要手段，通过仿写，可以对作品的结构有更为清晰地理解，有助于了解作者的机心。很多作者故意通过改写来完成创作，潘向黎《永远的谢秋娘》就是对白先勇《永远的尹雪艳》的致敬之作，但侧重点又不一样。

仿写是脱胎换骨，以一个系列故事为例可以看得更清楚，这个故事笔者将其命名为望梅止渴型故事，故事来源于刘义庆《世说新语》"假谲"部分。

> 魏武行役失汲道，三军皆渴，乃令曰："前有大梅林，饶子，

甘酸可以解渴。"士卒闻之，口皆出水，乘此得及前源。

可以列出故事的几个要素，这样更清晰。

时间	地点	人物	事件	主角	道具（物品）	结果	其他
征张绣时	行役失汲道	三军	皆渴	曹操	想象中的梅子	士卒闻之，口皆出水，乘此得及前源	无

所谓"事件"就是指在某个时间，一个远离人烟（容易出故事）的地点，群体人物陷入困境，主角（通常是群体首领）通过运用某种道具，最后得到一个满意的结果。

将这个主故事假定称为 A 型。

这种 A 型故事可以找到很多，甚至连作者都不详，请看其中最著名的故事，寻找其中的相似之处。

故事一：

一队沙漠探险队正在沙漠中艰难前行着，这时大家意识到一个大问题，所有人的水壶都没水了。在沙漠中，没水意味着什么，大家心里都很清楚。所有的队员都感到死神正在向他们挥手，他们都觉得四肢乏力，几乎都走不动了。

这时，队长把所有队员召集在一起，只见他拿起水壶，缓缓地说："我这边还有一壶水，我们还有希望在喝完这壶水之前走出沙漠，找到水源。"他接着说，"但我们就这一壶水了，没有走出这沙漠,谁也不能喝这壶水。"这壶水从队员手中传开,大家拿着水壶都感到沉甸甸的,一股希望重新在身上流淌着,浑身充满着力量。

终于,探险队走出了沙漠,大家不约而同地想到了那壶水,那壶水再次从所有队员的手中传开,最后回到了队长的手里,队长缓缓地打开壶盖——倒出了满满一壶的沙子。

现在依然用前面的表格来分解这个故事。

时间	地点	人物	事件	主角	道具(物品)	结果	其他
不详	沙漠	探险队	缺水	老队长	水壶	成功走出沙漠	老队长倒沙子

这次的故事改到了沙漠,同样是一个团队面临缺水困境,这时老队长站了出来,运用水壶这个道具给队员们增加了希望,从而克服困难,取得预期效果。这个故事一度非常流行,但却有一个硬伤:水和沙子的密度不同,拿在手里分量差异很大,队员们除非渴晕了,否则不会失去判断。接下来请再看看衍生出来的其他故事。

故事二:

五十多年前在大西洋上发生的一次轮船海难中,大副杰克逊等七人因逃到一只救生艇上才幸免于难。但是饥渴依然时刻威胁着他们的生命。

这时,杰克逊拍了拍胸前的水壶,说:"我们所面临的最大威胁不是食物而是淡水。现在只有这满满的一壶水，是求生的水，只有到了生理极限的时候才能动用它。"随后，他掏出一把手枪对着那六个虎视眈眈的人。在以后对峙的几天中，即使是当一个人渴得神志不清时，杰克逊也没有让他喝一口水。因此，其他的人对杰克逊更加仇恨，轮流监视他，一是怕他自己偷水喝，二是寻机把水壶抢过来。在海上漂流到第六天的中午，水壶谁也没有碰，所有人都渴得撑不住了。

这天晚上，他们终于被一艘大船发现了。当他们被救醒后，其中一人拿起水壶时才发现水壶是空的。当他带着疑问的目光看着杰克逊，杰克逊笑着说："其实，我早就知道里面没有水，但是我想给你们一个希望，让你们能坚持下来。对了，这把手枪也是假的。"

还是用表格来析出几个要素。

时间	地点	人物	事件	主角	道具（物品）	结果	其他
不详	大西洋	船员	缺淡水	大副杰克逊	水壶 手枪	成功获救	反转（手枪 是假的）

还是关于缺水的故事，这次因为行驶在海洋上，由此突出了淡水的重要性。这次和前面不同，是反其道而行之，水壶并没有从队员手中传开，反而被大副把持。最后靠着这股仇恨，大家撑到获救。原来壶是空的，大副运用他的智慧挽救了所有人的生命。故事里还多了一个道具，那就是一把假枪，作为情节的最后反转。不

过,这种故事也只能听听罢了,不必太当真,俗话说,老虎还有打盹的时候,大副也需要吃喝拉撒睡,六天中,六个人不可能没机会把水壶抢过来。

故事三:

有一个地质勘探小组在原始森林里迷路了,而经验丰富的老队长又被毒蛇咬伤。

弥留之际,老队长取出一块石头,对队员们说:"这就是我们要找的矿石,价值非凡,你们一定要设法带着它走出森林。"

队员们十分小心地护着这块石头,历尽艰难,终于走出了森林。但鉴定结果表明,那块石头只不过是一块十分普通的石英石。队员们终于知道了老队长的良苦用心。

用表格看更为明了。

时间	地点	人物	事件	主角	道具(物品)	结果	其他
不详	原始森林	地质勘探队	老队长被蛇咬伤	老队长	矿石	成功走出森林	发现老队长用心良苦

和前面的故事相比,这个故事不再纠结于水这个媒介,而是将其置换为石头。地点虽然变为原始森林,但一样充满不确定性。老队长这次失去了所谓的主角光环,变得更悲壮,在故事的中间就被毒蛇咬伤身亡。但是他的智慧依然闪着光,弥留之际运用自己善意的谎言激励同伴走出困境。

因为主角失去生命，属于 A 型故事的变体，姑且称之为 A'型故事。

麻雀虽小，五脏俱全。A'型故事虽然很简洁，各个要素却很齐全，只是没有展开来写，造成感染力下降。下面这个故事算是关于此类型改写的一个更高级别的作品了。

在非洲一片茂密的丛林里走着四个皮包骨头的男子，他们扛着一只沉重的箱子，在丛林里跟跟跄跄地往前走。

这四个人是：巴里、麦克里斯、约翰斯、吉姆，他们是跟随队长马克格夫进入丛林探险的。马克格夫曾答应给他们优厚的工资。但是，在任务即将完成的时候，马克格夫不幸得了病而长眠在丛林中。

这个箱子是马克格夫临死前亲手制作的。他十分诚恳地对四个人说道："我要你们向我保证，一步也不离开这只箱子。如果你们把箱子送到我朋友麦克唐纳教授手里，你们将分得比金子还要贵重的东西。我想你们会送到的，我也向你们保证，比金子还要贵重的东西，你们一定能得到。"

埋葬了马克格夫以后，这四个人就上路了。但密林的路越来越难走，箱子也越来越沉重，而他们的力气却越来越小了。在最艰难的时候，他们想到了未来的报酬是多少，当然，还有比金子还重要的东西……

他们经过千辛万苦终于走出了丛林。四个人急忙找到麦克唐纳教授,迫不及待地问起应得的报酬。教授似乎没听懂,只是无可奈何地把手一摊,说道:"我是一无所有啊,噢,或许箱子里有什么宝贝吧。"于是当着四个人的面,教授打开了箱子。大家一看,都傻了眼,满满一堆无用的木头!

"这开的是什么玩笑?"约翰斯说。

"屁钱都不值,我早就看出那家伙有神经病!"吉姆吼道。

"比金子还贵重的报酬在哪里?我们上当了!"麦克里斯愤怒地嚷着。

此刻,只有巴里一声不吭,他想起了他们刚走出的密林里,到处是一堆堆探险者的白骨,他想起了如果没有这只箱子,他们四个人或许早就倒下去了……巴里站起来,对伙伴们大声说道:"你们不要再抱怨了。我们得到了比金子还贵重的东西,那就是生命!"

第一步还是用表格将各个部分析出。

时间	地点	人物	事件	主角	道具(物品)	结果	其他
不详	非洲丛林	探险小组	马克格夫不幸得了病而长眠在丛林中	队长马克格夫	箱子	成功走出丛林	发现真相

A'型和A型故事最大的区别就在于主角。主角将在故事中间死去,因此最后的"发现"部分,要靠队员去悟,而不是由主角说出。除此之外,其他的要素变化不大。本故事依然遵循这样一个原则,

时间模糊,将充满不确定因素的地点设为丛林,队长因为生病而长眠于丛林。队长担心因为自己的死造成人心涣散,为了激励探险队员走出困境,他亲手做了一个木箱,并声称将其送到麦克唐纳教授处,将会获得比金子还珍贵的东西。之前的故事可以简化为:

> 有一个探险小组在非洲丛林里迷了路,队长马克格夫又生了重病。在弥留之际,队长拿出亲手做的箱子,对他们说:"箱子里就是我们要找的东西。如果你们把箱子送到我朋友麦克唐纳教授手里,你们将分得比金子还要贵重的东西。"
>
> 队员们十分小心地护着这个箱子,历尽艰难,终于走出了丛林并找到了教授。但打开箱子后,发现里面不过是一堆无用的木头。队员们终于知道了老队长的良苦用心:生命比金子更可贵。

故事的改写者并没有如此简单处理,而是通过各种手段将作品变得饱满,具有感染力。首先,作品的时间线就和前面三个不一样。前面三个都是按时间的顺序依次来叙述,而这个则采取了"从中间开始"的策略。开头就是四个人抬着箱子,然后再交代四个人及箱子的来历。交代完后,时间重合到开头,于是故事再继续发展,直到结尾。其次,人物都有了自己的姓名,情节变得更为曲折。再次,对话的增多,使得作品更具有画面感和代入感。最后,作品里的冲突更为突出。"发现真相"这一环节也是通过冲突获得的。

如果回望一下上面四个故事,将其放在一起比较,这个故事类型就一目了然了。

序号	时间	地点	人物	事件	主角	道具(物品)	结果	发现真相方式
1	不详	沙漠	探险队	缺水	老队长	水壶	成功走出沙漠	老队长倒沙子
2	不详	大西洋	船员	缺淡水	大副杰克逊	水壶手枪	成功获救	反转(手枪是假的)
3	不详	原始森林	地质勘探队	老队长被蛇咬伤	老队长	矿石	成功走出森林	发现老队长用心良苦
4	不详	非洲丛林	探险小组	马克格夫不幸得了病而长眠在丛林中	队长马克格夫	箱子	成功走出丛林	发现真相

由此可以得出这类故事写作时的几个要素:

1.时间不是问题;

2.地点设置在远离人烟、充满不确定性的地方;

3.一个群体陷入困境;

4.领头人睿智的决策;

5.有一个道具(物品)作为媒介;

6.靠着首领善意的谎言,走出困境;

7.最终发现真相。

一旦掌握了这七个要素,作为写作者,就可以通过置换具体的场景和人物,变化出各种各样表面看起来丝毫没有关联、内核却一致的故事。这就是模仿的魅力所在。

所谓"熟读唐诗三百首，不会作诗也会吟"。但对于一个写作者而言，如果仅仅停留于模仿阶段，终究出路有限。李邕说过，"学我者死，似我者俗"。所以，还要想办法再进一步。这一点，在电影中表现得更为突出。

20世纪80年代，因为长期的封闭和禁锢束缚了人们的想象力，所以国门甫一打开，西方的各种艺术流派就蜂拥进入。中国艺术也在争取和世界步调一致，电影也不例外，《双旗镇刀客》就是其中经典的个案。《双旗镇刀客》在许多方面都有意识地向西部片进行学习和模仿。

美国的西部片是和电影的发明一起成长起来的，虽然发展过程中时有高峰低谷，但至今依然没有衰落，且间或有佳作问世，因此，这种类型电影本身就已经成为一种传奇。电影里"大漠孤烟直，长河落日圆"的人文地理环境，封闭的小镇以及来去匆匆的无名过客等因素，与我国西北部的精神气质很契合。加之当时一些美国西部片被引进，对于西方电影的导演来说，拍一部中国的西部传奇真可谓适逢其时。

编剧杨争光在一次访谈中披露了一些信息："我写这个剧本之前，看过几部美国的西部片，留下了一些印象，因为本身对传奇性的东西就比较敏感，这也帮助我完成了这样一个剧本。在我看来，何平在导演上吸收了美国西部片和日本武士片的优长。我记得我们那时候去采景的吉普车上，一直都在放美国西部电影里的配乐，那个旋律我到现在还能记得清清楚楚，'嘀嘀嗒嘀嗒，嘀嘀嗒嘀嗒'，都二十年了，还忘不了。"因此，《双旗镇刀客》对西部片的学习和模仿是不容置疑的。

模仿是进步的开始，西部片就会借鉴很多其他类型电影的元素，如歌舞片、科幻片等，而西部片本身也存在着许多翻拍，如《决斗犹马镇》《大地惊雷》《墓碑镇》等。《双旗镇刀客》在模仿西部片方面下了很大功夫，主要表现在如下几方面：

首先，整个的叙事模式是相同的。威尔·赖特在他的《六响枪和社会》中将西部片情节分成了四种类型，其中的经典类型就是"孤独的枪手拯救小镇或农夫"。也就是主人公来到一个陌生小镇，在这里除暴安良，最后离开小镇。《双旗镇刀客》的故事很简单，就是关于一个小刀客的传奇。叙事结构是线性的，可以理解为一位英雄去完成一项任务：孩哥接亲，因为带有明确的目的性，这一点又与传统西部片中主人公的偶然进入小镇有所区别。

其次，荒凉、粗犷氛围的营造。就像美国纪念碑谷成为西部片的经典地标一样，经典西部片的开头往往会给那些空旷的西部景色一些特写，进而营造一种荒凉、粗犷的感觉，很快将人带入导演设置的情境之中。《双旗镇刀客》中沙里飞取水的镜头很容易让人联想起意大利导演莱昂内的《荒野大镖客》的开头部分：无名枪手带着征尘，到水井旁取水解渴、饮马，发现房子里的故事。两部影片中连那略带几分诡异的音乐风格都非常相似。

再次，人物造型的真实感。孩哥头发乱蓬蓬的，嘴唇因喝水少而干裂,衣服和鞋上布满尘土,和周遭的自然与人文环境融为一体。身边的人也都是如此,从一刀仙到双旗镇的普通居民,每个人的造型都有自己的特色,在背后都隐藏着秘密的故事,为影片增色良多。

最后,成功完成了几组置换。虽然有人善意提醒导演何平,"关于影片中的荒蛮特性是否雷同于美国西部片中表现的那种荒蛮,以及对美国西部片的模仿",何导也说,并不是简单地将六轮枪换成刀那么简单,但实际上,这样的置换确实存在。第一个是美国西部小镇被置换成双旗镇。双旗镇的造型和美国西部早期小镇一样,只有一条大街,里面住着五行八作的人。当一个陌生人来到这个镇上的时候,总能引起人们格外地关注。当孩哥牵马走在双旗镇街道时,恍惚中仿佛置身于一个美国西部小镇,人们的目光全被吸引,而外来者总是不受欢迎,甚至被排斥的。这个空间就成为人们演出的舞台。第二个是瘸子的酒馆置换了西部片中的酒吧。酒吧也会常常出现在西部片里,有些还兼有赌场性质,那里面是消息的集散地,也是最大的是非之地,人们在里面狂饮滥醉,有时一言不合就拔枪相向。第三个是西部片里的枪被置换为刀,但高手出招,立决高下的模式没变。在西部片里,无论是警长、匪徒还是赏金猎人,能够活下来的关键除了机警,最重要的是看谁拔枪快并且打得准。孩哥劈肉一场其实就是他技击功夫的初次显露,相当于西部片中主人公有意无意显露出的百发百中的无敌枪法。而决斗在西方被认为是最公平、最符合骑士精神的。《双旗镇刀客》里成功地将这个要素进行了置换。一刀仙和两个追杀他的人（也可以看作国家司法人员、赏金猎人或纯为报仇的人），孩哥与二爷、一刀仙的决斗场面都是典型的西部片处理方式，只不过由一枪致命改写为一刀致命，二者有异曲同工之妙。

如果仅仅是对西部片亦步亦趋，失去了民族特色，很难成为经典，难能可贵的是，《双旗镇刀客》向西方学习的同时，走出了一条民族化的道路。

何平说《双旗镇刀客》"是一个挺传统的套路"。确实可以在传统的戏剧理论中为该片找到支撑，主要体现在两个方面，一是对传统戏剧理论的现代实践；二是对才子佳人模式和民间故事的成功嫁接，其中瘸子的形象最富有创造性。

《双旗镇刀客》暗合了明末清初李渔的戏剧理论，简直可以将这部电影看作李渔传统戏剧理论的现代注脚和理论实践，二者可以互相印证。李渔的戏剧理论主要体现在《闲情偶寄》中，其中有关于剧本编写方面的内容，尤其是与"立主脑""减头绪""密针线"的说法相契合。

李渔认为，简单来说，一出传奇戏剧只是为一人一事而作。仿照李渔的说法，一部《双旗镇刀客》，只为孩哥一人，而孩哥一人又只为"孩哥接亲"一事，其余枝节皆从此一事而生。刀客之寻仇，瘸子之拒亲，好妹之俏丽，二爷之被杀，沙里飞之懦弱无赖，镇民之悲喜，一刀仙之横行，皆由于此。"孩哥接亲"即做《双旗镇刀客》之主脑也。一句话，所有的情节组织都是围绕"孩哥接亲"展开的，都是为"孩哥接亲"服务的。

李渔认为,《琵琶记》《西厢记》以后的作者们做传奇,很多虽然是为一人而作,却并不是为一事而作,而是将一个人的许多事迹串联起来,"后人作传奇,但知为一人而作,不知为一事而作。尽此一人所行之事,逐节铺陈",效果就不太理想了,"有如散金碎玉,以作零出则可,谓之全本,则为断线之珠,无梁之屋"。

既然传奇为一人一事而作,就要减头绪。"头绪繁多,传奇之大病也",而许多经典的戏剧能够传于后世,"止为一线到底,并无旁见侧出之情",这样,就是小孩子看了此剧,也能记在心上,说于口中。当然,一人一事并不能简单地理解为整部作品只出现一个人、一件事,而是说在作品的组织过程中,要有整体意识,所有的情节都是为一人一事而设的,没有旁逸斜出的游离情节。这就要求做到"密针线"。

何平也谈到这一点,他认为人物关系与人物性格及人物行为轨迹的确定,所有冲突等。"全部服务于事件的发展,使人物的塑造与内涵在情节发展的自然流程中完成与产生。这样努力的目的是希望给影片带来一个非常结实的构架,抽去其中任何一个因素都会使影片支离。"

举个例子,沙里飞在电影《双旗镇刀客》中的戏份并不多,然而关于他的性格刻画却很深刻。第一幕在两个蒙面人出现时,表现的是他的武功并不出色。看着孩哥打水洒了一地,他则袖手旁观,为他最后的口是心非埋下伏笔。遇到孩哥后,找孩哥要钱,表现出他的贪图钱财的嘴脸,同时为以后孩哥找他帮忙埋下伏笔。在干草铺酒馆里喝酒时,老板娘说他欠了店钱,他就摆出一副无赖的嘴脸,还说就是睡了全庄的女人,也不值那把银把小刀。在这里关于银把小刀的情节看似是一处闲笔,却和电影最后他捡走"一刀仙"的刀形成对比,"我也不吃亏,这刀把是金的"。一方面把沙里飞贪财又懦弱的无耻性格刻画出来;另一方面可以延伸想象,如果这回他再到酒馆喝酒,有了一刀仙的金把刀,他无耻的嘴脸恐怕更要增加几分。电影里这种对细节的打磨功夫,可以说做到了极致,确确实实做到了"密针线"。

除了对李渔戏剧理论的暗合外,《双旗镇刀客》还是对传统才子佳人模式和民间故事的一次成功嫁接,是二者的现代版本。只不过才子不再是才高八斗、学富五车、风流倜傥的书生,摇身变得和《小二黑结婚》中的小二黑一样,成为一名"武状元"。佳人也不是娇小姐,而是下层酒店老板的女儿,不懂诗词歌赋,却也别有风骨。而在民间故事中,英雄主人公准备迎娶公主(好妹),先是得到了国王(瘸子)的阻碍,又遭遇对头恶势力(二爷)的考验,完成考验后,国王同意将公主嫁给主人公,却遇到更大的考验(镇民、一刀仙),为了完成这次考验,主人公去寻求帮助者(沙里飞),表面上渡过了难关,但随着帮助者的失信,更大的考验到来了。主人公要靠一己之力来独自完成考验。主人公将最大的对头打倒,经受住了考验,也完成了任务,结局是和公主真正意义上的完婚,从此过上幸福生活。

这里最复杂的角色是瘸子。他既是障碍,又是盟友,集国王、父亲、导师三种角色于一身。他是一家之长，在自己的独立王国里说一不二。同时是父亲，要为女儿的幸福负责，因此看到孩哥不成器的样子，失落是在所难免的，但鉴于和孩哥父亲的交情，他又不好断然拒绝，从这方面看，他的本性相当不错，也正为此，他才会有激烈的内心冲突，但表面上却很平静。同时他还是孩哥的精神导师，一方面为观众补充了孩哥父亲的相关信息；另一方面无意中成为孩哥成长中的导师，给他讲在双旗镇做人的"三正"规矩，给他讲父亲刀法的奥妙。他的导师地位在孩哥展示刀功后受到威胁，在此之前，瘸子在家里占有绝对的主导地位，在家里吃饭的画面构图充分表达了这一叙事意图。在画面中，瘸子是正面，孩哥和好妹分列左右。孩哥展示刀功后，吃饭的场景出现了变化，第一个变化是瘸子不再正面观众，变成了背对观众。第二个变化是孩哥居于画面的中央，并且由原来的少言寡语变成讲故事的高手。看着好妹和孩哥相谈甚欢，他站起身默默走了出去坐在门槛上抽烟，内心肯定是五味杂陈。当好妹被逗得咯咯大笑不止，他从门槛上再次起身，走得更远。这组镜头极富表现力，将瘸子在家中地位的动摇表现得淋漓尽致。待到孩哥刀劈二爷后，他已经为孩哥和好妹筹划未来了。

他的三种角色交织在一起、此消彼长。一开始是国王和父亲的角色占主导，接着是父亲和导师的角色占上风，影片的最后，国王和导师的角色消失，父亲的角色成为全部，当他一瘸一拐拿着那把锈迹斑斑的铁刀走向杀人魔王一刀仙的时候，明知不可为而为之，他心里很清楚那样做的后果,这是近乎悲壮的自杀,却别无选择。他在流血中完成了自我的升华,无愧于自己的女儿女婿,也足以告慰亡故的老友。支配这种行为的只有一种力量,那就是伟大的父爱。瘸子这个角色可说具有创造性,很有魅力。

《双旗镇刀客》就这样在学习和模仿中完成创造和超越。1991年,电影甫一问世就好评如潮,并获得东京夕张国际惊险与科幻电影节最佳影片大奖。面对当今电影界讲故事能力略显弱化的局面,重新审视《双旗镇刀客》这部经典就有了更加强烈的现实意义。

第二节 扩写

吴趼人的《九命奇冤》是扩写的一个范本，也是很有意思的一个文本，涉及小说与历史本事的关系。

1902年《新小说》第1期上发表了梁启超的雄文《论小说与群治之关系》，文中列举了小说"熏、浸、刺、提"的四种功效，具体阐释了小说的社会功能，他那空谷足音"欲新一国之民，不可不先新一国之小说"，中国古典小说研究界的学者早已耳熟能详。随后不久的1906年，作为"当时最积极的历史小说编撰者"的晚清著名谴责小说家吴趼人，在《新小说》上又发表了《九命奇冤》以为呼应，企图去实践以小说"救世"的理论主张。

这部小说描述的是清雍正五年（1727）发生在广东的一桩"七尸八命案"。具体案情是由风水问题引发，当地财主凌贵兴用火攻烟熏的方法害死另一位财主梁天来一家七尸八命。凌贵兴收买了一干官府，故梁天来屡次败诉，后通过告御状而得以申冤。在吴趼人之前，将文献记载的此案编为文学作品的，尚有署名"安和先生"所著《一捧雪警富新书》。由于研究者对此作品的评价历来不高，如阿英认为它"故事甚佳，而文笔极拙劣也"，孙楷第评论该书"所记词意鄙俚，往往可笑"，所以传播流布并不广泛。经过吴趼人的改编再创作后，既保留了原来的精彩故事，又借鉴了西方叙事技法，《九命奇冤》

由此而获得"中国近代的一部全德的小说"美誉，也因此成功体现了
"警富"的初衷，实践了导人向善、化民成俗的小说社会功能。然而，
产生了广泛社会影响的《九命奇冤》的文学书写，究竟对历史上真实
发生过的这宗"七尸八命案"在多大程度上进行了还原，至今也还是
个聚讼纷纭、没有定论的悬案。

关于《九命奇冤》中"七尸八命案"本事的记载，目前所知的早期
文献，有如下三种：

1.1794年（乾隆五十九年）欧苏笔记《霭楼逸志》卷五《云开
雪恨》；

2.1737年（乾隆二年）6月22日两广总督署理广东巡抚鄂弥达有
关该案的题本；

3.1737年（乾隆二年）10月14日刑部尚书徐本有关该案的题本。

这些文献的发现及使用，很大一部分要归功于罗尔纲先生。
他的两篇文章：《〈九命奇冤〉本事》和《〈九命奇冤〉凶犯穿腮七档案
之发现》，分别刊载于1936年8月16日和12月6日天津《益世报》副
刊《史学》。在第一篇文章中，罗尔纲引用了欧苏的《霭楼逸志》卷
五《云开雪恨》整则传说。《霭楼逸志》有劝善戒恶之旨，但对一些
"异词"，则"无暇深辩，一以情理为准"。罗尔纲认为，"欧书虽不是
考证精确的记载，但它却得自乡里故老的传闻，所以欧氏这篇《云
开雪恨》，乃是我们今日所见的一篇记载这件大命案的传说的最早
的著作"。文章最后部分，罗尔纲先生提及在《番禺县志》中看到了
为凌家辩诬的文字。

世传梁天来七尸八命事，皆诿罪于凌贵卿，而苏古侪（珥）赠贵卿子汉亭诗曰："九嶷风雨暗崎岖，八节波涛险有余。世路合裁招隐赋，俗情催广绝交书。传闻入市人成虎，亲见张弧鬼满车。旧约耦耕堂愿筑，平田龟坼又何如！"凌后人名扬藻有答黄香石书，辨此事之诬尤详。

罗尔纲的朋友梁方仲认为，《番禺县志》里的记载："是极值得重视的，我们目前虽得不到《粤小记》及采访册，但我们从这段记载里，已经看出这个流之民间之著作的《九命奇冤》的本事的核心。"不过遗憾的是，梁方仲并没有见到他提及的《粤小记》或采访册，故而对这段辩诬之词的来龙去脉说得并不是很详细。

对吴趼人小说《九命奇冤》所涉本事，罗尔纲最后得出的结论还是比较谨慎的。

《九命奇冤》的本事，据同治《番禺县志》的记载，梁天来七尸八命事是有的。（方志中未提及刑死张凤事，按加张凤才是九命。）凌贵兴这人也是有的。惟此案世传为凌贵兴所为，而凌子有友为其赋诗辩诬，凌后人也有辩诬之举，此固有为亲者洗脱罪名的嫌疑，但凌贵兴方面是否另有他的冤情，则不可知罢了。

后来罗尔纲留心于此，在北京大学研究院所藏的乾隆朝的档案里发现了与此案相关的两件史料,"一件是乾隆二年六月二十二日署理广东巡抚鄂弥达的题本(按这时鄂弥达以两广总督署理广东巡抚),一件是乾隆二年十月十四日刑部尚书徐本的题本",然后节录了两个题本的内容。大意是抓到了一个抢劫三榕河下客船的匪徒穿腮七(本名何信夒),经过讯问,他又交代了自己所犯的其他三件案子,案情最重大的一点是,在梁天来案中,他"下手放火烟死多命"。在徐本的题本中,比较详细地记载了穿腮七的供词。遗憾的是,因为这两个题本主要是关于穿腮七抢劫的案情,而对梁天来本身的案情涉及甚少。

后来的研究论著基本采纳了罗先生的观点,较有代表性的,如张秀英《雍正朝"广东九命案"始末考》,即以《霭楼逸志》和罗先生的考证为基本内容,对此事进行了梳理。其他的文章,也不外如是。

其实早在罗尔纲之前,李文泰也注意到了这一问题。他在《海山诗屋诗话》卷四中谈到了这件事,被徐兆玮转录在《黄车掌录》里。

> 余阅《绣鞋记》小说,有感于叶主曹事。询之东莞人士,多为称冤。又《警富新书》七尸八命案,皆归罪凌上舍贵卿,迄今众口一词,似乎无可解矣。

《绣鞋记》全称为《绣鞋记警贵新书》,常与《警富新书》并举,旨在劝世。从这段记载中可以看出晚清时期人们对"七尸八命案"的看法基本没变。

在罗尔纲之后，有孙楷第在《跋〈警富新书〉》一文中提到了"光绪《广州府志》卷五十四杂记二"所记载的苏珥给凌扬藻的诗，并且认为："珥，雍正乾隆间人，与凌贵卿同时。扬藻嘉庆间人，即贵卿后裔。二人必非妄语者。其为贵卿辩诬之词，俟得其书更详考之。"

罗尔纲和孙楷第看来都没看到过《粤小记》，因此也就没能做进一步的研究。

《粤小记》为清朝黄芝所撰。黄芝，字瑞谷，据其兄黄大干在序中说，黄芝"生平好为诗，尤长记载，于课徒之暇，博观百家，搜罗遗逸，参之经史，以订其讹，久之累成卷帙"。而黄芝著书的目的，是要与正史互相印证。

黄芝的从弟黄培芳曾对该书进行编校。黄培芳乃清朝名儒，嘉庆九年（1804）副贡生，官内阁中书。"少慕古力学，为冯敏昌所器重。诗格高浑，有山水清音。钱塘戴熙亦极誉之。"他曾参加两广总督阮元组织的重修《广东通志》工作。黄培芳在壬辰初夏为《粤小记》写的跋中对该书评价较高。

> 先六世祖双槐公撰有《岁钞》，传播艺林，此后代有著述，曾无嗣音。从兄瑞谷先生勉承家学，辑《粤小记》一书，尤是此志也。所记虽小，而于世道人心、借一讽百之旨，时时见于言外；其中援引审订，亦足资考证。培芳曾助编校，爰识数语以质后之览者。

因为有了两人的合作，所以《粤小记》的记载，往往成为修志撰史的素材，"凡有司修志多援引以为信史"。书前有序两篇，一篇为黄芝之兄黄大干所写，另一篇则为时任广东巡抚祁士贡所写。祁巡抚在序中写道："《粤小记》观之，记凡四卷，附以《粤谐》，杂书土风，间资吏治，时举以询诸牧令，有愕然诧为奇察者，岂非耳目之一助哉！"说明这位巡抚对本书的记载还是相当看重的，事实也确实如此，"清道光十五年，广州大旱，时任广州知府的潘尚楫采用《粤小记》行求雨法"。此外，巡抚本人也从中受益，他"在广州立惠济仓以备饥荒"，也是从《粤小记》记载中得到的经验。所以他不但给书写了序，还出资印行。

《粤小记》中关于此案的记录在第一卷的末尾，除了罗尔纲引用《番禺县志》里面的那一段之外，附录了凌家后人凌扬藻的《答香石弟书》。此信涉及本案信息量很大，综合起来看，比较重要的可归纳为如下三条：

1.凌家人员名字及关系。

梁天来案中的"主谋"真实的名字是凌贵卿(字或号为锡庵)，是该信作者凌扬藻的曾大父，亦即曾祖父。凌贵卿的儿子，也就是凌扬藻的祖父，是凌汉亭。凌宗孔字或号为凌建亭，实际的辈分比凌贵卿低一辈和凌汉亭同辈，并且是他的从兄。凌扬藻是清代有名的儒士，生平事迹可以在《清史列传》卷七十三中见及，基于这样的文化修养，应该不会将自己先人的名字弄错，而且信中说，"所幸成案具存"，里面也有对成案的质疑和广东巡抚的题奏内容，因此可以断定这些名字及辈分关系是事实。

2.凌、梁两家结怨始自"毁墙之讼"。

3.梁天来家确实遭到横祸，有被劫之事。

而凌扬藻的辩诬之处在于如下五点：

1."闻者旧所言"，梁天来这个人的性格颠覆了《霭楼逸志》和《一捧雪警富新书》中所描写的至孝君子形象，性阴狠而健讼，"恒隐挟以龃龉乡间"，有"蜣螂子"的绰号，"谓能以土包粪，推转成丸，圆正无斜角也"。

2.作者认为梁家之所以遭到横祸，原因是"蕴利生孽，多藏厚亡，不善降殃，罹此惨酷"。因为毁墙之讼在先，故而当梁家被劫后，健讼的梁天来就盯住凌贵卿和凌建亭不放，认为二人是"买贼"行凶的幕后主使，凌建亭是以"商量"获刑，凌贵卿则以"应允"获罪，而所有的一切，都是因为梁天来暗中操作。

3.案情的发展并非一直由凌家占据上风。一开始梁天来"即略伍伯，选巨杖械系捞掠，迫令自诬"。也就是说，凌家在行刑逼供下曾经一度"自诬"，然而"经参令余祖荫叙供妄详，宪司疑之，下府覆勘。顾又贿盗扯引，横证曲射，迄无左验。旋控大吏至制府孔公毓珣，仍右凌氏，不直天来。嗣孔公迁河道总督。移狱肇庆府杨公以宁讯鞫，终不得情，狱无由上"。宪司怀疑这个屈打成招的案子，发回重审，梁天来又买通盗贼"扯引，横证曲射"，可惜没有相关的佐证材料，于是又上控至制府孔毓珣处，在这个时候还是对凌家有利，孔公迁河道总督后,将案子移到了肇庆府,因为案情不清,没有结案。此时梁天来买通按察司书办林演士,唆使他"具呈首报擎连辇辗,幻出行贿受贿等因",没想到最后竟然以此结案。

4.凌贵卿之子凌汉亭确实有行贿之举。凌扬藻认为,祖父汉亭公只是一介文弱书生,没有经过大的事变,突然间父亲被诬下狱,惶惑苦恼,于是辗转行求,想要将父亲从灾难中解救出来,作为儿子他的行为合情合理,却没有顾及这是违反国家法律的。他这样做显然事情败露了,引发了两个不良后果,一个是"谿壑之填无极,要挟恫吓,勒诈纷乘,而反以是为深文者之得以上下其手焉",就如《水浒传》中阎婆惜对宋江所说,"公人见钱,如蝇见血"。另一个是广东巡抚鄂弥达任是个率直任性的人,凌汉亭辗转行求的事迹败露后,只对那些贪赃的官役严加处分,却没有对案件的来龙去脉进行复查。凌汉亭的行为起了反作用。

5.关于谤书。凌扬藻认为《一捧雪警富新书》成书的原因是:"借狱事吓诈先大父汉亭公财物而不得遂者数人,相与造为谤书,恣行诬蔑。"与此同时,梁天来一伙编撰了"鄙亵之摸鱼歌",因为这些作品流布迅速,还很容易动人情感,正适合那些"穷方委巷,妇人孺子习观而饫听之",效果惊人,以至于人们"一闻曾大父之名,无不切齿詈骂,几以为元恶大憝,古盗跖之不如者"。

同时这封信里针对《霭楼逸志》和《一捧雪警富新书》里的情节提出了三点疑问。

1.墓地。信中详细记载了自凌家十世祖粤山公的墓地修自崇祯己卯年,雍正甲辰年(1724)进行了重修,两家的争端也起自凌家的墓地与梁家的围墙。凌扬藻说,墓地据写信时已有一百七十余年历史,而梁家住宅不知始于何时,后来梁家在屋后筑上了围墙,这样墙和墓地就靠得很近了,"会寒食墓祭,寒宗子姓百数十人咸在,众志不平,遂将墙砖拆毁"。而《警富新书》则"新图兆域",将墓地和梁家的位置进行了"捏造",与实际情况不符,而且"今坟宅固在,登山可共见也"。

2.关于鄂尔泰其人。《霭楼逸志》中写道:"上命赐(梁天来,引者注)以监生,方宣入殿。准其词,钦命巡抚鄂尔泰往勘其案。"凌扬藻在信中指出,题奏此案的广东巡抚是鄂弥达,而鄂尔泰(文端为谥号)在此案审理过程中一直到结案,"未尝至粤东也"。从现有史料看,鄂尔泰没在广东任过职,也就是说鄂尔泰终生未任两广总督职,也没有当过广东巡抚,甚至没有去过广东。而在乾隆二年(1737)六月,两广总督为鄂弥达。鄂弥达任广东巡抚时间为雍正八年(1730)五月至雍正十年(1732)十二月,与凌扬藻信中"雍正九年,广东巡抚鄂题奏"的说法吻合。

3.关于孔毓珣的情况。孔毓珣是孔子六十六世孙,孔毓珣雍正八年(1730)即死在任上,《霭楼逸志》中记载,天来上京告状,"孔公时为大司马,闻之申救"。《一捧雪警富新书》更是记载由孔毓珣担任钦差大臣处理此事。这些处理显然是与史实不符的。故而罗尔纲在《〈九命奇冤〉本事》中说:"吾于世所传梁天来叩阍上控,清世宗为此案特派钦差大臣来广东查办等情节,都不见于官书及所记人物的家传,这些,大概都是后人附加的了。"

关于《一捧雪警富新书》的作者,署名为"安和先生",有研究者考证作者真实姓名为钟铁桥,学术界也基本同意这个说法,但是这封信表明,钟铁桥曾给凌贵卿写过墓表,缘于这层关系,笔者推断,《一捧雪警富新书》的作者不应该是钟铁桥,当另有其人。这个问题目前也只能存疑,有待时贤继续考证。

综合上述种种文献,关于"七尸八命案"能确认的基本事实是:梁天来与凌贵卿确有其人。因梁天来家的围墙离凌姓祖坟较近,因此,凌姓人拆了梁家墙砖,引起诉讼。穿腮七即何信爨雍正五年(1727)九月初一到熟人谢世名家落脚,并于九月初三夜到梁天来家行劫,穿腮七放火烟死八命。凌宗孔和凌贵卿没有在行劫现场出现。梁天来状告凌宗孔与凌贵卿为主谋,指控他们买通穿腮七等人行凶。雍正九年(1731),由广东巡抚鄂弥达题奏结案,凌宗孔及凌贵卿都死于此案。凶犯穿腮七潜逃,至乾隆二年(1737)因再次犯案才被缉拿,并归入梁天来案从重处理。

李渔在《闲情偶寄》中认为,文士之笔和武人之刀一样可杀人,且文士之笔杀人的力量更大,"其快其凶更加百倍"。自古以来确实有不少文士将文字作为杀人工具,借作品来泄私愤,"后世刻薄之流,以此意倒行逆施,借此文报仇泄怨。心之所喜者,处以生旦之位,意之所怒者,变以净丑之形,且举千百年未闻之丑行,幻设而加于一人之身,使梨园习而传之,几为定案"。三人成虎,百口莫辩,后果不堪设想,"虽有孝子慈孙,不能改也"。

对于今天的读者而言，小说对历史的改写与重写已经是司空见惯。而关于小说是再现论还是表现论，是"大要不敢尽违其实"，还是"事之所无，理之必有"，历来是中外小说创作与社会生活关系争论的一个焦点。具体到"七尸八命案"中，综合种种材料，虽然还有凌贵卿是否为主使这最后一个问题没有解决，但可以肯定的是，反观《霭楼逸志》里的"云开雪恨"这则记载和《一捧雪警富新书》中的主犯人名、辈分、作案的时间及天来叩阍、钦差办案等情节确实与史实悖谬，虚构成分较多，从这个角度讲，《霭楼逸志》里的记载和《一捧雪警富新书》无疑存在以笔杀人的嫌疑，而《九命奇冤》在客观上起到了推波助澜的作用。

如果真如凌扬藻所言，那么《一捧雪警富新书》和《九命奇冤》就可以称得上是"谤书"了。如此，历史的吊诡之处就显现出来：对于一般的读者而言，二书确乎有劝善惩恶的效用。如此就出现了一个有趣的悖论：杀人与救人可能共存于一体之中，只不过杀掉的是古人，救起的是现代人。面对如此境遇，在真相不能十分明了的情况下，一方面期待能发现更多的史料使这一公案真正"云开雪恨"；另一方面，从事舞文弄墨之事的作者，在落笔之前，是否应该对文字多存几分敬畏之心？诚如凌家后人凌扬藻的《答香石弟书》所感慨的"流布之速、耸动之易者，莫如杂剧传奇"。因为越是具有广泛社会影响的小说，对本事的遮蔽功能也就愈加强大。诚然，我们没有理由要求文学必须拘泥于历史，小说这种文体更是允许虚构的，尤其是通俗小说。曹胜高认为明清时期的作者在创作时，"相对于史，通俗小说的差别在于是否'真';相对于经,通俗小说的价值在于是否合乎教化。如果事真,那就当被视为'史',不应当受到排斥;即便事'赝',如果理'真'而合乎'经',那通俗小说同样可以如经学那样担负起教化、鉴戒的作用"。事实上也确实如此。但作为一个有着一定社会影响的历史事件,在将其进行演绎时,还是应该尽量做到"大要不敢尽违其实",正如《三国演义》属于历史小说,其距离《三国志》的史实就不能太离谱的道理一样。同样,《聊斋志异》中"谈狐说鬼",其虚构成分即使再浓厚些,也不会引起读者太多非议。《九命奇冤》的文学书写,对历史上真实发生过的这宗"七尸八命案"在很大程度上有所扭曲变形,恰恰是这种文学与历史的"错位"现象,使得这部小说的社会功能出现了如前所述的悖论:救赎世人的同时可能付出歪曲真相、厚污古人的道德代价。我们当然不排除上引凌氏后人那封信可能存在为先人辩诬的心态,但更应注意"小说家者言"的夸饰成分,既然"七尸八命案"本事存在两方面的文献可资参考,作为研究者就不能偏执于一词,至少应有兼听则明的态度。此外,对于小说如何改写历史、如何利用小说的社会功能去劝善惩恶而不是混淆视听,也应该是今天的写作者需要进一步思考的具有普适意义的问题。

第三节　重写

　　《宣讲博闻录》作为一部小说集，为作品重写提供了具体路径。

　　《宣讲博闻录》是清末的一部短篇作品集。该书由广东西樵云泉仙馆藏版，光绪十四年（1888）调元善社辑刊，广州板箱巷翼化堂承印。调元善社，据《宣统南海县志》记载，为陆师彦、李锡鸿创立。《宣讲博闻录》共收五十九篇作品，其中除《郑板桥寄弟保坟书》为收录之郑板桥书信外，其余五十八篇均为短篇小说。严格来说，这本书并不是一部小说集，而是一部宣讲教材，用来宣讲"圣谕十六条"，也可以将其看作学习"重写"的教材。这部作品集的出现有其深远的历史背景和鲜明的时代背景。

历史背景和时代背景

　　清朝作为中国最后一个封建王朝，由原先处于文化边缘的满族统治了中国二百多年，而中国的传统文化却并没有因此而中断，当然得益于清朝统治者对汉文化的认同与阐发。而其中有一个重要原因却被忽视了，那就是一场持续了二百余年的圣谕宣讲活动。这场全民参与、旨在"化民成俗"的文化活动对于传统文化的保存与发扬起到了关键作用。

　　由于种种原因，这些已经湮没在历史的洪流中，隐而不彰。除非是专门研究清史或近代史的人,当代已很少有人知道还曾经有过这样一种由国家发起、持续时间如此之长的文化活动。即使是在清末,中华民族的内忧外患不断加剧的时候,圣谕宣讲活动也没有中断,甚至在溥仪退位后,有一些地方还在坚持进行类似的活动。

清朝的圣谕宣讲制度是在顺治、康熙和雍正祖孙三代里逐步完善的。

清朝建国后,很多制度都承袭了明制。明朝自开国皇帝朱元璋制定"六谕"后就建立了宣讲制度。顺治九年(1652),顺治将明太祖朱元璋制定的"六谕"照搬过来颁发。顺治十六年(1659),建立乡约,并举六十岁以上德业素著之生员(秀才)或素有德望六七十岁之平民统摄,每逢朔望,申明六谕,旌表善恶。此为清代"宣讲圣谕"之始。顺治还御制《劝善要言》一书行世。

康熙九年(1670),康熙颁发了较之"六谕"更为详尽的"圣谕十六条",作为化民成俗的根本。这十六条是:

敦孝弟以重人伦 笃宗族以昭雍睦

和乡党以息争讼 重农桑以足衣食

尚节俭以惜财用 隆学校以端士习

黜异端以崇正学 讲法律以儆愚顽

明礼让以厚风俗 务本业以定民志

训子弟以禁非为 息诬告以全善良

诫匿逃以免株连 完钱粮以省催科

联保甲以弥盗贼 解仇忿以重身命

康熙"圣谕十六条"一开始颁布时并没有着意进行宣讲，而仅仅是让一般民众周知，故而还谈不上时间问题。到康熙十八年（1679），浙江巡抚陈秉直呈奏折，一是报告自己"恭绎上谕，逐条衍说，辑为《直解》一书"，同时恳请皇帝将此书刊印，分发天下，"州县有司，每逢月朔集在城绅衿耆庶亲为讲究"，远在四乡僻野之处的人，则"令其地方之品行端方之士各就公所，每逢月朔集讲一次"。康熙同意刊刻《直解》，但对于宣讲并没有给予明确答复。在康熙二十四年（1685）的陈廷敬的奏折里提到"虽一经张挂晓谕，而乡村山谷之民至今尚有未知者"。从中可以看出，很多地方并没有宣讲，而仅仅是进行张挂，所以崔维雅在《讲读圣谕以宏教化事宜》里提到了这一问题，认为"圣谕十六条"虽好，但如果好东西写在书本里，人们因为不识字看不懂劝惩至理，也听不到对于"圣谕十六条"的讲解，等于将朝廷的一番美意束之高阁，起不到实际作用了。可见，在康熙年间，虽有部分地方进行了圣谕宣讲，但是是出于一种自发的忠君爱国意识。圣谕宣讲还没有上升到国家制度层面。这一点还可以从雍正五年（1727）的一道上谕中看出来，"想来谕旨颁发省者，不过省会之地一出告示而已，而州县各处并未遍传，至于乡村庄堡偏僻之区更无从知之矣"。于是到了雍正七年（1729），皇帝正式下谕旨，每月朔望宣讲两次。同时规定，要在全国各地成立讲约之所。从此，一场声势浩大的文化活动走上了正轨。

雍正元年（1723）秋间时，雍正就开始将"圣谕十六条"逐条注释,并准备在次年的秋冬颁发。加之在披览奏章的时候,雍正发现许多命案中,多以小事而起,酿成命案后,当事人追悔不及。"此皆由于愚贱乡民不知法律,因一朝之忿,贻身命之忧,言之可为悯恻。"意识到康熙"圣谕十六条"里"讲法律以儆愚顽"一条具有更为强烈的现实意义,所以着刑部将《大清律》内殴杀人命等条摘出,并加以说明,刊刻散布全国张挂。而《圣谕广训》的刊刻传播成为当务之急。《圣谕广训》是将康熙"圣谕十六条"逐条进行衍说,将原本的一百一十二字扩充为万言。雍正七年(1729),定下"每月朔望,齐集乡之耆老、里长及读书之人,宣读《圣谕广训》,详示开导,务使乡曲愚民,共知鼓舞向善"。从而将宣讲"圣谕十六条"及《圣谕广训》作为一种国家制度确立了下来。

这种制度一直延续到清朝末年,时局的动荡激发了许多有识之士的忧国之思,他们纷纷寻求走向富强之路,许多人还梦想着通过《圣谕广训》来指导民众的生活。如郑观应在《盛世危言》中就设想把圣谕宣讲作为"训俗"的重要手段,并且区分了三种不同的情况,即城邑、乡村和"海外通商各埠"。在城邑逢三、八宣讲,在乡村,三百户以上就设立公所,而在海外通商各埠,则就地建立书院,"或由领事延聘达人,或由领事自莅,每逢朔望及礼拜日期逐条宣讲"。同时一要做好听讲者的参加情况,二要为听讲者提供免费的饭食。还特别强调了宣讲之人既要品学端粹,又要辩才无碍,方能建功。

郑观应的对策设想固然没有可能在那个时期实现,但是在现实中,却有很多地区在自发地践行着他的设想。如在四川和岭南,圣谕宣讲活动开展得就较为成功，影响很大，并催生了一种小说类型，出现了"圣谕宣讲小说"。"圣谕宣讲小说"这个概念首先由耿淑艳提出。她认为，"这类小说以康熙颁布的圣谕十六条为主旨，通过敷衍因果报应故事，使百姓潜移默化地接受圣谕的思想观念。这类小说是宣讲圣谕十六条时使用的故事底本，或是在宣讲圣谕的基础上加工编撰而成"。姚达兑则称其为"圣谕小说"，并将其与解释《圣经》的传教士小说合称为"圣书小说"。

在晚清刊刻的这类书籍，较有影响的不下三十种。这种小说刻本在很多地方都有留存，而其中成就较为突出者，当属岭南。岭南因为地理位置和历史文化的原因，很长一段时间都处于边缘地位，到了清中期，岭南文化崛起。到了晚清，尤其是鸦片战争后，许多小说家从事了圣谕宣讲小说的创作工作，"试图利用中心文化中最具权威、最具影响力的文化作为武器，来抵抗外族入侵，消除内部动乱，从而达到维护岭南完整的目的"，也确实取得了较高成就，而其中文学成就较高的，当属《宣讲博闻录》。

《宣讲博闻录》的思想内容

《宣讲博闻录》作为圣谕宣讲小说系统的组成部分，在思想内容上，既有该类小说的一些共性，又有自己的独特性。

第一个特点是强调发挥小说"文以载道"的社会功能，为推动中心文化做贡献。这是圣谕宣讲小说最大的共性。小说作为一种文体，在明清兴盛起来，有相当一部分作家认识到"文不能通而俗可通"的道理,自觉将小说作为一种劝善惩恶、化民成俗的工具,最大限度地发挥它的社会作用。而小说有时也确实能够起到移风易俗的作用。如绿天馆主人《古今小说序》中说:

> 唐人选言,入于文心;宋人通俗,谐于里耳。天下之文心少而里耳多,则小说之资于宣言者少,而资于通俗者多。试令说话人当场描写,可喜可愕,可悲可涕,可歌可舞;再欲提刀,再欲下拜,再欲决脰,再欲捐金;怯者勇,淫者贞,薄者敦,顽钝者汗下。虽小诵《孝经》《论语》,其感人未必如是之捷且深也。

在《宣讲博闻录》的序言中,整理者将这个主旨说得非常清晰:

> 天下古今之事,情理而已。顺乎人情,合乎天理,其事以传,其人其地亦与之俱传。《圣谕十六条》括典谟训诰之全,理义灿陈,而情文无不曲尽,家喻而户晓之,诚化民成俗之极轨矣。然尽其鼓舞之神,必兼微求乎往事,自来宣讲劝化所以首将圣谕开其端而继及于因果报应之事也。夫世情好尚,大都厌故喜新。坊刻诸篇每以习见习闻而忽略,本集所辑非敢惊为新奇,第博采往事之传闻于理有不刊、情无不尽者,引申其说加以断论,一以劝善,一以惩恶,于化民成俗未尝无小补云。

小说的辑录者认识到了"圣谕十六条"的价值,如果每个人都能将此十六条作为言行标准，那么就可能出现民风淳朴、民德归厚的理想局面。同为西樵云泉仙馆编的《善与人同录》中论及《宣讲博闻录》时说：

> 圣谕十六条，垂为典则，大邑通都，家喻户晓。诚欲天下苍生，各尽乎人生当行之道，天下苍生，恭行圣训。尽乎人，不必惑于神；尽乎人，自能格乎神。长治久安之功，基于此矣。

编纂者希望这些劝惩故事成为国家治理的辅翼，为长治久安奠定基础。《宣讲博闻录》也正是秉承着这样一种社会责任感，力求最大程度地发挥小说的教化功能，终极目的是"为国家兴教化，为万世植纲常，为乡党端风俗，为宇宙正人心"。这也是在那个国家动荡的年代，还有那么多有识之士主张宣讲的一个重要原因。只不过当时国际风云变幻，中国已经陷入列强环伺的局面，宣讲活动已经处于无力的衰退期了。

第二个特点是体现出编纂者对"孝悌"思想的偏重。《宣讲博闻录》以"圣谕十六条"为分类标准，被分为十六部分，每一部分都有不同篇目的作品进行支撑，但篇目分配并不均衡。每一部分篇目的多寡，显示出作者们根据当时的社会实情和需求所做的判断与取舍。在这十六部分五十九篇小说里，第一条"敦孝弟以重人伦"占了九篇，之所以会出现这个局面，是有其特定的历史和社会原因的。清朝强调以孝治天下，康熙还亲自做过《〈孝经〉衍义》。其实满族统治者在入关前就有很好的孝悌传统。康熙年间太平府繁昌县知县梁延年刊刻了宣讲类书《圣谕像解》，得到康熙肯定，作为官定本分发各省。该书也是按"圣谕十六条"进行分类，共二十卷，其中第一条"敦孝弟以重人伦"独占五卷，篇目共八十条。剩下的十五卷所含篇目加起来一共一百八十条。由此可见清朝对"孝"的重视与提倡。

第三个特点在于表明了一种儒、释、道三教杂糅、三教并尊的思想观念。该书由云泉仙馆编，云泉仙馆本为吕洞宾的道场，属于道家。但是编纂者却并没有将内容局限于道家，而是将三教并尊。

> 本馆同人，何以重视此书？盖以其能救人心于陷溺，挽狂澜于既倒，而内容则以普度众生为主题，举凡各界，均有启示……将此人道做到尽头处，在儒则为圣，在道则为仙，在释则为佛。

从内容上看，广引三教经典。如儒家的《孟子》《礼记》《尚书》等，佛家的《坛经》，道家的《文昌帝君阴骘文》《吕祖》《武帝宝诰》《太上感应篇》，并叙述吕祖、关帝感应事迹。在《夜行万里》一篇中，虽是写关帝显圣，却引用《孝经》《孟子》《尚书》《左传》等儒家经典。也有专写六祖惠能的《孝子成佛》。这些都表现出整理者兼收并蓄的宽阔胸怀。

更为难能可贵的是，整理者有着非常清醒的观念，对那些"阴窃释道之名"的假和尚、假修行人也给予了抨击与揭露。如《正吉邪兄》，就写了许多假和尚的故事。

第四个特点是《宣讲博闻录》富有广东地域特色。书中写广东或和广东有关的篇目有十八篇，占了总篇目的三分之一，分别是：《夜行万里》《事母异闻记》《苦节保孤》《难兄难弟》《义农一子承双嗣》《顺母桥》《乞儿奋志》《孝子成佛》《正吉邪凶》《犯法根于贪》《雪糕石饼》《守正兴家》《拐嫂》《诚心感弟》《狱中义卒》《匿粮谋产》《济施化盗》《轻言陷命》。这些篇目主要写的是广东人的故事，个别也有外地人在广东的故事。有些甚至就是身边人讲述的故事，如《犯法根于贪》的开篇就说："里人蔡子厚，谓其客北江时，韶州城有冯日新者，贩毡、绸，往来曲江、南雄各埠。"可以断定，蔡子厚是广州人，整理者就是从他那里听来的这个故事。《顺母桥》则一改以往关于"顺母桥"的传闻，起到了正本清源，以正视听的作用。

除了地理上的联系外，《宣讲博闻录》还不断强调赌博带给人的危害。广东人嗜赌是非常出名的。《粤小记》中说："粤有三可患，娼妓、赌博与阿片也。"郑观应在《上粤督张安帅请禁赌书》中说道："查中国大害不外鸦片、赌博二事，而广东受赌博之害为独深。破民人之家，杀民人之命，以民人杀民人，皆出赌博也。"《宣讲博闻录》中有十一篇作品都提到了赌博，分别是：《顺母桥》《守正兴家》《杨铁棍》《拐嫂》《诚心感弟》《恤寡存孤》《贪财积恶》《反妾还金》《疯妓》《冒名改税》《谢乡约》。说明小说的编者也认识到了这个问题的严重性，并在总论、断语中不断重申赌博的危害。

《宣讲博闻录》的艺术价值

较之于以往的圣谕宣讲作品,《博闻宣讲录》在艺术上的成就更为显著。

1.作品编纂时有特定的体例

基本体例为:圣谕、《圣谕广训》、圣谕诠释(即"总论")、小说(中间穿插一些评论,姑且称之为"断论")、综论。以第一部分为例,共有《林氏家谱》《孝友家风》等九篇小说。目录之后即为"总论"。这九篇小说每一篇前都对应一篇"总论"。这些"总论"是小说编撰者结合圣谕与作品进行的一种"导读",提醒读者或听讲人要关注哪些重点。如《林氏家谱》的总论,以"孝"的三条标准为主要论述内容。

夫孝有三:生则致其养,病则致其忧,祭则致其诚。斯之谓礼。

接着对这三条进行逐一解说,而这些和《林氏家谱》的内容有一定的联系:林志刚怙恃尽失后,忽然发现父母遗像,于是尽心供养,事死如事生,真正做到了"祭则致其诚"。又有其庶母庄氏抱病,他担心庶母撑不过去,为了能让她见三孙媳一面,林志刚"急为完娶"。这些内容都和"总论"有一定关系。有的"总论"更是直接点出小说内容,如在同属这一部分的《夜行万里》的"总论"里,论说父母生养子女不易,生命无常,人子要善体亲心,竭诚奉养。果能如此,苍天不负孝子。

即至出人意料之外者，无不所求如愿。夜行万里一事，可取证矣。

这些已经直接论述小说内容了。

"总论"之后即为小说文本了。在文本中，根据所写的不同叙述层次，时有"断论"，如小说集序中所说，"引申其说加以断论"。这些"断论"有两个作用，第一个作用是深化主题，阐明主旨。如写林志刚季子林俊良娶亲之日，恰遇洪家娶亲，因风雨大作，迎娶之人误将洪家新妇抬回。林俊良因为夜已经很深了，就没打扰父母，将女子安顿好后，自己则"秉烛中庭，咏诗待旦"。

在这样的叙述节点，作者要将作品的思想主题进行申发，以达到劝善惩恶之目的。

妻非原聘，误入吾家，珠翠盈头，又胜己妇，况当洞房花烛，未免有情。他人处此，或将错就错，贪一夕之欢，贻终身之祸矣。俊良趋避于外，赋诗达旦，不愧秉烛通宵，又能安祖母之心，不惊双亲安寝，信乎德性坚定，少年老成，金玉君子也。

"断论"的第二个作用是解惑答疑，即对于小说中容易引起疑惑、误会的情节进行解说，利于读者更好地理解作品，这种"断论"颇类似于传统的小说评点。

如林志刚的母亲岑氏临死前,托孤于庄氏。她并不反对庄氏改嫁,只是说请她在改嫁之前,先将林氏血脉抚养成人。庄氏则明确表示自己不会改嫁。最后岑氏哽咽难宣,指口而逝。针对这一情节,作者提出"断论"。

> 岑氏所嘱,一字一泪,虑付托之无人,信庄氏之可靠。其云"汝有异志"者,特反言以决之,非疑之也。庄氏素有肝胆,故一闻所嘱,直下承当,亦语语从血性流出,读之令人泪下。

原来岑氏用的是"激将法",而庄氏也是一个奇女子,故而才能牺牲自己,保全林家宗嗣。而下一个"断论"更能明显地体现这种解惑性质。林志刚发现父母遗像,就将其置于室内,进行供养,每到祭日,还要隆重地祭祀一番,当日粒米不食。岑氏对此很担心。"断论"里对庄氏与林志刚的行为进行了解读。

> 庄氏搁泪,远虑早识,诚恐自己哭坏,抚孤倍难。不知者以为忘忧,其知者以为有养。志刚披遗像而痛哭,平日不知多少慕思,郁而勃发,如汉明帝谒光武原,观太后镜奁中物,伏而悲泣,左右莫敢仰视。百官称其孝。今志刚年少如此,孝思尤为恳切。

一方面对庄氏的行为给予了解释;另一方面则引用典故,对林志刚的孝行给予肯定。

在《加惠农人》中，写林氏为了养活婆婆和三个儿子，耍手段赚得柳封翁银子四十两，作者在"断论"中两次为柳氏辩解。

> 林氏孝妇岂真爱惜余生，致此中途改节？但念姑老儿幼，使无权宜之计，则全家饿殍，更难为情者。看者当谅其苦心也。
>
> 林氏所为，似近串骗，然用心苦则机关出。使不通变行权，则姑子之存亡，有难逆料。亦俟后日之图报而已。乃或从而议之曰："媒与林氏之言，两不相对，何难寻觅媒媪，质证是非。"而林氏有此奇智，料其出门时，曾与媒媪关说，著（原文如此，疑为"嘱"）其预为引避，且逆料柳翁忠厚，纵事后访知其伪，亦能曲谅苦衷，是林氏不特以节孝见重，而且以才智见长矣。

此处对柳氏行为背后的苦衷与大义给予了肯定，而且对故事中的疑团进行了解释，消除读者的疑虑。

在每一篇作品的最后部分，都有作者一段"总断"，结合作品中的具体人事，阐明义理，生发出符合"圣谕"条目的议论，或阐发儒、释、道三家的学说。有的篇目还说明了选录缘由。如《郑板桥寄弟保坟书》只是简单介绍了郑燮的号与籍贯，然后照录了他的《寄弟墨》，最后简要地说明了郑板桥人生的境况，"后公登乾隆进士，官山东潍县知县"。紧接着就是最后的总结。

曲存无主孤坟,示子孙以永祀,比世之占坟盗葬,及霸冢灭骸者,其心术之异,相去何啻人禽。忠厚为怀者,自有心田福地,其发福可信之天理,不专凭地理也。此虽一事之微,与上篇存坟代祀,其忠厚相似,故并录之。

这篇简要说明了人应心存忠厚,自有福报。同时故事的作者或整理者会不时地露面,发出自己的声音,这也是"圣谕宣讲小说"的一大特色。

2.小说素材的来源丰富

《善与人同录》中说它"或取前书之所记,或采近日之传闻",此评言简意赅。"或取前书之所记",指从已经成书的作品中采撷素材,比较明显的是从《史记》《玄怪录》《坛经》《聊斋志异》《解人颐》《关帝圣迹图志全集》等作品集中汲取了丰富的养料。在"取前书之所记"的过程中,又分几种情况。

第一种是基本照搬。故事的主体情节不变,只是根据需要在某些细节方面做了适当调整。如《郑板桥寄弟保坟书》就属于照录,而其他具有代表性的作品有《夫妻贤孝》《正气诛邪》与《河伯娶妇》。

《夫妻贤孝》来源于《聊斋志异》里的《陈锡九》。《聊斋志异》是宣讲善书故事的重要来源之一。日本学者阿部泰记《〈聊斋〉故事在"宣讲圣谕"》发现《跻春台》《宣讲宝铭》《宣讲集要》《宣讲醒世编》里都用了《聊斋志异》里的故事,但未提到《宣讲博闻录》。

《夫妻贤孝》讲述陈锡九夫妇的传奇故事。和《陈锡九》相比,作品有以下几处改动：

第一处是改陈锡九父亲名字"子言"为"子贤"，突出了作品的主题；第二处强调虽然陈家物质上匮乏，但究竟是"诗书门第"，这与《宣讲博闻录》宣扬读书明理的基调是吻合的。也因为是"诗书门第"，并且为"贤孝"，故而有了第三处改动，就是周家的老婆子来陈家侮辱陈母时，《陈锡九》里原文为"纷纭间，锡九自外入，讯知大怒，撮毛批颊，挞逐出门而去"。《夫妻贤孝》则改为"适锡九自外归，询得其情，益怒曰：'吾家赀虽不及汝主人，究竟是诗书门第，岂由尔等任意轻薄！吾母虽贫贱，尔姑娘入门，尚怡气承颜，以尽媳道。汝不过为媪婢，是何等人，敢辱吾母！'骂毕，夫妻将媪婢逐去"。这里将原文的激烈动作"撮毛批颊"改为君子动口不动手，突出了读书人温文尔雅的风度。为了突出那种父子天性，作品增加了陈锡九在寻父过程中偶遇乳虎的情节。同时加入长者相助、太守智断、福寿绵延等情节，强调了"众善奉行，诸恶莫作"的观念。为了使行文更流畅，情节更集中，《夫妻贤孝》删除了原作中陈锡九与妇梦中相见之事。

《正气诛邪》来源于唐朝牛僧孺所撰的传奇小说集《玄怪录》，讲述郭元振为太原除猪妖的故事。作品对故事的时代背景和郭元振的性格进行了铺垫，先写太原"地方好神，有所祷必多方许愿，务投神之所好以媚之"，复写郭元振"素有胆气，每与人谈，以祸福死生，置之度外，正论侃侃，人皆畏之"，然后举了一个小故事作为引子，"未第时，尝读书寺中，僧于夜间，模为厉鬼以相吓。振猛声叱之，僧惊病而死"，然后才引入正文。

《河伯娶妇》来源于《史记·滑稽列传》讲述西门豹治邺时破除迷信的故事。作品改变了原作的叙述顺序,更符合一般读者的接受心理。开篇就交代故事背景,"战国时,邺都巫觋辈,伪言漳河有一神,名河伯。每年要民间为娶一妇,可保年丰,若不择女以献,必致河水泛滥,漂溺人家。百姓惑于巫言,皆畏水患,不敢不从"。接着又叙述了具体的河伯娶亲仪式,富人可以财帛赎免,贫民则无以自保,结果是"百姓有此奇费,又有爱女者恐为河伯所娶,多逃避远方",造成了邺城人烟稀少的局面,为西门豹的出场做好了铺垫,从而增加了作品的可读性。

第二种是将古代的诗词曲赋或典故插入文中,化为小说中人物的创作,少则三言两语,多则百八十字,增强了作品的感染力。这些插入文本基本为劝善或醒世类,从中可以看到编者明确的价值取向。如上文提到的《夫妻贤孝》中的诗,就是导人向孝。而古代许多类似的读本就成为这类化用的重要来源,如《解人颐》《悦心集》《传家宝》《明心宝鉴》等书,在这里面又有几类情况。

第一类为根据需要,截取原文的部分内容,如《能屈能伸》中引用王文成公的《戒好讼诗》。原诗共有十二句,这里只截取前四句,告诫人们不要轻易打官司,否则得不偿失。

　　　　些小争差莫若休,不经府县与经州。费钱吃打陪茶酒,赢得猫儿卖了牛。

如《盲丐承欢》中姜成所作长歌,在《解人颐》中题为《下山虎带蛮牌令》,但并不完整。而在《悦心集》中题为《大梦词》,内容更加完整,从而可以看出这首长歌是对《大梦词》进行了截取。又如《反妾还金》中引用《明心宝鉴》里庞德公的《诫子诗》中的两句:"能使英雄为下贱,顿教富贵作饥贫。"再如《恤寡存孤》中借魏健斋之口表达了观点,当妻子说他行功过格,是有心为之的时候,魏说:"吾非敢以是为邀功也。夫有心为善,虽善不赏。岂得为功乎?""有心为善,虽善不赏"出自《聊斋志异》的开篇之作《考城隍》。《考城隍》写的是宋焘去参加城隍考试,在他的答卷中就有这八个字。

> 公文中有云:"有心为善,虽善不赏;无心为恶,虽恶不罚。"诸神传赞不已。

第二类基本为原文,只在个别字句上进行了修改,并不影响整体的意思。如《夜行万里》中的于保所"作"的诗:

> 莫道形容似去年,今年亲鬓已斑然。却愁前面无多路,及早承欢向膝前。

原诗前两句为"难道形容似去年,今年亲已鬓毛斑"。通过替换"难道""亲已鬓毛斑"为"莫道""亲鬓已斑然",文字上更加浅显,读起来更加顺口,有利于文本的传播和接受。

又如《构讼终凶》中的两首诗也出现在《解人颐》中。

　　一派青山景色幽,前人田地后人收。后人收得休欢喜,还有收人在后头。

　　南来北往走西东,看的浮生总是空;天也空来地也空,人生飘渺在其中;日也空来月也空,来来往往有何功?田也空来宅也空,不知换了多少主人翁?金也空来银也空,死后何曾在手中?夫也空来妻也空,黄泉路上不相逢;大藏经中空是色,般若经中色是空;夜半听打三更鼓,翻身不觉五更中;朝走西来暮走东,人生恰似采花蜂;采得百花成蜜后,到头辛苦一场空,从头仔细思量看,尽在南柯一梦中!

第一首基本保持原貌,编者对第二首则进行了小小的改动。再如《夜行万里》中汪氏所作《莫恼词》,实为清代石成金的《莫恼歌》,劝人应随份安时、心胸宽广。《盲丐承欢》中姜成所作短歌,来源于褚人获的《隋唐演义》第二十七回回首《满庭芳》:"试想江南富贵,笙歌与罗绮交加。到头来,身亡家破,妻妾委泥沙。""叹息世人不悟,认火宅为家。闹哄哄,争强斗胜,又谁识眼前花。"只在三处字词上稍微做了改动,而《隋唐演义》本身就是重写的一部作品。

第三种为作品的创新性较强,并和"前文本"有较大区别。也就是佛克马所说的对古代经典故事的"重写"。这种"重写"集中占了一定篇幅。

所谓重写并不是什么新时尚。它与一种技巧有关，这就是复述与变更。它复述早期的某个传统典型或者主题（或故事），那都是以前的作者们处理过的题材，只不过其中也暗含着某些变化的因素——比如删削、添加、变更——这是使得新文本之为独立的创作，并区别于"前文本"或潜文本的保证。

佛克马认为"重写"包含三种情况，一种是删削，即原作较长，进行了缩写；一种是添加，即原作较短，进行了扩写；一种是变更，即重写后的作品与原作长度相似，但是改变了原作里面的一些叙事要素，如时序、情节等。

当然，一般的重写文本很少单一运用某种方法，实际情况比较复杂，在一篇作品里往往三种方法并存，本文仅就其大略，粗分为三种。

一为"删削"，即缩写。如写惠能的《孝子成佛》就是对《坛经》的缩写，除此之外，在作品的最后，整理者又加入了关于惠能的一些最新情况叙述：

> 自唐宣宗时，至元六百有余年，肉身俱存，香烟薰腹而如漆光。至元丙子年，汉军以刀钻其腹，见心肝如生，于是不敢犯。

二为扩写。代表作《夜行万里》乃是将《关帝圣迹图志全集》中一篇四百五十字左右的《于保还乡》敷衍成几千字的作品，是整部

《宣讲博闻录》重写水平最高的一篇。《于保还乡》的故事原文如下：

> 解州下冯村，有于姓名保者，性至孝。娶妻汪氏，甫三月，被枉株连谪戍南海，凡万里。发遣日，泣谓妻曰："予远离，年迈父母何人奉甘旨？"妻曰："妾之事也，君勿虑，愿君冤得伸，可早归耳。"汪纺绩孝舅姑，每朔望必往帝庙虔祀，泣祷愿夫申冤回籍。如是数载，保虽在戍，颠沛之际而持身愈谨。有总戎拔为牧。至洪武丁卯年三月二十三日暮夜，保忽见驰一赤马者，状貌巍巍，诣前谓保曰："汝素孝，可念父母而思家室否？"保泣曰："愚蒙枉，陷此数年，来麟绝鸿疏焉，有不念父母而思家室者乎？但由海及解万里，且法度森严，奚克归？"驰马者曰："吾亦解籍，偶过此，西旋，汝可携睫随吾回也。"保从之，疾如风行，恍若云驾，片咎坠地，时将曙。讯耕者此何村也，耕者曰乃下冯村。保知故里，遂旋家见父母妻子而泣云暮夜事。妻曰："此关圣援君也。"是日，南海伍中失于保，官行檄至解搜求之日，即于保至家之日也。职司异之，以事奏上。赦保军戍。解人共钦圣帝之赫奕。由今观之，固圣帝之赫奕千古也，由人之至诚以格之也。使当日者，于保夫妇素无孝行，矢愿未诚，安能感如是耶？

本来是一个极其简单的孝顺夫妇的故事，在《夜行万里》的作者笔下却焕发出了动人的光彩。原因即在于重写者采用了几个叙事技巧：首先，通过增设于保夫妇的相关情节，丰满了二人的人物形象，深化了他们的性格。开篇就用故事把于保的"性至孝"描绘了出来。

> 家寒微，性纯厚，以卖菜为生，侍亲极孝。父母俱嗜酒，每卖菜归，必沽酒以奉。有新出时物，亦必买奉亲尝，不计价之昂也。己体无完衣，而亲所用之物，莫不常给。……里中有不孝者，其父母窃叹，且泣曰："何不看于保？"其令人钦慕如此。

其次，通过插入一些诗词，扩充了作品的深度，增强了感染力。如前文提到的"莫道形容似去年"诗和石成金的《莫恼歌》等。

最后，增设了三个人物形象：商姓不孝子、义士冯长者和县令。如果按照普罗普《故事形态学》里的分类，这三个人正好代表着两个类型：商姓不孝子是"主人公的对头（加害者）"，冯长者和县令则是"赠予者"。他们的加入使得故事曲折动人。

三为"变更"，重新整合前文本之要素，在情节与主题上，有承继，有创新。代表作品为《渔仙隐迹》。此篇是对《聊斋志异》中《王六郎》的重写。

《王六郎》讲的是王六郎与一许姓人相交的故事，重点突出王六郎的仁义和许姓人的重情。而在《渔仙隐迹》中，则将许姓人替换为吴志人，将王六郎替换为范家诗，将王六郎的一次仁义之举，改为范家诗的三次仁义之举，最后吴、范双双成神。其间，又把吴志人的故事进行扩充，将其塑造为一个知足常乐、心怀仁义的渔仙形象。

"或采近日之传闻"则更具有创新性。如序言所说，"夫世情好

尚,大都厌故喜新。坊刻诸篇每以习见习闻而忽略",而这些"近日
之传闻"就具有更强的新鲜感,为读者与听众带来一种陌生化的效
果。《顺母桥》一篇更具有现实意义,其开篇就说:

> 省城西关有顺母桥,讹传谓一孝子,因其母每夜间涉水以
> 就奸夫,孝子觉之,遂填石桥,使母得安步以渡,不致涉水之苦,
> 人故名之日顺母桥云。噫,此即孟子所谓齐东野人之语,彼无
> 知者之妄传无怪矣,可惜有识者,亦啧啧口实,信以为然,谬甚
> 妄甚。试思既是孝子,知其母有秽行,自当几谏,岂有陷亲不
> 义、反造石桥以重母之过、扬父之羞? 其父有灵,九泉且为饮
> 恨,尚得为人子乎? 稍有血性者,未必若是之愚。然相传之讹,
> 未始无因,若不详言之,则孝子抱百世莫白之冤矣。

该作品写了伊猷卓浪子回头的故事,其间多得母亲及妻子之
助。在文末,作者写道:

> (伊猷卓)将所获赀在省广行阴骘,更营生理,后积赀数十
> 万,宅后建园,使母在此安享,以娱暮年,故名晚景园。濠有木
> 桥,母从楼上窥见行人倾跌,命易以石,故名顺母桥。今晚景园
> 街户,原伊猷卓故宅。故街名仍日晚景园。当时单坤成,恶党
> 虽欲施害,而势不能与敌,忮之,故捏言顺母桥,谓创为其母往
> 就奸夫者。此小人阴恶之术,如毒蛇不能咬人,犹欲喷毒以伤

人。小人斯为小人也。

原来流传的有关顺母桥的传说是个讹误，是仇家为了泄愤所编造的谣言，却混淆了视听，并对世道人心产生了不良影响。此篇则正本清源，起到了正人视听的效果。

《宣讲博闻录》采用多种技巧，一是打破某些类型小说的套路，二是注意增加细节描写，增强了作品的艺术感染力。如《正吉邪凶》类似于公案小说，但是不同于以往公案小说的写法，如《龙图公案》《三侠五义》等，而是悬念重重，步步惊心，直到最后才揭示谜底，从而大大提高了小说的可读性。《孝友格亲》则基本采用书信体，可以看作是后世书信体小说的先声。《事母异闻记》则用喜剧的笔法写了"二子争孝"的故事。

在细节方面，《宣讲博闻录》多有称道之处。如《义农一子承双嗣》中，描写连汝芬找不到儿子之后的举动，就特别逼真。

汝芬不见其子，心自惊慌，遍市寻访无踪，归店告知其友，友即着店伙各处找寻，杳无声影。汝芬捱至天晓，仍四路访寻一遍，无奈回家。行至门前，不敢入室，立在门外，探影听声，测其子有回家否。妻方欲出汲，迫得踏脚入门。

《顺母桥》中伊猷卓在赌场上背着家人将妻子作为赌注，结果输了。待他回家时，家人并不知道已经发生了这样一件恶事，这时作

品写道:

> (伊猷卓)一路寻思,母及儿女向凭妻养,今无辜拆散,一家食指何依?念及此不觉寸衷欲断。徐步归屋,已属更深。妻尚挑灯夜织。扣门而入,妻见之恼,即携灯入房,羞与觌面。猷卓独坐庭间,俯首泪滴。其女见之,低声告母曰:"爹爹不知何为洒泪。"姜氏曰:"他或苦饥耳。然吾恼他,汝不能恼他。当问其曾食饭否。"猷卓闻之,触动恩爱心情,泪下如雨。适其女来问曰:"娘亲说爹爹曾食饭否?"猷卓愈加感触,哽咽不能感声,惟点头而已。妻窃窥其状,不觉酸心,出扪其首而抚其背曰:"腹得毋饥乎?抑寒风致疾乎?抑负赌债而为强梁殴迫乎?"猷卓皆摇首,曰:"不是。"妻复曰:"抑或穷途悔悟、触境伤悲?然往事不堪回首矣。如能知悔,夫妻勤俭,犹可支持,何必悲苦?"猷卓仰天叹曰:"今而后始知朋友中炎凉世态,究竟夫妇真情,吾过矣。"言之泪涌。

可谓一波三折,感人至深。

除此之外,《宣讲博闻录》塑造了一批性格发生改变的人物,正符合"改过迁善"的教化目的。在一般文学作品里,人物的性格基本不会有太大变化,在《宣讲博闻录》中,却可以时常看见这种人物转变的闪光。如《诚心感弟》中的潘月槎、《忘仇认弟》中的施善权、《顺母桥》中的伊猷卓,都带有浪子回头、弃恶从善的特征。

第四节　杂取种种人，合成一个

在谈到创作原型时，鲁迅说过两种方法。这两种方法的提出，当时是为了回应《出关》引起的反响，或者质疑：总有一些人把作品中的人物与现实中的人物对号入座。所以鲁迅写了《〈出关〉的"关"》，后来收入《且介亭杂文末编》，提出自己创作时取人为模特的两种方法。

第一种方法是"专用一个人"。既然是"专用"，那么"言谈举动，不必说了，连微细的癖性，衣服的式样，也不加改变"。这样做的好处是写出的人物有所本，容易鲜活；弊端在于，如果人物不够典型，写出的人物很难出彩。

第二种方法是"杂取种种人，合成一个"。顾名思义，这种方法不拘泥于一个人，而是综合不同的人，用鲁迅在《我怎么做起小说来》一文中所说：

> 人物的模特儿也一样，没有专用过一个人，往往嘴在浙江，脸在北京，衣服在山西，是一个拼凑起来的脚色。

无独有偶，在李渔《闲情偶寄》中也谈到了人物的塑造。李渔认为，所谓传奇，写的多为古事，但不一定是实际发生的事，而是带有更深的寓言成分。在塑造人物的时候，为了突出人物性格，不惜采取叠加法则。

> 欲劝人为孝，则举一孝子出名，但有一行可纪，则不必尽有其事。凡属孝亲所应有者，悉取而回之，亦犹纠之不善，不如是之甚也，一居下流，天下之恶皆归焉。

这段话以劝人为孝举例。孝亲的宗旨是一样的，但是在具体的行迹上各不相同。在塑造人物时，就可以将这些不同孝子的故事集中到一个人物身上，由此来提升人物的感染力。塑造恶人亦然。恶人有无数个恶的言行，如果将其汇集到一个人身上，那么这种恶将是令读者愤懑的。这样一来，反倒容易取得艺术上的成功。

上面所说是人物的原型，而关于故事的来源，鲁迅也有自己的方法，同样是在文章《我怎么做起小说来》中，他写道：

> 所写的事迹，大抵有一点见过或听到过的缘由，但决不全用这事实，只是采取一端，加以改造，或生发开去，到足以几乎完全发表我的意思为止。

这段话是说，作品中的故事，有的是亲眼所见，有的是亲耳所闻，不会只有一个来源。同时，不论怎么改造，都不能离开中心主线，那就是为"足以几乎完全发表我的意思"服务。

古墓荒斋：聊斋故事拼盘

1991年，谢铁骊导演拍摄了电影《古墓荒斋》。这个剧本就是一个在人物塑造和故事改编上非常典型的成功案例。

书生杨予畏是个善良的人，曾经放走了一只夹子里的狐狸。在荒宅中读书时，结识了女鬼连琐。连琐已经死了二十年，每夜吟自己做的两句诗。杨予畏壮着胆子接了两句诗，一人一鬼由此结为挚友，并暗生情愫。后来在一众好友的帮助下，杨予畏替连琐解决了一直骚扰她的白无常。因为浸淫人气较多，连琐获得了重生的机会，代价是杨予畏要付出精血，并大病一场。杨予畏舍身相救。后来带着连琐回到连府，连父不同意这门婚事，除非杨予畏中举。杨予畏只能去参加科举考试。杨予畏在赶考路上，突然肚腹疼痛不止，这时遇见了老汉一家。那老汉就是他曾经放走的那只狐狸。他有一个女儿叫娇娜，用自己的内丹救了杨予畏的性命。病好之后，杨予畏继续上路，寄宿在寺庙，在那里遇到了女鬼。幸好他不贪财色，使自己幸免于难。他的行为感动了女鬼，她把实情相告。原来她是桂花树的花精，名叫聂小倩，受妖魔迫害和指使出来害人。如果她害人不成，妖魔就要亲自来了。那个妖魔有特殊的本事，就是把画好的人皮披到身上，就能变成画上的样子。妖魔已经害了赶考的王生，马上就要来害杨予畏了。小倩告诉杨予畏，可以搬到对面那个叫燕赤霞的屋里住，能够幸免于难。杨予畏搬了过去，当晚，一道白光飞出，斩杀了妖魔。原来燕赤霞是侠客，多年来一直在追踪这个画皮妖魔。得救后，杨予畏进京赶考，在聂小倩的帮助下，中了头名。杨予畏也很高兴,连忙去接连琐。在路上又遇到了娇娜一家,她们家正面临着渡劫的考验。杨予畏挺身而出,帮助娇娜一家渡过劫波,更是在关键时刻将娇娜救下,自己却被雷击身死。娇娜为了救活杨予畏,把自己修炼的内丹给他喂了下去。杨予畏复活后,辞别娇娜一家继续上路。令他意外的是,连府已经变成了一所荒宅。连琐又死了。原来在他走后,连琐被逼婚不过,又没有他的消息,自缢身亡。杨予畏将娇娜所赠内丹吐出,再次救活连琐,有情人终成眷属。

这个故事可以分为九个阶段性故事:

1.杨予畏救狐狸A;

2.杨予畏救连琐B;

3.杨予畏被迫进京赶考B;

4.杨予畏被娇娜救助A;

5.杨予畏救聂小倩C;

6.燕赤霞斩杀妖魔C;

7.杨予畏中举C;

8.杨予畏救娇娜一家A;

9.杨予畏再救连琐ABC。

整个故事是按照纵向时间顺序展开的,九个分故事其实是三条平行的线索:A娇娜的故事、B连琐的故事和C聂小倩的故事。其中A是报恩型故事,B是才子佳人爱情故事,C是考验型故事。最后三条线索汇合,故事结束。

这个剧本其实是《聊斋志异》中四个故事的集合。这四个故事分别是《连琐》《娇娜》《画皮》和《聂小倩》，如表所示。

序号	篇名	男主人公	女主人公	阻力	助力	故事情节
1	连琐	杨于畏，书生	连琐，十七岁时暴病身亡	鬼差	王生	杨于畏每于夜幕，在书斋听见女鬼反复吟两句诗，他续上两句，一人一鬼由此结识。连琐说自己胆小，不让杨于畏将其交往的事告诉别人。后来朋友王生等发现了蛛丝马迹，杨于畏说出了真相。连琐很生气，决定不再和杨于畏联系。但因为受到鬼差的骚扰，不得不再次向他求助。在王生的帮助下，杨于畏帮助连琐解决了麻烦。连琐将佩刀赠予王生作为答报。因为吸食了很多人间烟火，连琐的白骨有了活力。借助杨于畏的精血，她在百日后复活了。杨于畏则大病一场。二人最后喜结连理。
2	娇娜	孔雪笠，书生	娇娜	胸间肿起如桃、雷霆之劫	娇娜之红丸、孔生之舍己	孔雪笠寻友未果被困。偶遇皇甫公子拜其为师。孔受到皇甫家的优待。后来他胸前肿起，影响性命，被皇甫妹妹娇娜治好。孔生对娇娜颇有好感，奈何她年龄太小。后来娶了其姨女阿松，琴瑟和鸣。松娘生一男名小宦。娇娜也嫁给吴生。后来孔生偶逢皇甫公子，正在渡劫。孔生助其渡劫，并救下娇娜，自己则被雷击身死。娇娜用红丸将其救活。吴生未能渡劫成功，一门俱灭。孔生遂邀皇甫一家到自己家共同生活。

续表

序号	篇名	男主人公	女主人公	阻力	助力	故事情节
3	画皮	王生	陈氏	恶鬼	道士、疯者	太原王生,路遇一美女,将其领回家,金屋藏娇。有一位道士,说王生身上有邪气。王生半信半疑,回家后果然发现妇人乃一狞鬼所变。王生请道士帮忙。道士以蝇拂授生,让他挂在寝门。但是鬼将蝇拂弄碎,并将王生开腹,挖其心而去。王妻陈氏,求道士搭救。道士说能力有限,让陈氏去市上找一疯者帮忙,并提醒她要忍辱。陈氏找到那个人,经过一系列考验,救活王生。
4	聂小倩	宁采臣,书生	聂小倩	夜叉	燕赤霞及革囊	宁采臣是一个有德行的人,常对人说,生平除了媳妇,不会看上别的女人。一日他寄宿在寺庙中。和他一起寄宿的还有燕赤霞、王生及王生仆人。夜晚一美女来,色诱、财诱宁采臣未果。美女被其品质折服,自报家门。她名叫聂小倩。十六岁时病死,为恶鬼所迫,出来害人。王生及仆人均遇害。小倩告诉宁采臣,要想避免被害,可搬到燕赤霞屋里去住。宁采臣依言照办。夜里,箱箧中飞出一道白光,伤了恶鬼。燕赤霞赠予宁采臣一个革囊。小倩随着宁采臣回家,白天侍奉宁母。夜间读诵《楞严经》,逐渐为宁母接纳。聂小倩渐有生气。后来恶鬼追至,被革囊击杀,免除了后患。时值宁妻因病而死。聂小倩与宁采臣成亲。

　　《古墓荒斋》以《连琐》故事为主线，《娇娜》《画皮》《聂小倩》是支线故事。不过，主人公杨予畏其实是以《聂小倩》中宁采臣为主要原型。为什么这么说呢？《连琐》中的杨于畏是一个毛手毛脚的书生，第一次见连琐便动手动脚。当被告知阴阳结合会大病一场时，他才打消了结合的念头。所以他不是杨予畏的原型。《娇娜》中的孔雪笠对香奴和娇娜的姿色十分倾心，甚至他生病都可能是因此而起，故而也不符合杨予畏的设定。《画皮》中的王生更是贪色如命，以为捡了大便宜，实则是以命相搏。只有宁采臣，面对美色和黄金岿然不动，经受住了考验。所以说，杨予畏是以宁采臣为底色的。

　　在《连琐》《娇娜》《画皮》和《聂小倩》中，男主人公最后都有情感归宿。但是作为《古墓荒斋》的改编版，就需要对女性角色进行改造。杨予畏作为主线人物，他和三个女子有过交往，分别是连琐、娇娜和聂小倩。连琐是鬼，娇娜是狐狸精，聂小倩是桂花树精，三位性质不同，代表着三个层面：鬼、动物精、植物精。在电影中，连琐是杨予畏最早接触的女性，也是和他最情投意合的角色。二人诗书唱和，不胜快乐。娇娜在作品中为杨予畏奉献的更多了些。原著中的阿松则仅仅是露了个脸，说一句台词。聂小倩则由女鬼改造成桂花树精，要不然没法安置她的归宿。

　　编剧对反面人物也进行了修改。把《连琐》中的鬼差改为白无常，增加了反面人物的层级，辨识度大大提高，只不过在电影中，白无常那么容易被打败，有点不合情理。原著中就处理得很好，是在梦中搞定。画皮妖魔则和《聂小倩》中的夜叉合二为一，既杀害了王生,又逼迫聂小倩去做坏事,最终的结局是被燕赤霞的飞剑斩杀。

在情节的编排上,为了增加杨予畏的人物流动性,保证他一直在路上从而不断历险的效果,电影中增加了连父等系列人物。连父是一般富家老爷的形象,因为门第的关系,他不同意女儿的婚事。就像《西厢记》一样,不招白衣女婿。杨予畏踏上赶考之路,才会遇到更多的故事。连琐是爱情型,为爱死而复生、生而复死、再死再生是主线。娇娜是报恩型,她为救父亲的救命恩人而不惜奉献内丹,她的付出感动了杨予畏,他反过来又帮助娇娜一家渡劫成功。这是连环报恩、恩恩相报的故事。聂小倩则是考验型。她的出现是告诉观众,杨予畏是一个不贪财、不好色的真君子。也正是因为有着这种品德,才能一次次逃脱厄运、当别人有困难时挺身而出。当然,聂小倩的故事里也夹杂着报恩型。正是她的调包计,才帮助杨予畏考中头名。如果说,作品一方面对没落的科举制度进行了讽刺;另一方面则表现出有些人还不如鬼:鬼和精怪尚懂知恩图报,而连父的势利眼和不通人情让人唏嘘,相比之下,娇娜和聂小倩更显得清纯、可爱。

《古墓荒斋》通过对主要人物的改造、故事情节的增删,在人物塑造上,做到了"杂取种种人,合成一个";在故事改编上,做到了"采取一端,加以改造",整合资源,合而为一。

姽婳将军

关于对《红楼梦》中"姽婳将军"林四娘的研究在红楼梦研究中

并没有得到足够的重视。历来研究者多瞩目于王士禛、陈维崧、蒲松龄、林西仲等人的作品。可惜的是曹雪芹笔下的姽婳将军与上述几人作品中关于林四娘形象相去甚远。在署名"雁声"发表的文章《姽婳词与林四娘》中道：

> "姽婳词"是叙述林四娘生前的武烈，自有可取，后三篇（指蒲松龄《林四娘》、王渔洋《林四娘》及林西仲《林四娘记》，引者注）所叙林四娘既不能武，又似乎欠一点烈，况且又是文才方面很好。

故而姽婳将军林四娘的原型问题依然是个谜。"在众多猜测中关于林四娘的形象脱胎于永宁王世子妃彭氏的说法流传较广。"笔者对被作为姽婳将军原型之一的彭氏事迹进行梳理与考辨，进而提出自己的看法。

1.《春冰室野乘》中的记载

1936年6月29日的《北京晨报》登载了署名"诚斋"的文章《红楼琐记》，提到宝玉做长诗歌咏林四娘事，并且认为，"惟自来从事《红楼》考据者，多不及此事"。作者将《春冰室野乘》里的一则转录了下来，即关于明朝永宁王世子妃彭氏的记载，此则的最后一句话十分惹人注目："颇疑《红楼梦》所记姽婳将军，事即指彭。"

这位"诚斋"是谁，已经没那么重要，重要的是，他读过李岳瑞的

《春冰室野乘》。

李岳瑞的《春冰室野乘》发表于宣统年间之《国风报》，是其最负盛名的掌故著作。诚斋所说的彭氏事迹即见于该书第一百零三则"明季两烈妇"里的第一个烈妇故事。

> 宁藩下永宁王世子妃彭氏，奉贤人。生有国色，足极纤，江西人以彭小脚称之，而骁勇多智，力敌万夫。江西破，永宁父子皆殉国，妃乃率家丁数十人入闽，寓汀州，结义军将范继辰等，聚人数千，克宁化、归化等十余州县，势张甚，大清兵极畏之。会岁饥，众稍散，遂以顺治五年，为叛将王梦煜所败，被执不屈，绞杀于汀州灵龟庙前。其从婢二人，一名金保，一名魏真，年皆未及笄，而俱有勇力，善骑射。妃既死，保自到，真窜山谷间十数日，兵退乃出，窃妃与保尸葬之，遂去为尼，不知所终。此事明季诸野史俱未纪载，惟见施鸿保所著《闽杂记》（为行文方便，本文中统一写作《闽杂记》，引者注）中，巫表而出之。

在这则故事的最后，李岳瑞附注的话，就是"诚斋"所引用的"颇疑《红楼梦》所述姽婳将军，事即指彭"。也就是说，是李岳瑞提出了姽婳将军原型可能是彭妃这一观点。

李岳瑞注意到彭妃这件事"明季诸野史俱未记载"，他很诚实，明确自己所记载的只是转录，真正的资料来源是施鸿保所著的《闽杂记》。

2.《闽杂记》中的记载

施鸿保，字可斋，清代浙江钱塘人。他科举不遇，中岁以后到江西、福建一带做幕僚。曾用心查访，收集了许多关于福建的资料，可惜生前没能结集刊印。他辑录的《闽杂记》原书共二十六卷，整理者朱埰只摘录了"其十之三四"，又重新厘正，分编为十二卷刊行，亦即目前的通行本。该书中关于彭妃的记载名曰"彭小脚"：

> 明末江西永宁王世子妃彭氏，奉贤人，貌美而足最小，人称为彭小脚，骁勇多智。江西破，率家丁数十来闽，寓汀州，结叛将范继辰等，聚众数千，掠宁化、归化等县。上杭人廖心明、杨禾等应之，势张甚。妃赏罚严明，身自督战，人莫敢敌。时永历在粤，妃献款，授昭勇夫人封号。顺治五年为参将王梦煜所败。禾降，心明遁走，妃被执，奉旨绞于汀州灵龟庙前。临死责数郡邑各官，词义慷慨，绝无惧色。从婢二人，一金保，一魏真，皆未及笄，亦善骑射。保尤勇健。妃死，保自刭，真窜山谷间。十余日，兵退乃出，寻妃与保尸葬之，遂去为尼，不知所终。

将李、施二人材料进行比照阅读，就会发现李岳瑞的转载存在一些问题，如改"掠宁化、归化等县"为"克宁化、归化等十余州县"，"掠"与"克"虽则仅一字之差，在事实上却有本质之别。"掠"是指攻打或劫掠，"克"则指攻克、攻陷，真是谬以千里。还说清兵非常畏惧彭氏。如果确实为"克宁化、归化等十余州县",清兵肯定会害怕她,可惜她并没有攻陷这些州县,故而只能理解为李岳瑞故意夸大彭氏的功绩,以达到耸人听闻的目的。

当然,《春冰室野乘》里也有《闽杂记》所无的内容,如记述江西被攻破后,"永宁父子皆殉国",为施鸿保记载中所无。虽然如此,《闽杂记》中关于彭妃的记载还是比较动人的,如说她赏罚严明,并且永历封其为昭勇夫人。她最后被抓,并且被绞杀而死。临死之前,当面责骂郡邑的官员,毫无惧色,视死如归。这种气势给人留下了深刻印象。

故而有论者指出:"施鸿保记载的这位彭氏既是明末王妃又骁勇善战,对比前面梳理过的故事,与曹雪芹和杨恩寿创作的将军林四娘的确非常相像。"

不过"最早记录彭氏事迹的是清代施鸿保《闽杂记》中的《彭小脚》一篇"这一说法却是不准确的。

因为在《闽杂记》"彭小脚"一条有按语曰:

> 彭妃事详张元仲宗谱《寇变纪》(为行文方便,本文中统一写作《寇变纪》,引者注),世不经见,故徐彝舟《小腆纪年》遗之,得此足补其缺。

《小腆纪年》为清人徐鼒编著的编年体南明史书,在此书上,并没有彭氏事迹的相关记载。按照施鸿保所说,彭妃事详细记载在张元仲宗谱《寇变纪》中。

宗谱中写有《寇变纪》，此事实不多见，而张元仲又为何许人也？实际上，《寇变纪》的作者不姓张，而是姓李，这次成了"李冠张戴"。李元仲就是明末大名鼎鼎的李世熊，著名地方志《宁化县志》的作者。

3.李世熊与《寇变纪》

李世熊，字元仲，宁化人，是明朝的诸生，一生富有传奇色彩。《清史列传》和《清史稿》均有传。《寇变纪》因为记录了明末清初福建宁化及其附近地区各种明朝抗清队伍、清兵行迹及农民起义情况而富有珍贵的史料价值。1980年，由中国社会科学院历史研究所清史研究室编的《清史资料》第一辑里收录了该书。据介绍，所刊《寇变纪》系据著名史学家谢国桢所藏抄本，由吴伯娅进行标点。从该抄本的附记中推断，该抄本所有者应是周星诒。周星诒"为两广盐运使周叔云都转星誉之弟，以知县官闽，颇好藏旧籍"。《寇变纪》还有一种传抄本，抄者不详，现藏福建师范大学图书馆，2000年的时候，由方宝川整理，并由江苏古籍出版社影印出版。此处对二者进行了综合参考。

《寇变纪》记载了从嘉靖末年直到壬辰（顺治九年，即1652年，引者注）正月期间福建汀州及其附近地区所见所闻的兵事。李世熊感慨于世道治日少、乱日多，尤其是自甲申以后，刀兵四起，李世熊虽为读书人，却并不是腐儒，而是积极利用自己的德行和声望保护宗族。"姑就所闻所见,胪其事变,使绸缪桑梓省得览者焉。"《寇变纪》的写作是为了给那些想在战乱中保护自己家乡的后代提供一个镜鉴,故而将其附在族谱后面。正如周星诒所说,该书"于明季汀州兵事纪之极详,彭妃事尤足补诸野史之遗"。

4.《寇变纪》中有关彭妃的记载

《寇变纪》中关于彭妃的事迹,尤其是她到福建后的事迹,记载得比较全。现摘录与其相关的内容如下:

> 是月初六,郧西王起义,破建宁府,执大兵及官吏尽杀之,属邑皆下,惟浦城尚为大兵所据。邵武诸乡义兵皆起,至八月而彭妃起义于延祥。彭妃者,永宁王长子之妃也。永宁妃即汀洲李指挥女。江西破,彭妃因寓汀洲。隆武二年三月,尝上疏叙永宁父子死难状,诏褒恤之。妃同其幼子将面驾,未至延平,而大兵已入关,乃避匿永安、贡川间。有溃将范继成,知而迹之,输诚焉。继成落魄山寺,久之至吾里延祥,颇露其事。当此时,人思明甚,深山穷谷,谈义举靡不瞠张目明者。乡豪一二辈,遂密迎致。妃以继成掌兵事,而署延祥杨禾为前锋,部勒乡丁,刻日攻归化。盖时有逃官詹化翰寓归化久,所见士民无非抱忠愤者,以为义兵至,城可不战而下也。八月初九申刻,延祥义兵取道吾乡驻罗坊坝,寥寥数百人,识者短气。至归化城下投檄文,兵气不扬,殊无内应者。归令戎政密调下角乡兵来援。

十四日下角李仁领乡兵从间道入归。城开迎战，义兵骇走，彭妃奔洋源。李仁执杀诸生王之桢，以其接济义兵也。而弟世廉，至三溪砦遇李仁兵，亦遭害。后数日，汀州亦遣百骑援归。至松溪驿，杨禾等夜斫其营，杀二十余骑官兵，毁其尸而遁。

…………

廖心明、黄徽任之兵复至。始心明等欲助文龙，及至水西，文龙已破下角，心明等因停驻水西。彭妃遣詹化翰招之，乃经吾里屯盖洋，与彭妃会……而詹化翰亦以连络义兵为名，沿余家坪、尝坪、白莲、三溪等处拷掠富民，甚于盗贼。惟吾乡以名义牢笼之，仅免荼毒……（罗）庭去，廖心明兵益孤，归化援兵亦大集。十月廖兵从盖洋出白莲，会詹化翰同攻归化。至铁岭，官兵以逸待之，数骑突阵，而廖、詹等披靡四窜，所剥掠诸乡金帛，尽委官兵矣。彭妃同廖心明等奔石城，詹化翰为余家坪乡民所杀……杨禾兄弟亦败走。于是汀州副将高守贵领兵来责问诸乡举义者。宁文龙、张简遂投诚。官兵僇盖洋，掠柘坑，攻高地，凡紫云台、林畲皆输款。驻松溪，而延祥乡民亦输款。乃遣一骑焚延祥砦屋，释杨禾不问。吾乡亦弥缝之，免株连……十二月，彭妃复同范继成、廖心明、金某、梁某等数千人，由石城出禾口、中沙、乌村、虞钦、邓坊而抵延祥驻焉……二十二日，廖、金等由延祥移营吾乡……廖、金等屯吾乡凡三日，即人迹罕至之境，悉遭蹂躏。乃由吾乡出雷涧，参将王梦煜邀击之。彭妃被执，廖心明负妃子走石城，后不知所终。官兵焚雷涧,追廖、金等,经吾乡不停辔而返宁。彭妃旋奉旨绞于汀州灵龟庙。

从以上材料可以看出,彭妃为江西永宁王长子妃,因为江西被攻破,永宁王父子俱遇难。

关于永宁父子事,在《清实录》中有记载。

> 顺治三年丙戌春正月,实录卷二十二至二十三。江西提督总兵官金声桓奏报,副将刘一鹏等,图伪永宁王于抚州。红旗王定国先登,官兵继进。逆众溃走南门。我兵四面环截,擒永宁王并其子朱慈荣,邦真妃张氏,及其伪总兵谢尚达等九十余员。斩获无算,余党奔据建昌。我兵追击,复弃城而遁。

因永宁王妃的老家为汀州,其父曾任汀州指挥,故而彭妃带着儿子来汀州避难。明朝唐王建立南明王朝,年号隆武。彭妃上疏,奏明永宁父子事迹,皇帝非常感动,下诏褒恤,并请其见驾。就在她带着幼子去见驾的路上,清兵入关,自己只能避匿于永安、贡川之间。有个叫范继成的人,本是明朝的一个将领,因为打了败仗,就落魄于山寺。得知彭妃之事后,范继成借着民间复明的声势,将彭妃接到延祥,并于丁亥年即顺治四年(1647)八月起义,名正言顺地举起反清复明的大旗。

从材料中还可以看出,彭妃手下有四大将领,一为明朝旧将范继成,一为明朝逃官詹化翰,一为延祥杨禾,一为廖心明。彭妃率领的队伍曾经两次攻打过归化县城。第一次攻归化为丁亥年八月初九日后,因为人数只有数百人,又无内应,而清兵调集了乡兵增援,故而至十四日即惨遭失败。清朝援兵首领李仁杀害了接济彭妃军队的诸生王之桢。李世熊的弟弟李世廉也被害。攻城失败后,彭妃奔向洋源,养精蓄锐,准备再次攻打归化。詹化翰则以联络义兵为名,各处"拷掠富民,甚于强盗"。

同年十月,彭妃再次率兵攻打归化,又遭遇失败。彭妃和廖心明一起奔石城,詹化翰则为乡民所杀,抢来的财物都落到了清朝官兵之手。

戊子年正月二十二日,彭妃率领数千人到延祥驻扎。二月二十五日左右,彭妃的队伍在由泉上去雷涧的路上,被参将王梦煜袭击,彭妃被抓。廖心明则带着彭妃之子逃向石城,最后不知所终。彭妃被抓后,很快奉旨被绞杀于汀州灵龟庙。

查阅《清实录》,并无诛杀彭妃的上谕,也许是因为她的级别还不够惊动皇帝。倒是在戊子年正月有一条记载值得注意:

> 辛亥,原任浙闽总督张存仁奏报,伪宜春王朱议衍率众从江西入据汀州山寨,总兵官于永绶破其寨,议衍就擒,命诛之。

也就是说,在彭妃起义的同时,另有一股从江西来的力量,即明朝宜春王朱议衍也率众从江西来到汀州,并占据山寨进行抗清活动。在《寇变纪》所记载的彭妃被俘时间之前,朱议衍刚被抓住,并且由皇帝下旨诛杀之。或许当地官员绞杀彭妃只是循例而已。

彭妃的事迹,还出现在李世熊编纂的另一本著作《宁化县志》中的《寇变志》部分,只是和《寇变纪》的记载相比,简略了许多。

> 八月,永宁王妃彭氏据九龙寨,纠无赖数百人攻归化,败,妃奔洋源。永宁王长子之妃也。江西破,妃寓汀州。清兵入关后,避匿永安贡川间,有溃将范继宸知而迹之,输诚焉。继宸落魄山寺久之,至延祥,自露其事。乡之无赖遂迎致妃,以继宸掌兵事,杨禾兄弟为前锋,聚众数百人,妃自督之。十月,副将高守贵领兵责问诸乡之起兵者,焚延祥寨屋,释杨禾兄弟不问,乡兵皆输款。
>
> 顺治五年戊子正月,彭妃复率范继成、廖心明等数千人由石城出禾口、中沙、乌村,而抵延祥驻焉。二月,由延祥移营,复出归化雷涧。参将王梦煜邀击之,执彭妃。廖心明负妃子走石城,后不知所终。彭妃旋奉旨绞于汀州灵龟庙。妃死日,责数郡邑官,词义慷慨,毫无惧色云。

此则记载虽然简略,除却将彭妃事的来龙去脉做了概括,重要之处在于补写了《寇变纪》里缺失的彭妃临死前的表现,"妃死日,责数郡邑官,词义慷慨,毫无惧色云"。也就是说,彭妃视死如归,颇有英雄气概。

《寇变纪》里关于彭妃的记载自然可以做信史看，因为一则李世熊之为人可靠，二则就是发生在身边的事。遗憾的是没有彭妃个人的具体信息，尤其是施鸿保所述及彭妃的三个基本特点：一是貌美，二是脚小，三是骁勇多智。而关于其二婢金保、魏真事，更是只字未提。这一点恰恰由施鸿保的《闽杂记》进行了补充。

施鸿保虽为浙江钱塘人，但是中岁以后，"游江西，游闽，而于闽尤久。足迹遍上下游，所至辄交其贤豪，访其山川、人物、风俗、气候与夫坠闻佚事"。他还去过汀州。延英守汀州时，聘施鸿保为幕僚。也就是说，他有许多便利的条件去探访汀州佚事。《闽杂记》是他精心采撷的历史掌故，他也进行了一定的甄选。同时也采纳了历史上的一些记载综合而成，如彭妃故事里明显摘抄了《宁化县志》里关于彭妃死日表现的词句。因而其具有一定的可信度。

综合二人的记载，可以对彭妃其人其事有一个较为粗略的梳理：彭妃本为奉贤人，是一个汉族女子，小脚，同时，姿色姣好，兼备勇力，有一定的武术基础。她嫁给了江西永宁王世子朱慈荣。清军攻破永宁，永宁王及世子均殉国，彭妃则带着幼子及一干人等来到福建汀州。不过，汀州也为清军所占领。彭妃和南明王朝隆武帝朱聿键取得联系，隆武帝很同情她，授她昭勇夫人封号，同时诏她见驾。在去往福州面圣的路上，因为清军势力的迅速扩大，她未能成行。在汀州这里，遇到一些明朝将官和遗民，于是在九龙寨举起反清复明的义旗，曾两次攻打由清军把守的归化县城，均以失败告终。最后，她为参将王梦煜所执，并被绞杀于汀州灵龟庙。

5. 姽婳将军与彭妃

姽婳将军出现在《红楼梦》第七十八回"老学士闲征姽婳词痴公子杜撰芙蓉诔"。通过贾政与众幕友口中道出，并用"风流隽逸，忠义慷慨"八字点题。不过这段故事在《红楼梦》中似乎有点游离，脂评说得比较含蓄："《姽婳词》一段与前后文似断似连，如罗浮二山烟雨为连合，时有精气来往。"一般认为是为芙蓉诔做引子。"姽婳词为芙蓉诔引起。将军姓林，已微见其旨。"林四娘姓"林"，林黛玉姓"林"，故而"芙蓉诔是黛玉祭文"。

笔者认为，曹雪芹在这里突然插入这段故事，除了上述意义之外，也表现出对"前代"与"当朝"一种比较复杂的情感。

《红楼梦》中说："昨日因又奉恩旨，着察核前代以来应加褒奖而遗落未经请奏各项人等，无论僧尼乞丐与女妇人等，有一事可嘉，即行汇送履历至礼部备请恩奖。"又说，"当日曾有一位王封曰恒王，出镇青州"。"前代""当日"虽未点明，读者却自知是指明朝。

"其后朝中自然又有人去剿灭，天兵一到，化为乌有，不必深论。"这里的"天兵"自然指明朝之兵。这里可以说是微言大义，采取了春秋笔法。虽然后面又补充说："本朝皆系千古未有之旷典隆恩，实历代所不及处，可谓'圣朝无阙事'。"这只能看作反讽。因为通过护官符、买龙禁卫、凤姐弄权等情节已经对"本朝"的政治进行了揭露，现在反过来由一群没有作为之辈来赞颂"圣朝无阙事"，不得不说是绝妙的讽刺。

虽然如此，曹雪芹可能不满于清朝的统治，但对于"前代"也是颇有微词的。对应《红楼梦》第三十六回"绣鸳鸯梦兆绛芸轩 识分定情悟梨香院"中贾宝玉的观点，就更明了了。贾宝玉认为："朝廷是受命于天，他不圣不仁，那天地断不把这万几重任与他了。"而对于那些须眉浊物"文死谏，武死战"时更是语出惊人："必定有昏君，他方谏；他只顾邀名，猛拼一死，将来弃君于何地！"而所谓良将者，"不过仗血气之勇，疏谋少略，他自己无能，送了性命"。"可知那些死的都是沽名，并不知大义"，恒王因为轻敌，所以身死，对应"疏谋少略"。林四娘之死则不同，不是为了沽名钓誉。她死在青州府文武官员即将献城之时，首先有国家大义，其次以一死酬知己，于公于私，都是死得其所。在宝玉看来，这恰恰是自己理想之中的"死的好""死的得时"。当然，在赞颂她这种忠义时，也表达了对满朝文武即男子的嘲讽与失望。"何事文武立朝纲，不及闺中林四娘？"

笔者认为，虽是借迂腐的贾政之口说出，却也有尊重女性的意思。否则，一贯反对"文死谏，武死战"的宝玉就不会费心费力地写出那么一篇文采立意俱佳的《姽婳词》了。

再来看"姽婳将军"的事迹，与彭妃事的相似度还是非常高的。

"其姬中有姓林行四者，姿色既冠，且武艺更精，皆呼为林四娘。"按照施鸿保的记载，彭妃"貌美而足最小，人称为彭小脚，骁勇多智"。"姿色既冠"对应"貌美"，"无疑更精"对应"骁勇"，从外表到武功，相似度极高。

仅仅是外表和武功相似还不足以说明问题。二者在事迹上也有异曲同工之妙。首先，彭妃的地位甚至高过"姽婳将军"。林四娘是恒王的爱姬,彭妃则是永宁王世子妃。其次,命运相近。恒王过于轻敌,被贼人杀死。永宁王父子则被清军杀害。林四娘为恒王报仇,率领女兵冲进贼巢,杀贼数人,终被杀害。彭妃为永宁王父子报仇,重整人马对抗清朝,最终被俘。临死前彭妃慷慨陈词,毫无惧色,称得上是"风流隽逸,忠义慷慨"。

虽然具有如此高的相似度,问题是,曹雪芹知道彭妃事吗?

笔者认为,很有这种可能。一则李世熊的名气很大,虽为明朝遗民,但就算是在清朝,他也是很有名气的人,何况他还很长寿,活到康熙二十五年(1686),曹雪芹出生,也只是三十年后的事。《宁化县志》则在康熙二十三年(1684)就有了刻本,且影响很大,"一旦杀青,蜚声宇内。志乘以为楷模,载笔以为圭臬"。《寇变纪》虽然说世不经见,但在当时也还是有一定影响的,福建师范大学版的抄本最后附录了族人与李世熊的通信,可以作为证明。二则通过施鸿保的记载可以推测,彭妃的故事也许会记载在更多的文本里。毕竟李世熊记载的主要是她人生最后阶段的事。人们口耳相传的力量也不容小觑,否则可能就不会有施鸿保的记载了。三则陈宝钥也是一个关键人物。林四娘的故事里都有他存在。关于陈、林故事,林西仲的记载具有较高的可信度。林西仲有《损斋焚馀》一书,内中有《林四娘记》,记录陈宝钥所遇女鬼林四娘事。林、陈二人同为福建老乡,二人至少是相识,在《林四娘记》的末尾写道:"康熙六年,(陈宝钥,引者注)补任江南传驿道,为余述其事,属余记之。"林西仲是一个忠厚学人,他认为陈也"非能造言语者",故而较为可信。当然,林西仲对于这种神奇之事有些疑惑，不过也有自己的解释。

陈宝钥这个人很有意思。陈宝钥是福建人，不仅如此，他还是南明唐王隆武二年（1646）丙戌举人。彭妃在"隆武二年三月，尝上疏叙永宁父子死难状，诏褒恤之"。也就是说，陈宝钥极有可能知道彭妃事。他后来投降了清朝，并在顺康之际，任山东青州海防道。吴三桂反清时，他也随之，还被委以按察使之任。康熙十八年（1679）二月，复降于清，回福建终老。

更有意思的是，接任他青州海防道的正是周亮工。周亮工，河南祥符人。明崇祯十三年（1640）进士。清顺治四年（1647），迁福建按察使，在福建颇有官声，并著有《闽小记》。他和江宁织造曹玺过从甚密，经常教曹玺之子曹寅背诵古文。在康熙四十六年（1707），扬州百姓重修周亮工祠堂，周亮工次子周在都敦请时任江宁织造的曹寅撰重修碑文。曹寅写下《重修周栎园先生祠堂记》。康熙元年（1662），周亮工补山东青州海防道，接陈宝钥任，直到康熙五年（1666）才离任。

在林西仲《林四娘记》中，林四娘自称"我莆田人也"。"莆田"者，福建之地也。福建和山东，一南一北，在空间上远隔千里，却在这几个人身上奇妙地融合在一起。

6. 曹雪芹杂取种种人，合成一个

不过，文学创作毕竟具有创造性，不是历史的简单比附，曹雪芹深谙此道。且看《红楼梦》第七十八回中，写到宝玉的文字风流一段。

那宝玉虽不算是个读书人，然亏他天性聪敏，且素喜好些杂书，他自为古人中也有杜撰的，也有误失之处，拘较不得许多；若只管怕前怕后起来，纵堆砌成一篇，也觉得甚无趣味。因心里怀着这个念头，每见一题，不拘难易，他便毫无费力之处，就如世上的流嘴滑舌之人，无风作有，信着伶口俐舌，长篇大论，胡扳乱扯，敷演出一篇话来。虽无稽考，却都说得四座春风。虽有正言厉语之人，亦不得压倒这一种风流去。

在这里谈了文学创作的经验。一是说对于古人的书中记载，不能拘较许多，二是对于自己而言，凭借天性聪敏，可以胡扳乱扯出长篇大论的故事，"虽无稽考"，却能引人入胜，这就是小说家的虚构本事。

因此，关于《红楼梦》中"姽婳将军"林四娘的创作问题，也许正如鲁迅在《我怎么做起小说来》一文中所说，"杂取种种人，合成一个"。曹雪芹在构思"姽婳将军"林四娘时，很可能出于某种需要，杂取了众多尤其是明末奇女子的形象，将其合成了一个。

乱世出英雄，明末清初，因为特殊的政治形势，出了许多奇女子。"胜国末造，奇女子最多，其能执干戈以卫社稷者，秦良玉最煊赫外，若沈云英、刘淑英、毕著辈，皆见诸名家集中，为之碑版歌诗。功虽不成，而名足以不朽矣。"秦良玉、沈云英、刘淑英等女子皆为明末奇女子，关于她们的故事也有很多。尤其是秦良玉，更是以女子身份入正史将相列传的第一人。据《明史》载，秦良玉嫁给了石砫宣抚使马千承。明万历二十七年（1599），马千乘率领三千人征讨播州，秦良玉自己带着五百精锐部队"裹粮自随"，并且取得战功。次年正月初二，贼乘官军夜宴偷袭。秦良玉夫妇不仅打退来贼，更乘胜追击，连破贼人七寨。平贼之后，她丝毫不言己功。后来丈夫死于狱中，她则代其职。后来立战功无数，兵部尚书张鹤鸣称她"上急公家难，下复私门仇，气甚壮"。她为明朝立下汗马功劳，"诏加二品，即予封诰"。七十五岁时，寿终正寝。

《明史》上评价她："夫摧锋陷敌，宿将犹难，而秦良玉一土舍妇人，提兵裹粮，崎岖转斗，其急公赴义有足多者。彼仗钺临戎，缩朒观望者，视此能无愧乎！"

又如《明史》中《周遇吉传》中关于他夫人刘氏的记载，也非常勇烈。李自成攻打周遇吉，周遇吉遇难，他的夫人刘氏武艺高强，奋勇杀敌。她率领数十妇女，登上山顶的公廨。

　　　夫人刘氏素勇健，率妇女数十人据山巅公廨，登屋而射，每一矢毙一贼，贼不敢逼。纵火焚之，阖家尽死。

这些被载入史册的明末奇女子故事，都能给人留下深刻印象。按照时代来说，如果曹雪芹想看《明史》的话，还是能看到的。因为清朝在顺治二年（1645）设立明史馆，康熙十八年（1679）开始修史，《明史》定稿于雍正十三年（1735），乾隆四年（1739）刊行。

　　林四娘的故事流传较广,王士禛、陈维崧、蒲松龄、林西仲的等人都有相关记载。可以肯定的是,曹雪芹肯定听过或看过林四娘的故事,不过究竟看到的是谁的版本还难有定论。可能性最大的当然是林西仲《损斋焚馀》中的《林四娘传》。说起林西仲,可能很多人不一定知道,但要是提起他另一部著作《庄子因》,那就非常著名了。《红楼梦》第二十一回,有黛玉评宝玉续《庄子》一事诗:"无端弄笔是何人? 作践南华《庄子因》。不悔自己无见识,却将丑语怪他人!"由此,可以判断,曹雪芹应该读过《庄子因》。可贵的是,曹雪芹并没有拘泥于林四娘的故事本身,而是进行了脱胎换骨的再创造。杂取历史上尤其是明末著名奇女子的事迹和精神,注入广为人知的林四娘的躯壳。正应了《红楼梦》里那副对联:"假作真时真亦假,无为有处有还无。"正如脂评指出的那样:

　　　　赤眉、黄巾两时之事,今合而为一,盖云不过是此等众类,非特历历指名某赤某黄,若云不合两用便呆矣。此书全是如此,为混人也。

　　由此可推断,曹雪芹写林四娘,非特指林四娘,而是碍于种种原因,为了混人耳目,故作此艺术处理。

　　曹雪芹笔下的林四娘虽非大观园中之儿女,其烈性精神却和尤三姐、司棋、鸳鸯、晴雯等人一脉相承,而将其描绘为一个弓马娴熟的脂粉将军,更是弥补了大观园女子在这方面的缺憾。同时,在一定程度上呼应了第三十六回，相比于满朝文武这些"浊物"之孱弱可笑，更凸显出一样是"水做的骨肉"的林四娘之勇烈，这和整部《红楼梦》的精神又是契合的。《姽婳词》也为后面引出《芙蓉诔》做好了铺垫，使得这一回的叙事一波三折，风生水起。

　　一个小小的"姽婳将军"林四娘作为《红楼梦》中的次要情节，竟然也引发了如此多的迷思，实在不得不佩服曹雪芹超人的艺术才华。

第十四章 / 非虚构写作

非虚构写作属于跨界概念,源自美国,它是新闻与文学的结合体,亦即强调真实性与文学性并重。21世纪以来,非虚构写作这个概念在国内才渐渐为人所熟知,给人以"人间四月芳菲尽,山寺桃花始盛开"之感。在这个过程中,著名文学期刊《人民文学》起了重要的推手作用。即便如此,国内对非虚构写作这一概念尚未达成一致,以《人民文学》为例,自2010年开设非虚构写作栏目,至2019年,共发表四十七部非虚构作品。但是关于如何定义非虚构,《人民文学》先后做过数次解释,却又不得不承认,无法给它下一个准确的定义。本部分以美国"新新闻主义"为参照,简要梳理其发展概况,着眼在解读中国的非虚构写作历史和现状。

第一节　非虚构写作溯源

非虚构写作这个概念发轫于美国新闻行业，它还有另外一个名称：新新闻主义。19世纪30年代，《纽约太阳报》开创了新闻和报道的现代概念，通过有人情味的故事吸引了更多读者，大幅提升了报纸的销量。除了新闻，非虚构作品在19世纪的图书市场独领风骚。随着美国的发展，财富、版图和人口激增，传统的新闻和文学创作已无法反映出生活非同寻常的变化，满足不了人们的需求。猎奇是人类的本性之一，西部大开发，荒蛮的西部成为自由、开拓和勇气的象征，东部人渴望看到那些探险和冒险故事，于是许多西部人物的传奇与传记应运而生。同时，工业时代的来临催生了人们回归自然的渴望，梭罗的《瓦尔登湖》也因此产生巨大影响，并持续至今。不得不提的是，马克·吐温、杰克·伦敦和海明威等美国文学史上的现实主义文学大师都曾从事过新闻记者工作。马克·吐温的《密西西比河上》和杰克·伦敦的《深渊中的人们》以及海明威的非小说作品，可以看成是新新闻主义的萌芽性作品。

当然，这些都是比较个人的行为，并没有将其上升到一种文学自觉，直到20世纪60年代新新闻主义的口号被提出来后，非虚构文学才真正被当成一种流派走上前台。其中最有影响力的作品是1965年出版的《冷血》。《冷血》的作者是杜鲁门·卡波特，该书一经出版,立刻轰动全国,登上畅销书排行榜首位。该书由作者历时数年调查,做了大量文献和笔记工作,成为非虚构文学的经典。作为代表人物,汤姆·沃尔夫在1973年出版了《新新闻主义》(*The New Journalism*)文集,既是对过去新新闻主义的一个总结,也为引领和推动这股潮流起到了重要作用。

新新闻主义盛极一时,但一则丑闻则令其饱受批评。1981年,《华盛顿邮报》的记者珍妮特·库克在特稿《吉米的世界》中,为了追求叙事效果,虚构了一个儿童吸毒者的形象,并凭此获得了普利策奖。因为此新闻引起强烈反响,市长和警察局局长组织了一个工作小组,准备去帮助那个受害儿童,却无意中戳穿了库克骗人的把戏。由此引发一系列恶果:普利策奖评奖委员会取消了库克的受奖资格;库克臭名昭著,辞去了在《华盛顿邮报》的工作;《华盛顿邮报》主编向读者致歉,依然没能阻挡报纸的发行量和广告量大幅下降;由此引发了一轮对非虚构写作的信任危机。丑闻被揭发后,新新闻主义备受嘲讽,渐趋平静。不过,作为一种创作上的方法自觉,它一直存在。到了20世纪90年代,经过一段时间的积蓄后,又有研究者宣称新新闻主义正在"复活"。到了21世纪,当信息过剩时,一种在新新闻主义基础上的更为个性化与深化的"新新新闻主义"崛起。罗伯特·博因顿在2005年出版了《新新新闻主义》(*The New New Journalism*)一书,标志着这个新阶段的到来。

总体来看,非虚构写作在美国虽偶有低谷,却并未间断,随着自媒体时代的兴起,它将会对人们的生活继续产生强大的影响。

第二节　非虚构写作在中国

作为一个术语,非虚构写作源自美国,但作为文本事实,中国确实是古已有之。

非虚构写作在中国所谓的"古已有之"的说法,并不是一种民族自尊心作祟,而是一种非常实际的存在。因为非虚构写作强调的是艺术的历史与历史的艺术相结合,通过文学手法强化对真实事件的描述,窃以为,这种例子在中国历代的史书里比比皆是。众所周知,在先秦时代直到今天,史传叙事与文学叙事保持着密切的关系,有"文史不分家"之说,这在先秦时期表现得尤为突出。较早的《左传》《国语》《战国策》等史书里,就有很多富于文学性的篇章。其中,尤以《战国策》为最,如《冯谖客孟尝君》《邹忌讽齐王纳谏》《触龙说赵太后》等经典故事,里面只有情节和对话,没有人物心理描写,却把故事叙述得一波三折,引人入胜。这些作品算得上是非虚构写作的先驱。

正是有了前面这些积淀,为后代提供了镜鉴,到了西汉时期,司马迁搜集整理大量资料,写出了被鲁迅誉为"史家之绝唱,无韵之离骚"的《史记》,成为文学性最强的史传作品。到了《汉书》《三国志》后,史书的文学性渐呈下降趋势,但是游记、传记等作品作为一种自发的非虚构写作文学实践,在中国传统中一直存在。

　　到了近代，随着新闻业的兴起，产生了一种基于报刊的新体裁：报告文学。有学者认为，中国最早的报告文学杰出人物是梁启超。他的《戊戌政变记》《南海康先生传》和《新大陆游记》代表了报告文学的三种基本类型。1978年，徐迟的《哥德巴赫猜想》在《人民文学》发表，将报告文学这种体裁推上了巅峰。报告文学体类庞杂，包罗甚广，生命力旺盛，到今天依然存在，而且和非虚构写作这个概念并行不悖，所以说二者之间有着剪不断、理还乱的联系。而作为具有西方文体学语义上的专门概念，非虚构写作传播到中国时，已经是20世纪80年代了。

　　据笔者查证，较早传播这个概念的刊物当属《花城》。在1983年《花城》第5期"流派鉴赏"栏目，刊登了王惟甦的《新新闻主义——"反小说"流派》，该文介绍了新新闻主义的五位代表作家，包括杜鲁门·卡波特、诺曼·梅勒、汤姆·沃尔夫、盖·泰勒斯和吉米·布莱斯林，分别对他们的作品及特点进行了评价。同时他还总结出了新新闻主义的三个特点，即"文艺创作和新闻报道相结合，或者叫作新闻报道的小说化""在创作方法上奉行现实主义"和"它的作家大多出身于中小资产阶级，具有自由资产阶级的世界观"。同时，他对该流派兴起的原因从社会历史根源和艺术发展的自身两方面进行了探讨。更值得一提的是，在该期杂志上，作为对上面文章的呼应，还特意配发了杜鲁门·卡波特的作品《袖珍棺材——关于美国一个犯罪案件的非虚构小说》。到了1986年，在《当代文艺思潮》第2期上，刊登了王晖、南平的《美国非虚构文学浪潮：背景与价值》，从背景与价值两个大方面介绍了非虚构写作。除了介绍新新闻主义的背景,还从四个方面对"形态真实"与"关系真实"、情感语言、文献性和纪实效应四个方面阐述了该流派的价值。

在20世纪90年代,文学研究界只有零星的文章对非虚构写作进行研究。到了21世纪,情况发生了变化,在文学界,前文已经提过,《人民文学》成为非虚构写作这个文类观念在中国传播的重要推手。而在新闻界,一大批以非虚构写作为能事的特稿作者逐渐成熟,出现了《非虚构——时代记录者与叙事精神》和《非虚构何以可能——中国优秀非虚构作家访谈录》这样专门的著作。而随着网络信息化时代的到来,写作已经不是作家和记者的专利,平民非虚构写作成为一种热潮,尤其是一些非虚构写作公众号的出现,已经拥有大量粉丝和作者群,成为一股新生代力量。

第三节　非虚构写作的
特点与基本形态

  纵观非虚构写作的历史发展脉络,除了人们对故事的渴望之外,非虚构写作自身所具有的特点是虚构文学所无法比拟的,主要体现在它所具有的广泛性、真实性(或者说"在场性")与未完成性的特点上。尤其是在自媒体大行其道的直播时代,人人皆可成为非虚构写手,也都可能成为被书写的对象,且每一次书写,都是对历史的一种丰富。而对于故事真实性及真相的探寻,也是非虚构写作的重要特点。读者不仅可以以故事中人物的真实经历来更好地指导人生,应对这个世界,还可以在现实中联系到主人公,通过与其互动,来增强对故事及现实的真实感知。与此同时,非虚构写作满足了人们对事件背后真相的探究,这种揭示不是新闻简讯的几句话能够交代清楚的,而通过艺术的手法所揭示出来的真相,不仅具有更强的震撼力,而且也是后代了解历史的一个重要参照。因为非虚构写作是对当下情境的一种叙述,结尾往往并不是结局。以位列2019年美国非虚构畅销书榜首的《你当像鸟飞往你的山》为例,作者塔拉·韦斯特弗讲述了自己十七岁以前从没有上过学,后来通过自学考试,获得剑桥历史学博士的故事。但是,这并不仅仅是一个灰姑娘华丽转身的故事,因为上学,她和父亲产生了对抗,家庭分裂成了两个阵营,而且并没有因为她的"成功"而有所缓和。这样一种未完成性能够吸引人持续关注,更易思考与讨论。

虽然非虚构写作如此震撼人心,但是关于它的争论也如它的影响力一样长久,主要问题就是关于"真实"是否存在及其标准是什么上。《冷血》虽号称非虚构写作的经典,但是杜鲁门·卡波特因为在其中运用了已被杀害的人的内心独白而被人诟病。虽然这样并不妨碍它成为经典,可毕竟让人产生白璧微瑕之感。在《史记》中也存在着这样的问题,如《项羽本纪》中垓下之战中项羽与乌江亭长的对话,就是明显的"小说手法",固然增加了文本的艺术性,可是却损害了真实性。因此,如何在真实性与艺术性之间掌握一种平衡就成为关键所在。要使叙述接近"真实",就需要在写作前做大量的调查和访谈。以《冷血》为例,杜鲁门·卡波特进行了长达六年的调查。还有许多本身就具有传奇色彩的作家,为了调查真相,想尽各种方法,甚至不惜以命相搏。除此之外,写作中涉及的另一个问题就是"直接引语"的问题。因为对话是增强作品艺术性的重要手段,如何保证其权威性,事关非虚构的本质。德拉布·迪克森在《倾听对象的声音:保证事实和真实》中就指出了这个问题,他认为报纸和杂志引用的话经常不是人们真正说过的,要保持直接引语的权威性,那么就要保持原生态,"This is exactly what the person said",由此也反映了非虚构写作的真实性特点。

与欧美国家对虚构和非虚构的分类明确相比,中国因有文字记载的历史比较长,所以和"中国"相关的非虚构写作更具有特殊性和复杂性。简要来说,以作者国籍、使用语言和写作内容为标准进行分类，大致可分为以下四大类：

第一，中国人用汉语写中、外事，其中学院派或学者型非虚构写作值得关注。中国人用汉语写外国事，其内容或者为文化旅游，或者为求学、工作经历，不论内容为何，所表现的多为异质文化的碰撞所造成的文化震撼。三毛因为看了美国的《国家地理》杂志中关于撒哈拉沙漠的介绍，突然产生了要去看看的欲望，并来了一场说走就走的旅行。因为荷西的缘故，撒哈拉沙漠成为她生命中重要的地标，她的成名，也是因为书写了这个沙漠里的人和事。在和撒哈拉威人相处的过程中，充满了各种因为异质文化而产生的精彩故事。目前这种类型多以游记方式呈现，陈丹燕的旅欧见闻《漫卷西风》《咖啡苦不苦》等都是此领域的力作。青年作家李娟则因近年来对于中国新疆阿勒泰地区生活的书写，而成为非虚构写作领域的后起之秀。

近年来，学院派或学者型非虚构写作者或因纵向的历史深度，或因强烈的现实关切而令人耳目一新。著名学者李零描写插队生活，以及其在上党地区考察的记录《回家》；北京大学历史系教授罗新在华发之年，自北京健德门启程，沿着古代辇路徒步北行，进入内蒙古草原的《从大都到上都》等均是非虚构的佳作。任教于中国人民大学的梁鸿，在工作之余，利用寒暑假，返回曾经生活了二十年的故乡，即河南穰县梁庄，做了大量的访谈与调查，积累了相当多的一手材料，将其结集出版为《出梁庄记》和《中国在梁庄》。因其独特的视角和富有现场感的材料，产生了极大的社会反响，旋即成为中国

21世纪非虚构写作的代表作。2015年春节前夕,当时就读于上海大学文学院的博士生王磊光写了一篇《近"年"情更怯》,后被媒体以《一个博士生的返乡笔记》为题发表,引发了热烈的反响与讨论,并不断有人加入这种类型的写作,从而引领了一股"回乡"写作热潮。

第二,中国人用外语写中、外事。其中,中国人用外语写中国事的作品对作者要求较高,既要有深厚的国学修养,又要有扎实的外语基础。最为典型的是林语堂的《吾国与吾民》和《生活的艺术》。《吾国与吾民》用英语写成,是林语堂第一部在西方产生较大影响的著作。赛珍珠对此书极其推崇,欣然为其作序。《生活的艺术》则改变了瑞典人马悦然的人生,他因为看了这本书,才对中国文化产生了浓厚兴趣,进而学习汉语并来到中国。而中国人用外语写外国事和外国人用汉语写中国事其实属于同一种类型,都是文化交流的产物。著名的如伍廷芳的《美国视察记》(*America, through the spectacles of an Oriental diplomat*)。伍廷芳是清末民初著名外交家,曾任驻美公使,对美国进行了全方位的观察,结集为《美国视察记》,对于中国人认识美国,具有积极作用。著名文化大使蒋彝从《湖区画记》开始,到《牛津画记》《日本画记》等用外文夹杂中国诗书画穿插的哑行者丛书(*The Silent Traveller*),特别是用纯粹的中国传统画法来描绘西方山水文物,表达了一个优雅、有教养而审美超然的中国人眼中的西方世界游记,在二战前后的英语世界引发积极而重要的影响。

第三,外国人用汉语写中、外事。以上文提及的瑞典人马悦然为例。他二十岁服完兵役后,最大的愿望是在瑞典做一名高中教师。1946年,他的一个伯母把林语堂《生活的艺术》英文版借给他看,结果,他万万没想到"一位陌生的中国作家会完全改变自己的人生"。因为对庄子和老子感兴趣,他才去和高本汉先生学习汉语,才有了中国之行。1948年,他来中国调查方言,在四川生活了两年,并留下了汉语文集《另一种乡愁》。时值中国大变革时期,他文集中的"一九四九中国行"专辑,为了解那个时代又提供了一个新维度。一个外国人,用汉语写出行云流水的文章,这种现象在近现代已经不多见了,但在古代倒是较多。朝鲜的"燕行录"系列就是最典型的代表,如朴趾源的《热河日记》、李海应《蓟山纪程》等。而外国人用外语写中国事的作品则非常多,其中大部分是真正的非华裔作家用母语书写自己的中国见闻。尤其是在改革开放后,一批中国人移民国外,其中有很多作家依然用汉语进行创作,以北美华文文学作家为例,著名的有严歌苓、张翎、曾晓文等,不过非虚构写作在这些作家作品中所占比例并不大。

第四,外国人用外语写中国事。在当代,称得起此类代表作家的非何伟莫属。何伟是美国人彼得·海勒斯的中文名字。因为报名参加了"美中友好志愿者"组织,1996年,被分配到当时的涪陵师专工作。他的大学写作教师约翰·麦克菲鼓励他写一本关于涪陵的书。约翰·麦克菲是普林斯顿大学终身教授,1999年获得普利策奖,2017年,获得美国书评人协会终身成就奖。彼得·海勒斯很早就梦想着成为一名小说家,上了大学后,主修创造性写作,专攻短篇小说。在大三下学期,他参加了由约翰·麦克菲讲授的非虚构研讨班,并认识到了非虚构写作的重要意义。他听从了老师的建议，着手开始写作涪陵故事，于是便有了《江城》这本非虚构力作，适逢美国和欧洲逐渐开始重新认识中国，他的书马上成为畅销书，而且长盛不衰。因为有了这本书，他才在志愿者工作结束后，又重返中国，为《纽约客》和《国家地理》供稿，于是便有了接下来的两本书《寻路中国》《奇石》，并在《奇石》扉页上注明"献给约翰·麦克菲"，由此可见这位写作老师对他的影响之大。他在中国前后生活了十年，通过自己的走访调查，用三本书为这十年交了一份答卷。上海译文出版社在21世纪集中翻译了一批类似的作品，其中包括约翰·麦克菲妻子张彤禾的《打工女孩》、迈克尔·迈尔的《再会，老北京》和《东北游记》等，对于中国当代的非虚构写作者产生了重要影响。而"中国人不能写出何伟笔下的中国"也成为一个具有争议的话题。

在以上这四大类型中，虽然有些作者并非中国籍，但因为用汉语，或者写的是中国故事，对于丰富"中国"的非虚构写作提供了大量资料，还有一些作品，如何伟的"中国三部曲"，对中国的写作者有重要的参考价值。

总体来看，非虚构写作这一概念虽发轫于美国，但由于作为一种"反理性、反客观"的新闻报道形式，其内容主要以对社会的现实观察与批判为主，涉及冷战、政治、种族等议题，这也更加凸显了美国非虚构写作的社会性、政治性等特点。相比较而言，随着中国改革开放及社会主义经济制度确立，关注社会建设和工业化的发展带来的社会问题，尤其是对城乡差距、留守儿童、进城务工人员等问题的观照较为突出，带有强烈的人文关怀与乡愁情结。但无论是美国还是中国的非虚构性写作，本质上都是在社会变革的大背景下，对于传统媒介的革新。

21世纪以来，随着全球化进程的不断发展，文学间的交流也日益频繁，非虚构作为一种文学体裁，以回忆录、传记、游记、新闻、书信、随笔等形式为主，涉及内容广泛、运用多种媒介手段、题材众多，其在作者身份及创作内容和形式中的"跨越性"，本就是世界文学版图中不可或缺的一个部分。而非虚构写作在中国的"杂文学"传统中有着悠久的历史，它一方面将真实的故事与文学性的手法相结合，重建了作者、当事人与读者之间的信任关系；另一方面也将文学的创作、流通、获奖整合，与当下世界文学的生产、流通和阅读的方式相契合，呈现出不同的写作风貌，进一步丰富了世界文学理论。尤其是在新的时代背景下，自媒体时代的兴盛，加之突如其来的天灾人祸，足不出户就可以知天下事的人们开始重新思考这个纷繁复杂的世界，虚构的文学作品也已经不能满足人们对真相的渴求，他们已经不仅停留在"看故事"阶段，还要通过"写故事"来表达自我。基于这种需求，非虚构写作逆流而上，成为世界文学发展的大趋势之一。可以预见的是，在中国，人们接受并习惯非虚构写作还需要一段过程。

虽然不可能人人成为作家，但是在自媒体时代，通过系统的训练，人人都有机会成为合格的非虚构创作者，利用视频、录音、文字等多媒介形式，叙述事实，探究真相，创作出属于自己的精彩作品，参与到时代的大合唱之中。

后　记

整理完这部二十余万字的书稿，我一下子轻松了许多，同时感觉精神好像也被掏空了一样，有种轻飘飘的感觉，因为这是近年来诸多教学、科研成果的一个集萃。

本书的出版还要追溯至2021年4月，在宝坻籍作家张伯苓《窝头河的春天》新书发布会上，我讲了几句对该书的评价。我的评价基于自己摸索出的"人物三重特征"写法之上。时任天津师范大学校长的钟英华教授对我的发言给予了回应，并对我个人及所讲授的写作课程进行了推介。正是因为他的推介，现场来自天津人民出版社的编辑联系上了我，从而促成了本书的出版。在此，特别感谢钟英华教授。

感谢天津人民出版社的苏晨编辑。感谢她抽出时间全程听了我的课，并将其转化成文字，成为最初的书稿。她的热诚、敬业给我留下了深刻印象，如果没有她的前期投入、不断催促和认真编校，就不可能有这本书的诞生。

感谢天津人民出版社的沈海涛副社长、王轶冰副总编、刘骏飞主任，感谢孟昭毅教授、赵利民院长、李静书记、黎跃进、赵建忠、高恒文、温锁林、鲍国华诸位教授及天津师范大学文学院的诸位同人，感谢南开大学郝岚教授，各位都在我的写作过程中给予了宝贵的建议和莫大的支持。感谢《明清小说研究》《红楼梦学刊》《中外文化与文论》《天津师范大学学报》及《文学艺术周刊》诸位编辑老师，本书的部分章节已经或即将在以上刊物发表。感谢我的学生们，他们的鼓励让我受益良多。这些美好的回忆使我相信：人生的每一次相遇，都有它独特的意义。

感谢父母、岳父母对我的理解，感谢妻子刘东辉，全力支持我腾出时间完善书稿。

2023年，我以"通识教育枢纽课程《写作》教学改革研究"为题，申报了天津市普通高等学校本科教学质量与教学改革研究计划项目（项目编号 B231006515），本书即为该项目成果之一。

学无止境，本书的探索只是刚刚开始，其中肯定还存在许多不足之处，恳请方家指正。

2024 年 3 月

上架建议：创意写作

ISBN 978-7-201-20630-1

9 787201 206301 >

定价：68.00元